ELLIS C(
Das Schweigen

Weiterer Titel der Autorin

Kalt lächelt die See

Über die Autorin

Ellis Corbet ist das Pseudonym einer erfolgreichen deutschen Autorin, die mit ihren Romanen um die sympathische Kriminalinspektorin Kate Langlois von der Guernsey Police ihre Liebe zum Krimi mit der zu den Kanalinseln verbunden hat. Nach längeren Aufenthalten in Südamerika und Italien lebt sie inzwischen als freie Autorin in Stuttgart. Ellis Corbet ist Mitglied der MÖRDERISCHEN SCHWESTERN und seit dem Sommer 2017 auch regelmäßig bei der Lesebühne GET SHORTIES dabei.

ELLIS CORBET

DAS SCHWEIGEN DER KLIPPEN

EIN GUERNSEY-KRIMI

lübbe

Dieser Titel ist auch als E-Book erschienen.

Die Bastei Lübbe AG verfolgt eine nachhaltige Buchproduktion. Wir verwenden Papiere aus nachhaltiger Forstwirtschaft und verzichten darauf, Bücher einzeln in Folie zu verpacken. Wir stellen unsere Bücher in Deutschland und Europa (EU) her und arbeiten mit den Druckereien kontinuierlich an einer positiven Ökobilanz.

Originalausgabe

Dieses Werk wurde vermittelt durch die
Literarische Agentur Thomas Schlück GmbH, 30161 Hannover.

Copyright © 2023 by Bastei Lübbe AG, Köln
Textredaktion: Marion Labonte, Wachtberg
Titelmotive: © shutterstock.com: Olga Popova | Elke Kohler | Johncw41 | Aurora GSY
Umschlaggestaltung: Manuela Städele-Monverde
Satz: hanseatenSatz-bremen, Bremen
Gesetzt aus der Minion Pro
Druck und Verarbeitung: GGP Media GmbH, Pößneck
Printed in Germany
ISBN 978-3-40418851-2

5   4   3   2   1

Sie finden uns im Internet unter luebbe.de
Bitte beachten Sie auch: lesejury.de

Prolog

Dezember 1944
Les Laurens, Torteval

Es war stockfinster, und die Eltern schliefen schon, als William leise die Tür öffnete und ins Haus schlich. Die Wohnstatt war klein, die Wände dünn, hier am Ortsrand von Torteval, wo nachts das Rauschen des Meeres zu hören war. Manchmal beneidete er die Menschen in St. Peter Port, das war beinahe eine richtige Stadt, nicht nur eine Ansammlung von ein paar Cottages und Fischerhütten. Oder die droben im Norden der Insel, wo es wenigstens richtige Strände gab und nicht nur raue Klippen und schmale Buchten, in denen das Fischen schwierig war.

William schloss die Tür und lauschte. Er hätte längst zu Hause sein müssen, die Deutschen hatten eine Ausgangssperre verhängt, und William versuchte nach Möglichkeit, sich daran zu halten. Vorher saß er oft im Pub über einem Pint, versoff das wenige Geld, das er verdiente. Früher war er nicht so gewesen, hätte sich sein Leben nie so vorstellen können. Aber der Krieg, die Besatzung, der Hunger ... Vor diesem Sommer war es besser gewesen, da hatte es noch Handel mit Frankreich gegeben, es war genug zu essen da, für alle. Der Krieg war noch nicht richtig auf den Kanalinseln angekommen. Aber jetzt? Seitdem die Alliierten in der Normandie gelandet und die Deutschen vom Festland abgeschnitten waren, gab es hier nichts mehr. Sie alle litten Hunger, die Eltern, seine kleine

Schwester, die Nachbarn. Und William konnte nichts dagegen tun, war machtlos angesichts der deutschen Soldaten, dieser verdammten Männer in Uniform, die er so sehr hasste. Sie hatten ihm alles genommen, seine Insel und Odile. Die Frage war nur, ob sie alle auf Guernsey zuerst den Krieg verlieren oder verhungern würden.

Wie spät es war, wusste er nicht, seine Uhr hatte er ins Meer geworfen. Die Uhr, die sein Vater ihm zum Abschluss seiner Lehre geschenkt hatte. Stolz war er gewesen, der Vater, ein einfacher Fischer, dass sein Sohn jetzt Kaufmann war. Aber Blut war darauf gespritzt, wie auf Williams Hände, die er danach, so gut es ging, im Salzwasser gewaschen hatte. Die Uhr war stehen geblieben, und es hatte ihn gegruselt, diese stumme Zeugin mit nach Hause zu nehmen.

Eilig schlüpfte William in seine Kammer, zum Glück knarzte die Tür heute nicht. Er zog die Jacke aus, dazu Hemd und Hose, und stopfte alles in einen Sack. Morgen war Waschtag.

Das Wasser aus der Waschschüssel war eisig kalt, als er es sich ins Gesicht spritzte. Er säuberte die Hände, die Unterarme, rieb wie besessen und bis seine Haut rot und wund war.

Was hatte er getan? Grell blitzten die Bilder dieser Nacht vor seinem inneren Auge auf, die Abscheulichkeiten, die er verübt hatte, und für einen Moment traf ihn die Erkenntnis mit einem Entsetzen, das ihn schwindeln ließ. Er musste sich am Waschtisch festhalten, schwankend, mit wild pochendem Herzen. Übelkeit überkam ihn, die Säure stieg in seinen Mund, und er erbrach sich. Als er sich wieder aufrichtete, blickte ihm im Spiegel sein Gesicht entgegen, müde, bleich und so unendlich viel älter als seine neunzehn Jahre.

Plötzlich hörte er hinter sich ein Knacken. Erschrocken fuhr er herum. Sophies kleine Gestalt stand in der Tür, in einem hellen Nachthemd vor dem dunklen Flur.

William musste erneut am Waschtisch Halt suchen. »Geh ins Bett«, flüsterte er zitternd.

Seine Schwester durfte nichts von den Geschehnissen dieser Nacht erfahren. Niemand durfte je etwas davon erfahren.

1. Kapitel

Nature Reserve, St. Saviour

»Odile!« Therese hielt die Hände wie einen Trichter vor den Mund, um mit ihrer Stimme gegen den Wind anzukommen. Sie fror erbärmlich, die nasse Kälte biss sich schmerzhaft in ihre Finger. Wie mochte es da erst Odile gehen? Die alte Dame war sicher nicht warm genug angezogen, und das bei dem Wetter! Sie mussten sie finden. Um diese Jahreszeit konnte das Meer rau und das Wetter unbeständig sein. So schön Guernsey im Sommer war, so grausam war es manchmal in der kalten Jahreszeit. Heftige Winde peitschten die See auf, und mehr als einmal in der Geschichte der Insel hatte das Meer seinen Tribut in Gestalt von Menschenleben gefordert. Stürme hatten die Inseln geformt, zwischen Jethou und Herm war das Land von einer heftigen Flut fortgeschwemmt worden. Jetzt, Ende September, zeigte Guernsey häufig noch sein Sonnengesicht, doch es gab Tage wie heute, an denen der dunkle Winter schon deutlich zu erahnen war.

St. Saviour war nicht groß, nichts auf Guernsey war besonders groß, nicht einmal die Hauptstadt St. Peter Port. Und doch schien es unmöglich, hier, auf den kurvigen Straßen und einsamen Wegen zwischen den Siedlungen, eine vermisste alte Frau zu finden.

»Odile!« Thereses Stimme krächzte. Wie oft hatte sie den Namen geschrien heute Nacht?

Zunächst war Linney noch dabei gewesen. Ihr Stellvertreter im Pflegeheim, der heute Dienst gehabt und sie am Abend angerufen hatte. »Geh nach Hause, Therese«, hatte er noch weit vor Mitternacht gesagt und genau das selbst getan. »Die Polizei kümmert sich.«

Aber sie konnte nicht nach Hause gehen. Sie hatte die Verantwortung für das Heim, für die Bewohner.

Es fiel ihr zunehmend schwer, Linneys zuversichtlicher Einschätzung zu folgen. Odile ist erst wenige Stunden fort, ihr ist sicher nichts passiert, hatte er gesagt. Gemeinsam hatten sie mögliche Szenarien durchgespielt. Sie hatte vielleicht einen Bus genommen, ein aufmerksamer Fahrer würde die Polizei oder den Rettungsdienst alarmieren. Vielleicht las auch ein Spaziergänger sie auf, gab ihr eine Jacke und einen Tee. Zudem war auch die Polizei informiert und suchte nach ihr. Eindringlich hatte Therese den jungen Beamten darum gebeten, sie anzurufen, sobald sie sie fanden – schlafen würde sie heute ohnehin nicht mehr.

Sie versuchte, tief durchzuatmen, aber die Angst, die ihr immer wieder spürbar bis in den Hals hinaufkroch, ließ sich nicht fortjagen. Die Angst, was mit Odile sonst noch geschehen sein könnte. Die wenigen Stunden waren mehr und mehr geworden, und nun war es beinahe wieder Morgen. Viel zu lange war Odile jetzt fort. Vor Müdigkeit verschwamm die Sicht vor Thereses Augen, sie hielt sich kaum noch auf den Beinen, und dennoch konnte sie nicht nach Hause gehen.

Bald würde es sehr hell werden. Aber noch war es dunkel hier im Naturschutzgebiet, zu dunkel, es gab zu viel Wasser ... Therese hasste das, und auch wenn sie wusste, dass ihre Angst ihr im Weg stand, hatte Wasser sie schon immer beunruhigt. *Nicht die besten Voraussetzungen, wenn man auf einer Insel lebt*, dachte sie zynisch. Dennoch hatte sie das Ufer des Wasserreservoirs abgesucht, auf jede kleinste Bewegung im See geschaut, aber nein, das waren nur Enten gewesen.

Therese bemühte sich, ihren Blick zu fokussieren. Dort drüben unter den Bäumen! Hatte sie da eine Bewegung gesehen? Nein, es war nur der Wind in den Büschen.

Sie war auch auf der Hauptstraße gewesen, dann auf der Straße, die nach St. Peter Port führte – oder in die andere Richtung zum Strand. Das Meer war wild heute, stürmisch und aufgewühlt. Therese fröstelte, daran wollte sie jetzt nicht denken. Wie hätte Odile auch dorthin kommen sollen? Die Klippen waren weit entfernt, zu weit für eine alte Frau von über neunzig Jahren.

Ihr Handy klingelte, eine unbekannte Nummer. Mit ihren vor Kälte steifen Fingern gelang es ihr kaum, das Gespräch anzunehmen.

»Ja?«, rief sie gegen den Wind an. *Oh Gott, lass Odile leben, lass sie leben,* sandte sie ein stummes Gebet zum Himmel.

»Police Constable Knight hier. Ms Morgan, wir haben sie gefunden.«

Sie kannte diesen Tonfall, vorsichtig, mitfühlend. Und noch bevor der Polizist seinen nächsten Satz sagte, wusste sie, wie er lauten würde.

*

Petit Bot Bay, Forest

Das Meer eroberte sich in schwarzen Wellen das Ufer zurück, Schaumkronen leuchteten, wenn sich das Wasser an den Felsen der Petit Bot Bay brach. Mit einem Steinstrand hatte man es in der kleinen Bucht nicht weit bis ins Meer an der Südküste Guernseys, selbst bei Ebbe nicht, und trotz der üblicherweise kalten Temperaturen kamen auch hierher regelmäßig Menschen zum Schwimmen. Sie teilten sich das Wasser mit den Enten, die vom Cafébesitzer gefüttert wurden und deshalb gern die Bucht besuchten.

Detective Inspector Kate Langlois von der Guernsey Police kannte diesen Ort gut. Sie lebte zwar in St. Peter Port, liebte es aber, den Klippenpfad entlangzujoggen, und gerade die Strecke von der weiter östlich gelegenen Saints Bay bis zur Petit Bot Bay war in ihren Augen einer der schönsten Abschnitte mit seinen leuchtenden Farben, dem Grün der Küste, dem Braun der Felsen und dem tiefen Blau des Meeres.

Heute jedoch hätte Kate ihre frühen Sonntagmorgenstunden gern woanders verbracht. Wenn sie Bereitschaftsdienst hatte, bedeutete ein Anruf nie etwas Gutes. Ihr Großvater hatte als Chief Fire Officer einen Stab bei der Feuerwehr von Guernsey geleitet, nächtliche Anrufe waren für sie von Kind auf nichts Ungewöhnliches gewesen. Doch wenn man Kate und damit die Kriminalpolizei erreichen wollte, gab es keine Chance mehr darauf, Leben zu retten. Sie war zuständig für die Toten.

Kate machte einen Schritt nach vorn, vorsichtig nur, um dem Fundort nicht zu nahe zu kommen. Der Körper der Frau lag seltsam gekrümmt auf den Steinen, die ins Meer ragten, dort, wo die Bucht von den hohen Felsen der Küste eingeschlossen war. Kate blickte nach oben und schauderte. Hier waren die Klippen steil. Die Frau war heruntergestürzt und auf den rauen Felsen aufgeschlagen. Kein schöner Tod, aber zumindest schnell. Sie musste den Halt verloren haben. Im Dunkeln, wenn man sich nicht auskannte, barg der Klippenpfad, der oben die Steilküste entlangführte, an einigen wenigen Stellen Gefahr: Hier an der Petit Bot Bay lief man recht nah am Abgrund entlang.

Kate wandte sich wieder der Frau zu. Die Tote trug ein Sommerkleid, viel zu dünn für dieses Wetter, mehr konnte Kate von hier aus nicht erkennen. Es war noch nicht richtig hell. Instinktiv zog sie ihre Jacke enger um sich. Der Wind biss mit kalten Nadeln in ihr Gesicht.

»Detective Inspector Langlois?«

Kate kannte Police Constable Knight, der jetzt auf sie zukam, nicht gut. Der junge Kollege war gemeinsam mit seinem Partner, der in einiger Entfernung telefonierte, der Erste am Unfallort gewesen. Sie hatten zunächst einen Arzt gerufen, der den Tod der Frau bestätigt hatte, und dann Kate informiert, die es in einer halben Stunde hierher geschafft hatte.

»Bei der Toten handelt es sich um Odile Davies. Vierundneunzig Jahre alt, sie wurde gestern Abend als vermisst gemeldet. Ist aus der Garden Villa in St. Saviour abgehauen, dem Pflegeheim, in dem sie lebt.« Er schaute etwas in seinem Smartphone nach und zeigte Kate das Foto einer alten Frau mit weißen Haaren, Altersflecken und einem verschlossenen Gesichtsausdruck. »Hier, das ist das Bild aus der Vermisstenmeldung.«

»Kein Zweifel.« Kate nickte. »Ist sie dement?«, wollte sie wissen.

»Deshalb ist sie im Pflegeheim«, bestätigte Knight.

Das erklärte nicht nur ihr Verschwinden, sondern vermutlich auch die viel zu leichte Kleidung, die die Tote trug. »Ist das Heim schon informiert?«

»Ja. Gleich nachdem der Arzt fertig war.«

Gut. Kate würde sich später um die weiteren Schritte dort kümmern. Und herausfinden, ob sie Angehörige hatte, die man benachrichtigen musste. Das waren immer die schwersten Anrufe.

»Sieht aus wie ein Unfall«, sagte Kate.

»Ja. Wahrscheinlich ausgerutscht«, stimmte Knight ihr zu. »Das passiert schnell, zudem in dem Alter. Und Demenz kann sich auf die Sinnesverarbeitung im Hirn auswirken.« Auf ihren fragenden Blick hin fügte er verlegen hinzu: »Meine Gran, wir haben sie letztes Jahr in ein Pflegeheim geben müssen.«

Kate sah ihn verständnisvoll an. »Das heißt, die Frau hat möglicherweise nicht erkannt, dass sie auf einen Abgrund zuläuft«, schlussfolgerte sie dann.

Er nickte. »Ja, gut möglich.«

»Aber ... Weshalb haben Sie uns dann verständigt?«, fragte Kate nachdenklich. *Uns*, das war das Criminal Investigation Department, die Crime Unit. Die Abteilung, die für Mordfälle zuständig war. Deren Beamte Ermittlungen aufnehmen mussten, sobald auch nur der geringste Zweifel an einem nicht natürlichen Hergang bestand. Einen Unfall hätte Officer Knight mit seinem Kollegen auch allein klären können. »Gab es etwas, das Sie misstrauisch gemacht hat?«

Verlegen kratzte Knight sich am Kopf. »Nicht direkt, aber ... Ich habe neulich etwas gelesen«, begann er langsam. »Die Aufklärungsrate für Mord ist demnach ungeheuer hoch.«

Kate musterte ihn neugierig. Sie hatte keine Ahnung, worauf er hinauswollte.

»Aber ... um einen Mord aufzuklären, muss man ihn zuerst überhaupt als Mord entdecken«, fuhr er fort.

Jetzt verstand sie. Die Dunkelziffer unentdeckter Mordfälle war in der Tat hoch, darüber hatte sie sich noch vor wenigen Tagen mit Dr Schabot, dem Rechtsmediziner, unterhalten. Davon war auch er überzeugt. So weit wie einige reißerische Darstellungen, die jeden zweiten Mord als unentdeckt auswiesen und die offenbar auch Police Constable Knight gelesen hatte, wollte er aber nicht gehen. »Aber glauben Sie mir, Langlois, öfter, als Ihnen und mir lieb ist, wird ein Todesfall von Hausärzten als natürliche Todesursache, von den Police Constables als Unfall oder Selbstmord eingeordnet«, hatte er gesagt.

PC Knight schien nicht zu diesen Kollegen zu gehören.

»Und da dachten Sie, an einem verregneten Sonntagmorgen haben wir Detectives sowieso nichts Besseres zu tun?«, fragte Kate grinsend. Sie war ihm nicht böse, sie war selbst der Meinung, dass es besser war, einmal zu oft hinzusehen als einmal zu wenig. Das sagte sie ihm im Anschluss, woraufhin er erleichtert lächelte.

Dass er mit seiner Übervorsicht in diesem Fall jedoch recht behalten würde, daran zweifelte Kate. Jetzt aber brannte sie darauf, den Fundort zu betrachten, sie wollte zur Toten, sie aus der Nähe sehen. »Die Spurensicherung haben Sie informiert?«

»Ja, sie sind unterwegs. Wir haben sie angerufen, nachdem der Arzt bestätigt hat, dass die Frau tot ist.« Er schwieg einen Moment. »Direkt nach Ihnen. Und dann auch die Dame vom Pflegeheim, wie gesagt.«

Kate zögerte kurz, dann fasste sie einen Entschluss und machte sich vorsichtig auf den Weg über die Steine. *Rivers wird nicht glücklich sein*, dachte sie. Ihr Kollege von der Spurensicherung hasste es, wenn die Polizei vor ihm am Tatort »herumpfuschte«, wie er es nannte. Aber die beiden Police Constables waren bereits dort unten gewesen, ein Arzt, der den Tod festgestellt hatte … Und dann war ja nun die Frage, ob es sich hierbei wirklich um ein Verbrechen oder etwa um einen ganz normalen Unfall handelte.

Beinahe wäre sie auf den glitschigen Felsen ausgerutscht. Das Meer toste schwarz und unheilvoll vor ihr, nur die Gischt, die um die Steine spülte, war hell.

Ohne die Forensiker, ohne Menschen in Schutzanzügen, die ihr die Sicht versperrten, ohne lautes Rufen und Stimmengewirr war Kates erster Blick hier unten unvoreingenommen. Noch war es still bis auf das Schwappen der Brandung, und die Tote lag so, wie sie gefallen war, auf dem Rücken. Ihr Kopf seitlich verdreht und halb auf einem Stein, halb im Wasser. Die weißen Haare schwappten wie Algen im Wellengang. Wenige Meter von ihr entfernt kniete Kate sich hin und fokussierte den Blick. Blut hatte sich an einer Kopfwunde gesammelt, dort, wo sie auf dem Felsen aufgeschlagen war. Es war vom Wasser überspült worden und zog hellrote Fäden in der Gischt. *Sie ist gestürzt*, dachte Kate. *Gefallen.* Eine verwirrte alte Frau, die nicht gewusst hatte, wo sie hintrat. Die im Dunkeln einen falschen Schritt gemacht hatte, möglicherweise sogar in Angst und Panik. Ein Unfall.

Sie musterte die alte Frau, die knochigen Hände, mit Altersflecken überzogen, die Finger gekrümmt. Auf ihren Lippen war dunkler Lippenstift aufgetragen, auf den faltigen Wangen ein Rouge, das dem Wasser getrotzt hatte. Odile Davies trug ein Sommerkleid, dessen Blumenmuster seltsam romantisch anmutete. Es war bis zum Hals zugeknöpft, wo ein runder Ausschnitt einige Rüschen über die Schultern warf. Es rührte Kate, dass diese Frau, deren Verstand schon durchlöchert, deren Erinnerungen schon verblasst waren, dieses Kleid gewählt hatte – sich schick gemacht zu haben schien.

»Langlois!«, rief jemand von oberhalb, und Kate stand auf. Chief Inspector DeGaris lief mit langen Schritten den Weg zur Bucht entlang. Ihren Vorgesetzten und sie verband eine gegenseitige Zuneigung und Wertschätzung: Als er vor nicht ganz einem Jahr entdeckt hatte, dass Kates damaliger Partner korrupt war und die Kollegen auch Kate selbst verdächtigten, hatte er doch immer hinter ihr gestanden, ihr geglaubt und das im Präsidium deutlich gemacht. Sie bewunderte seinen scharfen Verstand und seine Unvoreingenommenheit, mit der er es sich verbot, Theorien zu spinnen, bis er nicht alle Fakten auf dem Tisch liegen hatte – eine Fähigkeit, von der Kate selbst nicht behaupten konnte, sie zu besitzen. In ihrem Kopf ratterte es immer gleich, dort spielte sie sich oft mehrere Szenarien vor, wie eine Situation gewesen sein könnte. Vielleicht ergänzten sie sich auch deshalb so gut.

Der Weg, über den DeGaris nun kam, glänzte feucht, es hatte am Abend geregnet. *So lange ist das noch gar nicht her*, dachte Kate. Nein, es war kein schöner Sonntagmorgen.

»Ist das die vermisste Frau?«, fragte DeGaris, kaum dass Kate bei ihm angelangt war.

Knight stand neben ihm, rieb die kalten Hände aneinander und hauchte hinein, um sie zu wärmen.

»Odile Davies, ja. Wir haben seit gestern Abend nach ihr gesucht.«

In solchen Situationen wurde die Insel, die man sonst als eng und klein empfinden konnte, mit ihren Buchten und den kurvenreichen Wegen riesengroß.

»Eine ziemlich weite Strecke von ihrem Pflegeheim aus«, merkte Kate nachdenklich an.

»Möglicherweise hat sie den Bus genommen«, erklärte Knight. »Die Leiterin hat mir erzählt, dass das schon einmal passiert ist, im vorigen Sommer.«

Kate horchte auf. Das war interessant.

»Eine Schande, dass wir sie nicht rechtzeitig finden konnten«, murmelte DeGaris. Dann richtete er seinen Blick wieder auf Knight. »Ist Ihnen etwas aufgefallen? Oder warum sind wir hier?«

»Nein, Sir, nicht direkt.«

Der Chief musterte PC Knight überrascht, der – diesmal mit Kates Unterstützung – seinen Gedankengang darlegte.

Skeptisch runzelte DeGaris die Stirn, doch Kate deutete nach oben zum Kliff, wo die alte Frau hinuntergefallen sein musste.

»Dort oben steht doch ein Haus, oder?«, fragte sie. »Wohnt da jemand?« Die Bucht selbst lag verlassen da, wenn man vom Café absah, das jetzt in der Nachsaison meist schon am Nachmittag schloss, wenn es denn überhaupt aufmachte. Etwas weiter oberhalb gab es die Siedlung von Les Nicolles, eine kleine Ansammmlung von Häusern, die zur Gemeinde St. Martin gehörte.

»Ja, da ist ein Haus, aber es ist alles dunkel«, antwortete Police Constable Knight. »Wir fragen später mal nach, ob jemand was gesehen hat.« Zu einer zivilen Uhrzeit. Selbst wenn es um Mord ginge, musste man unschuldige Hausbesitzer nicht um fünf in der Früh aus den Betten klingeln. *Selbst wenn es um Mord ginge*, dachte Kate. PC Knight hatte sie offenbar angesteckt. Wer sollte eine demente alte Frau ermorden wollen?

»Erben?«, fragte DeGaris in diesem Moment, als habe auch er über diese Möglichkeit nachgedacht und suche jetzt nach einem Motiv.

Doch der junge Kollege schüttelte den Kopf. »Keine Angehörigen«, sagte er.

Der Chief hob erstaunt die Augenbrauen, und auch Kate reagierte unwillkürlich. »Gar keine?«, fragte sie schnell. Das war ungewöhnlich. Meist gab es doch zumindest irgendwo einen entfernten Neffen.

»So hat Ms Morgan vom Pflegeheim es gesagt.«

Sie wurden unterbrochen vom Eintreffen der Spurensicherung: Der hochaufgeschossene Rivers stapfte vorneweg, sein jüngerer Kollege mit der runden Brille, den Kate nur Harry Potter nannte, hinter ihm. Wie üblich trugen sie Koffer mit ihrer Ausrüstung mit sich, und trotz der frühen

Stunde wirkte Rivers munter. Er nahm einen Schluck Kaffee aus einem Pappbecher, und Kate war neidisch, dass er im Gegensatz zu ihr die Zeit gehabt hatte, sich einen zu besorgen.

»Wann hast du eigentlich mal frei?«, fragte sie ihn augenzwinkernd, als er zu ihnen trat. »Und bevor du mir das Gleiche vorhältst: Wir haben zwei Krankenstände.«

»Gute Ausrede, Langlois«, feixte Rivers. »Werde ich mir merken fürs nächste Mal. Was habt ihr für uns?«

Mit wenigen Worten setzte DeGaris die beiden Forensiker ins Bild. Rivers reckte sogleich den Hals, um den Kiesstrand hinunter zur Toten zu blicken. »Warst du schon unten?«, fragte er Kate.

»Niemals würde ich euren heiligen Tatort betreten.«

»Gib dir keine Mühe, Langlois.« Missmutig blickte Rivers auf ihre Schuhe. »Dein Hosensaum ist wahrscheinlich im Auto so nass geworden, richtig?«

Erwischt. »Du hättest Detective werden sollen, Rivers.«

»Dann müsste ich mich nicht mehr mit verunreinigten Tatorten herumschlagen. Himmlisch. Gleich morgen beantrage ich meine Versetzung.«

Kate grinste. Sie mochte den Forensiker, der immer Lust auf einen kleinen Schlagabtausch hatte und auf dem Weg zur Kaffeemaschine gern bei ihr im Büro vorbeikam. Zudem leistete Rivers hervorragende Arbeit, niemandem traute sie mehr an einem Tatort zu. »Aber vorher schaust du dir noch unsere Tote an, ja?«, fragte sie ihn.

Schlagartig änderte sich Rivers' Gesichtsausdruck: Keine Spur mehr von Neckerei, jetzt war er ernst und aufmerksam, professionell, vollkommen in seiner Rolle.

»Irgendwelche konkreten Hinweise auf Fremdverschulden?«, fragte er und ließ das Gummi seiner Handschuhe schnappen.

»Bisher nicht.« Nur einen übereifrigen Police Constable. Und wenn Kate ehrlich war, ein winziges Zucken irgendwo ganz hinten in ihren eigenen Gehirnwindungen.

Der Forensiker nickte. »Wer würde auch eine 94-Jährige ermorden?«

*

Eine knappe Stunde später war Kate so durchgefroren, dass sie überlegte, das kurze Stück zu ihrem Auto zu laufen, um sich darin wenigstens für ein paar Minuten mithilfe der Heizung aufzuwärmen. Der Himmel war immer noch grau und wolkenverhangen, aber immerhin war es inzwischen so hell wie nur möglich unter diesen Umständen. Das Meer stieg weiterhin und klatschte aufschäumend an die Felsen, dabei würde die Flut erst in einer halben Stunde auf ihrem Höchststand sein.

»Ich habe Mary neulich in der Stadt getroffen«, sagte DeGaris neben ihr plötzlich unvermittelt.

Kate blickte ihn überrascht an. Soweit sie wusste, hatte DeGaris seit seiner Scheidung vor zwei Jahren keinen Kontakt mehr zu seiner Frau gehabt. Die Trennung von Mary hatte ihn sehr mitgenommen, das wusste Kate, auch wenn er sich bemühte, es nach außen zu verbergen. Gefühle zu zeigen passte nicht zu seiner Rolle als Vorgesetzter. Es war ein Fall gewesen, der seine Ehe zerstört hatte. Kate erinnerte sich gut an das Verschwinden der kleinen Ava. Es hatte DeGaris schier das Herz zerrissen, dass er die Zweieinhalbjährige nicht gefunden hatte, weder tot noch lebendig. Tag und Nacht hatte der Chief gearbeitet, die gutmütige Mary hatte ihm den Rücken freigehalten und viel mitgemacht, aber irgendwann wurde seine Besessenheit selbst ihr zu viel. Die Trennung hatte DeGaris verändert, seitdem hatte er einen »melancholischen Zug«, wie Kates beste Freundin Laura es ausdrückte, die den Chief einmal kennengelernt hatte.

»Geht es ihr gut?«, erkundigte Kate sich nun nach seiner Ex-Frau.

»Sie trägt die Haare jetzt kurz, raspelkurz, kannst du dir das vorstellen?« DeGaris lachte ungläubig.

Kate erinnerte sich an die fröhliche Blondine, deren Haare weit über die Schultern gefallen waren. »Und, steht es ihr?«

DeGaris nahm sich Zeit für die Antwort. »Sehr«, sagte er schließlich, und mit einem Mal verstand Kate. Der Herbst auf den Kanalinseln ließ die Bewohner wehmütig werden. Er vermisste Mary. Sie schenkte ihrem Chief einen aufmunternden Blick, wünschte sie sich doch ehrlich, dass ihm etwas Glück in der Liebe vergönnt war. Er lächelte ihr zu, leicht verlegen und irgendwie auch glücklich. Kates Gedanken wanderten unwillkürlich zu Nicolas, den sie selbst vermisste: Nicolas, den Archäologen aus Frankreich, den sie erst zu Beginn dieses Sommers kennengelernt und mit dem sie intensive Wochen auf der Insel verbracht hatte. Doch Nicolas war nicht mehr auf Guernsey, sie wusste nicht einmal, wo er sich gerade herumtrieb, vielleicht schon längst auf einem anderen Kontinent. Hastig schob sie den Gedanken zur Seite.

Eine Weile beobachteten sie schweigend die Forensiker, die nun auch die Spuren oben am Klippenpfad gesichert hatten. Kate legte den Kopf in den Nacken und sah zu der Stelle zehn Meter über ihnen, wo Odile Davies gestürzt und von wo sie hinuntergefallen sein musste.

Falls sie gestürzt war.

Ein Gedanke drängte sich Kate auf: War die alte Frau womöglich absichtlich gesprungen?

»Wie hoch ist wohl die Selbstmordrate im Alter?«, murmelte Kate mehr zu sich selbst, aber DeGaris hörte sie doch.

Er rieb sich das Kinn, eine häufige Geste bei ihm, wenn er über etwas ernsthaft nachdachte. Bevor er jedoch antworten konnte, trat Rivers zu ihnen.

»Ich muss nur noch die Schuhabdrücke von Police Constable Knight und seinem Kollegen nehmen, ansonsten bin ich fertig«, sagte er und streifte seine Handschuhe ab. »Ihr könnt die Leiche zu Dr Schabot bringen.«

Kate nickte. Der Rechtsmediziner, ein Eigenbrötler, der sauber und akribisch arbeitete.

»Habt ihr was gefunden?«, fragte Kate, obwohl sie wusste, wie unwahrscheinlich das war, nachdem Rivers noch nichts in dieser Richtung verraten hatte.

Prompt schüttelte der Forensiker den Kopf. »Nichts Ungewöhnliches festzustellen.« Er deutete auf den Rand der Klippen über ihnen. »Bei dem Matsch ist nicht viel zu erkennen, der Boden ist aufgewühlt, die Stelle, von der sie gestürzt ist, klar zu erkennen.«

»Sie ist also gestürzt? Bist du sicher?«, fragte DeGaris. »Ich meine, sie könnte ja auch gesprungen sein«, sprach er, wie so oft, Kates Gedanken aus.

Der Forensiker hielt kurz inne, dann schüttelte er entschieden den Kopf. »Gestürzt«, bekräftigte er. »Die Blätter der Pflanzen sind abgerissen, Carpobrotus edulis.«

»Ich wusste gar nicht, dass du unter die Botaniker gegangen bist«, zog Kate ihn auf, während ihre Gedanken um seine Worte kreisten. Es war also kein Selbstmord. Sie war gestürzt. Was hatte die alte Frau hier gesucht an der Petit Bot Bay? Das romantisch anmutende Kleid … Als wäre ihr der heutige Tag wichtig gewesen. Weshalb war sie hergekommen? Und wie weit war sie gelaufen? In ihrem Alter.

»Rivers«, wandte sie sich an den Kollegen. »Du hast gesagt, die Blätter waren abgerissen.«

Der Forensiker nickte.

»Und der Boden war aufgewühlt?«

»Ja. Als sei sie ausgerutscht, gestolpert, wobei sich die Spuren tief, aber undeutlich eingegraben haben. Als habe sie Halt gesucht«, bestätigte er.

»Habt ihr euch auch den Rest des Weges mal angeschaut?«

»Den Klippenpfad bis nach St. Peter Port?« Er grinste. »Der Boden dort ist noch zu fest, trotz des Regens, um wirklich verwertbare Spuren zu finden. Sie stand neben dem Weg, als sie gestürzt ist, dort ist der Boden weich, nicht festgetrampelt von unzähligen Menschen.«

Kate überlegte. »Trotzdem. Von irgendwoher muss sie ja gekommen sein. Und so weit konnte sie doch sicherlich nicht laufen.« Sie zwinkerte ihm zu. »Also nicht bis St. Peter Port. Habt ihr den Parkplatz schon abgesucht?« Kate wusste, dass es oben unweit der Absturzstelle einen kleinen Pfad gab, der zu einem Parkplatz führte.

Rivers zuckte mit den Schultern, als wüsste er nicht so recht, worauf sie hinauswollte. »Meinetwegen können wir auch noch mal dort nachsehen«, antwortete er gutmütig.

»Danke.« Für einen Moment schloss Kate die Augen, dachte an die Tote, an die Klippen und atmete dann tief durch. »Irgendetwas kommt mir eigenartig vor«, sagte sie vorsichtig. Vermutlich war es genau dieses Gefühl gewesen, das auch PC Knight veranlasst hatte, sie zu informieren. »So weit weg von ihrem Pflegeheim in St. Saviour«, erklärte sie. »Dann die Klippen, der unebene Pfad, vor dem eine alte Frau doch bestimmt zurückgeschreckt wäre.«

»Du glaubst wirklich, hier hat ein Verbrechen stattgefunden? Gar ein Mord?« DeGaris starrte sie aufmerksam an, und auch Rivers wirkte konzentriert.

Wieder schloss Kate die Augen, horchte in sich hinein, spürte dem Gefühl nach. Schließlich atmete sie tief durch. »Irgendetwas hat hier stattgefunden, ja, das sagt mir mein Instinkt.«

Für den Bruchteil einer Sekunde dachte sie, der Chief würde sich über ihre Wortwahl lustig machen, aber dann nickte er lediglich und wandte sich an die Forensiker.

»Rivers, ihr habt DI Langlois gehört«, sagte er.

»Dein Wunsch ist mir Befehl.« Rivers salutierte grinsend in ihre Richtung, doch Kate registrierte das Blitzen in seinen Augen.

Sie lächelte ihm zu, dann sah sie nach oben, in den Himmel, wo ein Turmfalke gerade waagerecht in der Luft stand und dem Wind trotzte. Faszinierende Vögel, die in den alten Befestigungstürmen rund um die Küstenlinie Guernseys nisteten. Just in diesem Augenblick ließ er sich aus seiner erhöhten Position fallen und schoss auf Beute zu. Sie sog die Unterlippe zwischen die Zähne. Hatte hier wirklich etwas stattgefunden? »Ich wüsste gern, was Walker dazu sagt.«

Detective Inspector Tom Walker war seit etwas mehr als drei Monaten ihr Partner. Frisch aus London in die Crime Unit der Guernsey Police versetzt, hatte es zwischen ihm, dem Mann aus der Großstadt, und ihr, der leidenschaftlichen Guernsey-Einwohnerin, zunächst Reibereien gegeben. Auch ihre unterschiedlichen Arbeitsweisen waren ein Streitpunkt gewesen. Doch im Laufe der gemeinsamen Ermittlungen hatte sie den klugen, wenn auch überkorrekten Tom Walker schätzen und sogar mögen gelernt. Ein gemeinsames Cider oder ein Pint im Pub nach Feierabend gehörte inzwischen zu ihren regelmäßigen Ritualen. *Auch wenn mein Partner das in letzter Zeit auffallend häufig abgelehnt hat*, dachte Kate.

»DI Walker hat heute frei«, informierte DeGaris sie.

»Das weiß ich. Trotzdem wäre ...«

»Er hat ausdrücklich um ein störungsfreies Wochenende gebeten.«

Kate stutzte. Was war das denn jetzt? Tom Walker war Workaholic, Tom Walker konnte nicht ohne die Arbeit. Vom ersten Moment an, an dem er auf Guernsey angekommen war, hatte er sich in seine Fälle gestürzt. In dieser Hinsicht waren sie beide von Anfang an auf der gleichen Wellenlänge. Ein störungsfreies Wochenende jedenfalls war eine ganz neue Seite an ihm. Nun gut, sie würde sich arrangieren. Am Tatort reichte es, wenn sie zu zweit waren. Wenn sie mit ihrer Vermutung richtiglag, würde DeGaris ohnehin ein Team zusammenstellen müssen, mindestens vier Leute. DeGaris und sie selbst, Walker nach seiner Rückkehr und vermutlich Detective Sergeant Claire Miller. Die Kollegin hatte sie bei ihrem letzten gemeinsamen Mordfall hervorragend unterstützt. Sie war ein Organisationstalent ohnegleichen, kein Wunder vielleicht, wenn man bedachte, dass sie den anspruchsvollen Job als Polizeibeamtin mit einer funktionierenden Ehe und zwei Kindern unter einen Hut bekam.

Nachdenklich strich Kate sich eine Strähne ihrer dunklen Haare hinters Ohr. Sie waren von der Luftfeuchtigkeit gekräuselt. »Ich fahre ins Pflegeheim«, sagte sie zu DeGaris.

2. Kapitel

Garden Villa, St. Saviour

Therese Morgan wirkte fahrig, wie sie auf ihrem Schreibtisch Unterlagen ordnete, die keiner Ordnung bedurften. Immer wieder nestelte sie am Saum ihres Blusenärmels, der schon leicht abgetragen wirkte. Viel Geld war mit ihrem Job offenbar nicht zu verdienen.

Die Leiterin des Pflegeheims war klein und trug die dunklen Haare kurz geschnitten, was sie irgendwie zerbrechlich aussehen ließ. Tiefe Ringe unter den Augen unterstrichen diesen Eindruck, sie schien eine schlaflose Nacht gehabt zu haben, und Kate fragte sich unwillkürlich, ob Therese Morgan die Schicksale jedes ihrer Bewohner so mitnahm wie augenscheinlich das von Odile Davies. Kate versuchte, die kleine Frau einzuschätzen, die nun mit ihren wasserblauen Augen kurzsichtig durch eine dicke Brille blinzelte. Was wohl ihre Mitarbeiter von ihr hielten? Kate konnte sich diese kleine nervöse Person kaum als irgendjemandes Chefin vorstellen.

»Wie ist es denn genau passiert?«, fragte Therese jetzt leise, sichtlich bemüht, ihre Hände ruhig auf dem Schreibtisch liegen zu lassen.

»Der genaue Hergang wird noch untersucht«, antwortete Kate ausweichend. »Wann ist Ihnen denn aufgefallen, dass Odile Davies nicht mehr da ist?«

»Das war kurz nach fünf. Linney, also Edward Linney, mein ...«, Therese schluckte schwer, bevor sie fortfuhr, »... Stellvertreter, rief mich gegen halb sechs an. Da hatten sie das Haus bereits zweimal durchsucht. Ich bin dann gleich ...«

»Wer sind ›sie‹?«, unterbrach Kate. »Wer genau hat Odile Davies' Fehlen bemerkt, und wer hat sie gesucht?«

»Das war Sarah.« Therese wirkte nun beflissen. »Sarah Gibbs, eine unserer Pflegehelferinnen. Sie wollte Odile zum Abendessen abholen. Als sie nicht in ihrem Zimmer war, hat Sarah sie zunächst selbst gesucht. Dann hat sie Linney gerufen, und sie sind gemeinsam noch einmal das gesamte Heim abgelaufen.«

»Gibt es Kameras, auf denen man sehen kann, wie Ms Davies das Haus verlässt?«, hakte Kate ein. Damit hätten sie eine konkrete Uhrzeit, was die Nachverfolgung um einiges erleichtern würde.

»Oh.« Diese Möglichkeit ging Therese offenbar erst jetzt auf. »Wir ... nein, leider nicht.« Es schien, als wollte sie noch etwas erklären, doch dann senkte sie den Blick auf ihre Hände, deren Finger erneut zuckten, und sagte lediglich: »Wissen Sie, eigentlich haben wir im Blick, wer wann das Haus verlässt. Aber man kann nicht immer ... Und wir können unsere Bewohner ja nicht einsperren.«

Unwillkürlich nickte Kate. Als Polizistin wusste sie, was Freiheitsentzug bedeutete, und hier ging es um Menschen, deren einziges »Vergehen« darin bestand, ihr Gedächtnis zu verlieren. Nein, man konnte sie nicht einsperren, da war sie voll und ganz auf Therese Morgans Seite.

»Wann haben Sie oder einer Ihrer Mitarbeiter Odile Davies zum letzten Mal gesehen?«, fuhr Kate mit ihren Fragen fort.

»Nach dem Mittagessen hat Odile ein wenig Musik gehört, über Kopfhörer in einem Sessel bei uns im Gemeinschaftsraum. Bei dem Regen gestern konnte sie nicht in den Garten.« Therese suchte auf dem Schreibtisch nach einem schmalen Etui und wechselte ihre Brille gegen eine kleinere aus, die sie weit nach unten auf die Nase schob. Sie klickte auf ihrem Computer etwas an und las vor: »Gegen fünfzehn Uhr wollte sie dann auf ihr Zimmer. Es liegt ebenfalls im Erdgeschoss, und Sarah hat sie dorthin begleitet.« Therese nahm ihre Brille ab. »Sie war müde, alle dachten, sie wollte sich einen Moment hinlegen. Erst als Sarah dann später …« Sie brach ab.

Kate konnte sich die Aufregung vorstellen. »Hatte sie Besuch?«

»Odile?« Thereses Mund formte ein erstauntes, lautloses »Oh«, dann fing sich die Leiterin wieder. »Nein, keinen Besuch. Odile hatte nie Besuch.«

»Nie?« Kate war überrascht. Die alte Frau hatte keine Angehörigen, das hatte Police Constable Knight schon gesagt. Aber auch keine Bekannten? Niemanden, der ihr im Alter einen Besuch abstattete?

Therese klickte weitere Male und schüttelte dann entschieden den Kopf. »Sie war ziemlich allein.«

»Hat sie mal jemanden erwähnt? Von jemandem gesprochen?«

Therese Morgans Blick huschte zum Fenster. »Nein.«

»Das war jetzt gelogen«, sagte Kate freundlich.

Therese schrak zusammen und errötete. Ihre Stimme überschlug sich, als sie hastig stammelte: »Von niemandem, der sie jetzt noch besuchen könnte. Erinnerungen, das ja, aber es gab niemanden, den sie … Es waren Personen aus einem früheren Leben.«

»Von wem hat sie gesprochen?«

Therese wand sich. »Von Freunden aus Kindertagen«,

sagte sie. »Von ihren Eltern. Menschen mit Demenz … Sehen Sie … Um ehrlich zu sein, haben wir darüber nachgedacht, sie in einem geschlossenen Heim unterzubringen«, sagte sie schließlich. »Es war nicht das erste Mal, dass Odile verschwunden ist.«

»Ja, davon habe ich gehört. Im Sommer, richtig?«

»Ja. Da ist sie mit dem Bus nach St. Peter Port gefahren. Der Fahrer hat eine verwirrte Frau gemeldet, und so war sie nach einer knappen Stunde wieder wohlbehalten bei uns.«

»Eine knappe Stunde.« Kate beobachtete die Heimleiterin. »Haben Sie damals ihr Fehlen bemerkt?«

Zupfen, Therese blickte auf ihre Hände. »Nein.«

»Wo wollte sie damals hin?«

»Wo sie immer hinwollen. Nach Hause.« Therese seufzte traurig. »Stellen Sie sich ein Bücherregal vor. Hier.« Sie stand auf und stellte sich neben den Schrank hinter ihrem Schreibtisch, der verschiedene Ordner enthielt, alle von Hand beschriftet. In Therese Morgans Verwaltung war Technik offenbar noch nicht in jeden Winkel eingezogen. »Stellen Sie sich vor, das hier ist ein menschliches Leben, ein Ereignis nach dem anderen.« Sie deutete auf die Reihe der Ordner, zehn, zwölf Stück nebeneinander. »Und Ihre Erinnerung, Detective, ist klar. Sie wissen, wo Sie zur Schule gegangen sind, erinnern sich an die Abschlussfeier, ans College, den ersten Tag bei der Arbeit.« Therese zog einen der Ordner heraus. »Ein Mensch mit Demenz vergisst. Plötzlich weiß man nicht mehr, wie man den gestrigen Tag verbracht hat. Dann erinnert man sich nicht mehr an die Beerdigung des Ehemannes.« Sie zog einen weiteren Ordner heraus, dann einen in der Mitte, wodurch ein vierter bedrohlich kippte. »Es entstehen Lücken. Manches wird ganz vergessen, manches wird verwechselt, anderes verblasst, manchmal schieben sich zwei Ereignisse im Gedächtnis übereinander. Die Erinnerungen, die Menschen mit Demenz am längsten bleiben, sind die, die schon am längsten im Gehirn sind.« Therese zeigte auf die ersten Ordner in der Reihe, die als einzige noch stabil nebeneinander standen. »Deshalb erzählen sie auch so gern von ihrer Kindheit und Jugend. Daran erinnern sie sich noch, da fühlen sie sich sicher.« Die Heimleiterin sah Kate erwartungsvoll an. In diesem Moment wirkte sie keineswegs verloren, keine Spur von Unsicherheit war mehr zu sehen, Therese blühte in ihren Erklärungen regelrecht auf.

Kate musterte sie interessiert. »Das heißt«, schlug sie den Bogen zu ihrer Frage, »Ms Davies wollte auch dieses Mal nach Hause? Hat sie denn in der Nähe der Petit Bot Bay gelebt?«

»Nähe ist auf Guernsey natürlich relativ«, sagte Therese lächelnd und setzte sich wieder. »Nein, sie stammt aus Torteval. Aber möglicherweise hat sie früher schöne Zeiten an der Petit Bot Bay verbracht.« Ihr Lächeln war traurig, als sie leise hinzufügte: »So viel geht verloren.«

»Ms Davies hat also keinen direkten biografischen Bezug zur Petit Bot Bay?« So aufschlussreich sie Therese Morgans Ausführungen auch finden mochte, Kate wollte konkrete Antworten.

»Nein. Sie ist in Les Laurens aufgewachsen.«

*

Einen Besucher für Odile Davies hatte es am gestrigen Tag nicht gegeben, das bestätigten Kate im Anschluss auch die Pflegerin Sarah, eine rundliche Rothaarige mit Stupsnase, sowie Thereses Stellvertreter Edward Linney. Er war offenbar älter als die Heimleiterin, und seine grauen Schläfen und der hohe Wuchs verliehen ihm eine natürliche Autorität, die seine verhuschte Chefin in den Schatten stellte. Kate fragte sich flüchtig, ob es zwischen den beiden Animositäten gab.

»Sie haben Ms Davies am Nachmittag betreut?«, wandte Kate sich zunächst an die Pflegerin. »War etwas anders als sonst?«

»Nein, nichts. Ich ... Ich hatte nicht viel Zeit«, entschuldigte Sarah sich. »Mr Oakley musste auf die Toilette, und Mrs Gill war sehr aufgeregt. Sie hat angefangen zu schreien und ... Ich habe Ms Davies nur schnell beim Umziehen geholfen und ...«

»Moment«, unterbrach Kate. »Sie hat sich umgezogen? Warum? Weil sie sich hinlegen wollte?« Und dafür hatte sie nach einem Nachthemd oder Pyjama verlangt? Kate war davon ausgegangen, dass Odile Davies ein Nickerchen von ein paar Minuten gemacht hatte, vielleicht in einem Sessel, so, wie ihr eigener Großvater es liebte.

»Sie hatte Kaffee über ihrer Bluse verschüttet. Und mit einem Fleck konnte sie unmöglich den Rest des Nachmittags leben. Nicht Ms Davies.« Jetzt lächelte Sarah leicht trotz der Tränen, die in ihren Augen schimmerten.

»Ihr Aussehen war ihr immer wichtig«, ergänzte Linney. »Ms Davies war jede Woche beim Friseur, zum Waschen und Legen.«

Das passt zu dem Kleid und der Schminke, dachte Kate. »Sie hat ihre Haare nicht selbst gewaschen?«, hakte sie nach.

»Arthritis«, erklärte Linney. »Sie konnte ihre Hände kaum bewegen.«

Kate erinnerte sich an die seltsam gekrümmten Finger der Toten.

»Ich hatte keine Zeit«, wiederholte Sarah unglücklich. »Sie war deswegen unzufrieden, denn sie wollte unbedingt dieses eine Kleid anziehen, davon war sie nicht abzubringen, aber ich hatte es falsch geknöpft.« Sie seufzte. »Aber dann hat Mrs Gill ihr Geschirr heruntergeworfen, ich habe es bis in Ms Davies' Zimmer gehört. Und so habe ich nur schnell gemacht und ihr gesagt, ich komme gleich wieder. Und dann ... und dann bin ich nicht wiedergekommen. Nach mir hat niemand sie gesehen, niemand hat noch ihr Kleid knöpfen können, obwohl es ihr doch so wichtig war.« Die letzten Worte gingen in einem Schluchzer unter. »Als sie mir wieder eingefallen ist, war es schon beinahe Zeit für das Abendessen.« Sarahs hellblaue Augen wirkten riesig in ihrem Gesicht. »Wenn ich eher an sie gedacht hätte, wäre sie jetzt wahrscheinlich noch am Leben.«

»Das weißt du doch gar nicht.« Edward Linney drückte sanft ihre Schulter. »Du hast dein Bestes getan.«

»Aber was, wenn ...«

»Aber was, wenn Mrs Gill etwas passiert wäre? Mr Oakley? Sarah, du kannst dich nicht dreiteilen. Mach dir keine Vorwürfe«, sagte er weich.

Aus einem Zimmer rief jemand lautstark nach einer Pflegerin, während Kate schweigend zusah, wie Linney einen Arm um seine Mitarbeiterin legte und sie mit leisen Worten tröstete. Freundlich, beinahe freundschaftlich. Sie schienen ein gutes Verhältnis zu haben, die beiden. Kate musste an sich und DeGaris denken. Auch er hatte ein Gespür dafür, was sein Team brauchte. Und selbst wenn der Chief nicht der Typ für belanglose Worte war, so hatten seine Ratschläge Kate schon oft aufgemuntert.

Sie reichte Sarah ein Taschentuch, die es dankbar entgegennahm. Die Pflegerin hatte keinen einfachen Job, und wie zur Bestätigung ertönten schon wieder die Rufe, lauter diesmal. Nach der letzten halben Stunde zu urteilen, die Kate hier in der Garden Villa verbracht hatte, sah es in den Pflegeheimen kaum anders aus: Sarah musste am besten an drei Orten gleichzeitig sein, überall Bedürfnisse und Wünsche erkennen und dabei stets Empathie und Mitgefühl für ihre Patienten zeigen. Kate hatte großen Respekt vor jedem, der im Gesundheitswesen arbeitete, hautnah erlebte sie durch ihre Mutter, die Krankenschwester war, die Zustände mit.

Sarah schob das Taschentuch in die Seitentasche ihrer rot-weißen Pflegekluft, hob den Blick und fragte: »Brauchen Sie mich noch?«

»Nein, im Moment nicht.« Kate wollte der jungen Frau ihre Arbeit nicht noch schwerer machen, als sie ohnehin schon war. »Wenn Ihnen noch etwas einfällt, melden Sie sich bei uns.«

Sie blickte der Pflegerin hinterher, als sie den Flur hinuntereilte.

»Ich würde mir gern Odiles Zimmer ansehen«, wandte Kate sich an Linney. »Und vielleicht können Sie mir dann Ihre Version des gestrigen Tages erzählen.«

*

Das Erste, was ihr auffiel, war der Geruch: Hatte es im Flur noch nach Essen gerochen, schlug ihr in Odiles Zimmer ein schwerer Lavendelduft entgegen. Vermutlich besaß Odile Wäschesäckchen mit Lavendel, dessen Duft den gesamten Raum ausfüllte.

Ein Pflegebett stand links an der Wand, ein Sessel und ein Tisch rechts neben dem Fenster. Sonst gab es noch einen Schrank und einen Fernseher, dessen Fernbedienung Kate auf den ersten Blick nicht entdecken konnte.

»Er ist schon länger kaputt«, sagte Linney, der in der Tür stehen geblieben war. »Odile hat ihn aber ohnehin nicht benutzt.«

Womit hatte die alte Frau sich die Zeit vertrieben? Kate widerstand dem Drang, mit den Fingern über den Tisch zu streifen oder den Sessel zu berühren. Auf dem Nachttisch standen ein Telefon, ein kleiner Spiegel und ein Flakon mit Parfum, Lavendel. Daneben lag eine nachtblaue Schatulle mit zahlreichen Schmuckstücken, darunter ein Ring mit einem violetten Stein, passende Ohrringe, eine Kette mit einem rosafarbenen Anhänger, einem Medaillon. Ein altes Foto darin, vielleicht von Odiles Vater. Über dem Bett hing ein gerahmtes Bild hinter Glas, eine helle Landschaft mit Sonnenblumen, die Kate an eine romantische Ader der alten Frau denken ließ, auch wenn die Farben des Bildes, das dominierende Sonnengelb und Orange so gar nicht zu dem allgegenwärtigen Lavendel und Odile Davies' in Rosé- und Blautönen gehaltenem Schmuck zu passen schien.

»Sie hat gern im Sessel gesessen und das Bild betrachtet«, berichtete Linney, der ihrem Blick gefolgt war.

Das konnte Kate sich gut vorstellen. Sie öffnete den Kleiderschrank und musste beinahe husten, so stark schlug ihr der Lavendelgeruch hier entgegen. Säckchen um Säckchen lag auf der Ablage über einer Kleiderstange. Odile Davies musste den Duft wirklich gemocht haben. Darunter hingen ordentlich nebeneinander aufgereiht Kleider. Blau, Lila und Rosa waren eindeutig ihre Lieblingsfarben. *Passend zum Lavendel*, dachte Kate. Ein kleiner Einblick in ihr Leben, wie es einmal gewesen war. Sie schloss die Schranktür wieder und wandte sich an Linney. Es gab Fragen zu stellen, konkrete Punkte auf ihrer Liste abzuhaken.

»Gibt es ein Testament?«

»Ich weiß es nicht«, antwortete Linney. »Sie hatte einen vom Gericht bestellten Betreuer. Wenn, dann hat er sich darum gekümmert.«

Natürlich, Odile hatte keine Besuche, keine Freunde, keine Bekannten gehabt, aber jemand musste medizinische und andere Dinge für sie klären. Allein konnte sie es ja nicht. »Ist er das?«, fragte sie und deutete auf die Visitenkarte, die mit einer Klammer an dem kleinen Spiegel befestigt war. *Thomas Harwood, Rechtsanwalt.*

»Harwood, genau.« Edward Linney nickte. »Ich habe ein paarmal mit ihm zu tun gehabt.«

Erneut ließ Kate ihren Blick streifen, durch dieses lavendelduftende Sonnenblumenzimmer, und fragte sich, wer Odile Davies gewesen war. Eine Frau, die offenbar Blumen liebte, die auch im hohen Alter Wert auf ihr Äußeres legte, die auf der ganzen Welt keinen einzigen Freund gehabt zu haben schien.

Ob sie oben an den Klippen auch ganz allein gewesen war? Allein gestürzt, allein gestorben? Kate fröstelte. *Ob das je besser wird?*, fragte sie sich wie so oft. Sie hatte sich ihren Beruf ausgesucht, konnte sich nicht vorstellen, je etwas anderes zu tun, und dennoch … Die Enge in der Brust, wenn sie von den Schicksalen der Opfer erfuhr, spürte sie jedes Mal aufs Neue.

Kate ließ ihren Blick erneut durch den Raum gleiten, blieb am Kleiderschrank hängen. Warum hatte Odile dieses Kleid anziehen wollen, für wen hatte sie sich geschminkt? Wirklich nur für sich? Kate wünschte sich, jemanden von der Spurensicherung hier zu haben, jemanden, der Fingerabdrücke nehmen und Kleidungsfasern bestimmen konnte. Sie brauchte Rivers. Wenn sie noch einen Hinweis, ein Indiz finden würde …

»Können Sie das Zimmer abschließen?«, wandte sie sich an Linney. »Ich möchte, dass es in den nächsten Tagen nicht betreten wird.«

»Die Zimmer werden regelmäßig geputzt.«

»Ich bin sicher, unter den gegebenen Umständen kann man eine Ausnahme machen«, sagte sie freundlich, aber bestimmt. Sie würde nicht zulassen, dass eventuelle Spuren verwischt wurden, nur um den Putzplan eines Pflegeheims nicht durcheinanderzubringen.

Linney wirkte perplex, zog dann aber einen Schlüsselbund aus seiner Tasche.

»Ich denke, für den Augenblick bin ich hier fertig. Jetzt freue ich mich auf Ihre Version der Geschichte.«

Nachdem Linney zweimal abgeschlossen hatte, bedeutete er Kate, ihm den Flur hinunter zu folgen. Er steuerte auf eine kleine Leseecke neben dem Eingang zu, offenbar besaß er kein eigenes Büro.

»Sarah und ich haben Odile im Haus gesucht, aber nicht gefunden. Dann wurde Sarah im Haus gebraucht, wie jetzt auch«, begann er von den Ereignissen tags zuvor zu erzählen. Er setzte sich in einen der Sessel, stützte die Arme auf die Knie und lud Kate mit einer Geste ein, ebenfalls Platz zu nehmen. Die Sitzmöbel hier waren mit abwaschbarem Plastik bezogen, und Kate konnte sich vorstellen, weshalb. Vorsichtig nahm sie Platz und musterte Linney.

Sie konnte in ihm nicht lesen: Er wirkte offen, freundlich, begegnete den Menschen mit Wärme und Ehrlichkeit, so schien es. Doch sie konnte sich des Eindrucks nicht erwehren, dass seine Anteilnahme eine Maske war. Eine Maske, vielleicht um sich zu schützen, sein Beruf war sicher nicht einfach. Seine Chefin Therese Morgan hingegen flüchtete sich in die Distanz, das war Kate schon aufgefallen.

»Deshalb habe ich schließlich Therese angerufen«, fuhr er fort. »Wir beide sind den Garten abgelaufen und die Straße. Nichts. Therese ist dann noch weitergelaufen, mitten in der Nacht auch zum Naturschutzgebiet, St. Saviour's Nature Reserve. Sie hatte große Angst, dass Odile dort ertrunken sein könnte.«

Kate horchte auf, das war doch sehr spezifisch. »Gab es einen Grund dafür?«, hakte sie nach.

»Therese ist immer panisch, wenn es um unsere Bewohner in der Nähe von Wasser geht. Strandausflüge im Sommer sind jedes Mal eine Kraftanstrengung.«

»Hat sie schlechte Erfahrungen damit gemacht?«

Linney zuckte die Schultern. »Das müssen Sie sie selbst fragen.«

Kate musterte ihn. Sie hatte den Eindruck, dass er sehr wohl mehr wusste, als er zugab, und machte sich eine Notiz, noch einmal nachzuhaken. Sowohl bei Therese als auch in alten Unfallberichten.

»Wie lange ungefähr haben Sie nach Odile Davies gesucht?«

»Alles in allem dürften es ungefähr anderthalb Stunden gewesen sein, bevor wir die Polizei eingeschaltet haben.«

Das passte: Police Constable Knight hatte ihr berichtet, dass der Anruf um achtzehn Uhr zweiundvierzig eingegangen war. Ein Streifenwagen war in die Garden Villa geschickt worden, dort hatten sie auch das Foto von Odile erhalten. Kate würde noch einmal nachfragen, ob den beiden Polizisten dort etwas aufgefallen war.

»Wie lange arbeiten Sie schon hier?«, wandte sie sich wieder an Linney.

Ein alter Mann in einem Rollstuhl wurde von einer Pflegerin vorbeigeschoben. Sein Mund wirkte eingefallen, wahrscheinlich besaß er kaum noch Zähne. Er war hager, mit Altersflecken auf den blassen Armen.

»Fünfundzwanzig Jahre«, beantwortete Linney ihre Frage. »Hey, Mr Darington, alles klar?«, wandte er sich gleich darauf an den alten Mann, der mit trübem Blick zur Leseecke sah.

»Alles klar«, krächzte dieser undeutlich.

Auch für eine weitere alte Dame, die mit einem Rollator vorbeischlurfte, hatte Linney freundliche Worte, und Kate fragte sich, ob das, was sie als Maske empfand, nicht einfach sein Wesen war. Mit wie viel Wärme er seinen Beruf auch noch nach so langer Zeit ausübte! *Berufung wahrscheinlich*, dachte sie.

Auf ihre erneute Frage nach Besuchern für Odile schüttelte Linney den Kopf. »Nein, nie. Nur Harwood, ihr Betreuer, hat sich bei ihr persönlich blicken lassen, aber eher selten. Ansonsten …« Edward Linney zuckte mit den Schultern. »Nicht, dass ich wüsste.«

»Anrufer?«

Ebenfalls ein Kopfschütteln.

Auch über ihr Leben vor dem Einzug ins Pflegeheim wusste Linney nicht viel. Sie kam aus Torteval, einer Gemeinde etwas südlich von St. Saviour. Bis zu ihrem Umzug in die Garden Villa vor zwei Jahren hatte sie dort in dem kleinen Ortsteil Les Laurens gelebt. Die genaue Adresse würde sie von Therese Morgan bekommen. Den Umzug hatte ihr Betreuer organisiert, wahrscheinlich gemeinsam mit dem Sozialamt.

»Ich frage mich, was sie an der Petit Bot Bay wollte«, sagte Kate. »Hat sie Ihnen mal von der Bucht erzählt?«

Er machte eine unbestimmte Geste. »Sie hat so viel erzählt«, sagte er schließlich. »Aus ihrer Kindheit, ihrer Jugend.«

»Sie ist auf Guernsey aufgewachsen, ganz hier in der Nähe, und nun gibt es niemanden mehr, der sich für sie interessiert«, sagte Kate leise. »Ist das nicht verwunderlich?«

Für einen flüchtigen Augenblick zog ein Schatten über Linneys Gesicht, schmerzhaft. »Nein, eigentlich nicht«, sagte er dann langsam. »Das kommt durchaus häufiger vor.«

Kate folgte seinem Blick zu einer alten Frau, die in einer weiteren Sesselgruppe saß und leise mit sich selbst redete, unverständliche Worte murmelte.

Kate dachte unwillkürlich an ihren Großvater. Hugh Langlois stand mit seinen beinahe achtzig Jahren immer noch mitten im Leben. Ja, auch seine Bewegungen wurden langsamer, aber sein Verstand war immer noch taufrisch. Ab und zu verlegte er seine Lesebrille, das schon. Aber da ihrer Mutter Heidi das Gleiche doppelt so häufig passierte, maß Kate dem bei Grandpa keine große Bedeutung bei. Sie konnte sich glücklich schätzen, dass dieser warmherzige Mann sie schon ihr ganzes Leben begleitete und ihr vor allem nach dem Tod ihres Vaters eine große Stütze gewesen war. Kate wollte sich gar nicht vorstellen, wie es wäre, wenn er in einem Heim lebte oder im Krankenhaus lag, unfähig zu sprechen, zu gehen oder gar selbstständig zu essen.

Als sie wieder zu Linney blickte, nickte der ihr aufmunternd zu. »Rufen Sie Ihre Großeltern mal wieder an«, sagte er leise, als hätte er ihre Gedanken gelesen.

*

Linney hatte zuletzt aufrichtig gewirkt, Sarahs Bericht mit Thereses Erzählungen übereingestimmt. Ob das Pflegeheim nachlässig gehandelt hatte, mussten andere klären, zumindest lag nach jetzigem Stand keine Vertuschung einer Straftat vor.

Odile hatte die Garden Villa in St. Saviour zwischen fünfzehn und kurz nach siebzehn Uhr verlassen, und kurz vor fünf Uhr am Morgen hatte man sie tot aufgefunden. Mindestens zwölf Stunden, in denen viel passiert sein konnte. Unzufrieden, die Hände in den Jackentaschen vergraben, um sie zu wärmen, stapfte Kate zu ihrem Auto. Sie brauchte Walker, ihren Partner, der ähnlich dachte wie sie selbst und dann doch zu ganz anderen Ergebnissen kam. Sie wollte mit ihm Theorien spinnen, Überlegungen anstellen, für die es doch eigentlich noch nicht einmal Anhaltspunkte gab. Gehirnjogging nannte ihr Kollege das, wenn DeGaris ihnen vorhielt, zu voreilig mit ihren Hypothesen zu sein. Kate nannte es Horizonterweiterung.

Sie schloss ihren Wagen auf und startete den Motor, bevor sie sich anschnallte. Hauptsache, die Heizung lief. Als sie nach dem Gurt griff, klingelte ihr Telefon.

»Detective Langlois, Ihr Arbeitseifer in allen Ehren, aber müssen Sie uns andere auch noch da mit hineinziehen?«

»Dr Schabot!« Sie freute sich ehrlich über den Anruf des Rechtsmediziners. Nicht nur, weil er wahrscheinlich Neuigkeiten bezüglich der toten Odile Davies brachte, sie mochte den etwas kauzigen Mann mit der großen Brille. Dr Schabot war ein Einzelgänger, bei dem es lohnte, ihn aus seinem Schneckenhaus herauszulocken. Genau wie Kate joggte der kleine Mann gerne, und sie hatte fest vor, ihn dazu zu überreden, beim nächsten »Race for Life« mitzumachen. Was sollte er schon dagegen haben, für jede gelaufene Meile Geld für die Krebsforschung zu sammeln?

»Ihr Chef hat angerufen, es sei dringend«, sagte er jetzt. Kate hörte es in der Leitung knistern, als der Rechtsmediziner den Hörer von einer Seite auf die andere wechselte. »Ihr Instinkt, hat DeGaris gesagt. Ihr Instinkt habe angeschlagen, ob ich deshalb kurz Zeit hätte für einen schnellen Blick, hat er hinzugefügt. Er hält wirklich große Stücke auf Sie«, fügte er dann hinzu.

Kate spürte, wie ihre Wangen warm wurden. Das Lob ihres Chefs bedeutete ihr viel, DeGaris war nicht nur ihr Vorgesetzter, er war auch ihr Mentor und Vorbild: Sie bewunderte ihn für seinen Scharfsinn, klaren Verstand und die Unvoreingenommenheit, mit der er an seine Fälle heranging. Er ließ sich auf seinem Weg selten irritieren, und das imponierte ihr.

»Haben Sie sich die Tote schon angesehen?«

»Heute ist Sonntag, die Rechtsmedizin ist nicht besetzt,

meine Kollegin im Urlaub. Die Obduktion ist gleich für morgen früh geplant, aber DeGaris meinte, Sie wüssten es zu schätzen, wenn ich Sie anrufe, um einen ersten Eindruck zu schildern.«

Er kennt mich wirklich gut, dachte Kate. Laut sagte sie: »Ich schätze Ihre Anrufe immer.«

»Also, Ihr Opfer weist diverse äußere Verletzungen auf, Knochenbrüche, Prellungen, auch Wunden. Die Fraktur des Schädels war tödlich. Ob sie die alleinige Todesursache ist, wird sich morgen zeigen.«

»Rührt sie von dem Sturz her?«

»Eindeutig, so wie die anderen Verletzungen.«

Kate schwieg einen Moment. Es war nicht verwunderlich, dass Odile bei diesem Sturz gestorben war, er war aus großer Höhe erfolgt. Und dennoch … »Hat jemand sie gestoßen?«, fragte sie dann.

Dr Schabot zögerte. »Alle Verletzungen sind erst mal konsistent mit einem Unfall«, antwortete er dann langsam. »Haben Sie denn Hinweise auf ein Verbrechen?«

Hatte sie Hinweise auf ein Verbrechen? Nein, musste sie ehrlich gestehen, die hatte sie nicht.

»Ihr Instinkt«, wiederholte Dr Schabot nachdenklich. »Darum geht es, richtig?«

»Vielleicht. Aber ausschließen können Sie einen Stoß nicht?«, hakte sie nach.

Jetzt war es der Gerichtsmediziner, der schwieg. »Schwer zu sagen«, meinte er schließlich. »Ich wäre von einem Unfall ausgegangen. Alles andere erschien mir unter den gegebenen Umständen sehr unwahrscheinlich. Ich werde morgen mein Augenmerk extra darauf richten, ich fürchte jedoch, ein Beweis wird bei den zahlreichen Prellungen schwierig werden. Aber …« Er atmete hörbar aus. »Ausschließen kann ich es nicht. Nein.«

Kate nickte, auch wenn er das nicht sehen konnte. »Danke, Dr Schabot. Sie haben mir geholfen«, sagte sie zum Abschied und beendete das Gespräch.

Hatte er das?

Mit einem Seufzen legte Kate den Gang ein und warf einen Blick in den Rückspiegel. Therese Morgans Büro war hell erleuchtet, sie hatte bei dem schwachen Tageslicht, das heute herrschte, die Lampe angeschaltet. Kate erkannte Edward Linney, der Therese gegenüberstand, schräg neben ihrem Schreibtisch. Den Gesten nach zu urteilen, fochten sie gerade lautstark eine Meinungsverschiedenheit aus. Das war interessant. Kate beobachtete noch einige Sekunden lang, wie Therese sich immer wieder durch die Haare fuhr, sie kauerte regelrecht vor dem wild gestikulierenden Linney. Dann wandte Kate ihren Blick nach vorn und drückte aufs Gaspedal.

Doch so ruckartig, wie sie den Gang eingelegt hatte, würgte sie gleich darauf den Motor ab.

Das Kleid. Sarah hatte Odiles Kleid falsch geknöpft. Wegen ihrer Arthrose konnte Odile dies nicht selbst ändern.

Aber als Kate die tote Odile bei den Klippen betrachtet hatte, war das Kleid richtig geknöpft gewesen.

3. Kapitel

Calais, St. Martin

Nicolas saß am Küchentisch und drehte unschlüssig das Smartphone in den Händen. Eine Tasse Mokka stand vor ihm, der Kaffee war mittlerweile kalt. Seit vorgestern war er wieder auf Guernsey. Er hatte eine möblierte Wohnung gemietet, erneut in St. Martin, dem kleinen Ort im Osten der Insel, an dem er sich schon im Frühsommer so wohlgefühlt hatte. Das fröhliche Städtchen mit der Parish Church in der Mitte hatte es ihm angetan, und er liebte es, durch verwinkelte Straßen mit hohen Hecken zum Meer hinunterzuschlendern, dessen Salzgeruch von der Luft bis hierher zu seinem Cottage getragen wurde.

Seit zwei Tagen also war er wieder da, und seitdem wanderten seine Gedanken unablässig zu Kate. Zunächst hatte alles so einfach gewirkt, im Sommer im Sand der Fermain Bay, wo er Detective Inspector Kate Langlois kennengelernt hatte. Was war dann passiert? Seine überstürzte Abreise Anfang August zurück nach Frankreich, aus beruflichen Gründen, deren Wichtigkeit er gerade überhaupt nicht mehr verstand, und seine Rückkehr jetzt, sieben Wochen später in diese Wohnung in St. Martin. Das war nicht leicht zu erklären und auf jeden Fall zu kompliziert, um es für Kate in eine kleine Nachricht bei einem Messengerdienst zu packen. Diese Nachrichten hatten ihn doch überhaupt erst in seine Lage gebracht! Er war sich nie sicher, wann man welches dieser kleinen Gesichter benutzte. Und er hegte den Verdacht, dass Kate zu der Sorte Mensch gehörte, die in virtuellen Unterhaltungen kleine Gesichter richtig benutzte. Nein, er war kein Typ für diese neumodische Art der Kommunikation, und deshalb nutzte er sie auch so gut wie nie, und wenn, dann nur ungern und zutiefst verunsichert.

Nicolas seufzte und fuhr sich durch die ohnehin schon zerstrubbelten Haare. Er mochte Kate Langlois. Hatte sie vom ersten Augenblick an interessant gefunden und verfluchte sich, ihr das nicht genau so gesagt zu haben. Kate wusste noch nicht einmal, dass er zurück auf Guernsey war. Er sollte wirklich seinen Mumm zusammennehmen und sie endlich anrufen.

Plötzlich war von draußen Lärm zu hören, jemand rief etwas, es klirrte, dann Fußgetrappel. Er dachte an den gestrigen Abend, als er beim Kochen von einer Truppe Kinder aufgescheucht worden war: Mehrmals hatte es geklingelt, ohne dass jemand vor der Tür gestanden hatte. Offenbar war die Bande heute wieder unterwegs. Ein Lächeln zupfte an seinen Mundwinkeln, während er sich wieder seinem Smartphone zuwandte.

Nein, es war das Beste, wenn er persönlich mit Kate sprach, von Angesicht zu Angesicht. Wenn er jemandem gegenüberstand, war es einfacher, die Botschaft zu überbringen. Und zwischen den Zeilen zu lesen. Mimik, Gestik, es gab so viel, was den Menschen ausmachte, so viel mehr als die einzelnen Worte.

Er nahm einen Schluck von seinem Kaffee, der tatsächlich kalt war. Das hatte er nun von seinem Gezaudere. Und mehr Kaffeepulver war nicht im Haus. Er entschied, das Problem mit Kate ein weiteres Mal aufzuschieben. Stattdessen blickte er zu den karg bestückten Regalen der Einbauküche: Es würde wohl ein Großeinkauf werden.

Kurzentschlossen griff er nach seiner Jacke und überlegte einen Moment, dass in solchen Fällen ein Auto wirklich praktisch wäre. Bisher hatte er sich gegen die Anschaffung entschieden. Nicht, dass er sich nicht zutraute, auf der falschen Seite der Straße zu fahren, aber er hatte die Befürchtung, dass die Einwohner von Guernsey seinen französischen Fahrexperimenten nicht unbedingt aufgeschlossen gegenüberstehen würden.

Nicolas trat aus der Tür seines Häuschens und bemerkte seinen Nachbarn, der missgelaunt den Bürgersteig kehrte. »Hey, David!«

Der Mann blickte nicht einmal auf von seiner Tätigkeit. Er schien ein bisschen eigenbrötlerisch zu sein, David Rougier, der im Haus nebenan lebte. Er war Ende dreißig, also etwa im gleichen Alter wie Nicolas selbst, ebenso groß wie er, aber deutlich breiter gebaut. Als Nicolas vor zwei Tagen mit seinem Koffer eingezogen war, hatte David flüchtig gegrüßt. Gestern hatte Nicolas versucht, ein Gespräch zu beginnen, aber bis auf seinen Namen hatte der Nachbar nichts preisgegeben. Doch jetzt hielt er inne. »Du hast nichts gesehen, oder?«, fragte er und stützte sich auf den Besen.

Es war der längste Satz, den Nicolas bisher von ihm gehört hatte. Dennoch wusste Nicolas nicht, worauf er hinauswollte.

»Gesehen?«

David deutete auf das Fenster links neben der Haustür seines kleinen Cottage, in dem fast das gesamte Fensterglas fehlte. »Wer mir die Scheibe eingeschlagen hat.«

»Oh, diese kleinen Racker!« Nicolas schüttelte den Kopf, dann erzählte er von seinem Erlebnis mit den Klingelstreichen.

»Na toll.« David schüttelte den Kopf. »Aber nein, das hier ist was anderes. Und das ersetzt mir die Versicherung doch nie.« Wieder begann er zu kehren, resignierter als zuvor. Weniger wütend, eher traurig.

Nicolas zögerte, dann machte er sich auf den Weg zum Supermarkt, der zum Glück auch sonntags geöffnet hatte. Er würde auch etwas zu trinken besorgen und seinen Nachbarn am Abend auf ein Bier oder ein Glas Wein einladen.

✳

Garden Villa, St. Saviour

Egal, was DeGaris am Morgen gesagt hatte, sie brauchten Walker. Ihre Beobachtung, dass Odiles Kleid korrekt geknöpft war, warf ein neues Licht auf ihren bisherigen »Unfall«. Noch aus dem Wagen rief Kate atemlos den Chief an.

»Odile Davies hat heute jemanden getroffen«, legte sie sofort los, nachdem er das Gespräch angenommen hatte. »Jemanden, der ihr Kleid richtig geknöpft hat, was sie mit ihren Händen nicht gekonnt hätte. Arthritis. Es muss jemand sein, mit dem sie mehr als eine flüchtige Begegnung hatte. Die Person muss mit ihr gesprochen, ihr Vertrauen erlangt haben.«

»Wieso ihr Vertrauen?«

»Würdest du dir von einer wildfremden Person an den Kragen greifen lassen?« Zumal Odile dement war.

DeGaris schwieg für einen Moment, bevor er ihr zustimmte.

Kate hörte ein Klopfen, Stimmen, dann sagte der Chief: »Rivers ist hier. Ich stell dich laut.«

»Was du uns für Arbeit machst, Langlois«, begann der Forensiker. »Fast zwei Stunden haben wir für den Pfad gebraucht. Wann der Chief uns unsere Überstunden bezahlt, steht in den Sternen.«

»Komm zum Punkt, Rivers«, unterbrach Kate ihn schmunzelnd.

Ihr Kollege schnalzte ungeduldig mit der Zunge. »Wie gesagt, du machst uns zwar jede Menge Arbeit, Langlois. Aber …«

Kate horchte auf. »Aber?«, führte sie seinen Satz weiter. Der Forensiker liebte dramatische Pausen fast noch mehr als den guten Kaffee des Chiefs.

»Aber …« Rivers hielt inne, um sich zu räuspern. »Aber sie war nicht allein.«

Unwillkürlich hielt Kate den Atem an. »Jemand war bei ihr?«, hakte sie nach.

»Der Regen war ein Geschenk Gottes. Damit hattest du schon recht«, gab er widerwillig zu. »An der Sturzstelle waren die verschiedenen Fußspuren nicht zu sehen. Aufgewühlte Erde, verwischte Eindrücke, aber zu verwischt, um zu erkennen, von welchen Schuhen genau sie herrühren. Und außerdem hätte hier niemand Fußspuren einer zweiten Person neben Odile vermutet: Eine alte Frau hat den Halt verloren, ist hingefallen, im Matsch weggerutscht und schließlich nach unten gestürzt. An einer Stelle kurz hinter dem Parkplatz jedoch«, er zwinkerte Kate zu, »haben wir außerdem Fußspuren gefunden, die eindeutig nicht von ihren Schuhen stammen. Sohlen mit Profil, für die genauen Angaben müssen wir die Gipsabdrücke abwarten. Aber ich schätze, Schuhgröße zehn, keine kleine Person.«

»Könnte das auch jemand gewesen sein, der vor oder nach ihr dort war?«, mischte DeGaris sich ein.

»Nein. Wir haben den gesamten Weg zum Parkplatz zurückverfolgt und dort noch zwei weitere Abdrücke gefunden: Sie sind vermischt mit ihren. Man sieht genau, an welchen Stellen die andere Person Odile Davies gestützt, geführt haben muss.«

Kate spürte, wie sich die Aufregung in ihr ausbreitete. Schon an den Klippen hatte sie dieses Gefühl gehabt. Dieses Gefühl, dass etwas nicht stimmte, dass etwas eigenartig war an dem Tod einer alten Frau, der sofort für einen Unfall gehalten werden würde, gehalten *wurde.*

»PC Knight hatte doch den richtigen Riecher«, sagte sie. »Es war ein Verbrechen.«

»Nicht so eilig, Langlois! Es kann trotzdem ein Unfall gewesen sein«, warf DeGaris ein.

»Natürlich«, entgegnete Kate. »Aber wenn jemand nur mit ihr dort entlanggegangen ist, hätte sich die Person doch gemeldet! Ein solcher Begleiter hätte doch der Polizei, der Feuerwehr oder dem Rettungsdienst von dem Sturz berichtet.«

»Eines jedenfalls ist sicher«, warf Rivers ein, »nämlich, dass jemand seine Spuren verwischen wollte.«

DeGaris schwieg, und auch Kate rührte sich nicht, als Rivers beschrieb, wie mühevoll es gewesen war, brauchbare Abdrücke zu finden. »Zuerst dachte ich, es liegt am festgetrampelten Pfad. Meine Abdrücke waren ebenfalls nicht darauf zu sehen, als ich es getestet habe. Außer an den matschigen Stellen. Und dann … ist mir etwas aufgefallen: Um die matschigen Stellen, alle Stellen, an denen Fußabdrücke prominent zu sehen wären, auszulassen, muss man große Schritte machen. Ich bin auch über die Pfützen gestiegen, deshalb habe ich mir dabei zunächst nichts gedacht. Doch dann dachte ich an eure alte Frau: Sie hat kleine Schritte gemacht und konnte damit unmöglich allen schwierigen Stellen ausweichen. Tja, und dann … haben wir es bemerkt.« Rivers legte abermals eine seiner berühmten Pausen ein, und Kate drohte vor Spannung zu platzen. »Die Fußspuren wurden verwischt.«

»Verwischt?«

»Ja. An verschiedenen matschigen Stellen sieht es so aus, als sei jemand mit einem Stock und auch mit der Schuhspitze so durch die Erde gefahren, dass man keine eindeutigen Fußspuren mehr erkennen kann.«

»Könnte das Zufall gewesen sein?«, fragte DeGaris.

Rivers Antwort kam sofort: »Ausgeschlossen.«

»Odile Davies war also in Begleitung«, fasste DeGaris zusammen. »Und dieser Jemand hat nicht gewollt, dass wir das herausfinden.«

Das waren tatsächlich unglaubliche Neuigkeiten. »Danke, Rivers«, sagte Kate atemlos, bevor DeGaris das Telefon wieder leise stellte und den Hörer in die Hand nahm.

Natürlich, DeGaris hatte recht, es war immer noch nicht ausgeschlossen, dass es sich um einen Unfall handelte. Dennoch warfen Rivers' Erkenntnisse nun ein ganz anderes Licht auf die Sache, und sie mussten unter anderen Voraussetzungen agieren.

»Wir sollten darüber nachdenken, PC Knight eine Empfehlung für die Crime Unit zu schreiben«, sagte DeGaris scherzhaft, bevor er die Worte sprach, die Kate erwartet hatte: »Wir haben einen Fall. Sollte sich später herausstellen, dass es doch ein Unfall war, umso besser. Aber die Möglichkeit besteht, dass ein Verbrechen vorliegt. Und genauso werden wir die Sache auch behandeln.«

Kate stieß den Atem aus, den sie unbewusst angehalten hatte. »Zuerst müssen wir herausfinden, wen sie getroffen hat«, fuhr der Chief fort. »Im Pflegeheim konnten sie dir dazu nichts sagen?«, fragte er.

Kate berichtete kurz, was sie von Therese Morgan, Sarah Gibbs und Edward Linney diesbezüglich erfahren hatte. Nämlich so gut wie gar nichts. »Wenn die drei nicht gelogen haben, hat Odile keinen Besuch bekommen, nie.«

DeGaris fand das ebenso bemerkenswert wie sie, und Kate erzählte von dem Streit, den sie beobachtet hatte. »Die Konstellation birgt großes Konfliktpotenzial: Dem altgedienten Linney wird die jüngere, unerfahrene Morgan als Chefin vor die Nase gesetzt.«

»Ja, vielleicht. Aber was kann das mit unserer Toten zu tun haben?«

Kate rieb sich die Nase und dachte nach. »Keine Ahnung. Wenn es stimmt, was die drei erzählen, haben sich gestern alle absolut korrekt verhalten.«

»Und trotzdem ist eine alte Frau aus dem Heim verschwunden. Und jetzt tot. Was ist denn mit diesem Betreuer?«, fragte DeGaris. »Zumindest den muss sie doch mal getroffen haben. Hast du seine Adresse?«

»Thomas Harwood, ja. Er war aber auch nur wenige Male da, eher selten bei ihr persönlich. Gestern war er gar nicht in der Garden Villa. Wir müssen trotzdem sein Alibi überprüfen. Und die Telefonverbindungen, auf ihrem Nachttisch steht ein Apparat. Odile Davies hat da oben jemanden getroffen, vielleicht hat sie sich mit ihm verabredet? Und: Hat sie ihn erst dort getroffen, oder hat ihr Begleiter sie vielleicht sogar mitgenommen? Auch wenn niemand einen Besucher für sie registriert hatte?« Kate schwieg einen Moment. »Wie ist sie überhaupt da hingekommen? Wir sollten unbedingt nachhaken, ob sie einem Busfahrer aufgefallen ist. Im Sommer hatte sie schon einmal versucht, mit dem Bus nach St. Peter Port zu fahren.«

»Das kann Miller übernehmen.« Kate sah förmlich vor sich, wie der Chief sie schon von seinem Handy aus anfunkte. Die Aufgabe war genau das Richtige für Detective Sergeant Claire Miller. Schon in ihrem letzten Mordfall hatte sie das Team um Walker, Kate und DeGaris bereichert, die Planung sämtlicher Observierungen und Laufarbeit war bei Miller in besten Händen. Und dazu war sie meist noch gut gelaunt. Kate war froh, dass Miller dabei war. Sie wusste, dass es nicht wenige Beamte gab, die darauf lauerten, einen Platz in ihrer Crime Unit zu ergattern, um einen Mordfall zu bearbeiten, doch einige dieser Kollegen waren ganz und gar nicht ihre Lieblingskollegen. Sie trugen Kate die Geschichte mit ihrem früheren Partner noch immer nach, die Zeit auf dem Präsidium kurz danach war keine schöne gewesen.

Kate kam eine Idee. »Frag sie, ob PC Knight für Laufarbeiten zur Verfügung steht. Ich könnte mir vorstellen, dass ihn interessiert, wie die Sache weitergeht.«

Die Hintergrundgeräusche ließen darauf schließen, dass DeGaris sein Telefon erneut auf Lautsprecher gestellt hatte. Wahrscheinlich wollte er die Hände frei haben, oder Miller war schon bei ihm und sollte mithören.

»Wir müssen alle Möglichkeiten ausschließen«, sagte er dann. »Also: Wir werden Odiles Weg rekapitulieren. Ihren gestrigen Tag ab dem Moment, als sie im Pflegeheim aufgebrochen ist. Wir müssen herausfinden, wie sie es von der Garden Villa an die Klippen geschafft hat. Falls die Buslinien uns nicht weiterbringen, können wir auch Hinweise aus der Bevölkerung einholen. Wer hat eine verwirrte Frau auf der Strecke von St. Saviour zur Petit Bot Bay gesehen?«

»Gut«, antwortete Kate. »Außerdem müssen wir nach ihrem Begleiter suchen: Mit wem könnte sie an den Klippen gewesen sein?«

»Du fängst mit ihrem Betreuer an«, delegierte DeGaris. »Vielleicht weiß er etwas, vielleicht gibt es doch einen alten Bekannten, eine alte Freundin.«

Kate nickte. »Wie sieht es aus mit der Spurensicherung?«, fragte sie dann. »Ich hätte gern jemanden hier. Angeblich hat Odile keinen Besuch bekommen, aber es weiß ja auch niemand, was passiert ist. Ich möchte sichergehen, dass wir keine Fingerabdrücke oder weitere Indizien übersehen.«

»Rivers ist auf dem Weg.« Damit beendete DeGaris die Verbindung.

*

Kate stieg aus dem Auto und ging zurück ins Pflegeheim, wo sie im Foyer auf die Forensiker wartete. Sie nutzte die Zeit, um sich umzuschauen, und sah Edward Linney vorbeihasten. Er warf ihr einen Blick zu, den sie nicht deuten konnte.

Eine alte Frau mit silbernen Locken, eine Regenjacke über der Bluse, saß auf einem der Stühle und blickte nach draußen. Alle paar Minuten fragte sie einen Pfleger, Besucher oder Mitbewohner: »Entschuldigen Sie, wie spät ist es?«

Ein alter Mann ging vorbei, wobei er sich schwer auf einen Stock stützte. In der anderen Hand hielt er ein Kartenspiel.

Als das Auto mit den Forensikern draußen hielt, stand Kate auf. Rivers war persönlich gekommen, begleitet von dem jungen Kollegen, der aussah wie Harry Potter. Als Rivers das Pflegeheim betrat, stutzte er kurz, bevor er Kate zuflüsterte: »Riecht es hier immer so?«

»Nach verkochtem Kohl aus einer Großkantine? Willkommen in deiner Zukunft«, antwortete Kate grinsend.

»Meine Rente erwartet mich in achtundzwanzig Jahren, drei Monaten und einer Woche. Aber hey, wer zählt schon mit?«

Sie war sich nicht sicher, ob er sie nur aufziehen wollte oder das tatsächlich so genau wusste. Zugetraut hätte sie ihm beides.

»Ich freu mich auf die nächsten achtundzwanzig Jahre unserer Zusammenarbeit, hier entlang«, wies sie den beiden den Weg.

»Achtundzwanzig Jahre, das ist mehr als lebenslänglich«, warf Harry Potter ein. Es war das erste Mal, dass er redete, ohne dass Kate ihn ansprach. Der Junge wurde selbstbewusster – oder seine Angst vor ihr verschwand mit der Zeit. Nachdem sie ihm während ihres letzten großen Falls eine Standpauke gehalten hatte, taute er in ihrer Gegenwart langsam auf.

»Mehr als lebenslänglich«, murmelte Rivers und blieb vor Odiles Zimmer stehen. »Am Tag meiner Pensionierung werden mir die Tränen kommen.«

Nachdem ihnen eine Pflegekraft aufgeschlossen hatte, öffnete er die Tür, warf einen Blick in den Raum und schaute dann Kate misstrauisch an. »Warst du schon drin?«

»Natürlich nicht«, log sie.

»Mmh. Schöne Margeriten auf dem Bild«, sagte Rivers.

Kate biss sich auf die Lippe, korrigierte ihn aber nicht.

»Du kannst mir nichts vormachen, Langlois, ich weiß, dass du es dir schon angesehen hast. DeGaris hätte es nicht anders gemacht.« Vorsichtig stieg er in seinen Schutzanzug und streifte die Handschuhe über.

»Ich habe eben vom Besten gelernt.«

»In der Tat. Dann schauen wir uns also mal auf deinem Trampelpfad um. An die Arbeit«, wandte Rivers sich an seinen Kollegen und betrat den Raum.

»Ihr meldet euch, wenn ihr was findet?«

Sie konnte Rivers' Augenrollen sehen, obwohl er in eine andere Richtung blickte.

»Wir behalten unsere Geheimnisse grundsätzlich für uns«, sagte Harry Potter, offenbar lernte auch er gerade vom Besten, was es hieß, sarkastisch zu sein.

Kopfschüttelnd verabschiedete Kate sich. »Ich kümmere mich mal um Odiles Betreuer.«

*

Bellevue, Richmond

Auf dem Weg zu Thomas Harwood holte Kate sich in einem kleinen Lebensmittelgeschäft noch schnell ein Truthahn-Sandwich. Sie hatte nicht gefrühstückt, und mittlerweile war es früher Nachmittag, und so aß sie viel zu hastig und spülte die letzten Reste mit einer Cola hinunter. *Geht das also wieder los*, dachte sie, die ungesunden Essgewohnheiten, sobald sie einen Mordfall bearbeiteten. Sie schmunzelte bei dem Gedanken daran, dass ihre Mutter mit ihr schimpfen würde. Heidi Langlois war Krankenschwester, und gute, selbst zubereitete Mahlzeiten ergänzten bei ihr jede medizinische Behandlung. Kate nahm sich vor, beim nächsten Mal wenigstens etwas langsamer zu essen.

Kate hatte zunächst versucht, den Betreuer anzurufen, unter der Telefonnummer auf der Visitenkarte. Doch heute war Sonntag, da arbeiteten die wenigsten Menschen. Es sei denn, sie waren bei der Polizei oder in der Pflege tätig, dachte sie selbstironisch. Miller hatte ihr aus der Datenbank Thomas Harwoods Privatadresse herausgesucht. Der Rechtsanwalt wohnte in Richmond, einem kleinen Dorf an der Westküste Guernseys, nicht weit von der Vazon Bay, die im Sommer mit hellem Sandstrand und türkisfarbenem Wasser aufwartete. Kate selbst bevorzugte die Steilküste im Süden von Guernsey mit ihrer wunderschönen Landschaft, sie konnte aber verstehen, weshalb Touristen sich auf die Strände hier an der anderen Seite stürzten. Wenn jedoch der Regen aus dunklen Wolken herunterprasselte, herrschte dort hauptsächlich Tristesse. Deshalb lebte sie in St. Peter Port, mitten in der Altstadt mit den kleinen Gassen und Häusern, den unebenen Treppen und dem emsigen Treiben.

Zumindest klarte der Himmel jetzt langsam auf, mit viel Glück würde am späten Nachmittag doch wieder die Sonne zu sehen sein, die, hell und strahlend, den nassen Sand trocknete und die Besucher wärmte.

Thomas Harwood war Rechtsanwalt, er wickelte vor allem zivilrechtliche Angelegenheiten ab, das hatte Kate mit einem schnellen Blick seiner Homepage entnommen. *Wahrscheinlich wählt man gesetzliche Betreuer vor diesem Hintergrund aus*, dachte sie, ein Rechtsanwalt kannte sich sicher besser aus als ein juristischer Laie. Mit diesem Thema würde sie sich später näher beschäftigen müssen.

Harwood wohnte in einem Einfamilienhaus, nicht besonders klein, aber auch keineswegs protzig. Weiß getüncht mit neuen Fenstern, ein Vorgarten aus Kies, der in starkem Kontrast zur überbordenden Flora im Nachbargarten stand. Ein kleiner Schriftzug neben der Eingangstür wies wie so viele Cottages auf Guernsey, vor allem aber Ferienhäuser, einen Namen auf: *Bellevue. Mit der guten Aussicht ist sicher nicht der trostlose Kiesparkplatz gemeint*, dachte Kate sarkastisch. Sie verglich das Haus unwillkürlich mit ihrer eigenen Wohnung: Diese war winzig, nur wenige Gehminuten vom Polizeipräsidium entfernt, aber mit Ausblick auf den Hafen, auf dem bei Flut die bunten Boote im Wasser tanzten. Na, wenn das kein »Bellevue« war! Aber Hauptsache, Harwood hatte vor dem Haus Platz für ein Auto, einen Tesla, der vermutlich so viel gekostet hatte wie das gesamte Haus.

Sie drückte auf den Klingelknopf.

Wie würde er die Nachricht von Odiles Tod aufnehmen? Er war ihr gesetzlicher Betreuer, wie fühlte man sich da? Lag ihm sein Schützling am Herzen?

Harwood öffnete die Tür persönlich. Er war deutlich jünger, als sie ihn sich vorgestellt hatte. Vielleicht lag es daran, dass sein Gesicht im Vergleich zum Foto auf der Homepage breiter und voller war, was ihm leicht kindliche Züge verlieh. Dabei war er beinahe einen ganzen Kopf größer als sie. Harwood zuckte mit keiner Wimper, als sie ihm ihren Dienstrang mitteilte und sich auswies. Rechtsanwalt, er war den Umgang mit der Polizei gewöhnt.

»Es geht um Odile Davies. Darf ich reinkommen?«

Die Art, wie er nickte, nach einem winzigen Augenblick des Zögerns, sagte ihr, dass er wusste, warum sie gekommen war. »Therese Morgan hat mich schon informiert. Im Übrigen auch bereits gestern Abend über ihr Verschwinden«, ließ er sie wissen, und Kate stöhnte innerlich auf. Sie hatte gehofft, an seiner ersten Reaktion etwas ablesen zu können.

»Haben Sie bei der Suche geholfen?«, fragte sie.

»Nein. Therese sagte mir, dass sie die Polizei schon eingeschaltet hatte. Was hätte ich noch tun können?«, fragte er und stieß ein unsicheres Lachen aus, als er Kate ins Wohnzimmer führte. *Eine typische Junggesellenwohnung*, ging es ihr durch den Kopf. Harwood war vermutlich Mitte dreißig, und eine seiner Leidenschaften schienen Videospiele zu sein. Wahllos lagen Kabel und Controller vor einer Spielekonsole. Dass Thomas Harwood seine Freizeit nicht im Garten verbrachte, war offensichtlich, aber augenscheinlich war er auch kein Fan von Strandbesuchen an der Vazon Bay, sondern blieb lieber in seinem abgedunkelten Wohnzimmer.

»Stressabbau«, sagte er, als er Kates Blick bemerkte. Aufmerksam war er. Wie hatte sie das zu deuten?

»Was ist denn genau passiert?«, fragte er dann.

Auf eine Geste von ihm hin ließ Kate sich auf der dunklen Couch nieder, die aussah, als hätte er sie von seinen Eltern geerbt. Verschieden bestickte Kissen schmückten das Sofa, und Kate korrigierte ihre Annahme auf »von den Großeltern geerbt«. Während Harwood zwei Gläser Wasser auf den Tisch stellte, erzählte sie ihm, wie und wo sie Odile Davies gefunden hatten. Für einen kurzen Moment zeigte er echte Betroffenheit, doch so schnell wie der Ausdruck über sein

Gesicht gehuscht war, verschwand er auch wieder. Er setzte sich in einen Sessel ihr gegenüber, und Kate mutmaßte, dass er sein kariertes Hemd gekauft hatte, als sein Bauch noch kleiner gewesen war. So geistig rege Harwood zu sein schien, auf das eigene Äußere oder das seiner Wohnung schien er keinen gesteigerten Wert zu legen.

»Wo waren Sie gestern Abend, sagen wir, nach 17 Uhr?«, fragte sie ihn.

»Natürlich, das müssen Sie fragen.« Er wirkte verständnisvoll, seine Reaktion echt. Dennoch war Kate auf der Hut. Sein rundliches Gesicht war freundlich und einnehmend, vertrauenerweckend – *der richtige Mann für eine rechtliche Betreuung*, dachte Kate. Doch genau das weckte ihr Misstrauen. Thomas Harwood wirkte wie der perfekte Betreuer, der natürlich stets das Beste für seinen Schützling gewollt hatte. Nur war dieser Schützling nun eben tot.

»Ich war bei einem Essen, meine Kanzlei hat ihr zehnjähriges Jubiläum gefeiert.« Er schrieb Kate den Namen des Restaurants und die Namen sowie Telefonnummern der vier Personen auf, die dabei gewesen waren. Sie würden das überprüfen, aber er wirkte nicht wie jemand, der falsche Angaben machte – als Rechtsanwalt wusste er, welche Schlüsse die Polizei daraus ziehen würde.

Kate beschloss, das Thema zu wechseln. »Und das Geld erbt jetzt wer?«, fragte sie offen und hoffte, ihn mit dieser provokanten Frage aus der Reserve zu locken.

»Welches Geld?«, fragte Harwood jedoch schulterzuckend. »Odiles Rente war nicht hoch, die Kosten für ein Pflegeheim überstiegen diese bei Weitem. Der Sozialfonds hat ihre Unterbringung bezuschusst, ich habe mich um die Formalitäten gekümmert. Mehr als Taschengeld für etwas Kleidung war nicht drin.«

Oder für Frisörbesuche.

»Odiles Rente. Keine Witwenrente?«

»Sie war nie verheiratet.«

Kinder hatte sie ebenfalls nicht, zumindest keine, die noch lebten. Officer Knight hatte gewusst, dass es keine Erben gab. Harwood bestätigte diese Angaben, seines Wissens hatte Odile Davies tatsächlich nie Kinder gehabt.

Kate nickte. »Sie haben ihre Rente erwähnt. Was hat sie überhaupt gearbeitet?«

»Sie war Buchhalterin. Bis zu ihrer Pensionierung hat sie in einer Gärtnerei in Torteval gearbeitet, Export nach England.«

Eine Gärtnerei also. Überall auf der Insel fand man noch riesige Gewächshäuser. Teilweise in Betrieb, die meisten jedoch verfallen und von Wildpflanzen überwuchert. Die Zeiten, in denen die Produktion und der Export von Tomaten einen großen Wirtschaftszweig der Insel gebildet hatten, waren lange vorbei.

»Hat sie selbst auch gegärtnert?«, fragte Kate. Doch das Bild, das sie von dieser alten Frau mit ihrem Schmuck, den eleganten Kleidern und der Vorliebe für regelmäßige Frisörbesuche hatte, ließ sich schlecht mit einer Latzhose und Gummistiefeln vereinbaren – auch wenn sie Blumen geliebt hatte.

»Ich glaube nicht«, antwortete Harwood dann auch. »Zumindest war bei ihrer Haushaltsauflösung nicht von einem Garten die Rede.«

Vielleicht hat sie mit ihrem Betreuer die Vorliebe für Kiesparkplätze geteilt, dachte Kate.

»Was ist mit dem Geld aus der Haushaltsauflösung?«, kam sie wieder auf das Thema Finanzen zurück.

»Es gab Rechnungen zu bezahlen. Die konnten wir damit begleichen. Mehr aber auch nicht.«

»Sie besaß also … gar nichts?«, fasste Kate zusammen.

Harwood nickte.

Kate ließ die Information sacken. Wenn sie wirklich von einem Verbrechen ausging, war ihr erster Gedanke – wie auch der von DeGaris – gewesen, dass ein mögliches Motiv für die Tat ein Erbe war. Jemand wollte an Geld, das mussten nicht unbedingt Angehörige sein, es konnte auch jemand sein, der im Testament erwähnt wurde – ein Betreuer beispielsweise.

»Nein, nichts. Ich kann Ihnen gern alle Kontoauszüge senden, die ich habe. Sie besaß nur ihre persönlichen Gegenstände«, sagte er. Auf die hatte Kate schon einen Blick geworfen, es handelte sich dabei beinahe ausschließlich um Kleidung und Schmuck. »Und ein Schließfach bei einer Bank«, fügte Harwood dann hinzu.

Kate horchte auf. Den Schmuck bewahrte Odile offenbar in ihrem Zimmer auf, für welche Gegenstände brauchte sie dann wohl ein Schließfach? »Haben Sie den Schlüssel?«

»Natürlich. Als gesetzlicher Betreuer habe ich Zugriff auf alles. Er ist in meiner Kanzlei, in der Stadt.«

»Den Schlüssel brauchen wir«, informierte Kate den Rechtsanwalt und machte sich eine Notiz. »Wissen Sie, was drin ist?«

»Nur Erinnerungsstücke. Briefe, glaube ich, und Fotos.«

Romantisch, schoss es Kate erneut durch den Kopf. »Was für Fotos?«

»Von früher, ihrer Jugendzeit vor allem. Ich habe sie mir nicht so genau angesehen. Das hat sich falsch angefühlt, wissen Sie.« Jetzt wirkte er beinahe verlegen, und Kate konnte sich denken, worum es ihm ging: Er kannte Odile Davies kaum – die Frau, für die er die Entscheidungen traf. In ihren Erinnerungen zu wühlen hätte ihm ein schlechtes Gewissen bereitet.

Kate überlegte. Die alte Frau hatte viel von ihrer Vergangenheit gesprochen, hätte sie die Fotos dann nicht gern jeden Tag ansehen mögen? »Und die hat sie nicht bei sich haben wollen?«, hakte sie nach. »Warum?«

Harwood zuckte mit den Schultern. »Darüber habe ich mir keine Gedanken gemacht. Aber Odile war dement. Ihre Beweggründe waren nicht immer rational nachvollziehbar, schon lange bevor man mich zu ihrem Betreuer bestimmt hat.«

Vielleicht hatte sie sogar vergessen, dass sie die Fotos besaß?

»Seit wann sind Sie denn ihr Betreuer?«, fragte Kate.

»Seit zwei Jahren. Sie war damals schwer gestürzt, Nachbarn hatten den Notruf gewählt. Die Rettungssanitäter waren entsetzt über den Zustand ihrer Wohnung, der Sozialdienst wurde informiert und der Grad ihrer Demenz festgestellt. Sie ist dann nicht mehr nach Hause gekommen, man hat noch im Krankenhaus alle notwendigen Schritte eingeleitet, um sie in der Garden Villa unterzubringen. Dort bin ich dann auch mit der Vormundschaft beauftragt worden. Die Krankenhäuser arbeiten in diesen Fällen eng mit dem Betreuungsgericht zusammen.«

Kate wusste, dass das Gericht einmal in der Woche im Royal Court of Guernsey in St. Peter Port tagte. Meist kümmerten sich Angehörige; hatte man keine, sprang ein Vormund wie Thomas Harwood ein. Wie traurig. Da lebte man siebzig, achtzig Jahre, und plötzlich war man mutterseelenallein in einem Krankenhaus, und fremde Menschen entschieden, dass man nicht mehr nach Hause zurückdurfte.

»Und ihre privaten Gegenstände? Der Inhalt des Bankschließfachs, das erben jetzt alles … Sie?«

Er lächelte nachsichtig. »Nein, nein. Ich werde für meine Arbeit bezahlt, für das, was ich regele, solange meine Klienten am Leben sind. Wenn es keine Erben gibt, wie in Odiles Fall, geht ihr Besitz an die Kommune.«

Die würde mit ein paar Briefen und Fotos, Kleidung und Lavendelduftsäckchen nicht viel anfangen können. Früher oder später würden Odiles Sachen auf der Müllkippe landen. *Was von einem Leben übrig bleibt*, dachte Kate und versuchte, den Schauer, der ihr dabei über den Rücken lief, abzuschütteln.

»Haben Sie Odile hin und wieder besucht?«

Er zuckte erneut die Schultern. »Hin und wieder, ja.« Das bedeutete selten. Edward Linney hatte gesagt, Harwood wäre »eher selten bei ihr persönlich« gewesen. »Es gab ja nichts zu besprechen«, fügte der Rechtsanwalt hinzu. »Ich bin schließlich nicht als Gesellschaft für diese Menschen bestellt worden, sondern als Vormund, der die rechtlichen Angelegenheiten regelt.« Er klang defensiv, vielleicht hörte sie auch ein schlechtes Gewissen heraus? Kate würde Therese Morgan fragen, wie häufig genau sie oder ihr Stellvertreter Kontakt gehabt hatten mit Thomas Harwood. Sie betrachtete ihn aufmerksam. »Wissen Sie, wer Odile besucht hat?«

Er dachte eine Weile nach. »Nein. Vielleicht ehemalige Nachbarn?«, antwortete er schließlich, aber es klang eher wie eine Frage.

»Wie viele Vormundschaften haben Sie?«, fragte Kate.

»Jetzt im Moment? Drei.«

Er hatte Odile nicht gekannt, so viel war klar. Es war ein Geschäft, nichts weiter. Vorteile hatte er, solange seine Klienten lebten. Odiles Tod brachte ihm nichts. Oder vielleicht doch?

4. Kapitel

Juni 1943
Vazon Beach

Odile *stützte sich auf die Ellenbogen und versuchte, ihre Beine elegant zu überkreuzen – so, wie Eleanor das immer tat, die Nachbarstochter, die mit ihren fast achtzehn Jahren zwei Jahre älter war als sie selbst und der die Herzen der Männer nur so zuflogen. Eleanor ging mit einem Deutschen aus, hatte Odile gehört. Das Gerücht kursierte hinter vorgehaltener Hand, und ihr Vater war ihr über den Mund gefahren, als sie vor einigen Tagen beim Mittagessen darüber hatte sprechen wollen.*

Mit einem Deutschen.

Odile blickte nach links, wo William mit seiner kleinen Schwester Ball spielte. Er hatte heute kaum ein Auge für sie, und Odile musste sich eingestehen, dass sie das verärgerte. Sie war seine Aufmerksamkeit gewöhnt. Aber nur weil sie nicht wie eine Verrückte mit einem Ball über den Sand hopsen wollte …

Missmutig blickte Odile zur anderen Seite. Sogleich war ihre Neugier geweckt. Soldaten! Das waren deutsche Soldaten, diese Gruppe von lärmenden jungen Männern, die in dem Moment achtlos ihre Schuhe abstreiften und im Sand liegen ließen. Sie waren groß, größer als die Männer von Guernsey, oder bildete Odile sich das nur ein? Blond waren sie auch, hatten breite Schultern und … Odile biss sich auf die Unterlippe, als sie nun ihre Hemden abstreiften. Eine leichte Hitze stieg ihr in die Wangen, während sie beobachtete, wie die Soldaten johlend ins Wasser liefen. Laute Rufe, Satzfetzen, die Odile nicht verstand, Wörter in einer Sprache, die wie die Männer fremd, aufregend und ein klein wenig Furcht einflößend war.

Die Familie rechts neben ihr packte ihre Sachen zusammen, der junge Mann und die zwei Frauen daneben drehten sich demonstrativ von dem Schauspiel im Meer weg. Nur Odile konnte ihre Augen nicht abwenden von den Fremden. Die Besatzer, dachte sie. Sie hatten die Macht hier auf Guernsey, und wenn sie ihnen so zusah, groß und blond und mit einem Gebaren, als gehöre ihnen die ganze Welt, dann konnte Odile verstehen, weshalb das so war. Einer der Männer, dessen Haare vielleicht ein wenig länger waren als die der anderen, erwischte Odile dabei, wie sie sie anstarrte. Er zwinkerte ihr zu, und nun spürte sie die Hitze überall am Körper, ein Schauer lief ihr von den Schultern bis zu den Füßen. Sie hatte das Gefühl, gerade etwas Verbotenes zu tun. So hatte sie sich gefühlt, als sie sich das erste Mal hatte küssen lassen, von William nach Schulschluss vorletztes Jahr.

Odile hörte, dass William ihr etwas zurief, und drehte sich wie ertappt zu ihm um. Er spielte immer noch mit seiner Schwester, und die kleine Sophie lud sie nun ein, sich dazuzugesellen. Odile hob die Arme in die Höhe und zwang sich zu einem fröhlichen Lachen. »Wirf mir den Ball zu!«, rief sie. Als sie aufstand und zu William und Sophie hinüberlief, spürte sie den Blick des Deutschen prickelnd in ihrem Rücken.

*

Police Headquarter, St. Peter Port

Was für ein Mensch war Odile Davies gewesen? Zurück im Polizeipräsidium mitten in St. Peter Port saß Kate in ihrem Büro, das sie sich mit Tom Walker teilte. Sein Schreibtisch war wie üblich penibel aufgeräumt, die Stifte lagen abgezirkelt neben der Tastatur, während sich auf ihrem das Chaos türmte. *Unterschiedliche Arbeitsweisen*, dachte sie amüsiert, die sich trotzdem so gut ergänzten. Sie trommelte mit einem Kugelschreiber auf einem Notizblock herum, auf dem sie noch kein einziges Wort festgehalten hatte. Diese Frage, was für ein Mensch jemand gewesen war, stellte sich bei jedem ihrer Fälle. Aber war die Antwort auch bei einer alten Frau, die an Demenz erkrankt war, von Belang? Vielleicht musste man präzisieren: Was für ein Mensch war sie vor der Erkrankung gewesen? Wie hatte sie gelebt? Würde sich dort ein möglicher Grund für ihren Tod finden?

Wenn sie tatsächlich getötet worden war: Weshalb? Geld hatte Odile Davies nicht gehabt – zumindest nicht am Ende ihres Lebens. Eifersucht fiel auch aus, wenn sie keinerlei Besuch gehabt hatte. Warum mordete man sonst? Rache. Aber würde man noch jemanden umbringen wollen, der sich so verändert hatte, dass er möglicherweise nicht einmal mehr den Grund der Feindschaft kannte?

Ihre Gedanken wurden durch das Eintreten von Claire Miller unterbrochen. Kate begrüßte sie herzlich. »Hast du bei den Busfahrern schon etwas herausgekriegt?«, fragte sie anschließend.

»Nur, dass niemand eine verwirrte alte Frau bemerkt hat, zumindest keine, auf die unsere Beschreibung passen würde.« Miller strich sich eine widerspenstige Locke aus dem Gesicht. Im Einsatz trug sie ihre Haare meist zusammengebunden, aber im Präsidium fielen ihr die Locken bis über die Schultern. Wie sie es mit zwei Kindern schaffte, ihre Frisur frei von Spuren klebriger kleiner Hände zu halten, war Kate ein Rätsel.

»Wie ist Odile Davies ohne Bus zur Petit Bot Bay gekommen? Zu Fuß?«, murmelte Kate und öffnete Google Maps, um sich die Gegebenheiten noch einmal anzusehen. »Fast fünf Kilometer. Das ist nicht viel für dich, nicht viel für mich. Aber für eine über Neunzigjährige?« Außerdem, was hatte Therese Morgan ihr über Demenz erzählt? Selbst wenn Odile genau dorthin gewollt hätte, wäre sie höchstwahrscheinlich nicht zielstrebig zu den Klippen gelaufen, hätte nicht den direkten Weg genommen. Nein, sie konnte unmöglich zu Fuß gegangen sein, nicht die ganze Strecke.

»Eine Anfrage an die Taxiunternehmen ist auch raus«, sagte Miller und setzte sich neben Kate auf Walkers Schreibtischstuhl.

»Danke. Ich bezweifle allerdings, dass sie sich das selbst gerufen hat. Apropos«, sagte sie und machte sich eine Notiz, »ich muss noch die Telefonverbindungen überprüfen. Obwohl sie keinen Besuch bekommen hat, gab es vielleicht doch Anrufe auf den Apparat in ihrem Zimmer. Ich vermute mal, dass Odile Davies kein Smartphone besaß, aber auch das müssen wir herausfinden.«

»Vielleicht hat sie sich ja verabredet? Vielleicht hat ihr Begleiter sie sogar gefahren, auch wenn er nicht als Besucher registriert war?«, warf Miller ein.

»Den Gedanken hatte ich auch schon«, sagte Kate.

»Oder jemand hat sie unterwegs mitgenommen«, überlegte Miller laut.

»Auch das ist möglich«, spann Kate den Faden weiter. »Aber bisher hat niemand eine verwirrte alte Frau gemeldet. Allerdings ist ihr Tod auch noch nicht an die Öffentlichkeit gelangt.« Kate atmete tief durch. »Wir könnten einen Aufruf starten. Um die Mithilfe der Bevölkerung bitten«, schlug sie vor. Sie wusste, wie sehr DeGaris es hasste, über die Presse zu gehen, und auch sie selbst war kein großer Fan von auf diese Weise generierten Hinweisen, denen man so lange nachrannte, bis jede einzelne Spur im Nichts verlief. Aber das musste der Chief entscheiden, zum Glück, das war nicht ihre Verantwortung. Ihre Cousine Holly, die bei der *Guernsey Press* arbeitete, würde Kate so oder so die Tür einrennen. Holly war eine hervorragende Journalistin, und wenn sie einmal eine brandheiße Spur gewittert hatte, ließ sie nicht los, bis sie ihren Artikel hatte. Kate mochte ihre Cousine, aber wenn es um einen ihrer Fälle ging und Holly versuchte, sie darüber auszuquetschen, machte sie doch lieber einen Bogen um sie. Bisher war es ihr immer gelungen, Stillschweigen zu bewahren, auch wenn Holly versuchte, ihre Familie – sogar Grandpa – hineinzuziehen, um Kate etwas zu entlocken.

»Das kriegst du beim Chief nicht durch«, sagte Miller, »nicht jetzt, wir sind ja noch am Anfang der Ermittlungen. Dafür müssen wir erst noch in drei Sackgassen gelaufen sein.«

Kate schmunzelte. Aber Miller hatte recht.

Plötzlich wurde die Kollegin ernst. Kate spürte, dass sie etwas auf dem Herzen hatte, und wartete.

»Ich habe heute Morgen deinen Großvater im Hafen gesehen. Beim Angeln, trotz des Wetters. Er wirkt fit«, formulierte sie vorsichtig.

»Wie ein Turnschuh.« Kate grinste. »Er ist ein störrischer Esel, ein typischer Guernsey donkey, das hat er selbst schon immer gesagt.«

»Unkraut vergeht nicht.« Wieder schwieg Miller. »Ralph hat heute mit seiner Mutter einen Termin in einem … Heim.« Das letzte Wort ging ihr nicht leicht über die Lippen.

»Ralphs Mutter?« Kate wusste, dass Millers Ehemann ein paar Jahre älter war als sie, aber so alt, dass seine Mutter bereits …

»Für seinen Vater. Die Demenz hat früh eingesetzt, er ist noch keine siebzig. Aber sie schafft es nicht mehr allein. Er ist … Seine Persönlichkeit hat sich verändert. Das ist auch etwas, was bei Menschen mit Demenz passiert.« Miller strich ihre Locke erneut zurück und atmete tief durch. »Plötzlich werden nette Menschen gewalttätig.«

Kate drückte ihrer Kollegin mitfühlend die Hand. Es musste schwer sein, Familienangehörigen dabei zuzusehen, wie sie nach und nach ihr Gedächtnis, ihren Charakter verloren.

»Wir sollten das berücksichtigen«, sagte Miller leise und nickte in Richtung von Kates Notizblock.

»Dass sie eine Persönlichkeitsveränderung durchgemacht haben könnte?« Ja, das war ein wichtiger Gedanke. »Aber zuerst einmal brauchen wir überhaupt so etwas wie eine Persönlichkeit. Bisher weiß ich nicht viel über unsere Tote. Außer dass sie in einer Gärtnerei gearbeitet hat, Blumen mochte, aber keinen eigenen Garten besaß. Dafür viel Wert auf ihr Äußeres legte. Sie war vielleicht romantisch veranlagt.« Kate rieb sich die Stirn. Es war spät, der Tag lang gewesen. »Und am Ende ihres Lebens ist nicht mehr viel Geld übrig. Thomas Harwood, Odile Davies' gesetzlicher Betreuer, schickt uns die Kontounterlagen und den Schlüssel für ein Schließfach«, ergänzte sie. Dass die Informationen etwas wert waren, konnte sie sich nicht vorstellen, Harwood hatte sich um die Überweisungen gekümmert, wenn etwas Ungewöhnliches vorgefallen wäre, hätte er es ihr gesagt. Außer natürlich … »Außer natürlich, etwas stimmt dort nicht«, murmelte sie mehr zu sich selbst als an Miller gewandt.

»Gibt es Anlass, das zu glauben?«, hakte die Kollegin sofort nach.

»Er sagte, Odile besaß kein Geld. Wenn er nicht gelogen hat, ergibt sich für ihn kein Motiv.«

»Umgekehrt wäre er unser erster Verdächtiger, wenn sie doch etwas zu vererben hatte«, schlussfolgerte Miller. »Wir werden das gründlich überprüfen. Und dabei auch bei der Bank nachfragen, ob es nur ein Konto und nur ein Schließfach gab oder womöglich mehrere.«

So konnten sie ausschließen, dass er größere Beträge vertuschen wollte.

Millers Handy klingelte, und Kate verabschiedete sich von ihrer Kollegin, die ihr schnell ein »Bis morgen!« zurief, bevor sie in den Flur verschwand, um ihr Gespräch anzunehmen.

Kates Blick wanderte zum wiederholten Male zu Walkers Schreibtisch. Verdammt, wo war er, wenn sie ihn einmal brauchte? Seufzend fuhr sie sich durch die Haare und versuchte, ihre Gedanken zu ordnen. Doch es gelang ihr nicht recht, sie wollte sich mit ihm austauschen, das hatte immer geholfen. Plötzlich und unwillkürlich kam ihr Nicolas in den Sinn. Was würde er wohl zu der Sache sagen? Die letzte Zeit hatte sie kaum an ihn gedacht, es sich geradezu verboten, aber jetzt drängte der Archäologe doch wieder in ihr Bewusstsein – bis sich plötzlich ihr Smartphone schrill meldete.

»Hast du mich vergessen?«, fragte Laura statt einer Begrüßung.

Kate blickte auf die Uhr, es war schon nach halb sieben. Tatsächlich, sie hatte die Verabredung mit ihrer besten Freundin vergessen! »Bin auf dem Weg«, rief sie, sprang auf und schnappte sich ihre Jacke.

Zum Glück lag das Restaurant, in dem sie sich mit

Laura treffen wollte, nur wenige Gehminuten vom Polizeipräsidium entfernt. Die Brasserie gehörte zu einem Sternehotel und bot gehobene Küche mit viel frischem Fisch und Meeresfrüchten an. Eilig bog Kate in die kleine Straße Ann's Place ein, unterhalb der Candie Gardens, in denen bei schönem Wetter die jungen Leute saßen, Schüler und Studenten, bei herrlichster Aussicht auf den Hafen von St. Peter Port Freunde trafen, Ball spielten oder lernten. Doch auch wenn der Weg kurz und Kate die verwinkelten Gassen in St. Peter Port gewöhnt war, bei denen man stets bergauf, bergab und wieder bergauf laufen musste, so war sie doch außer Atem, als sie das schicke Restaurant erreichte. Laura und sie hatten beschlossen, sich heute Abend etwas zu gönnen, denn es war möglicherweise das letzte Treffen zu zweit vor der Geburt von Lauras Tochter. Laura war hochschwanger, sie erwartete ihr Kind »jede Minute«, wie sie selbst es zu formulieren pflegte. Heute Abend passte ihr Mann Patrick auf den gemeinsamen dreijährigen Sohn Liam auf, einen quicklebendigen Sonnenschein, der seine Eltern und auch Kate bei ihren Besuchen immer ordentlich auf Trab hielt.

Kate öffnete die Restauranttür und entdeckte Laura am Fenster an einem der grün-weiß gestreiften Tische mit hübscher Blumendeko. Vor ihrer Freundin standen bereits ein Getränk und ein kleiner Korb mit Brot. Jetzt winkte sie fröhlich.

»Wie immer hast du den Kellner für den besten Platz bezirzt«, sagte Kate grinsend, als sie an den Tisch trat. Von hier aus hatte man einen fantastischen Blick über St. Peter Port bis hinunter zum Hafen, wo reges Leben herrschte. An diesem Wochenende fand dort ein kleiner Kunsthandwerkmarkt statt, die Straße war gesperrt, bunte Stände zogen sich am Pier entlang, und die Klänge des Abschlusskonzerts einer lokalen Band waren leise aus der Ferne zu hören. Dazu die Boote, die im Hafen auf und ab wippten, und etwas weiter entfernt im Meer lag ein Kreuzfahrtschiff vor Anker.

»Du kennst mich«, sagte Laura und zwinkerte ihr zu, dann stand sie auf, um Kate zur Begrüßung einen Kuss auf die Wange zu geben. »Und bei dir gibt es offensichtlich einen neuen Fall.«

Kate musste lachen. »Nur weil ich mich ein winziges bisschen verspätet habe! Das passiert jedem mal.«

»Jedem. Aber dir nur, wenn du an einem Fall arbeitest. Und dann auch noch an einem Sonntagabend.«

Nicht nur Kate kannte Laura, Laura wusste auch alles über Kate, was es zu wissen gab. Sie waren schon gemeinsam zur Schule gegangen, und trotz ihrer unterschiedlichen Charaktere und Interessen – Kate, die Sportliche, Laura, der Theaterfan – beste Freundinnen geworden und es auch geblieben. Kate hatte Laura bei ihrem ersten Liebeskummer getröstet, Laura hatte ihr durch den ersten Kater des Lebens geholfen. Wenn es etwas über Laura zu wissen gab, dann wusste Kate es, und umgekehrt.

»Vielleicht«, gab Kate schließlich zu und schob ihren Stuhl zurecht. »Aber mehr darf ich dir nicht verraten.«

Laura seufzte theatralisch. »Ich werde es in der Zeitung lesen.«

Jetzt war es an Kate, Dramatik zu zeigen. »Hoffentlich nicht! Wenn es nach mir geht, dürften die Journalisten noch eine ganze Weile im Unklaren bleiben.«

»Kannst du die nicht an deinen schnieken neuen Kollegen abwälzen? Der kann doch so gut mit denen umgehen.«

Das stimmte, Walker war bei Pressekonferenzen ein Profi, so aalglatt, dass nichts aus ihm herauszulesen war, was er nicht auch gesagt hatte, und so bestimmt, dass ihm die Reporter auch glaubten, dass es nicht mehr gab, als er sagte.

»Wie geht es dir denn?«, wechselte Kate dennoch lieber das Thema. »Jetzt wird es ja langsam ernst.«

»Ach, ist ja schon das zweite Mal, man gewöhnt sich an alles.«

Nachdem der Kellner die Bestellungen aufgenommen hatte – Kate wählte Steinbutt, während Laura sich für Entenbrust entschied, als Vorspeise teilten sie sich Muscheln –, jammerte Laura dennoch ein bisschen darüber, wie froh sie war, wenn die kleine Isabella sich endlich entscheiden würde, auf die Welt zu kommen. »Sie ist jetzt schon so groß wie ihr Bruder bei der Geburt, und offiziell habe ich noch zwei Wochen«, sagte sie gequält.

»Ein properes Guernsey-Mädchen«, antwortete Kate lachend.

Als der Ober die Muscheln brachte, machte Laura sich darüber her, als stünde sie kurz vor dem Verhungern.

»Apropos, dein neuer Kollege: Wie läuft's denn mit ihm, und was macht der melancholische DeGaris?«, fragte sie, nachdem sie sich den Mund mit der Serviette abgetupft hatte. »Und vor allem: Was macht dein Archäologe?«

»Erstens ist er nicht *mein* Archäologe.« Kate legte ihr Besteck sorgfältig zur Seite, um Zeit zu gewinnen. »Und zweitens nehme ich an, dass es ihm gut geht.«

»Du nimmst an.«

»Ja.«

»Ihr habt immer noch keinen Kontakt?«

Mit einem Mal fühlte Kate sich missmutig und versuchte, ihre schlechte Stimmung mit einem Schluck Weißwein zu vertreiben, den sie bisher zugunsten der Jakobsmuscheln vernachlässigt hatte. Dabei wusste sie selbst nicht genau, was das Problem war. Sie hatte den eigenwilligen Archäologen Ende Juni bei ihrem letzten großen Fall kennengelernt. Nicolas' Beobachtungsgabe hatte ihr bei der Lösung des Falls geholfen, und auch privat war sie ihm schnell nähergekommen. Um ehrlich zu sein: Sie hatte sich verliebt, Hals über Kopf. Gemeinsam hatten sie am Strand gesessen und Wein getrunken, sie hatten zusammen gegessen, waren die Insel auf und ab gelaufen. Kate hatte Nicolas all ihre Lieblingsplätze gezeigt: Vom besten Fish 'n' Chips-Stand am Cobo Beach über die Moulin Huet Bay, in der Renoir seine Bilder gemalt hatte, bis zu den blühenden Felsen am Küstenpfad.

»Er ist zurück nach Frankreich gefahren«, sagte sie schließlich.

»Das weiß ich. Und weiter?« Laura war hörbar verwirrt, und Kate konnte es ihr nicht verübeln. Es war nicht so, dass sie und Nicolas Streit gehabt hätten. Im Gegenteil, er hatte bei ihrem letzten Treffen Anfang August ebenfalls verliebt gewirkt. Sie hatten einen wunderschönen Abend zusammen verbracht, wenn Kate sich nicht ganz täuschte, hatte sie ihn sogar so etwas wie »Je t'aime« flüstern hören. Und dann … war er plötzlich abgereist. Am nächsten Tag bekam sie eine Nachricht, dass er gerade die Fähre nach Cherbourg bestiegen hatte. Er müsse »Dinge« regeln, an der Universität in der Normandie, an der er angestellt war. Völlig überrumpelt von dieser Information hatte sie dann möglicherweise nicht optimal reagiert … Sie hatte zuerst einmal drei Tage mit einer Antwort gewartet und ihm dann schlicht und ergreifend »Viel Erfolg« gewünscht. Zögerlich hatte er noch versucht, den Kontakt zu halten, ihre Antworten waren jedoch immer schleppender gekommen und stets äußerst knapp ausgefallen: Sie wollte ihm um keinen Preis zeigen, dass er sie verletzt hatte. Lust auf den Austausch von Belanglosigkeiten hatte sie ebenfalls nicht.

»Ich vermute mittlerweile, er hat es mit der Angst bekommen«, versuchte Kate es mit einer rationalen Analyse, auch wenn sie einen Kloß im Hals verspürte. »Wir sind uns nahegekommen, er hat sich in seiner Freiheit eingeschränkt gefühlt und dann ...« Sie machte eine Geste, um ihrer Freundin zu verstehen zu geben, was sie davon hielt.

»Er ist viel herumgereist, hast du erzählt«, sagte Laura nachdenklich. »Von einem Ort zum anderen, immer frei, das zu tun, was er wollte. Schon möglich, dass er es da plötzlich mit der Angst zu tun bekommen hat, als seine Gefühle ihm einen völlig neuen Lebensstil aufbürden wollten.«

Kate seufzte.

»Und du hast wie immer trotzig reagiert und ihm signalisiert ›dann eben nicht‹. Das hat vermutlich auch nicht geholfen.«

»Ich ...«, protestierte Kate, aber Laura hielt einen Zeigefinger in die Höhe.

»Ich kenne dich«, sagte sie kopfschüttelnd. »Weißt du, jeder anderen würde ich jetzt wahrscheinlich raten: Lauf. So ein Kerl ist nichts für dich. Aber dir? Die selbst wegläuft, sobald ein Mann sie zu sehr einengt?« Laura lächelte liebevoll. »Vielleicht seid ihr beide genau richtig füreinander.«

Kate zuckte zusammen. Damit wollte sie sich nicht auseinandersetzen, schon gar nicht jetzt. Sie wollte wütend und beleidigt sein, stur wie ein Guernsey donkey auf ihrer Position beharren. »Tja, dafür müssten wir uns nur wieder einmal sehen, und das geht schlecht, wenn er in der Normandie ist«, versuchte sie das Thema zu beenden.

»Die Normandie ist ein paar Kilometer entfernt.« Laura wedelte Richtung Hafen.

»Du weißt, was ich meine. Und apropos Beziehungen: Du hattest doch nach DeGaris gefragt«, lenkte Kate ab. »Er hat neulich seine Ex-Frau wiedergesehen. Ich hatte den Eindruck, dass ihm das gutgetan hat«, sagte Kate. »Die Trennung hat ihn sehr mitgenommen – nicht nur, weil er seine Frau verloren hatte, sondern vor allem, weil er selbst die

Schuld trug. Am Ende seiner Ehe und daran, dass Mary so unglücklich war. Vielleicht hat er seine Absolution bekommen?«

»Oha!« Laura grinste fröhlich. »Hat er seinen melancholischen Dreitagebart schon abrasiert?«

Kate kicherte. »Der wird noch eine Weile bleiben. Bald kannst du ihn Vierzehntagebart nennen.«

»Richtig, ihr habt ja einen neuen Fall.«

Erneut musste Kate lachen. »Du bist unmöglich!«

Laura zwinkerte ihr zu, und für den Rest des Abends vergaßen sie die schweren Themen, wendeten sich stattdessen dem hervorragenden Essen zu und genossen die Leichtigkeit ihrer Freundschaft.

*

Calais, St. Martin

Nicolas stand im Flur, mit einer geöffneten Weinflasche in der Hand. Drüben bei David leuchtete die Lampe über dem Haupteingang. Eigentlich hatte er ihm ein Ale anbieten wollen, aber vielleicht mochte der Nachbar auch Rotwein?

Als Nicolas am Nachmittag vom Einkaufen zurückgekommen war, hatte er David nicht gesehen. Das Glas in seiner Einfahrt war säuberlich zusammengefegt worden, das Fenster gegen Wind und Wetter notdürftig mit Brettern und Pappkarton zugenagelt. Zum Glück hatte den Rest des Tages die Sonne geschienen, aber die nächsten Tage würden unbeständig werden. Nicolas kannte dieses Herbstwetter aus seiner Heimat: Auch in der Normandie war es morgens trüb und kalt, dann strahlte plötzlich die Sonne, und man konnte sogar noch am Strand sitzen. Die letzten schönen Spätsommertage genießen, das hatte Nicolas vor. Er hatte die Insel bei seinem letzten Besuch hier lieben gelernt und konnte sich durchaus vorstellen, länger auf Guernsey zu bleiben … Und damit war er natürlich auch gleich schon wieder bei dieser Sache mit Kate, die er geradebiegen musste. Denn wenn er ganz ehrlich war, war er jetzt nur ihretwegen zurückgekehrt – anders als im Juni, als er nur nach Guernsey gekommen war, um am Strand Rotwein zu trinken und dem Gang der Wellen zuzuschauen.

Er blickte auf die Flasche in seiner Hand und dachte an die vergangenen Stunden. Denn kaum hatte Nicolas die Einkäufe weggeräumt gehabt, war sein Vermieter zu einem gemeinsamen Rundgang gekommen, um eventuelle Schäden gemeinsam zu begutachten und, so Mr Paice, um sich zu vergewissern, dass sein neuer Mieter sich nach zwei Tagen auch wohlfühlte in »La Maison«, wie er das Cottage getauft hatte. Nicolas hatte innerlich geschmunzelt, das französische Erbe der Insel fand er charmant, die britische Aussprache der französischen Wörter urkomisch. Kurz hatte er an seine ehemalige Vermieterin Kimberley gedacht: In ihrer Wohnung hatte ihn im Frühsommer ein Zettel erwartet, »Welcome at Kimberley's Manour« in Schönschrift und kursiv, ansonsten war Kimberley von der schweigsamen Sorte gewesen. Aber Mr Paice schien anders gestrickt. Und weil Nicolas ein höflicher Mensch war, hatte er ihm einen Rotwein eingeschenkt, und Mr Paice hatte zu reden begonnen. Über die schwierige Arbeit als Vermieter, bei der er sich immer mit unzufriedenen Mietern herumschlagen musste, über die schwierige Ehe, bei der er sich immer mit seiner unzufriedenen Frau herumschlagen musste, und über die schwierige Wetterlage derzeit, wo er einmal unzufrieden über die Wärme, einmal unzufrieden über den Regen sein konnte. Nicolas hatte zugehört, an den richtigen Stellen »Ja, ja« gesagt oder auch mal bedeutsam: »Hmmm.«

75

Als Mr Paices Nase schon leicht gerötet gewesen war, hatte er sich schließlich von Nicolas verabschiedet, um zurückzugehen zu seiner unzufriedenen Ehefrau. Die aber ein hervorragendes Stew kochte, es war also nicht alles schlecht, das musste selbst Mr Paice zugeben.

Nicolas wurde von einem Geräusch draußen aus seinen Gedanken geweckt. Als er öffnete, stand David mit zwei Mülltüten in den Händen vor dem Cottage nebenan, an dessen Tür der Name »Bonheur«, Glück, stand und das ebenso klein und gemütlich wie das von Nicolas wirkte.

»Ich könnte Hilfe gebrauchen«, sagte Nicolas und hielt die Flasche mit dem Rotwein in die Höhe. Der wortkarge David erschien ihm nach Mr Paices Redeschwall wie ein Geschenk des Himmels.

Doch sein Nachbar zögerte, obwohl er zunächst gelächelt hatte. Dann schüttelte er sogar den Kopf. Aber irgendetwas, das Nicolas schon am Nachmittag gespürt hatte, ließ ihn schließlich doch herantreten. *Er lehnt Gesellschaft ab und sehnt sich doch nach ihr*, dachte Nicolas. Vielleicht waren sie beide sich tatsächlich gar nicht so unähnlich.

»Ist der gut?«, fragte David und stellte seine Müllbeutel neben Nicolas' Haustür ab.

»Das darfst du selbst herausfinden.« Er ging voraus in seine kleine Küche, in der er Mr Paices Glas abräumte und David ein neues hinstellte.

Sein Nachbar blieb mit hochgezogenen Schultern neben dem Tisch stehen. Es war, als wolle er sich so klein wie möglich machen, was bei seiner Größe kein geringes Unterfangen war. »Du bist ja schon gut dabei«, sagte er und deutete auf die leere Weinflasche auf der Ablage.

»Mr Paice hat mit Nummer eins kurzes Gericht gemacht. Oder wie sagt ihr?« Nicolas zog die Nase kraus. Sein Englisch war gut, aber an Redewendungen biss er sich regelmäßig die Zähne aus. Er konnte sich einfach nicht merken, ob man den Nagel auf den Kopf oder den Fuß traf oder wen man genau aus einem Sack ließ, einen Hund oder eine Katze.

David zog die Nase kraus. »Prozess«, sagte er dann und ließ sich auf den Küchenstuhl fallen. »Kurzen Prozess. Na, dann schenk mal ein.« Jetzt grinste er, als er Nicolas sein Glas herüberschob. *Er taut auf*, dachte Nicolas fröhlich. David hatte eine Geschichte – natürlich, jeder Mensch hatte eine Geschichte –, und Nicolas wusste jetzt schon, dass er sich für sie interessierte. Ausgrabungen waren sein Metier, ob es sich dabei um Geheimnisse, Erinnerungen oder archäologische Funde handelte, war erst einmal egal.

»Eine Wohnung zu mieten kann sehr anstrengend sein«, sagte Nicolas. »Jedenfalls wenn man sie von Mr Paice mietet.« Zumindest hatte Nicolas selbst in den letzten fünf Minuten schon mehr gesprochen als in den gesamten zwei Stunden mit Mr Paice. »Gehört dir das Haus nebenan?«, fragte er dann.

»Hm. Von meinem Großvater geerbt.«

Nicolas nickte. Ein Eigenheim. Er hatte die Vorteile bisher noch nicht zu schätzen gelernt. Wenn man zur Miete wohnte, konnte man jederzeit ausziehen, man war frei wie ein Vogel und allzeit bereit, die Welt zu entdecken. In letzter Zeit allerdings hatten ihn durchaus Gedanken an Sesshaftigkeit beschäftigt. Aber das war ein anderes Thema.

»Na ja, jetzt, wo das Fenster im Erdgeschoss kaputt ist, wäre ein Mr Paice gar nicht so schlecht.« David kratzte sich am Kopf. »Dann müsste ich nur anrufen, und die neue Scheibe wird erledigt.«

»Bist du handwerklich geschickt?«, fragte Nicolas. »Sonst kann ich dir helfen. Ich habe Zeit.«

»Du arbeitest nicht?«

Nicolas lächelte. »Ich warte auf meinen nächsten Einsatz.« Der irgendwann kommen würde, aber für den Moment – und für die nächsten Wochen – waren seine Arbeit, die Universität und die Kriegsgebiete dieser Welt weit, weit weg. »Du musst nur das Glas kaufen«, schlug er vor, »einbauen können wir es zusammen.« Schon als Jugendlicher hatte er auf dem Hof seiner Eltern gemeinsam mit seinem Vater die Reparaturen erledigt. Später, bei den Ausgrabungen, hatte ihm dieses Können geholfen. Technisches Geschick war ein Segen, und Nicolas hatte seines beinahe jeden Tag aufs Neue unter Beweis stellen können.

»Ich sollte dir was sagen.« Mit einem Mal wirkte David wieder so verlegen wie zu Anfang. Er stellte sein Glas ab, schob es auf dem Tisch hin und her und folgte der Bewegung mit den Augen. Die Geschichte. Nicolas blickte ihn aufmerksam an, er ahnte, dass ihn etwas Außergewöhnliches erwartete – diese Abwehrhaltung, das Defensive, das David hinter einem bulligen Äußeren versteckte … schließlich hob er seinen Blick und sagte: »Ich war im Gefängnis.«

Hatte er also richtig gelegen mit seiner Vermutung. »Lange?«, fragte er ruhig.

Sein Nachbar nickte, es fiel ihm sichtlich schwer, über die Sache zu sprechen. »Fünf Jahre. Ich habe … jemand ist verletzt worden, schwer. Ich war betrunken und dumm und …« David presste die Lippen aufeinander, dann atmete er hörbar aus. Er war sichtlich aufgewühlt. Nicolas widerstand dem Drang, ihm tröstend auf die Schulter zu klopfen und beschränkte sich darauf, David aufmunternd zuzulächeln.

»Ist jemand gestorben?«, fragte er bedacht.

David atmete zitternd aus. »Beinahe«, flüsterte er.

»Beinahe«, wiederholte Nicolas langsam. »Das bedeutet, es ist niemand gestorben. Du hast niemanden getötet.« Dennoch, solche Dinge verfolgten einen, er wusste, wovon er sprach. Bis in die Träume hinein verfolgten ihn seine eigenen Toten, die Menschen, deren sterbliche Überreste er als forensischer Archäologe auf den Kriegsfeldern dieser Welt ausgrub.

»Deswegen auch das Glas, die Fensterscheibe«, sagte David, nun mit festerer Stimme.

»Oh, die Kinder haben ...«

»Nein.« David unterbrach ihn jäh. »Das war kein Kinderstreich. Die Leute wollen mich hier nicht. Sie sagen, das ist eine gute Nachbarschaft. Verbrecher haben hier nichts zu suchen, sagen sie. Ich soll ... ich soll mich zum Teufel scheren.« Er atmete aus, schwer, als habe er gerade eine heftige Anstrengung unternommen. Und vielleicht hatte er das auch. Nicolas versuchte, die in ihm aufwallende Wut zu unterdrücken. Wut nicht auf David.

»Ich verstehe«, sagte er schließlich und nahm einen Schluck Rotwein, spürte dem Geschmack nach. Hatte wirklich jemand absichtlich Davids Scheibe eingeschlagen? Vorurteile waren eine schlimme Sache. Führten zu Feindschaft und Hass und schließlich zu Tod und Verderben. David schien ein netter Kerl zu sein, solch eine Behandlung hatte er nicht verdient. »Ist so etwas schon öfter vorgekommen?«, fragte Nicolas.

»Eier auf der Windschutzscheibe. Toilettenpapier auf dem Balkon. Bisher nichts, was ich nicht in zwei Handgriffen wieder hätte in Ordnung bringen können. Das ist neu.« Er seufzte. »Wie auch immer. Es ist besser für dich, wenn du dich von mir fernhältst. Du musst das nicht tun, wollte ich dir sagen. Mir mit dem Fenster helfen. Ich kann das auch allein.«

»Natürlich kannst du das.« Nicolas nickte. David war groß und kräftig, er traute ihm durchaus zu, allein ein Fenster zu reparieren. Doch darum ging es hier gar nicht. Es ging hier um einen Mann, der von seinen Nachbarn beleidigt und gekränkt wurde, den man, statt ihn in der Gemeinschaft aufzunehmen, rausekeln wollte. Aber es ging auch um David, der es gewöhnt war, auf sich gestellt zu sein, Hilfe nicht so leicht annehmen konnte. Und es ging darum, dass Nicolas sich von einer Gruppe engstirniger Menschen noch nie etwas hatte vorschreiben lassen. Er lächelte David zu. »Aber zu zweit geht es meist doch schneller, *non?* Ich bin morgen um zehn bei dir.«

5. Kapitel

Juli 1943
St. Peter Port

Odile schlenderte, eingehakt bei Eleanor, durch die Stadt. Sie hatten Limonade getrunken und dann süßes Fudge gekauft, klebrig und so gut.

Als Eleanor die Münzen auf den Tresen gezählt hatte, war ein Foto aus ihrer Tasche herausgerutscht, von einem Mann ... in Uniform ... war das Eleanors Freund? Aufregung hüpfte in Odiles Magen. Der Ladenbesitzer jedoch hatte Eleanor seltsam angesehen. Doch sie hatte getan, als bemerkte sie es nicht, und er hatte nichts gesagt. Und nun liefen sie nebeneinander die Straße hinunter, den Geschmack des Fudge noch auf ihren Zungen. Die Sonne schien, und Odile fühlte sich in ihrem Rock hübsch und frei, beinahe so mondän wie ihre schöne Freundin.

»Wie geht es denn mit William?«, fragte die nun. »Geld hat er ja nicht so viel.«

Odile zuckte mit den Schultern. William arbeitete beim alten Hubbard im Geschäft, das nicht allzu viel abwarf. Kein Wunder, Mode verkaufte er angeblich, doch Eleanor würde einen Rock vom Hubbard nicht einmal ansehen! Wenn William Odile ausführte, dann meist nur zum Spazieren. Auch Geschenke konnte er ihr keine machen. Neidisch blickte sie auf die Kette, die Eleanor stolz um den Hals trug. Immer wieder warf sie die Haare nach hinten, damit man den Anhänger besser sehen konnte.

»Echtes Silber«, hatte sie Odile stolz erzählt.

Verlegen betrachtete Odile den Armreif, den sie von William zum letzten Geburtstag bekommen hatte. Sie wusste noch, wie sehr sie sich darüber gefreut hatte, er hatte ihn selbst gefertigt. Aber jetzt schämte sie sich seiner Schlichtheit.

Auf der anderen Straßenseite kam ihnen eine Gruppe junger Männer entgegen. Sie schienen gerade von der Arbeit zu kommen, wahrscheinlich am Hafen, ihrer Kleidung nach zu urteilen. Zwei von ihnen meinte Odile zu kennen, aber sie wollte lieber nicht so genau hinschauen. War einer nicht der Enkel des alten Joseph? Als sie die Männer passierten, die kaum ein paar Jahre älter als sie selbst waren, stieß einer einen lang gezogenen Pfiff aus.

Odile wollte an Eleanors Arm ziehen, um schnell weiterzugehen. Die jedoch drehte sich um und zwinkerte dem Pfeifenden zu, bevor sie mit noch mehr Schwung in den Hüften ihren Weg fortsetzte.

Odiles Wangen wurden heiß, als sie die Männer hinter ihnen johlen hörte. Und dann beschloss sie, die Frage zu stellen, die ihr schon lange auf der Seele brannte.

»Sag mal«, flüsterte sie Eleanor zu, als sie um die nächste Ecke gebogen waren. »Stimmt es, was alle sagen?« Sie schluckte und musste sich zusammenreißen, um die nächsten Worte herauszubringen. »Gehst du mit einem deutschen Soldaten aus?«

*

Police Headquarter, St. Peter Port

Am nächsten Morgen nahm Kate sich nicht einmal Zeit für ein Frühstück, bevor sie sich auf den Weg ins Büro machte. Dort gab es Kaffee, und vielleicht würde sie ein frühes Mittagessen einschieben. Kurz dachte sie an die mahnenden

Worte ihrer Mutter, die Kaffee ohne etwas zu essen nicht für gut hielt. *Die richtige Ernährung ist das A und O der Gesundheit*, hörte Kate ihre Stimme. Sie musste lächeln. Ihre Familie konnte ihr schon manchmal ein kleines bisschen auf die Nerven gehen, ihr Großvater mit seiner Schrulligkeit, ihre Mutter mit ihrer Fürsorglichkeit, ihre Cousine mit ihrer Aufdringlichkeit und Aunt May ... Nein, auch auf ihre oft etwas naive Tante würde sie kein böses Wort kommen lassen, Kate war froh um jeden Einzelnen von ihnen. Über die zu dieser Uhrzeit noch stille Straße The Pollet, die bunt bewimpelt Einkäufer, Touristen und Flaneure gleichermaßen lockte, nahm Kate die Steigung zum Präsidium.

Mit dem Kaffee aus DeGaris' guter Maschine in der Hand setzte sie sich eine Viertelstunde später schließlich an den Schreibtisch und schob die Gedanken an ihre Verwandtschaft zur Seite. Odile hatte niemanden gehabt, so schien es. Therese Morgan hatte Kate eine E-Mail geschickt, mit allen Dokumenten, die sie im Pflegeheim über die alte Dame besaßen. Kate verglich die Informationen zu den Menschen mit ihrer Datenbank und versuchte, Odiles Familie so gut wie möglich zu rekonstruieren. Ihre Eltern waren irgendwann gestorben, einen Mann, Kinder oder sogar Geschwister schien es nicht gegeben zu haben. Was für ein einsames Leben. Oder war sie damit glücklich gewesen? Aus dem, was Kate bisher gehört hatte, konnte sie diese Frage nicht beantworten.

Erneut musste Kate an ihre eigene Familie denken: Geschwister hatte sie ebenfalls nicht, ihr Vater war schon vor langer Zeit gestorben. Eine Gänsehaut kroch über ihre Unterarme, und sie schreckte zusammen, als ihr Telefon klingelte.

»Lieblingscousinchen!«

Wenn man vom Teufel spricht, dachte Kate amüsiert. Sofort war die merkwürdige Stimmung von vorher verflogen und die vertraute Wärme wieder da.

»Ich habe da was läuten hören«, legte Holly sofort los. »Es geht um einen Todesfall? Eine Frau ist die Klippen hinuntergestürzt. Saints Bay, richtig?«

»Petit Bot«, korrigierte Kate seufzend. »Mehr Information bekommst du von mir nicht.«

»Das heißt, es handelt sich um ein Tötungsdelikt?«, fragte Holly aufgeregt.

»Das habe ich nicht gesagt.«

»Nein, du hast so etwas wie ›Kein Kommentar‹ gesagt, was ich als Journalistin grundsätzlich als Schuldeingeständnis werte.«

»Welche Schuld?«

Kate konnte förmlich vor sich sehen, wie Holly mit ihren manikürten Fingern wedelte, und musste lachen, als ihre Cousine entnervt aufstöhnte. »Okay, als Eingeständnis, dass du an einem Fall arbeitest«, präzisierte sie dann.

»Ich arbeite *immer* an einem Fall«, erwiderte Kate. »Aktuell beende ich die Dokumentation zum Aktenzeichen …«

»Kate!«

Aus den Augenwinkeln bemerkte Kate, dass DS Miller sich ins Zimmer schob.

»Weißt du, was, Holly?«, fragte Kate. »Find doch einfach selbst was dazu heraus.« Bevor sie auflegte, drohte sie jedoch noch schnell: »Aber wenn du den armen Harry Potter aus der Forensik ausquetschst, kriegst du Ärger mit mir!« Rivers' junger Kollege war mit einer Freundin von Holly zusammen und für eine versierte Journalistin wie ihre Cousine ein leichtes Opfer, sie hatte ihm schon einmal Informationen entlocken können. Kate hörte noch, wie Holly protestierte, trennte aber die Verbindung.

»Guten Morgen. Was gibt's?«, wandte sie sich stattdessen lächelnd an Miller.

»Jedenfalls keine Info zu einer alten Frau am Samstagnachmittag«, antwortete ihre Kollegin. »Nach wie vor kein Busfahrer, aber auch kein Taxifahrer, der sie befördert hätte.«

Kate knabberte an ihrer Unterlippe. »Aber irgendwie ist sie ja nun dorthin gekommen. Von selbst hat sich bisher auch niemand gemeldet. Ich fürchte, wir müssen doch über die Medien gehen. Mithilfe bei der Suche nach … Holly wird sich freuen«, stöhnte Kate.

»Das erklärst du aber dem Chief«, sagte Miller feixend.

Kate zog die Nase kraus. »Vielleicht kann Walker das übernehmen«, schlug sie vor.

Auch wenn der Londoner Kollege zunächst Schwierigkeiten gehabt hatte, sich insbesondere mit der Art und Weise der Zeugenbefragungen auf Guernsey anzufreunden, so war er im Umgang mit der Presse von Anfang an souverän und ein Gewinn gewesen. Er hatte Erfahrung, konnte eine Pressekonferenz handeln und in die Richtung schubsen, in die er sie bringen wollte. Selten ließ er sich von überraschenden Fragen aus dem Gleichgewicht bringen, sein Pokerface, freundlich und kompetent, war nicht zu durchschauen. »Apropos. Wo bleibt er überhaupt?«

Wie auf Bestellung betrat Tom Walker in diesem Moment ihr gemeinsames Büro. »Ich bin hier. Was kann ich übernehmen?«, fragte er. Offenbar hatte er ihre Worte gehört.

»Es geht um den Fall Odile Davies«, klärte Miller ihn auf.

»Um wen?« Walker hängte seinen Mantel auf. Kate bemerkte, dass seine Haare im Nacken noch feucht waren und sein Hemd am Kragen nicht ganz akkurat gebügelt war. Üblicherweise kam er immer wie aus dem Ei gepellt ins Büro. Kate hatte ihn bisher erst ein einziges Mal anders erlebt, aber auch nur, weil sie ihn bei seinem morgendlichen Schwimmtraining mit einer wichtigen Nachricht angerufen hatte. Was also war heute bei Walker los?

»Anstrengendes Wochenende gehabt?«, fragte sie statt einer Antwort. »Wo warst du denn?«, schob sie dann hinterher und konnte die Anklage nicht ganz aus ihrer Stimme heraushalten. Gestern war er überhaupt nicht aufgetaucht, trotz des Leichenfundes hatte er sie den gesamten Tag über allein gelassen, und nicht einmal heute, an einem Montagmorgen, hatte er sich Mühe gegeben, frühzeitig im Büro zu erscheinen.

Überrascht blickte Walker sie an, dann sagte er verwundert: »Worum geht es überhaupt?«

»Das wüsstest du, wenn du erreichbar gewesen wärst«, hätte sie ihm beinahe an den Kopf geworfen. Aber Zickigkeit half hier nicht weiter. »Ich hol mir auch einen Kaffee.« Kate schob ihren Drehstuhl zurück, stand auf und verließ das Zimmer.

Walker überließ sie Miller, die ihn nach einem schnellen Seitenblick zu Kate über ihren neuen Fall ins Bild setzte.

*

»Wir haben also keine Beweise, nicht den kleinsten Hinweis, dass jemand sie besucht hat, dass sie Kontakt hatte mit jemandem? Dass jemand sie gefahren hat?«, fragte Walker gerade, als Kate mit ihrem Kaffee zurückkam. Er wartete ihre bestätigende Antwort nicht einmal ab, bevor er fortfuhr: »Was ist, wenn sie wirklich per Zufall dort war?«

»Worauf willst du hinaus?«

Walker sah von Miller zu ihr und wieder zurück. »Ich habe neulich mit Batiste gesprochen ...«

Kate stöhnte auf. »Ist das dein Ernst?«

Leonard Batiste war der Kollege, der ihr auch nach einem

Jahr noch das Leben schwer machte, weil er sie zur Verantwortung zog für die korrupten Handlungen ihres ehemaligen Partners. Aber Kate vermutete, dass dieser Grund nur vorgeschoben war, in Wirklichkeit kam er nicht damit klar, dass DeGaris in ihr die bessere Polizistin sah. Zu Beginn von ihrer und Walkers Teamarbeit hatte Batiste noch versucht, Walker auf seine Seite zu ziehen, aber Walker hatte ihm unmissverständlich klargemacht, dass er Kate vertraute. Kate hatte gehofft, dass Batistes Machenschaften damit ein Ende hatten. Offenbar vergeblich.

»Lass die alten Geschichten mal kurz beiseite«, sagte Walker und fuhr fort, bevor sie etwas entgegnen konnte: »Die Kollegen verfolgen gerade wieder ein paar Spuren in Sachen Drogenschmuggel. Sie vermuten, dass das Zeug, das auf der Insel kursiert, über neue Wege hereinkommt.«

Jetzt fiel der Groschen auch bei Kate, und sie schalt sich, dass ihre Abneigung gegen Batiste den Fokus vom Fall genommen hatte. »Du meinst nachts? Zu den Klippen? Per Schiff?«, fragte sie.

»Das haben sie zwar nicht gesagt, aber möglich ist es doch, oder? Diese Höhlen da oben gibt es an der Südküste doch überall. Und abgelegene Buchten, Felsen, zu denen man nur schwimmend oder mit dem Boot gelangt … War die Insel nicht immer schon geradezu prädestiniert für Schmuggel?«

In der Tat hatte Guernsey in früheren Zeiten vom Schmuggel profitiert. Piraten und Schmuggler hatten die Insel einmal reich gemacht. Aber das war Jahrhunderte her! Andererseits waren die Kontrollen in den Flugzeugen und Fähren mittlerweile so gut, dass den Drogenhändlern unter Umständen nicht viele andere Wege blieben.

»Ich weiß, dass dabei häufig Drohnen eingesetzt werden«, warf Miller ein. »Auch Unterwasserdrohnen.«

»Jemand schmuggelt also Drogen auf die Insel, unser Opfer wird zufällig Zeugin und dann … was? Schubst einer der Dealer sie?«, wandte Kate sich an Walker.

»Die Gelegenheit ist günstig, eine alte Frau ganz allein, man wird vermuten, es war ein Unfall«, spann er seinen Faden weiter.

»Oder es war tatsächlich einer«, überlegte Miller. »Odile Davies bekommt es mit der Angst zu tun: Sie ist dement, allein, fürchtet sich vielleicht in der Kälte. Dann dunkle Gestalten im Regen. Sie versucht davonzulaufen und stürzt ab.«

»Und die Fußspuren?«, hakte Kate ein. »Ihr Begleiter war nah bei ihr, hat sie sogar gestützt, sagt Rivers.«

Sie überlegten, dann schlug Walker vor: »Wenn ihr Begleiter sie nur zu den Klippen gefahren und dann dort allein gelassen hat, würden wir nach mehreren Personen suchen.«

»Wir sollten das mit DeGaris besprechen. Diesen Begleiter müssen wir finden. Und dann herausbekommen, ob er sie getötet hat.« Kate stand auf. »Wir müssen den Chief sowieso noch nach der Presse fragen.«

»Na, wenn das mal keine guten Neuigkeiten für einen Montagmorgen sind«, murmelte Walker.

Doch als Miller die Ergebnisse zusammengefasst hatte und Kate DeGaris anbot, ihre Cousine Holly anzurufen, überraschte der Chief sie alle mit seiner Reaktion: Er nickte. »Gute Idee, Langlois«, sagte er und wandte sich Walker zu, der kurzerhand das Wort ergriff und von seiner Theorie erzählte.

»Drogenschmuggel an den Klippen«, wiederholte DeGaris und strich sich über seinen Bart. »Es kann nicht schaden, dort einmal herumzustochern«, beurteilte er dann Walkers Vorstoß.

»Ich kann ein paar Leute entbehren, falls wir die Petit Bot Bay observieren wollen«, schlug Miller vor. »Neben PC

Knight hätte auch sicher DC Lucas wieder Lust, die Crime Unit bei einer Ermittlung zu unterstützen.« Lucas war einer der Detective Constables, die Miller für die Laufarbeiten einsetzte. Kate war kein großer Fan von ihm, und das beruhte auf Gegenseitigkeit. Sein Vater war vor Jahren amtierender Bailiff des Bailiwick of Guernsey gewesen, und Lucas hatte sich schon als Polizeischüler für wichtig gehalten. Doch DeGaris hob eine Hand in die Höhe. »Dass wir die Sache als Mordermittlung laufen lassen, werden wir in der Öffentlichkeit noch nicht kommunizieren. Vielleicht meldet sich derjenige, der Odile Davies zu den Klippen gebracht hat, eher, wenn er denkt, wir halten ihren Sturz für einen Unfall.« Er überlegte. »Was die Überwachung der Petit Bot Bay angeht: Wir konzentrieren uns auf die nächsten drei Nächte«, entschied er dann. »Wenn wir was finden, verfolgt ihr die Spur weiter. Wenn nicht, evaluieren wir die Situation noch einmal neu.«

Kate nickte, und Miller machte sich eine Notiz.

»Ein kleines Problem gibt es bei Walkers Theorie allerdings«, sagte Kate. »Denn die Drogenschmuggler haben Odile Davies' Kleid sicher nicht erst noch schnell richtig geknöpft, bevor sie die alte Frau die Klippen hinuntergestürzt haben.« Auch wenn sie Walkers Idee sonst gar nicht schlecht fand, war das ein Schwachpunkt, vor dem sie die Augen nicht verschließen konnten.

Doch DeGaris war weniger skeptisch. »Wer weiß. Vielleicht hat sie es doch selbst gekonnt. Oder die Pflegekraft hat sich vertan.« Er zuckte mit den Schultern. »Du hast doch erzählt, wie überarbeitet sie dir erschien, vielleicht hat sie sich einfach nicht mehr richtig erinnert.«

Kate war nicht überzeugt. »Na ja, gerade das mit dem Kleid hat Sarah ein schlechtes Gewissen bereitet«, warf sie ein, dann kam ihr ein anderer Gedanke. »Was wiederum für Walkers Theorie sprechen würde, wäre die Frage nach einem Motiv. Weshalb sollte man sie töten? Es gibt kein Erbe, Odile Davies ist dement. Falls die Tat aber wirklich der Vertuschung eines Drogendeals diente, konnten der oder die Täter nicht wissen, dass Odile an Demenz erkrankt war. Sie haben nur die reale Gefahr gesehen, dass sie beobachtet worden waren, und mussten handeln. In dem Fall würde es Sinn ergeben, eine demente alte Frau zu töten.«

»Vertuschung einer Straftat«, sagte DeGaris zustimmend.

Walker nickte nachdenklich, dann wandte er sich an Miller. »Ich möchte bei der Observierung dabei sein.«

Kate war überrascht, immerhin bedeutete das Nachtschicht.

»Hätte ich dir gar nicht zugetraut, Großstadtjunge«, sagte Miller grinsend.

Walker rollte mit den Augen. »Für euch werde ich auch in zwanzig Jahren noch der Londoner sein, oder?«, fragte er entnervt.

»Wenn du es zwanzig Jahre auf unserer Insel aushältst, Londoner«, sagte Kate und schlug ihm leicht auf die Schulter, was er mit einem weiteren Augenrollen quittierte.

»Ich gebe Holly Bescheid und kümmere mich dann um Odiles Umfeld«, kam sie auf ihr eigentliches Thema zurück.

»Gut. Sind mittlerweile eigentlich Verwandte oder Bekannte aufgetaucht?«, fragte DeGaris.

»Nein. Verwandte gibt es nicht mehr, das habe ich überprüft.« Kate stieß einen Seufzer aus. »Und ich habe einfach kein Bild von Odile. Mehr als ihre Arbeit in der Gärtnerei, mehr als Lavendelsäckchen und Blümchenkleider. Ich will die Frau hinter dieser Toten kennenlernen. Wer war sie, wie hat sie gelebt, was war ihr wichtig, was hat sie verabscheut? Wie sah ihr Leben aus, was war sie für eine Persönlichkeit?« Sie schwieg einen Moment. »Ich glaube, ich fahre noch einmal ins Pflegeheim.«

»Gab es da Unregelmäßigkeiten? Unklare Aussagen?«

»Nein. Ich habe zwar den Eindruck, zwischen Therese Morgan und ihrem Stellvertreter gibt es Spannungen, aber darum geht es mir nicht. Ich möchte mit den Bewohnern sprechen.« Sie erinnerte sich an Mr Darington, der im Rollstuhl vorbeigeschoben worden war. An die einsame Frau in der Sesselgruppe, an die Schreie aus dem Zimmer am Ende des Flurs. »Sie haben mit Odile zusammengelebt, Tag für Tag. Haben mit ihr gemeinsam gegessen, waren vielleicht mit ihr spazieren oder haben ein Gesellschaftsspiel gespielt. Sie müssen Odile gekannt haben. Anders, vielleicht sogar besser als die Betreuer.«

DeGaris nickte. »Das ist eine gute Idee.«

*

Garden Villa, St. Saviour

Als Kate die Garden Villa betrat, schlug ihr sofort wieder der Geruch nach Desinfektionsmitteln, abgestandenem Essen und Krankheit entgegen. Im Eingangsbereich war die Pflegerin Sarah gerade damit beschäftigt, in einer der Sitzgruppen eine weinende Bewohnerin zu trösten. Offenbar hatte sie etwas Verstörendes gelesen, denn eine Zeitung lag aufgeschlagen neben ihr auf einem kleinen Tischchen, Kate konnte auf den Bildern die Royal Family erkennen. Vielleicht hatte eine der Nachrichten aus dem Königshaus sie so aufgewühlt.

Für einen Augenblick überlegte Kate, Therese Morgan über ihren Besuch zu informieren. Doch ihr war es lieber, wenn sie unvoreingenommen mit den Bewohnern reden konnte. Die Gespräche verliefen sicher anders, wenn niemand von der Heimleitung sie zu den Zimmern begleitete.

Also nickte sie Sarah kurzerhand zu, die jedoch mit der älteren Dame beschäftigt war und sie daher überhaupt nicht wahrnahm, und wandte sich zielstrebig nach rechts den Flur hinunter, wo Odiles Zimmer lag. Rivers hatte diesmal statt des sonst üblichen Bandes nur einen kleinen Hinweiszettel an die – verschlossene – Tür geklebt. Sicher, um die Bewohner des Pflegeheims nicht zu verschrecken. Kate musste lächeln, Rivers dachte an solche Dinge. So flapsig ihr Kollege gern tat, er hatte das Herz am rechten Fleck und sorgte sich um seine Mitmenschen.

Ein Pfleger, groß und breitschultrig mit langen Haaren, ging schnellen Schrittes an ihr vorbei, ohne sie zu beachten. Besucher war man gewöhnt. Es war früher Vormittag, das Frühstück lag längst hinter ihnen, bis zum Mittagessen dauerte es noch. Die Tür gegenüber von Odiles Zimmer stand offen, ein Schild an der Tür wies die Bewohnerin als Agatha Mollet aus. Vorsichtig klopfte Kate an den Rahmen, rief: »Hallo? Ms Mollet?«, und trat ein.

»Oh, hallo.« Eine alte Frau mit weißen Haaren und eingefallenen Wangen richtete sich mithilfe eines Griffs in ihrem Bett auf. »Sie sind neu«, sagte sie.

»Sozusagen mein zweiter Tag«, antwortete Kate lächelnd. »Störe ich? Ich hätte ein paar Fragen an Sie.«

Jetzt lachte die Frau auf. Sie wirkte zerbrechlich, die Handgelenke dünn wie die eines Kindes, doch ihr Lachen klang erstaunlich volltönend. »Fragen Sie.« Ms Mollet machte eine einladende Bewegung. »Es ist nicht so, als hätte ich heute noch dringende Termine. Oder als hätte ich jemals dringende Termine.« Sie zwinkerte Kate zu.

Kate zog lächelnd einen Stuhl ans Bett und setzte sich. »Ich bin Detective Inspector Kate Langlois von der Guernsey Police«, stellte sie sich freundlich vor. »Es geht um Odile Davies, die Bewohnerin aus dem Zimmer gegenüber.« Mit ihrem Stift, den sie für Notizen aus ihrer Tasche holte, deutete sie in Richtung Flur.

»Sie ist gestorben«, sagte Ms Mollet und seufzte. »Das kommt hier häufiger vor, wissen Sie.« Und schon stand ihr wieder der Schalk in den Augen.

Kate grinste, diese alte Dame war schon eine ganz besondere Marke.

»Haben Sie Ihre Nachbarin gut gekannt?«, fragte sie und schlug ihren Notizblock auf.

Die Alte wiegte ihren Kopf hin und her. »Schwierig«, sagte sie nach einer Weile, in der sie intensiv nachgedacht zu haben schien. »Wissen Sie, sie war nicht mehr ganz richtig im Kopf.«

»Das habe ich gehört.« Therese Morgan hatte gesagt, Odiles Demenz sei schon weit fortgeschritten gewesen. Linney wiederum hatte erzählt, dass sie noch viel geredet hatte. Kate hoffte, hier vielleicht etwas mehr zu erfahren.

»Hat oft Theater gemacht, wie die alte Gills hinten im Flur. Hat die Pflegerinnen ganz schön auf Trab gehalten.«

»Und Sie ebenfalls?«, hakte Kate nach. Wenn sie nachts geschrien hatte …

»Ach.« Ms Mollet zuckte gleichgültig mit den Schultern, bevor sich wieder ein Lächeln in ihre blassblauen Augen stahl. »Es gibt doch so wenig zu tun hier, und ich liege ja die meiste Zeit im Bett. Da freut man sich über ein bisschen Streit, den man mithören darf.«

Kate horchte auf. Welcher Streit? »Sie haben gute Ohren?«, hakte sie jedoch nach.

»Die besten hier«, antwortete ihre Gesprächspartnerin grinsend. »Aber das ist keine Leistung, sprechen Sie mal mit den anderen. Mrs Gills? Versuchen Sie es erst gar nicht. Da sind Sie heiser, bevor sie ein einziges Wort verstanden hat.« Sie lächelte Kate verschwörerisch an.

Kate mochte Agatha Mollets unverblümte, leicht spötti-sche Art und fragte sich, was sie wohl für ein Leben gehabt hatte, dass sie ihre Situation mit Humor nehmen konnte. Es war sicher kein auf Rosen gebettetes gewesen. Verwöhnte Menschen haderten eher mit einem Schicksal, das sie ans Bett fesselte, diese Erfahrung hatte Kate in ihrem Beruf bereits ge-macht. »Worüber hat Odile Davies denn mit den Pflegerin-nen gestritten?«, brachte sie ihre eigentliche Frage zur Sprache.

»Über die Haare, den Schmuck, das Make-up, die Kleider. Meine Güte, was war ihr das Aussehen wichtig!« Sie beugte sich vor, als würde sie Kate ein Geheimnis verraten, und flüsterte: »Dabei sind wir doch alles alte Schachteln.«

»Odile Davies war also eitel, sagen Sie?«, hakte Kate nach.

»Und wie!«

Das passte dazu, dass es ihr so wichtig gewesen war, das Kleid richtig zu knöpfen. Hatte Odile sich an diesem Tag ex-tra schick gemacht? Für wen? Kate machte sich eine Notiz und hielt dann inne. Sie hatte das Gefühl, mit ihrer nächs-ten Frage an einer Art Tabu zu rütteln, aber sie hatte sich ihr schon bei der Frage nach einem möglichen Mordmotiv auf-gedrängt. Odile war nicht verheiratet gewesen, das wussten sie, aber schloss das eine Liebschaft aus? Selbst im hohen Al-ter? »Hatte sie einen Freund?«, fragte sie schließlich.

Ms Mollet lachte hell auf. »Odile? Nein, dazu hatte sie wirklich nicht mehr alle Murmeln beisammen. Mit der hätte sich nicht einmal unser guter Alan eingelassen.« Sie blinzelte spitzbübisch. »Und der läuft wirklich jedem Rock hinterher«, sagte sie. »Alan Le Page, gleich nebenan. Hat manchmal mit ihr Karten gespielt.«

Der Karten spielende Alan Le Page, den würde Kate als Nächstes sprechen. Sie bedankte sich bei Ms Mollet für den Hinweis. »Ich wette, mit Ihnen flirtet er auch, habe ich recht?«, sagte sie dann, was Ms Mollet sichtlich freute.

»Man hat doch sonst so wenig Spaß.«

Kate hatte das Gefühl, ihr Besuch war eine willkommene Abwechslung. »Haben Sie Kinder?«, fragte sie die alte Dame, die daraufhin seufzte.

»Die wohnen weit weg in England. Ein Sohn und eine Tochter. Liebe Kinder, wollten mich zu sich nach London holen, aber einen alten Baum verpflanzt man nicht.«

»Mich würden auch keine zehn Pferde nach London kriegen«, murmelte Kate.

»Guernsey ist unsere Heimat, nicht wahr?« Ms Mollet klang sehnsüchtig. »Hier sind wir geboren, hier sind wir aufgewachsen, hier werden wir sterben. Bei Odile war es nicht anders.« Sie machte eine kleine Pause, als überlege sie ihre nächsten Worte wohl. »Obwohl sie vielleicht besser hätte gehen sollen.«

Kate horchte auf. »Warum?«

»Sie war nicht beliebt.«

»Und weshalb?«

Ms Mollet wand sich, zum ersten Mal, es schien ihr unangenehm zu sein, dass sie das Thema überhaupt angeschnitten hatte. »Ich habe sie ja nur dement gekannt«, sagte sie schließlich.

Was ihre Frage nicht beantwortete, wie Kate auffiel, doch sie ließ die Sache auf sich beruhen. Gegebenenfalls würde sie bei den anderen Besuchern etwas darüber erfahren.

Sie erinnerte sich an Miller, die von ihrem Schwiegervater erzählt hatte, dessen Charakter sich drastisch geändert hatte. Die eitle Odile, war das beispielsweise ein Charakterzug, der sie sich von früher erhalten hatte, oder war das neu?

»Glauben Sie, sie war früher anders?«

»Ich weiß es nicht. Sie hat viel geredet, getratscht. Im Gegensatz zur alten Gills. Die ist auch dement und schimpft und schreit, aber da kann man meist nichts verstehen. Und wenn es mal nichts gibt, was sie aufregt, dann sagt sie gar nichts.«

»Was hat sie denn so erzählt?«, hakte Kate nach. »Odile Davies?«

»Oh, von früher.« Ms Mollet runzelte die Stirn. »Jetzt, wo Sie es sagen … Mit der Eitelkeit und ob sie einen Freund gehabt hat … Ich glaube, da haben Sie den richtigen Riecher. Kein Wunder, dass Sie bei der Polizei sind.« Sie lächelte schelmisch und fuhr fort: »Warten Sie mal, Odile hat immer von ihrem … ach, wie hieß er noch? Sehen Sie, da brauche ich mich gar nicht über Odile und die arme Mrs Gills lustig zu machen, mein Gedächtnis ist auch nicht mehr das beste.« Ms Mollet blickte zum Fenster, durch das sich ein Sonnenstrahl schlich. Kate überlegte, ob sie die Gardinen zuziehen sollte, doch in diesem Moment rief die alte Dame:

»George! Ja, so hieß er, George!« Erfreut darüber, dass ihr der Name eingefallen war, lächelte sie Kate an. »Von ihm konnte sie stundenlang erzählen. Wie sehr sie ihn liebt und wie sehr er sie liebt. Ich glaube, sie hat jeden Tag darauf gewartet, dass er hier hereinspaziert.«

George! Konnte dieser George sie am Samstag besucht haben?

»Hat er sie denn jemals besucht?«, fragte Kate gespannt.

»Oh nein!« Ms Mollet schüttelte nachdrücklich den Kopf. »Das mit George ist schon lange her, sie war noch ein Teenager.«

Vielleicht war George ihr Verlobter gewesen – oder ihr Freund. Ihr Ehemann jedenfalls war er nicht. Kate würde versuchen, ihn ausfindig zu machen.

»Er ist schon vor langer Zeit gestorben«, fuhr Ms Mollet jedoch fort. »Das hat sie mir in einem ihrer klareren Momente erzählt.«

Kate stöhnte innerlich auf. Es wäre auch zu schön gewesen, einen konkreten Hinweis in der Hand zu haben. Sie blickte zu Ms Mollet und bemerkte zum ersten Mal eine Trauer in ihren Augen, die die alte Frau bisher noch nicht gezeigt hatte. »Jeder von uns hat ja jemanden zu beklagen«, sagte sie leise und blickte auf eine dürre Hand, die verloren wirkte, wie sie da über der Bettdecke lag.

»Das tut mir leid«, sagte Kate mitfühlend. »Ihr Mann?«

»Schon gut, Sie können ja nichts dafür, Kindchen. Es ist lange her.« Und schon war Ms Mollet über ihren Moment der Melancholie hinweg. Lächelnd schloss sie für einen Moment die Augen. »Wenn es Ihnen nichts ausmacht … Ich glaube, ich muss mich etwas hinlegen.« Sie schüttelte den Kopf über die Formulierung und korrigierte sich: »Etwas schlafen. Daran merkt man dann doch immer, dass man nicht mehr so kann, wie man möchte, nicht wahr?«

Kate fasste vorsichtig nach ihrer Hand und drückte sie leicht, ganz leicht. »Danke, dass Sie sich die Zeit genommen haben, Ms Mollet.«

»Gerne doch.« Die alte Frau lächelte erneut, sah jetzt aber doch etwas angestrengt aus.

Kate stand auf, schob sanft den Stuhl zurück an seinen Platz und verließ das Zimmer. Beim Hinausgehen schloss sie die Tür. Ms Mollet hatte ein wenig Ruhe verdient.

Kate brauchte einen Moment, um durchzuatmen, der ihr jedoch nicht vergönnt war, weil urplötzlich Edward Linney vor ihr stand. Sie hatte ihn nicht kommen hören.

»Detective!«, rief er laut. »Kann ich Ihnen helfen? Brauchen Sie noch etwas?« Er deutete ihr an, ihm den Flur hinunter zu folgen.

»Danke, Mr Linney, ich würde gern ein wenig mit den Bewohnern sprechen.«

»Mit den Bewohnern?« Überrascht blieb er stehen. »Weshalb denn das?«

»Ich möchte mir gern ein Bild von Odile machen. Wissen, wie sie so war. Ich kann sie noch nicht ganz … fassen.«

»Mit ihrer Krankheit«, begann Linney, aber Kate unterbrach ihn. Sie war nicht interessiert an einem weiteren Vortrag über Demenz. Auch wenn das wichtig war, sie hatte schon einige Informationen und würde den Rest nachlesen. Hier und heute ging es ihr darum zu erfahren, was Odile in ihrem Leben bewegt hatte.

»Ich würde gern mit Mr Le Page sprechen«, sagte sie ruhig.

Linney wirkte verstimmt, einen Moment später hatte er sich jedoch wieder im Griff. »Er spielt Karten, heute bei dem schönen Wetter im Garten. Wenn Sie den Flur hinuntergehen, links. Ich werde Ms Morgan informieren, dass Sie hier sind«, sagte er steif und ging in die entgegengesetzte Richtung davon.

Kate machte sich auf den Weg in den Garten. So nüchtern und zweckmäßig die Garden Villa innen ausgestattet war, machte der Garten ihrem Namen alle Ehre. Wie so häufig auf Guernsey wuchsen Bäume und Hecken in saftigem Grün, orangefarbene Lilien übertrumpften sich gegenseitig, und Kate konnte die Blätter der Calla sehen, die im Frühjahr wunderschöne weiße Blüten hervorbringen würde. Als Kind war Kate oft mit ihrer Mutter durch die dichte Natur der Südküste gestreift, dort, bevor man an die dünn bewachsene Felsenküste kam, lag ein wahrer Dschungel. Vom Klima begünstigt, wuchsen die Pflanzen beinahe regenwaldartig, und genau so hatte Kate sich immer den Amazonas vorgestellt – die Papageienschreie hatte ihre Mutter ihr zuliebe nachgemacht. Es freute Kate, dass man auf Guernsey auf die Flora und Fauna achtgab, sie schützte und dass man Gärten wie den der Garden Villa gestaltete, sodass man ihn an einem heißen Sommertag am liebsten nie mehr verlassen wollte.

Unter einem kleinen blumenberankten Sonnendach stand ein Tisch, um den zwei Bewohner und eine Bewohnerin saßen und Karten spielten. Dahinter, gleich neben den Lilien saß ein dunkelhaariger Mann um die vierzig auf einer Bank und las einem Bewohner im Rollstuhl einen Brief vor. Kate erkannte in dem Senior Mr Darington von ihrem letzten Besuch. Der gut aussehende Jüngere an seiner Seite könnte sein Sohn sein, vermutete Kate, Mr Darington junior. Kate nickte den beiden zu, dann wandte sie sich an die Kartenspieler. Sie grüßte in die Runde, wollte das Spiel der Dreiergruppe aber nicht unterbrechen. Doch die Bewohner musterten sie neugierig. Ein hochgewachsener Mann mit kariertem Hemd blinzelte in die Sonne und zwinkerte ihr zu. »So schönen Besuch haben wir selten«, sagte er verschmitzt.

Die alte Frau in einem rosa Wollpullover, über dem eine dicke Kette mit einem Kreuz hing, schob ihre Karten zusammen und fragte: »Suchen Sie jemanden?«

»Ich würde gern mit Mr Le Page sprechen. Es geht um Odile Davies.«

»Ach, die verrückte Alte.« Die Frau verlor sofort das Interesse, widmete sich ihren Karten und ordnete das Blatt neu.

»Haben Sie sie am Samstag vielleicht gesehen? Hatte sie Besuch?«

»Odile hatte nie Besuch. Ich bin übrigens Mr Le Page«, übernahm der hochgewachsene Mann und versuchte aufzustehen, was durch den nahe an den Tisch herangerückten Stuhl nicht so einfach war. Dennoch gelang ihm eine angedeutete Verbeugung, und Kate kamen Ms Mollets Worte zu seinen Flirtereien in den Sinn. Seine beige Hose war sorgfältig mit Hosenträgern festgemacht; Kate fiel auf, dass er darauf geachtet hatte, die Clips jeweils gleich weit entfernt vom Knopf zu befestigen. Die weißen Haare hatte er mit Gel zurückgekämmt, keine Strähne lag am falschen Platz. Auch ihm schien sein Aussehen nicht egal zu sein.

»Odile Davies hat manchmal mit Ihnen Karten gespielt?«, fragte Kate.

»Das konnte sie doch gar nicht mehr«, mischte sich der dritte Kartenspieler ein, ein kleiner Mann mit Glatzkopf, der kurzsichtig durch dicke Brillengläser blinzelte. »Aber sie hat manchmal zugesehen.«

»Und ihre dummen Geschichten erzählt«, stieß die Frau hervor, ohne von ihrem Blatt aufzublicken. Kate fragte sich, warum man mit solch einer Giftspritze seine Freizeit verbringen wollte. *Gut möglich, dass sie ihr Blatt wütend im Garten verteilt, wenn sie verliert,* dachte Kate. Andererseits war die Auswahl an Mitspielern hier eben nicht allzu groß.

»Hat sie das am Samstag getan?«, hakte Kate in gleichbleibend freundlichem Ton nach.

»Samstag?« Le Page kratzte sich am Kopf, blickte unsicher in die Runde. »Ich glaube nicht.«

»Wer?«, fragte die Frau im rosa Pullover jetzt verwirrt, und Kate ging auf, dass sie offenbar doch nicht mehr ganz so fit war. In Gedanken nahm sie die »Giftspritze« zurück.

»Odile«, sagte der Glatzkopf unwirsch.

»Ach, die verrückte Alte«, sagte die Frau erneut.

Aus dem Augenwinkel bemerkte Kate, dass der alte Mr Darington sich in seinem Rollstuhl bewegte.

»Odile?« Der jüngere Mann blickte zu ihnen hinüber. »Sprechen Sie gerade von Odile Davies?«

»Ja.« Kate sah ihn interessiert an. »Haben Sie sie am Samstag gesehen?«

»Am Nachmittag, ja.« Nickend stand er auf und trat zu ihr. »Sie wollte frische Luft schnappen, hat sie mir gesagt. Ich wollte gerade meinen Vater in den Garten schieben, da kam sie uns im Gang entgegen.«

Kate war überrascht. Da hatte sie die Leitung, die Pflegekräfte und die Bewohner befragt. Und dann war es ein Angehöriger, der ihr weiterhalf.

»Allein?«, hakte sie nach. »Sie wollte allein aus dem Haus?« Er schüttelte den Kopf. »Das weiß ich leider nicht. Sie schien sich aber durchaus auf ihren Ausflug zu freuen, sie hat gelächelt. Sie hätte sich extra fein gemacht, sagte sie mir.« Er sah sich zu Mr Darington um, wie um sich zu vergewissern, dass mit ihm alles in Ordnung sei. Der war jedoch inzwischen in seinem Rollstuhl in der Sonne eingenickt.

Sie hat sich fein gemacht. Das sprach doch für eine Verabredung, oder? »Und Sie haben auch niemanden gesehen, der so aussah, als wollte er sich mit ihr treffen?«

Nachdenklich strich er sich durchs dunkle Haar. »Nein, leider nicht. Jetzt, wo Sie es sagen, hätte ich wahrscheinlich genauer hinschauen müssen. Aber ich habe mich gleich wieder um meinen Vater gekümmert. Und dann wusste ich natürlich auch nicht, dass es einmal wichtig werden würde, dass ich mich an Einzelheiten erinnere. Aber sie trug ein schickes Kleid, das weiß ich noch.« Er lächelte schief. »Auch wenn es falsch geknöpft war, zumindest oben am Hals, ein Knopf war ausgelassen.« Seine Finger fuhren an den Kragen seines karierten Hemdes, wie um Kate die Stelle zu zeigen. »Ich habe es ihr schnell gerichtet und dann …«, er überlegte, schüttelte dann den Kopf, »ja, dann ist sie gegangen, und ich habe meinen Vater in den Garten geschoben und ihm noch etwas vorgelesen. Ich habe mir wirklich nichts dabei gedacht«, erklärte er entschuldigend.

Kate hatte für einen Moment das Gefühl, nach Luft ringen zu müssen. Der Knopf. Mr Darington hatte den Knopf gerichtet! »Können Sie sich sonst noch an etwas erinnern?

Ein Auto draußen vor der Tür vielleicht?«, hakte sie dann nach.

»Nun, tut mir leid, aber ... nein, wirklich nicht.«

»Irgendetwas?«

Überrascht blickte er sie an.

»Entschuldigen Sie, es ist so«, erklärte Kate. »Es kann sein, dass Sie die letzte Person sind, die Odile hier am Samstag gesehen hat.« Vor ihrem Tod.

»Oh.« Es dauerte einige Sekunden, bis er diese Information verarbeitet hatte. »Das ist ja ... Meine Güte.« Seine Finger fuhren wieder zum Kragen seines Hemds. »Andrew Darington«, stellte er sich dann vor, offenbar wusste er nicht, was er sonst sagen sollte. »Ich besuche meinen Vater regelmäßig. Odile kannte ich natürlich auch. Also ... kennen ist zu viel gesagt. Sie verstehen?«

»Das ist schön, Andrew«, plapperte die Dame im rosa Pullover. »Das ist gut, dass du dich um deinen Vater kümmerst. Die jungen Leute sollten sich mehr um ihre Eltern kümmern.« Auffordernd sah sie in die Runde. »Wer ist dran mit Geben?«

Kate nickte dem jungen Mr Darington zu, der mit einer Geste fragte, ob er wieder zurück an die Seite seines Vaters gehen konnte, dann wandte sie sich den drei Kartenspielern zu. »Und wer kümmerte sich um Odile?«

»Odile hat nie Besuch bekommen«, erinnerte sich Mr Le Page.

»Aber sie hatte auch keine Kinder«, warf der Glatzkopf ein.

»Was haben denn Kinder damit zu tun? Ach, die verrückte Alte. Wer hätte die auch besuchen wollen?« Trotz ihres offensichtlich nachlassenden Gedächtnisses und den Dingen, die sie durcheinanderbrachte, schien es die Frau durchaus abgesehen zu haben auf ihre Mitbewohnerin. »Sie mochten Odile nicht?«, fragte Kate.

Die Frau schnaubte abschätzig. »Hat immer nur ihre dummen Geschichten erzählt. Wer sollte das alles glauben!«

Bevor Kate nachhaken konnte, was genau für Geschichten das gewesen waren, kam eine Pflegerin in den Garten. Offensichtlich auf der Suche nach jemandem, drehte sie sich um die eigene Achse und verschwand dann wieder im Haus. Mr Le Page blickte ihr mit leicht schräg gelegtem Kopf hinterher.

»Flora.« Der Glatzkopf legte der Frau im rosa Pullover kurz beruhigend die Hand auf den Arm. »Lass mal gut sein. Ja, wissen Sie«, wandte er sich dann an Kate. »Odile hat viel von ihrem … Verlobten geschwärmt«, erklärte er leicht verlegen. »Es wurde immer wunderlicher, da muss ich Mrs Summers recht geben. Zuerst war es nur ermüdend, aber zuletzt …« Er blickte seine Spielkameraden an und schüttelte den Kopf.

»Ach ja? Was hat sie denn so erzählt?«, wollte Kate wissen.

»Immer von den Höhlen«, half Mrs Summers genervt aus und zupfte den Ärmel ihres rosafarbenen Pullovers zurecht, den der Glatzkopf mit seiner Geste allem Anschein nach in Unordnung gebracht hatte.

Kate starrte sie an. Die Höhlen von Guernsey? In denen Walker Drogenschmuggel vermutete? »Die Höhlen?«, hakte sie nach, als Mrs Summers nicht weitersprach.

»Ja, sag ich doch. Angeblich war es in den Höhlen.«

»Was war in den Höhlen?«

Mrs Summers zuckte desinteressiert mit den Schultern. »Die war verrückt, die Alte.«

Kate gelang es nur mit Mühe, ein Stöhnen zu unterdrücken. Sie würde sich angesichts dieser Wiederholungen daran gewöhnen müssen, dass Befragungen hier anders verliefen als üblich. Sie war in diesem Moment beinahe froh, dass Walker nicht dabei war, dessen Ungeduld die Alten wahrscheinlich vertrieben hätte.

»Sie war wirklich verrückt«, sagten der Glatzkopf und Mr Le Page unisono. »Hören Sie nicht auf das, was sie gesagt hat.«

»Ja, aber was hat sie denn gesagt?«

»Dass ihr Verlobter zurückkommt. Dabei ist der doch längst tot!« Mrs Summers schüttelte den Kopf, dann pochte sie mit dem Knöchel ihres hageren Zeigefingers auf die Tischplatte. »Was ist jetzt? Wer gibt?«

»Was war denn in den Höhlen?«, fragte Kate noch einmal mit Nachdruck.

»Na, nichts war da«, sagte Mrs Summers ungeduldig. Sie vollführte eine kreisende Bewegung mit ihrem Finger an der Schläfe. »Das war alles nur in ihrem Kopf.«

»Aber was war denn ihrer Meinung nach dort?«, versuchte Kate es anders. »Was hat Odile erzählt, was dort war?«

»Ihr Verlobter. Das haben wir doch schon gesagt.« Auch Mr Le Page schien nun die Geduld zu verlieren. Wahrscheinlich fragte er sich, wann Kate hier einziehen würde, bei ihrem Geisteszustand. »Angeblich wartete er nur auf den richtigen Zeitpunkt, um zu ihr zurückzukommen. Verstehen Sie? Der richtige Zeitpunkt.« Ungläubig schüttelte er den Kopf. »Nun ja. Irgendwann sind wir alle mal so weit.«

»Verrückt, die Alte«, murmelte Mrs Summers. Dann zog sie die Pik Dame und schleuderte sie auf den Tisch.

Den Eindruck hatte Kate nicht nur von Odile, musste sie insgeheim zugeben. Die drei hatten getan, was sie konnten, und ihr erzählt, was sie wussten. Auch wenn sie dabei recht umständlich vorgegangen waren.

Die wichtigste Info jedoch hatte ihr der junge Mr Darington geliefert, auch wenn sie so gar nicht zu ihrem Gefühl passen wollte. Das Rätsel um den Knopf hatte sich gelöst. Odile musste ihren Begleiter nicht gekannt haben, wovon Kate bisher aufgrund des Knopfes ausgegangen war. Jetzt, mit dieser neuen Situation stellte sich die Lage anders dar. Kate würde mit Walker darüber reden müssen.

Nachdem Kate noch mit anderen Bewohnern gesprochen hatte, ohne jedoch weitere Erkenntnisse zu erlangen, verließ sie tief in Gedanken versunken das Pflegeheim. Draußen zogen wieder Wolken auf. Nicht lange, und die Kartenrunde im Garten würde von schweren Tropfen vertrieben werden, die auf ihr Sonnendach klatschten. Kate beeilte sich, in ihr Auto zu kommen. Wieder warf sie einen Blick auf Therese Morgans Bürofenster, wo die Heimleiterin dieses Mal allein war. Edward Linney war entweder längst weg, oder er hatte ihr nichts von Kates Besuch erzählt. Sie konnte sich nicht vorstellen, dass die internen Streitigkeiten von Linney und Morgan etwas mit dem Tod von Odile Davies zu tun hatten. Die alte Frau war weitab von der Garden Villa ums Leben gekommen. Ein seltsames Gefühl, dass sie diese Sache dennoch klären musste, blieb jedoch. Kate zögerte einen Moment, startete dann aber den Motor.

6. Kapitel

Calais, St. Martin

»Was arbeitest du eigentlich?«, fragte David und reichte Nicolas eine Flasche Wasser.

Sie kamen gut voran, Nicolas entfernte gerade mit einem Cuttermesser die letzten Klebe- und Dichtungsreste der alten Fensterscheibe. David öffnete seine eigene Flasche, setzte sich neben Nicolas auf die Fensterbank und blickte ihn neugierig an.

»Ich bin Archäologe.« Er deutete auf das Messer. »Mit Feinarbeit kenne ich mich aus.«

»Wow. Also, wenn du meinen Garten umgraben willst? Der muss eh mal gedüngt werden.«

»Nur, wenn du dort Leichen versteckst.« Erst als David zurückzuckte, bemerkte Nicolas, was er gesagt hatte. »Entschuldige.« Verlegen legte er das Messer zur Seite. »Ich bin forensischer Archäologe«, erklärte er dann und berichtete von seinem Werdegang: Wie er sich als interessierter Student mit Liebeskummer für ein »Abenteuer« gemeldet, wie die Realität ihn schnell eingeholt, das Thema ihn jedoch nie wieder losgelassen hatte. Seitdem verbrachte er einen Großteil seiner Zeit in ehemaligen Kriegsgebieten dieser Welt bei Ausgrabungen, in denen Massengräber entdeckt und untersucht wurden. Er fand und analysierte Skelette, um Familien ihre Brüder, Väter oder Töchter zurückgeben zu können und ihnen eine Bestattung zu erlauben. Es war keine Arbeit, von der er als Kind geträumt hatte, als er im Wald und auf dem Hof seiner Eltern nach kleinen Schätzen in der Erde gesucht hatte. Es war Zufall gewesen, doch konnte er sich keinen anderen beruflichen Weg mehr vorstellen. Immer schon hatte er die Freiheit geliebt, wahrscheinlich betrachtete er auch deshalb so gerne das Meer, diese große Weite. Und seine Arbeit band ihn nicht nur an eine Universität, wie eine Professur es üblicherweise tat, sondern sie führte ihn überallhin auf der Welt.

Als er seine Ausführungen beendet hatte, nickte David langsam. »Du hast also vor, wieder zu gehen?«, fragte er. »Ein paar Monate hier auf Guernsey, dann was? Frankreich? Afrika?«

Nicolas nahm das Messer wieder auf, um weitere Klebereste zu entfernen. »Ich weiß noch nicht so genau. Kommt drauf an, wo man mich hinschickt«, sagte er wahrheitsgemäß. »Vielleicht ist es aber auch mal nett, eine Weile an einem Ort zu bleiben.« Offenbar hatte er nicht ganz so beiläufig geklungen wie beabsichtigt, denn David legte interessiert seinen Kopf schräg. »Eine Frau?«, fragte er.

Nicolas seufzte und hob ergeben die Schultern. »Eine sehr kluge Frau«, sagte er. »Und schön ist sie auch.«

»Da kann man nichts machen.« David nickte und kontrollierte den Zustand des Fensterrahmens. Eine Weile arbeiteten sie schweigend, bis sie die Falz so weit mit Vorlegeband vorbereitet hatten, dass sie die neue Scheibe einsetzen konnten. David war ein angenehmer Mensch, es war entspannend, neben ihm zu arbeiten. Er war zwar immer noch zurückhaltend, aber Nicolas hatte dennoch das Gefühl, er öffnete sich immer mehr.

»Du hast keine Frau?«, wagte er sich behutsam vor, um seinen neuen Freund nicht zu verschrecken.

David seufzte. »Das ist doch eine typische Junggesellenbude, oder nicht?«, fragte er.

Nicolas schenkte dem Bücherregal einen Blick. »Wenn der Junggeselle über achtzig ist. Sicher.«

David grinste und machte sich daran, das Fensterglas hochzuheben.

Nicolas stand bereit. »Vorsichtig, vorsichtig jetzt«, murmelte er, als sie die Scheibe langsam einsetzten.

Dann endlich hatten sie es geschafft. David klopfte sich die Hände in den Handschuhen ab, Nicolas griff zu seiner Wasserflasche.

»Wie neu«, sagte er und wandte sich David zu. »Jetzt haben wir so lange über meine Arbeit gesprochen. Was machst du eigentlich beruflich?«

David grinste breit. »Fensterbauer.«

*

Police Headquarter, St. Peter Port

Auf dem Weg zurück nach St. Peter Port begann es tatsächlich zu regnen, doch so schnell die Wolken aufgezogen waren, so schnell wurden sie auch wieder vom Wind vertrieben, und als Kate den Dienstwagen im Innenhof des Präsidiums abstellte, schien auch schon wieder die Sonne. Sie beschloss, den Moment zu nutzen, um rasch in ihrer Lieblingsbäckerei ein paar Pasties zu besorgen. Dafür musste sie nur La Plaiderie hinunter, an den hohen, alten Häusern vorbei bis zu The Pollet, der Einkaufsmeile von St. Peter Port, die mit ihren bunten Schaufenstern, den fröhlichen Blumenkästen und vor allem den verschiedenfarbigen Wimpeln, die über der Straße im Wind wehten, Touristen und Einheimische gleichermaßen anlockte. Regelmäßiger, langsamer und gesünder zu essen, das hatte Kate sich vorgenommen – ob Pasties die Kategorie »gesünder« abdeckten, wagte sie zu bezweifeln, aber es gab Schlimmeres. Sie nutzte die Gelegenheit, um endlich Holly anzurufen und sie um eine kleine Notiz in der morgigen Ausgabe der *Guernsey Press* zu bitten. Zu behaupten, dass ihre Cousine über den Anruf entzückt war, war noch eine Untertreibung. Atemlos schrieb sie jedes Wort mit, das Kate ihr diktierte – das Wort »Mordermittlung« vermied sie um jeden Preis –, dann rief Holly begeistert: »Ich weiß schon, weshalb du meine Lieblingscousine bist.«

»Vermutlich, weil ich deine einzige Cousine bin.« Kate grinste. Die beiden verstanden sich seit ihrer Kindheit hervorragend und teilten auch die tiefe Liebe zu ihrem gemeinsamen Grandpa. Hollys Mutter May war die Schwester von Kates verstorbenem Vater. »Aber doch keinesfalls, weil ich bei der Polizei arbeite und dir für deinen Job nützlich sein kann?«, zog Kate Holly grinsend auf.

»Ich würde dir ja anbieten, dich für die Information lobend zu erwähnen«, begann Holly, doch Kate unterbrach sie lachend: »Untersteh dich!« Es war ihr schon ein Graus, nach Beendigung eines Falles unweigerlich in den Nachrichten aufzutauchen – aber während laufender Ermittlungen? Eine Katastrophe.

»Na gut, weil du's bist«, antwortete Holly, und Kate konnte ihr Grinsen förmlich sehen. »Und nun, da ich die Informationen für unseren Aufruf habe, könntest du mir doch noch ein paar Details zum Stand eurer Ermittlungen erzählen.«

Erneut lachte Kate. »Netter Versuch, Cousinchen. Tschüss!« Damit trennte sie die Verbindung, bevor Holly ihr noch weitere Schmeicheleien oder Lockmittel anbieten konnte. Früher oder später würde sie ohnehin wieder mit ihr sprechen.

Dann öffnete Kate die Tür der Bäckerei und wählte für das

gesamte Team Cornish Pasties aus, gefüllte Teigtaschen, eigentlich eine Spezialität aus Cornwall, die hier auf Guernsey natürlich vorzugsweise mit Meeresfrüchten genossen wurde. Für Walker ließ sie extra eine mit Fleisch einpacken, ihr Kollege hatte es nicht so mit Fisch. Das war auf Guernsey zwar eigentlich völlig inakzeptabel, aber bisher hatte Walker sich nicht einmal an Fish 'n' Chips gewagt. Heilbutt schmeckte Kates Meinung nach nun wirklich nicht nach Fisch und kam zudem immer fangfrisch in die Fritteuse. Aber bei seinen Essgewohnheiten wie auch bei seiner Ordnungsliebe blieb ihr Kollege stur.

Als Kate eine Viertelstunde später das gemeinsame Büro betrat, hockte Walker, die Lesebrille auf der Nase, das Hemd immer noch komplett faltenlos, vor seinem Computer und starrte angestrengt auf den Bildschirm.

»Was machst du?«, fragte Kate und reichte ihm die Tüte mit seinem Pastie.

»Hm?« Er drehte den Kopf zu ihr, nahm die Brille ab und rieb sich die Augen. Dann seufzte er erlöst, öffnete die Tüte und griff nach dem Gebäckstück. »Danke. Vorbereitung für heute Abend. Ich habe mir die Aufzeichnungen aller CCTV-Kameras der Umgebung schicken lassen, die ich finden konnte«, erklärte er. »In der Hoffnung, irgendwo eine alte Frau zu sehen.«

»Und?«

»Bisher noch nichts. Allerdings …« Er deutete auf das leicht verschwommene Bild auf seinem Computer. »Das Wetter war ziemlich schlecht, bei dem Regen ist nicht immer alles gut zu erkennen.«

»Eine alte Frau in einem Sommerkleid wäre dir aufgefallen.«

»Ja, wahrscheinlich.« Zweifelnd blickte Walker auf den Bildschirm und drückte die Play-Taste. »Das ist die Kamera am kleinen Café an der Petit Bot Bay. Die Bucht selbst ist nicht abgedeckt und der Küstenpfad, von dem Odile Davies hinuntergestürzt ist, ebenfalls nicht. Wir versuchen allerdings noch, an die Aufzeichnungen der privaten Häuser oben zu kommen. Vor allem das Wohnhaus, das sich recht nah am Parkplatz befindet, ist interessant. PC Knight hat die Besitzer schon befragt, gehört oder gesehen haben sie nichts, und auf ihrer Kamera ist leider auch nichts zu sehen. Gemeinsam mit DS Lucas will er jetzt in Les Nicolles jedes Cottage abklappern.«

Das war Schwerstarbeit. Kate war den Kollegen dankbar, die ihnen diese zeitraubenden Nachforschungen abnahmen. Die PCs und DCs – Police Constables und Detective Constables – berichteten Miller von ihrer Arbeit, die wiederum alles zusammenfasste und die relevanten Informationen an Kate, Walker und DeGaris weiterleitete.

»Macht sich gut, der Junge, richtig?«, fragte Kate grinsend.

»Stimmt. Und du freust dich vor allem, weil es jetzt noch jemanden gibt, der auf so etwas wie seinen Instinkt vertraut und aufgrund eines vagen Gefühls eine Mordermittlung ins Rollen bringt«, antwortete Walker augenzwinkernd. Dann deutete er wieder auf den Bildschirm. »Es sind leider auch nicht alle Fußwege abgedeckt, die zum Klippenpfad führen«, kam er auf ihr eigentliches Gesprächsthema zurück. »Vor allem, weil wir nicht wissen, ob es ihr Begleiter vom Parkplatz war, der den Sturz verursacht oder zumindest miterlebt hat oder ob es eben noch andere Personen gab, die zu Fuß gekommen sind. Allein von der Forest Road« – der Überlandstraße – »kann man vier verschiedene Wege zur Petit Bot Bay nehmen, die sich dann jeweils weiter verzweigen.«

»Aber am Ende kommen sie doch alle wieder an einem Punkt zusammen.«

»Schon. Aber wenn wir von einem Tötungsdelikt ausgehen, muss unser Täter sich oben auf dem Küstenpfad befunden haben, nicht unten in der Bucht.« Walker machte eine resignierte Geste. »Ich habe Miller schon um Unterstützung gebeten, sie will jemanden darauf ansetzen.«

»Leider wissen wir auch nicht genau, wann Odile dorthin gegangen ist. Wenn wir den Zeitpunkt wenigstens auf eine Stunde eingrenzen könnten, wäre uns schon geholfen.« Er rief ein anderes Video auf. »Aktuell sehe ich mir die Kreuzung Forest Road La Rouette an. Ich habe zwar wenig Hoffnung, dass sie ausgerechnet diesen Weg genommen hat, aber vielleicht haben wir Glück.«

»Zwanzig Uhr«, las Kate vom unteren Bildschirmrand ab. »Bis dahin bist du schon gekommen?«

»Im Schnelldurchlauf.« Er drückte eine Taste, und das Band lief in vierfacher Geschwindigkeit. Sie würden es noch einmal gründlich ansehen müssen, aber für einen ersten Überblick reichte es.

»Ach, schau an.« Walker hielt die Aufzeichnung an. »Das ist ja interessant.« Von Odile war keine Spur zu sehen, aber grobkörnig ließ sich eine Gruppe von Jugendlichen ausmachen, wahrscheinlich mit Bierflaschen in der Hand, wenn Kate richtig riet. Die Jugendlichen stiegen aus einem Bus und bogen in die kleine Straße La Rouette ein, über die sie auf einigen Umwegen schließlich zu den Klippen gelangen konnten.

»Die müssen genau dorthin gegangen sein, wo wir Odile später gefunden haben«, sagte Walker aufgeregt.

»Ahhhh«, bremste Kate seinen Enthusiasmus. »Sie können Richtung Westen abgebogen sein.« An den Klippen kannte sie sich aus.

»Vielleicht.« Walker zoomte an Gesichter heran, ohne dass sie jedoch besser zu erkennen waren. »Vielleicht haben sie aber doch etwas gesehen.«

»Oder getan ... Deine Theorie mit dem Zufallsmord gewinnt nämlich an Wahrscheinlichkeit«, musste sie zugeben. »Das Rätsel um den Knopf hat sich gelöst.« Sie erzählte, was sie im Pflegeheim erfahren hatte. »Und damit ist meine Theorie, dass Odile ihren Mörder gekannt hat, dahin«, fasste sie schließlich zusammen. »Aber solange nicht geklärt ist, wie sie zu den Klippen gekommen ist, kann ich mich nicht komplett auf die Hypothese mit dem Drogenschmuggel einlassen«, sagte Kate schon, bevor Walker überhaupt etwas einwenden konnte – falls er es überhaupt vorgehabt hatte. »Irgendwer muss sie schließlich zur Petit Bot Bay gebracht haben. Aber warum?«

Er überlegte einen Augenblick, dann fragte er: »War es dieser Darington? Hat er Odile mitgenommen?«

Kate schüttelte den Kopf. »Als sie ging, ist er noch eine Weile dageblieben. Danach hat er sie nicht mehr gesehen.«

»Sagt er.«

»Richtig. Aber weshalb sollte er lügen? Er hat seinen Vater im Pflegeheim besucht, das wurde mir dort bestätigt. Er kommt beinahe jeden Tag. Wahrscheinlich war er einfach zufällig am richtigen – oder falschen – Ort.«

Walker schürzte nachdenklich die Lippen. Das war es, was sie an ihm so sehr mochte: Es ging ihm nie ums Rechthaben, nur um ihre Arbeit.

Nachdenklich deutete er mit dem Zeigefinger auf das Standbild der Überwachungskamera, das noch auf seinem Bildschirm zu sehen war. »Auf jeden Fall müssen wir diese Jugendlichen finden.«

*

Zehn Minuten später legte Kate nachdenklich den Hörer auf: Rivers hatte leider keine Neuigkeiten für sie. In Odile Davies' Zimmer hatte es keine Hinweise auf etwas Ungewöhnliches gegeben, was Kate zwar nicht wunderte, frustrierend war es trotzdem. Unzufrieden stieß Kate Luft durch die Nase aus, da klopfte es an die Tür. Thomas Harwood begrüßte sie mit einem breiten Lächeln. Erneut gab Odiles Betreuer sich jovial und freundlich, sein Lächeln erreichte jedoch nicht seine Augen. »Sie sagten doch, Sie interessieren sich für den Inhalt von Odiles Schließfach«, sagte er dann und hielt einen Stapel Papiere in die Höhe. »Ich war zwischen zwei Terminen schnell bei der Bank.« Das erklärte zumindest zu einem Teil sein angespanntes Aussehen. Eigentlich hatte Kate mit dem Schlüssel zum Schließfach gerechnet, das wäre ihr lieber gewesen. Aber wenn Harwood mögliche Beweismittel hätte beseitigen wollen, dann hätte er das auch vorher schon tun können.

Kate stand auf, doch bevor sie dem Rechtsanwalt Odiles Habseligkeiten abnehmen konnte, klopfte es erneut an der Tür. DeGaris trat ein, musterte Thomas Harwood, die Papiere. »Was ist das?«, fragte er und streckte seine Hand aus. Doch er verstand sofort, als er die Dokumente durchblätterte. »Sind auch Kontoauszüge dabei?«, fragte er.

Der Rechtsanwalt nickte. »Ja. Außerdem persönliche Briefe, Papiere … Alles da.«

Zur Sicherheit würde Miller noch einmal selbst bei der Bank nachfragen. Kate glaubte zwar kaum, dass die Kontoauszüge gefälscht waren, aber es kam immer mal wieder vor, dass man Offensichtliches übersah.

»Sagen Sie …« Mit einem Mal wirkte Harwood verunsichert. »Wissen Sie schon, wann die Beerdigung stattfinden kann?« Als Betreuer hatte er sicher Erfahrung, was die Organisation von Trauerfeiern betraf. Mit dem Polizeiapparat in Todesfällen kannte er sich als zivilrechtlicher Anwalt jedoch nicht so gut aus.

»Wir informieren Sie«, sagte DeGaris unverbindlich und wandte sich den Dokumenten zu. Dr Schabot musste seine

Untersuchungen abschließen, erst wenn sie sich sicher waren, dass niemand etwas übersehen hatte, würden sie den Leichnam für die Bestattung freigeben.

»Ja dann ...« Harwood blickte auf seine Uhr. »Wenn Sie noch etwas brauchen ...«, leitete er seinen Abschied ein. Der nächste Termin wartete sicher.

Doch so einfach ließ Kate ihn nicht davonziehen. »Ich hätte noch eine Frage: Sagt Ihnen der Name George etwas?«

»Lassen Sie mich überlegen.« Thomas Harwood schürzte die Lippen und sah sie nachdenklich an. »George, George ...«

Er wollte hilfsbereit wirken, Kate konnte sich jedoch des Eindrucks nicht erwehren, dass er etwas zu dick auftrug. Sein Auftreten wirkte gespielt, und war das angespannte Lächeln vorher wirklich nur seiner Eile geschuldet, oder steckte mehr dahinter?

»Es kann tatsächlich sein, dass sie mal einen George erwähnt hat, der Name kommt mir bekannt vor, nur einordnen kann ich ihn nicht«, sagte er schließlich. »Wer ist das? Ein ehemaliger Nachbar? Jemand aus dem Pflegeheim? Kennen tue ich ihn jedenfalls nicht, ich hatte eigentlich nur Kontakt mit Therese Morgan und Edward Linney. Und beim Ausräumen ihres Hauses habe ich damals kurz mit einer ehemaligen Nachbarin gesprochen. Aber das habe ich Ihnen ja schon gesagt.« Er lächelte wieder breit.

»Das haben Sie nicht«, wies Kate ihn auf den Widerspruch hin. Er hatte ziemlich allgemein von Nachbarn als möglichen Bekannten von Odile gesprochen, konkrete Namen hatte er nicht genannt, geschweige denn, dass er mit jemandem von ihnen gesprochen hatte. Interessant.

»Was hat sie Ihnen erzählt?«

»Ach, alte Geschichten.« Er winkte ab.

»Was heißt das?«

»Ihre Familie hat schon in Les Laurens gewohnt, der Vater im örtlichen Postamt gearbeitet. Sie waren wohl nicht so beliebt, die Davies.«

Kate merkte auf. »Wissen Sie, weshalb?«

Er zuckte mit den Schultern.

Kate unterdrückte ein genervtes Stöhnen. »Können Sie mir den Namen nennen?«, fragte sie dann.

Verlegen antwortete Harwood: »Daran kann ich mich wirklich nicht mehr erinnern. Ist ja auch schon eine Weile her.«

Die mangelnde Erinnerung schien das Kernproblem in diesem Fall zu sein: angefangen bei der Toten bis hin zu den einzelnen Zeugen.

»Sie selbst haben kaum mit Odile Davies gesprochen?«, hakte Kate noch einmal nach. Sie konnte sich nicht vorstellen, wie man als gesetzlicher Betreuer Entscheidungen treffen wollte – und sollte – für eine Person, die man einfach nicht … kannte.

»Selten«, gab Harwood zu. »Ich habe meist über sie gesprochen.«

Und genau das verursachte ein ganz unangenehmes Gefühl in Kates Magengegend. Sie warf einen Blick in Richtung des Chiefs, dem es ähnlich zu gehen schien.

»Mit Therese Morgan. Und Edward Linney?«

Er nickte. »Es ist nicht so, dass ich niemals mit Odile gesprochen hätte. Aber ihre Geschichten …. Das war einfach alles zu wild.« Er zuckte verlegen mit den Schultern.

»Meinen Sie die Höhlen?«

»Ich meine alles. Es war schwer, ihr zu folgen, sie hat von ihrer Kindheit erzählt, von ihren Eltern, plötzlich von ihrem Liebhaber, dem Krieg und dann, dass sie am liebsten Brombeermarmelade isst. Es ging alles durcheinander, Jahreszahlen, Begebenheiten, alles.«

»Brombeermarmelade.« Kate musste lächeln. Diese Vorliebe fand sie irgendwie rührend. Und bestärkte sie darin, mehr über Odile erfahren zu wollen, über ihr Leben, ihre Vergangenheit.

Und ihr war nicht entgangen, dass Harwood hier plötzlich von Odiles Liebhaber gesprochen hatte: Eben hatte er den Namen George angeblich nicht mal einordnen können. Kurz presste sie die Lippen aufeinander, dann verabschiedete sie den Rechtsanwalt, nicht ohne ihm noch die Drohung, sie würde wieder auf ihn zukommen, mit auf den Weg zu geben. Doch wenn seine Abrechnungen stimmten, es keine verdächtigen Kontobewegungen oder Ähnliches gab, hatten sie nicht viel gegen ihn in der Hand. Außer, dass er Kate einfach nicht sympathisch war. Aber auf dieser Grundlage konnte sie niemanden verhaften, sonst hätte sie längst bei einem Teil ihrer Kollegen damit angefangen. Beinahe musste sie grinsen.

In diesem Moment betrat Walker ihr Büro. Den hatte sie schon vermisst.

»Wo warst du denn?«

»Musste mal telefonieren.« Er warf einen Blick auf DeGaris, der sich mit dem Inhalt von Odile Davies' Bankschließfach an Walkers Schreibtisch niedergelassen hatte. Kate verkniff sich die Frage, mit wem ein Gespräch jetzt so wichtig war, und beschloss, Kaffee zu holen. Für Walker blieb nachher noch Zeit.

Als sie wenige Minuten später mit drei Bechern zurück ins Büro kam, waren DeGaris und Walker dabei, Odile Davies' Erinnerungsstücke zu sortieren.

»Und das war mal ein ganzes Leben«, murmelte Walker und drückte damit aus, was auch Kate beim Anblick der Papiere empfand. Dieser Fall ging ihr auf eine ganz besondere Art nahe, die sie noch nicht erlebt hatte. Vielleicht war es die

Tatsache, dass dieser Mensch ein ganzes Leben gelebt und dennoch so wenig hinterlassen hatte.

»Schon was Interessantes gefunden?«, fragte sie, als sie vorsichtig die Tassen abstellte. Sie nahm sich einen der vergilbten Briefe und faltete ihn behutsam auseinander. Es schien ein Liebesbrief zu sein, begann er doch mit »Mein Herz«. Das Datum ließ sich nicht mehr lesen, aber die Jahreszahl konnte Kate als 1945 entziffern.

»Lange her«, murmelte sie und suchte nach einer Unterschrift. Zu ihrer Überraschung schien Odile den Brief selbst geschrieben zu haben, zumindest meinte sie ganz unten den Namen »Odile« zu erkennen. Die Handschrift war flüchtig, hingeschmiert, nicht, wie Kate sich das sorgfältige Schriftbild eines verliebten Teenagers vorstellte. *Wahrscheinlich hat der Brief einmal nach Lavendel gerochen, früher,* dachte sie in Erinnerung an das Zimmer der Toten lächelnd. Sie setzte sich und begann zu lesen. »Noch nie habe ich mich so nach jemandem gesehnt, wie ich mich nach dir sehne. Noch nie hat jemand mein Herz, mein Innerstes so berührt, wie du es berührt hast«, las sie und versuchte, sich ihre Tote als junge Frau vorzustellen, weit über siebzig Jahre vor ihrem Tod. Ihr Eindruck von Odile Davies als einer Romantikerin schien sich zu bestätigen.

Es gab weitere Briefe, Walker und DeGaris hatten sie mittlerweile in zwei Stapel sortiert, und Kate überflog jeweils die ersten Zeilen. Der eine Stapel war deutlich größer, es waren alles Briefe von Odile an ihren »Liebsten«, den sie hin und wieder auch »mein Herz« und »Liebling« nannte. Sie alle waren datiert auf die Jahre zwischen 1945 und 1950. Weshalb hatte sie die Briefe nicht abgeschickt?

Walker deutete auf den zweiten Stapel. »Diese hier hat er ihr geschrieben«, sagte er. »Noch vor Kriegsende.«

Kate nahm das erste Papier auf, und tatsächlich, Oktober

1943 stand in der rechten oberen Ecke. »Meine süße Odile, die Tage werden einsamer, der Krieg dauert schon zu lang. Aber die Gedanken an dich, dass wir uns bald wiedersehen, geben mir Kraft.« Kurze Sätze, unsicher in ihren Formulierungen, Rechtschreibfehler. Ob sich daraus etwas schließen ließ? Hatte Odiles George keine gute Schulbildung gehabt? Das war damals sicher nicht unüblich. George, dachte Kate, als sie auf die unleserliche Unterschrift blickte. Mit etwas Fantasie konnte man den Namen erkennen.

»So hat sie mal ausgesehen.« Walker schob ein Foto zu Kate hinüber, ein kleines Format in Schwarz-Weiß mit einem gezackten weißen Rand. Darauf zu sehen war eine Gruppe junger Menschen, darunter zwei junge, hübsche Paare, eindeutig daran erkennbar, dass die Männer jeweils einen Arm um die Schulter ihrer Partnerin gelegt hatten. Auf der Rückseite waren mit Bleistift Namen notiert. »Das ist George!«, rief Kate. »Ihr Verlobter!« Die anderen Namen sagten ihr nichts, Eleanor, Robert, William.

»Er muss die Liebe ihres Lebens gewesen sein«, erzählte Kate ihren Kollegen, was sie von Ms Mollet und den drei Kartenspielern erfahren hatte. »Sie hat viel von ihm gesprochen, immer noch.« Halt. Wie war das gewesen mit Therese Morgans Erklärung? Menschen mit Demenz sprachen gern von Erinnerungen aus der Kindheit und Jugendzeit. Das waren sichere Erinnerungen, die letzten Jahre hingegen oft verschwommen. »Er war die Liebe ihrer Jugend«, korrigierte sie sich. »Möglicherweise aber ihre einzige Liebe. Anscheinend hat sie erwartet, dass er sie im Heim besuchen kommt.«

»Und? Könnte er das am Samstag getan haben?«, fragte DeGaris.

»Er ist wohl vor langer Zeit gestorben. Sicher weiß ich aber nichts darüber.« Sie deutete auf die Stapel der Liebesbriefe. »Offensichtlich hat er ihr ab 1945 nicht mehr geantwortet. Sie wusste, dass sie die Briefe gar nicht erst abzuschicken brauchte.«

»Du glaubst, er ist im Krieg gefallen?«, fragte Walker.

»Kann doch sein?«

»Kann gut sein«, musste Walker zugeben. Er überflog ein weiteres Papier. »Die Briefe weisen tatsächlich darauf hin.«

»Es schadet trotzdem nicht, seine Identität herauszufinden«, sagte der Chief.

»Ich habe keinerlei Anhaltspunkte außer einem Vornamen und der Information, dass der Mann seit über 75 Jahren tot ist. Mach es mir bitte nicht zu leicht.« Kate schüttelte grinsend den Kopf und legte das Foto auf ihren Schreibtisch. Dann wandte sie sich an Walker. »Ich habe mir überlegt, auch mal in ihrer ehemaligen Nachbarschaft herumzufragen«, sagte sie. »Vielleicht erfahren wir dort etwas über unsere Tote.«

Walker blickte auf die Uhr. »Ein paar Stunden habe ich noch, bevor es zur Observierung der Petit Bot Bay geht«, sagte er. »Ich komme mit.«

»Ja, macht das«, stimmte der Chief zu. »Auch wenn man seine Nachbarn oftmals nicht gut kennt – irgendjemand weiß doch bestimmt irgendetwas über sie.«

Warum jemand einen Grund haben könnte, sie zu töten, beispielsweise. Oder auch, wer Odile unter Umständen besuchen würde.

*

Les Laurens, Torteval

Die Adresse, von der aus Odile Davies in die Garden Villa gezogen war, bekam Kate durch einen Anruf bei Therese Morgan. Wie sich herausstellte, handelte es sich dabei um Odiles Elternhaus. Kate fuhr in Begleitung von Walker nach Torteval, der kleinsten der zehn Gemeinden Guernseys. Im Südwesten der Insel gelegen, war dort vor allem die Kirche, St. Philippe de Torteval, interessant: Der höchste Kirchturm auf Guernsey war rund, was ihn schon aus der Entfernung ungewöhnlich und besonders aussehen ließ. Von hier aus war es nicht weit bis zur südlichen Küste mit ihren Steilklippen, durch die Felder auf dem Weg dorthin strich ein leichter Wind, und die Straßen waren wenig befahren.

Odiles Elternhaus, das mit ihrem Umzug in die Garden Villa verkauft worden war, lag in einer Sackgasse. Kate parkte den Wagen am Straßenrand, stieg aus und blickte sich um. Kleine Cottages, ehemalige Farmhäuser, aus Stein gebaut, mit vielen Bäumen und bunten Blumen davor.

»Sieh mal.« Kate deutete auf zwei Steine vor einem Haus, einen aufrecht stehenden und einen runden, die so aufgeschichtet waren, dass sie wie ein Pilz aussahen. »So hat man das Getreide früher vor den Ratten geschützt. Ganz einfach eigentlich: Den kleinen Nagern ist der Winkel zu steil, sodass sie an das oben gelagerte Getreide nicht herankommen. Heute sind die Steine Glücksbringer. Eine Tradition.« Man fand sie vielfach vor ehemaligen Longhouses, deren typisches Aussehen von den unterschiedlich großen Steinen herrührte, mit denen sie gebaut wurden.

»Nostalgie«, sagte Walker wissend, und Kate fragte sich, ob es wohl überhaupt Menschen gab, die davor gefeit waren?

»Odile ist hier aufgewachsen«, erzählte sie weiter. »Ihr Arbeitsplatz in der Gärtnerei ist nur einen Steinwurf Richtung Norden entfernt. Bis zu ihrem Umzug vor zwei Jahren hat sie hier gelebt.«

»Dann hoffen wir mal, dass die Nachbarn nicht alle erst in den letzten Jahren zugezogen sind.«

»Die Nummer 16, *Seaview*, ganz am Ende, dort hat Odile gewohnt.«

»*Seaview*? Meerblick?« Walker schaute sich skeptisch um. »Ich sehe kein Wasser.«

»Wir müssen unseren Häusern eben Namen geben«, sagte Kate. »Du musst nur hoch genug klettern, vielleicht aufs Dach oder den Baum da« – sie zeigte auf eine alte Pinie, die in der Nachmittagssonne wunderbar erhaben ihren Schatten warf – »dann kannst du auch von hier das Meer sehen.«

Walker grinste kopfschüttelnd. »Damit müsste man in London mal anfangen. Da gehen dir schon nach dem ersten Häuserblock die Namen aus.«

»In London würde es statt Meerblick Staublick heißen, und statt im Möwen-Cottage würde man im Ratten-Haus wohnen. Nein, sei froh, dass ihr diese Tradition nie angefangen habt«, gab Kate schmunzelnd zurück.

Jetzt musste Walker lachen. »Aber wenn ich mich in meiner Wohnung in St. Peter Port im Badezimmer auf die Zehenspitzen stelle, kann ich tatsächlich einen winzigen Streifen Meer sehen.«

»Na, wenn das nicht für vieles entschädigt.«

Walker setzte zu einer Erwiderung an, etwas Freches, das konnte sie ihm ansehen, zog dann aber seine Augenbrauen zusammen und sagte erstaunt: »Das tut es tatsächlich. Ich hätte gar nicht gedacht, wie gut mir das Meer tut. Und weißt du, was? Ich vermisse diese Stadt kein bisschen.«

Walkers Wechsel aus London auf die Insel hatte aus privaten Gründen stattgefunden – viel hatte er nie darüber geredet, aber soweit Kate bisher wusste, war es dabei um eine Frau gegangen, eine kaputte Ehe, die er hinter sich lassen wollte, um auf Guernsey noch einmal ganz neu anzufangen. Sie freute sich ehrlich, dass sein Plan aufzugehen schien.

»Das Meer heilt alle Wunden«, wandelte sie das alte Sprichwort etwas ab.

Walker grinste, ein wenig verlegen, denn er war immer noch nicht gut darin, persönliche Dinge aus seinem Leben zu teilen. Aber durchaus auch hoffnungsfroh. »Na, dann wollen wir doch mal sehen, ob er uns auch in unserem Fall Glück bringt, der Meerblick«, sagte er schließlich und blickte einmal die Straße herauf und herunter. »Sollen wir uns aufteilen? Du fragst die linke Seite ab, ich die rechte.«

Kate nickte, so würde es schneller gehen.

Sie blickte Walker hinterher, der schon beim ersten Haus klingelte, und setzte sich in Bewegung. Vor dem Longhouse mit dem steinernen Pilz, dem direkten Nachbarn des *Seaview*-Cottage, straffte sie die Schultern und drückte auf den Klingelknopf unter dem Namen »Dorset«. Abends, wenn die Zimmer beleuchtet waren, sah man sicherlich, was die Bewohner nebenan trieben.

Eine junge Frau öffnete Kate die Tür, vermutlich Ms Dorset. Sie war hübsch, mit langen dunklen Haaren, wirkte jedoch etwas übermüdet. Das mochte an dem Baby liegen, das sie in einem Tuch vor dem Bauch trug.

»Detective Inspector Kate Langlois, Guernsey Police«, stellte Kate sich vor und versuchte, so wenig bedrohlich wie möglich zu klingen. »Es mag eine etwas ungewöhnliche Frage sein, aber können Sie mir vielleicht etwas über Ihre frühere Nachbarin erzählen?« Sie deutete mit dem Finger auf das Haus. »Odile Davies, kannten Sie sie?«

Doch Ms Dorset verneinte. Sie war mit ihrem Mann erst kurz vor der Geburt ihrer Tochter hergezogen und hatte Odile nie kennengelernt. Auch von den Vorbesitzern ihres eigenen Hauses und deren Verbleib wusste sie so gut wie nichts.

»Ich glaube, sie sind gestorben. Es war ein altes Ehepaar.

Tut mir sehr leid, dass ich Ihnen nicht weiterhelfen kann«, entschuldigte sie sich, bevor Kate sich verabschiedete.

Beim nächsten Haus wurde Kate nicht geöffnet, im folgenden wohnte ebenfalls eine junge Familie, die erst kürzlich zugezogen war, und auch im Cottage daneben wusste man nicht, wer Odile Davies gewesen war. Das Gebiet schien attraktiv für Hauskaufende zu sein, und als Kate einen Blick zu Walker warf, der auf der anderen Straßenseite aus einem Gartentor trat, schüttelte der den Kopf und hielt den Daumen nach unten. Kate biss die Zähne zusammen, doch nachdem ihr auch beim fünften Versuch an der Haustür eine junge Frau unter dreißig gegenüberstand, wollte sie die Flinte anschließend ins Korn werfen.

Doch im letzten Haus auf ihrer Seite, demjenigen, das am weitesten entfernt lag vom *Seaview*-Cottage, öffnete ihr eine burschikose Frau um die sechzig, die sich als Mrs Scott vorstellte und Kates Frage nach einer Bekanntschaft mit Odile Davies tatsächlich als Erste bejahte. Mrs Scott trug ihre dunklen Haare kinnlang, der helle Ansatz, der schon länger nicht mehr nachgefärbt worden war, ließ auf den ersten Blick den Eindruck entstehen, sie hätte eine beginnende Glatze. Herabhängende Mundwinkel gaben ihr einen konstant mürrischen Ausdruck, und dass sie unfreundlich nach Kates Dienstausweis fragte, machte deutlich, dass sie nicht nur schlecht gelaunt aussah, sondern es auch war.

»Die alte Odile also«, schnaubte sie schließlich, als Kate sie nach ihrer ehemaligen Nachbarin befragte.

Ms Mollets und Thomas Harwoods Worte kamen Kate in den Sinn. *Sie war nicht beliebt. Sie waren wohl nicht so beliebt, die Davies.* »Sie leben schon länger hier?«, fragte sie Mrs Scott.

»Mein ganzes Leben schon.«

»Dann haben Sie ja lange Zeit in der gleichen Nachbarschaft verbracht.«

»Kann man so sagen.«

»Kannten Sie Ms Davies gut?«, hakte Kate nach, als die Ältere keine weitere Erklärung anbot.

»Gott bewahre, nein, von so einer haben wir uns alle ferngehalten.«

Von so einer? Kate horchte auf. »Was meinen Sie damit?«

»Hab mich nicht für die interessiert«, sagte Mrs Scott entschieden und verschränkte die Arme vor der Brust, während sie betonte, dass es den restlichen Nachbarn nicht anders gegangen war. »Die war immer allein. Mit der hat hier keiner gesprochen.«

»Gut, das habe ich verstanden.« Kate bemühte sich zu verbergen, dass sie leicht ungehalten wurde. Sie überlegte. Wenn alle Nachbarn Odile geschnitten hatten, musste doch etwas vorgefallen sein? »Aber warum? Hatte sie Ihnen was getan?«, hakte sie nach.

Mrs Scott verzog verächtlich einen Mundwinkel, sagte aber nichts.

»Nun rücken Sie schon raus mit der Sprache«, fuhr Kate etwas energischer fort. Eine Vorstrafe hatte Odile Davies nicht, das hätte ihnen ihr System verraten. Was auch immer es war, das die alte Frau in ihrer Nachbarschaft in Ungnade hatte fallen lassen, es war zumindest nicht polizeilich registriert. »Was hat sie denn so Schlimmes verbrochen, dass das ganze Viertel sie verurteilt hat?«, wollte Kate wissen. »Ist sie mal mit dem Mann der Nachbarin ins Bett gegangen?«

Die Ältere schob ihren Unterkiefer vor, und Kate fürchtete schon, sie würde ihr die Tür vor der Nase zuschlagen, doch dann reckte sie das Kinn und schnaubte: »'ne Jerrybag war die, wusste doch jeder.«

Kate stockte. Jerrybag. Sie kannte den Begriff. So hatte man auf Guernsey damals die Frauen geschimpft, die zur

Zeit der deutschen Besatzung ein Verhältnis mit den fremden Soldaten gehabt hatten. Kollaborateurinnen.

»Aber ... das ist doch ...« Wie lange war das her? Selbst Kates Großvater war damals noch ein kleines Kind gewesen!

»So schnell vergisst man das nicht«, ätzte Mrs Scott. »Nein, ich sag's Ihnen: Die Soldatenflittchen haben erst uns ruiniert und dann sich selbst.«

»Sie selbst waren damals doch noch gar nicht geboren«, sagte Kate verwundert.

Damit stieß sie bei Mrs Scott auf taube Ohren. »Wer hätte denn mit denen noch geredet? Wer hätte die denn eingestellt?«

»Odile Davies hat gearbeitet. In der Gärtnerei drüben«, widersprach Kate. »Sie bekam Rente.«

Aber für Argumente schien Mrs Scott nicht zugänglich zu sein. Sie zuckte unbeteiligt mit den Schultern.

»Wissen Sie, was passiert ist damals?«, hakte Kate nach.

»Nur das, was meine Eltern mir erzählt haben.«

Daher also. Der Hass und die Wut waren von Generation zu Generation weitergegeben worden.

»Dass sie 'ne Jerrybag ist und sich von 'nem Deutschen hat flachlegen lassen.«

»George«, murmelte Kate. Von ihm hatte Ms Mollet ihr erzählt. Konnte es sich bei Odiles Geliebtem um einen deutschen Soldaten gehandelt haben?

»Wie auch immer die geheißen haben.«

Georg, hätte man auf Deutsch wahrscheinlich gesagt. Wenn es sich bei George tatsächlich um den deutschen Soldaten handelte. »Sie sagen, niemand hat mit ihr gesprochen?«, fragte Kate nachdenklich. *Sie war nicht beliebt.*

Mrs Scott schüttelte heftig den Kopf. »Konnte keiner leiden so was. Heute ...« Ihre Gesichtszüge entspannten sich ein wenig, und zum ersten Mal wirkte Mrs Scott zugänglicher. »Ich hab nichts gegen die Deutschen, heute. Manchmal haben wir hier Touristen, trifft man im Supermarkt oder im Pub, freundliche Leute, wirklich. Aber damals ... Das waren einfach andere Zeiten. Das verzeiht man nicht so leicht.«

Ja, offenbar tut man das nicht, dachte Kate, wenn Mrs Scott noch heute, weit mehr als siebzig Jahre später, auf diese Weise davon sprach.

»Können Sie mir sonst noch etwas über Odile Davies erzählen?«, hakte sie nach.

Das konnte Mrs Scott nicht. Das Einzige, was sie wusste, war, dass Odile nach ihrem Wegzug in ein Heim gekommen war.

Kate dachte daran, dass Odile im Pflegeheim nie Besuch erhalten hatte. Dass sie keine Verwandten hatte, keine Freunde, dass ein Unbekannter ihr gesetzlicher Betreuer werden musste. Was für ein trostloses Leben! Unwillkürlich fragte sie sich, wie es bei der unfreundlichen Mrs Scott sein würde, in zwanzig Jahren, wenn auch sie in einem Heim lebte. Was würden die Nachbarn über sie erzählen?

Mit einem erzwungenen Lächeln bedankte Kate sich bei ihr, hinterließ ihre Karte, falls Mrs Scott doch noch etwas zu Odile einfallen sollte, und ging zurück zum Auto, wo Walker schon auf sie wartete.

»Keiner weiß was«, stöhnte er. »Keiner hat je mit ihr gesprochen, je etwas mit ihr zu tun gehabt. Offenbar hat die komplette Nachbarschaft sie geschnitten, aber glaubst du, mir sagt jemand, warum?« Frustriert hob er die Arme.

»Ich weiß, warum«, antwortete Kate ernst. Auch wenn sie sich nicht vorstellen konnte, dass die Erkenntnis etwas mit ihrem Fall zu tun hatte, so hatte sie doch das Gefühl, Odile Davies mit der romantischen Ader ein ganzes Stück nähergekommen zu sein.

Walker blickte sie überrascht an. »Ach was?«

»Dieser Geliebte von Odile, in ihrer Jugendzeit? Das war während der Besatzung. Er war ein deutscher Soldat.«

Ihr Kollege pfiff durch die Zähne. »Fraternisieren mit dem Feind«, zitierte er. »Kein Wunder, dass sie so eine Art Persona non grata war. Aber auch nach so langer Zeit noch?«

»Wir Guernsey donkeys können ganz schön nachtragend sein«, sagte Kate. Aber auch sie fühlte sich nicht wohl damit, dass man Odile ihre Jugendsünde so viele Jahre nachtrug. Wahrscheinlich hatte sich in der Nachbarschaft eine Dynamik entwickelt, aus der die Beteiligten nicht mehr herausgekommen waren. »Sie hatten mit ihr einen Sündenbock für alles Schlechte gefunden«, überlegte Kate. »Wahrscheinlich haben sie ihr noch Jahrzehnte später vorgeworfen, wenn einer von ihnen seinen Job verlor – die Deutschen sind schuld, und mit ihnen die Frauen, die sich mit ihnen eingelassen haben. Jerrybag, hat die da drüben sie genannt.« Kate deutete mit dem Kinn in die Richtung von Mrs Scotts Haus.

»Wow.« Walker schnalzte mit der Zunge. Dann blickte er Kate nachdenklich an. »Meinst du, das könnte ein Motiv sein?«

Kate musterte ihn überrascht und dachte nach. »Nein«, sagte sie schließlich gedehnt. »Heute noch? Ich meine, diese Scott scheint nicht gut zu sprechen zu sein auf Odile, aber sie war damals noch nicht einmal geboren.«

»Wer aus dieser Zeit des Krieges lebt überhaupt noch?«, schränkte Walker seine Idee gleich wieder ein. »Und warum jetzt? Warum nicht vor zwanzig, vierzig, sechzig Jahren?«

»Eben. Nein«, sagte Kate dann mit fester Stimme. »Das kann ich mir als Motiv nicht vorstellen.« Aber interessant war es doch, dieses große Puzzleteil in Odile Davies' Persönlichkeit. Kate war sicher, dass ihr Großvater etwas über die Zeit der deutschen Besatzung erzählen konnte. Sie würde ihn gleich heute Abend danach fragen.

7. Kapitel

August 1943
Les Laurens, Torteval

Es war heiß gewesen heute, heißer noch als in den letzten Wochen, und Odile saß, die Haare aus dem Nacken hochgebunden, mit verschwitztem Gesicht und roten Wangen beim Abendessen.

Die Mutter hatte Bean Jar gekocht, ein kräftiges Essen aus weißen Bohnen, Limabohnen, Zwiebeln und Rinderbrühe. Ein Wintergericht. Warum sie sich ausgerechnet heute, an einem der heißesten Tage des Jahres, dafür entschieden hatte ...? Unglücklich schob Odile die Bohnen im Mund von einer Seite zur anderen. Sie mochte das langweilige Gemüse schon im Winter nicht besonders, aber heute löste es regelrechten Widerwillen in ihr aus.

»Wie geht es William?«, fragte ihre Mutter und gab dem Vater einen Nachschlag, nachdem dieser seine Portion in Sekundenschnelle in sich hineingeschaufelt hatte.

Odile schluckte, die Bohnen wollten nicht recht hinunter. Sie trank etwas Wasser und schluckte noch einmal.

»Odile, deine Mutter hat dich was gefragt«, schalt ihr Vater.

Endlich hatte sie den Bissen hinuntergewürgt. »Gut«, sagte sie hastig, und dann, damit sie ihr die knappe Antwort nicht als Sturheit auslegten, setzte sie nach: »Es geht ihm gut.«

»Ich habe Sophie heute Nachmittag im Laden getroffen, sie hat Kartoffeln gekauft«, erzählte ihre Mutter.

Mit brennenden Wangen beugte Odile sich über ihre Bohnen.

»Hattest du mir nicht gesagt, du wärst mit William und Sophie am Strand?«

»Keine Zeit«, nuschelte Odile und schob einen weiteren Löffel nach. Alles, nur nicht weiterreden müssen.

»Wo warst du heute?«, fragte ihr Vater.

Odile kaute. Kaute und schluckte, schob Bohnen nach und kaute. Die Bilder des Nachmittags, der Strand, das helle Blau des Wassers und des Himmels blitzten vor ihrem inneren Auge auf, der Sand, die Sonne und … Ihr wurde heiß, als sie an die Männer dachte, mit denen sie gesprochen hatten. An den einen Mann, mit dem sie gesprochen hatte, den großen Blonden, und ihr Herz klopfte schneller, als sie in Gedanken den fremdländischen Namen formte: Georg. Gelacht hatte er, als sie versucht hatte, die harten Laute nachzuahmen, und dabei war ihr ganz warm geworden, und etwas in ihrem Inneren hatte angefangen zu flattern.

Die Hand ihres Vaters traf sie unvermittelt im Nacken. Hart hatte er zugeschlagen, sie aus ihren Tagträumen gerissen. Sie versuchte, sich nicht zu ducken, konnte jedoch nicht verhindern, dass ihr Tränen in die Augen schossen.

»Wo warst du heute?«, wiederholte er barsch seine Frage.

Sie wusste, dass sie keine Antwort hatte, die ihn zufriedenstellen würde.

»Bei Eleanor«, flüsterte sie schließlich.

*

Police Headquarter, St. Peter Port

Als sie zurück ins Büro kamen, stand DeGaris schon in der Tür und wedelte mit Papieren.

»Dr Schabot«, sagte er zur Begrüßung. Das erklärte, weshalb der Chief etwas blass um die Nase wirkte: Er kam von der Obduktion, die der Rechtsmediziner heute vorgenommen hatte.

»Gibt es Neuigkeiten?«, fragte Walker gleich.

»Der Todeszeitpunkt ist durch das kalte Wasser nicht so leicht einzugrenzen. Es kann der frühe Abend gewesen sein, er kann durchaus später eingetreten sein.«

»Ich liebe vage Aussagen«, murmelte Kate. »Das heißt, alles zwischen ... fünf Uhr nachmittags und Mitternacht?«

»Sieht so aus.« DeGaris drückte ihr die Kopie des Berichts in die Hand.

Walker stöhnte. »Na, ob da überhaupt jemand ein lückenloses Alibi aufweisen kann?«, murmelte er.

Kate überflog die ersten Zeilen des Obduktionsberichts.

»Rückgang des Hirngewebes, Untersuchung der Gehirnflüssigkeit«, las sie vor. »Odile Davies hatte Alzheimer.« Keine Überraschung, aber nun hatten sie den konkreten Namen ihrer Demenzerkrankung. Kate dachte an das, was Therese Morgan und die Bewohnerinnen und Bewohner im Pflegeheim ihr erzählt hatten. Ob Odile überhaupt gewusst hatte, wo sie war, als sie starb?

»Das hilft uns also auch nicht weiter«, fasste Walker das Ergebnis der Obduktion zusammen.

DeGaris schüttelte den Kopf. »Zumindest ergibt es keinen Hinweis auf einen Täter.«

Dr Schabot hatte nichts gefunden zu blauen Flecken, die von einem Stoß herrührten. Er hatte aber explizit in seinen Bericht geschrieben, dass dies bei der Art der Verletzungen, die Odile Davies aufwies, nichts zu bedeuten hatte: Es gab schlicht zu viele Prellungen, als dass man sie konkreten Begebenheiten zuweisen konnte.

»Abgesehen von der Annahme, dass sie nicht allein auf dem Klippenpfad war, stochern wir komplett im Dunkeln!«, sagte Kate frustriert. Sie reichte den Bericht Walker, der auch noch einmal alles überflog, was Dr Schabot geschrieben hatte, und besonders an den Bildern von Odiles Gehirn hängen blieb.

»Das ist schon eine Furcht einflößende Krankheit«, sagte er leise.

»Ja. Dir fehlen einfach große Teile deiner Erinnerung, deines Lebens.« Kate zog die Schultern zusammen, sie fröstelte. Ob es an der Vorstellung lag oder der Raumtemperatur, konnte sie nicht sagen. »Wie viel ist einem wohl bewusst davon?«

»Zu Anfang ist es am schlimmsten, wenn ich Dr Schabot richtig verstanden habe«, erklärte DeGaris. Er setzte sich halb auf Kates Schreibtisch und verschränkte die Arme vor der Brust. »Die erste Phase, in der man merkt, wie man sein Gedächtnis verliert, lässt viele Patienten unruhig werden. Sie gehen auf die Suche, sagt er, nach den verlorenen Erinnerungen.«

Kate dachte an die Pflegeheimbewohner, die alte Frau, die suchend umhergeirrt war. Man wusste, man hatte etwas verloren, aber man wusste nicht, wo. Man wusste nicht einmal, was genau man verloren hatte. Ein unheimliches Gefühl. Sie war froh, dass Miller, die derzeit den Einsatz bei den Klippen rund um die Petit Bot Bay organisierte, bei dieser Besprechung nicht dabei war. Manche Fälle berührten einen ganz anders, wenn man einen persönlichen Bezug dazu hatte.

»Unser Opfer hatte also keine Verwandten, keine Freunde, kein Geld, nicht einmal eine Erinnerung«, fasste DeGaris das zusammen, was sie bisher über Odile Davies herausgefunden hatten. »Wie war das mit ihrer Arbeitsstelle? Hatte sie da noch Kontakt, zu ehemaligen Kollegen vielleicht?«

Kate schüttelte den Kopf. Sie hatte nach der Gärtnerei gesucht, aber nur den Hinweis gefunden, dass sie schon seit Jahren geschlossen war, ihr Besitzer verstorben.

DeGaris seufzte. »Wir warten unseren Presseaufruf ab«, sagte er, »und eure Überwachung der Klippen. Danach entscheiden wir über weitere Schritte.«

Der Presseaufruf. Auch wenn der Artikel erst in der morgigen Dienstagsausgabe erscheinen würde, so gab es schon die Onlinemeldung, die mittlerweile stündlich aktualisiert wurde. Bisher hatten sich noch keine Zeugen gemeldet, und auch Holly hatte nichts mehr verlauten lassen. Kate war sich nicht sicher, ob sie froh sein sollte, in Ruhe gelassen zu werden, oder ob sie sich Sorgen machen musste, was ihre Cousine im Geheimen aushecke. *Spätestens in ein paar Tagen werde ich das Ergebnis ohnehin in der Zeitung lesen,* dachte sie.

»Vielleicht ergibt sich ja heute Abend etwas Neues. Guernseys Höhlen sind prädestiniert für den Drogenschmuggel«, griff Walker seine ursprüngliche Theorie wieder auf. »Ich habe am Wochenende einen Ausflug gemacht und ...«

»Du hast einen Ausflug gemacht?«, fragte Kate überrascht. »Tom Walker, der Sightseeing hasst? Was ist passiert, hat man dich gekidnappt?«

»Haha. Ich dachte einfach nur, es schadet nichts, wenn ich meine Umgebung besser kennenlerne. Außerdem ...« Er brach ab.

»Außerdem?«, hakte Kate nach.

»Nichts«, beschied Walker knapp.

Kate schenkte ihm einen langen Blick.

»Mit wem hast du diesen Ausflug gemacht?«, fragte sie.
»Ich habe keine Einladung bekommen.«

»Muss in der Post verloren gegangen sein«, lautete Walkers trockene Antwort. »Aber du darfst mich gern heute Abend zu den Höhlen begleiten.«

»Damit ich dir wieder die schwere Arbeit abnehme, das hättest du wohl gern.«

»Wir reden morgen weiter«, unterbrach DeGaris ihr Geplänkel.

Die Höhlen, dachte Kate bei sich. Auch Mrs Summers in ihrem rosafarbenen Pullover hatte sie erwähnt. Odile hatte von ihnen gesprochen. Konnte das eine Bedeutung haben? Sie würden die Überwachung abwarten.

Walker streckte sich und griff nach seiner Jacke. »Dann mal auf zu den Klippen.« In der Tür drehte er sich noch einmal zu Kate um. »Was hast du heute Abend vor?«

»Ich stelle meine eigenen Recherchen an«, antwortete sie geheimnisvoll. »Ich forsche in Guernseys Vergangenheit.«

*

Les Quartiers, St. Peter Port

»Kate! Was für eine schöne Überraschung«, rief ihre Mutter, kaum dass sie die Tür geöffnet hatte. Ihre blonden Locken kräuselten sich mehr als üblich, und die Wangen waren gerötet. Sie schien kürzlich draußen im nasskalten Wetter gewesen zu sein. Heidi Langlois sah ihrer Tochter kaum ähnlich, sie war rundlich und wirkte gemütlich, Kate hingegen hatte das dunkle Haar und die schmale Statur ihres Vaters geerbt. Jetzt umarmte sie Kate mit einem breiten Lächeln. »Und ich dachte schon, wir sehen dich die nächsten Wochen gar nicht mehr. Mit deinem neuen Fall jetzt.«

»Woher weißt du denn von meinem neuen Fall?«, fragte Kate alarmiert. »Hast du etwa mit Holly gesprochen?« Nachdem sie beide ihre Arbeit mit viel Pflichtbewusstsein erledigten, war ihre Beziehung während eines Mordfalls meist als »kompliziert« zu beschreiben, wie nicht zuletzt ihr Telefonat bewiesen hatte.

»Hältst du mich für eine Tratschtante?«, fragte ihre Mutter beleidigt, während Kate ihre Jacke auszog und neben den Haken mit Grandpas Mütze hängte. Kate hatte gehofft, ihn hier anzutreffen, er kam häufig am Abend zu seiner Schwiegertochter Heidi und genoss eine warme Mahlzeit mit ihr. »Nein, ich war heute früh bei Laura, ich habe für die Kleine ein Mützchen und ein paar dicke Handschuhe genäht«, erklärte Heidi Langlois. »Wenn sie in zwei Wochen da ist, kann sie das bei dem Wetter gebrauchen!«

»Unsere Lippen sind versiegelt. Holly erfährt von uns kein Wort«, rief Grandpa aus dem Wohnzimmer. Für sein Alter hatte er erstaunlich gute Ohren. Kate ging hinüber und begrüßte auch ihn. Als er aufstand, um sie zu umarmen, musste sie schmunzeln. Auch Hugh war ein »echter Langlois«: Hochgewachsen, wenn auch in den letzten Jahren etwas geschrumpft, mit noch vollem schlohweißen Haar hielt er sich mit Stolz – und Starrsinn – aufrecht wie immer. Als Feuerwehrmann hatte er seinerzeit in Uniform ein stattliches Bild abgegeben, und Kate war sich sicher, dass er einen großen Teil dazu beigetragen hatte, dass sie ebenfalls einen Beruf in Uniform gewählt hatte.

»Willst du was essen?«, fragte Kates Mutter. »Wir sind schon fertig mit dem Abendbrot. Ich wusste nicht, dass du kommst, aber ich hab irgendwo sicher noch was.«

»Mach dir keine Umstände.«

Aber das ließ Heidi Langlois sich nicht nehmen, und so saß Kate fünfzehn Minuten später am Esstisch, tunkte Brot in ein flüssiges Spiegelei und freute sich über einen Salat mit frisch geernteten Tomaten vom Balkon. Zum Nachtisch wärmte ihre Mutter noch einen »Apple Crumble« im Backofen auf. Genau das Richtige bei der Kälte, fand sie und dachte für einen Moment mitleidig an Walker, der bei diesem Wetter an den Klippen observierte.

»Eigentlich bin ich tatsächlich wegen des Falls hier«, sagte Kate schließlich. »Ich hatte gehofft, dich hier zu treffen, Grandpa. Was kannst du mir über die deutsche Besatzung erzählen?«

»Während des Krieges?«

»Na, ich hoffe, es gab nur die eine?«, zog Kate ihn auf. »Im Ernst: Es geht um Folgendes … Ich bin auf eine Frau gestoßen, die von ihren Nachbarn als Jerrybag bezeichnet wurde.«

Heidi sog scharf die Luft ein.

»Und du willst jetzt wissen, was das bedeutet?«, fragte Grandpa.

»Nein. Ja.« Kate legte ihren Löffel zur Seite. »Ich weiß, was es bedeutet, das Wort. Aber … ich glaube, ich interessiere mich einfach dafür, wie es damals war?«

»Ah.« Ihr Großvater lehnte sich in seinem Stuhl zurück und nickte wissend. »Eine kleine Geschichtsstunde.«

»Ja, so ähnlich.« Kate lächelte. Sie hatte in der Schule aufgepasst, natürlich, außerdem zeugten verschiedene Bunker und das German Occupation Museum bis heute von diesem Kapitel der Vergangenheit. Aber wie war das Leben damals gewesen?

»Zu Anfang ging es uns nicht schlecht«, begann Grandpa. »Meine Eltern haben hier in St. Peter Port gelebt.« Das wusste Kate, in ihrer Familie waren sie immer schon *Les Villais*, die Städter, gewesen. Sie selbst war in St. Peter Port aufgewachsen, wie ihr Vater, ihr Großvater, selbst ihr Urgroßvater.

»Zum Glück war Dad Fischer, so hatten wir lange Zeit doch noch etwas zu essen auf dem Teller«, erinnerte Grandpa sich. »Aber von vorn: Die Kanalinseln haben sich schnell ergeben, schon ziemlich zu Beginn des Krieges, 1940. Wir hätten einfach nicht die Macht und die Mittel gehabt, uns gegen die Deutschen zu stemmen. Was blieb uns also anderes übrig?« Er zuckte mit den Schultern. »Hat uns immerhin großes Blutvergießen erspart. Zunächst.«

Zunächst. Ja, Kate wusste, dass die Besatzung anfänglich harmloser als befürchtet ausgefallen, schließlich aber doch noch schlimm geworden war: Im Verlauf war auf Alderney das Konzentrationslager Sylt eingerichtet worden, Einheimische wurden zu Zwangsarbeit verpflichtet, und nach der Landung der Alliierten in der Normandie hatte für die Inselbewohner schließlich die schlimmste Zeit begonnen. Denn ab Juni 1944 wollte Churchill die Besatzer aushungern – dass darunter als Erstes natürlich vor allem die Bevölkerung litt, war im Krieg offenbar ein hinzunehmendes Übel. Kate schluckte. Das mussten schlimme Zeiten gewesen sein.

»In den ersten Jahren, na ja, da war es ein wenig anstrengend. Sie haben unsere Städte umbenannt, unsere Nachrichten zensiert und den Rechtsverkehr eingeführt. Aber man konnte sich einrichten. Und«, jetzt schlich sich das gewohnte Blitzen in seine Augen, »wir Guernsey-Esel haben es unseren Besatzern natürlich nicht leicht gemacht.« Er zwinkerte Kate zu.

Sie lächelte. »Das kann ich mir vorstellen.«

Dann wandte er den Blick ab, sah aus dem Fenster, fokussierte einen Punkt im Nichts. »Meine Eltern haben mir immer gesagt, wie froh sie waren, dass ich erst zu dieser Zeit geboren wurde. Ein paar Jahre früher und sie hätten mich aus Angst vor der Besatzung vielleicht nach England geschickt, zu weit entfernten Verwandten, wie es einige Familien damals gemacht haben.« Er blickte in sein Glas.

»Nicht alle der Kinder sind zurückgekommen«, ergänzte Heidi Langlois traurig. »Der Krieg ... auch in England ...« Sie drückte Kate fest an sich, und Kate erwiderte die Umarmung.

»Die ersten Jahre der Besatzung ... Es war nicht so schlimm. Einige Insulaner haben mit den Deutschen gearbeitet, manche wurden gezwungen, viele haben es freiwillig getan. Überall gab es Kollaborateure, wieso hätte es auf Guernsey anders sein sollen?« Er hob fragend die Schultern. »Ich glaube, es ist genau das, was man ihnen nie verziehen hat«, sagte er nachdenklich. »Die Jerrybags, die Frauen, die ein Verhältnis mit einem deutschen Soldaten hatten, womöglich noch ein Kind von ihm bekamen, die haben uns auch Jahre nach dem Krieg noch daran erinnert, dass einige der unsrigen, wir selbst vielleicht sogar, keine aufrechten Helden waren, wie wir es uns gern eingeredet hätten, sondern versucht haben, den Weg des geringsten Widerstandes zu gehen. Und wenn dieser Weg aus der Kollaboration mit dem Feind bestand, dann wurde auch der beschritten.«

»Oh.« Kate verstand, was er sagen wollte. Diese Frauen, die womöglich noch Kinder aus der Verbindung hatten, repräsentierten all das, an das man nicht mehr denken wollte. Dazu kam die Frauenfeindlichkeit: Es war in der Geschichte der Menschheit schon immer ein Leichtes gewesen, eine Frau dafür zu verurteilen, mit dem falschen Mann ins Bett gegangen zu sein. »Deshalb das Festhalten am Hass auf sie«, schloss sie.

»Die Frauen waren teilweise doch noch halbe Kinder!« Grandpa schüttelte den Kopf. »Teenager, denen ein gut aussehender Mann in Uniform über den Weg läuft ...« Er zuckte mit den Schultern. »Muss man so ein dummes Mädchen für Jahrzehnte oder gar den Rest seines Lebens bestrafen?«

»Aber ist es denn allen so ergangen, die diesen Weg gewählt haben, Hugh?«, fragte Mum.

»Nein, nicht allen. Wir Insulaner mögen ein störrisches Völkchen sein, aber wir sind doch auch nur Menschen. Wie bei allen Dingen im Leben kann ich nur sagen: Es kam darauf an. Einige wenige Frauen haben die Insel verlassen. Die meisten haben irgendwann geheiratet und die Gespräche und das Geflüster hinter sich gelassen. Und andere ... andere haben die Vergangenheit nicht ruhen lassen, die Vergangenheit hat sie nicht ruhen lassen. Bei denen gab es bis zum Schluss Gerüchte und Getuschel.«

Dazu hatte offensichtlich Odile Davies gehört. Offenbar hatte die Tatsache, dass sie an dieser Liebe festgehalten, nie einen anderen Mann geheiratet hatte, dazu beigetragen, dass auch ihre Nachbarn den Deutschen in ihrer Vergangenheit nicht vergessen konnten.

»Danke, Grandpa.« Kate drückte fest seine Hand.

✶

La Plaiderie, St. Peter Port

Es war bereits nach neun Uhr, als sie ihre Wohnungstür aufschloss, zu spät leider, um noch einmal ihre Laufrunde zu drehen. Doch die Zeit mit ihrer Mutter und Grandpa war schön gewesen, vertraut und nah, trotz des schweren Gesprächsstoffs. Auch wenn Kate die Bewegung vermisste, so hatte sie doch die Gesellschaft genossen, hatte sich wohlgefühlt in der warmen Wohnung ihrer Mutter, Heidi und Hugh Langlois neben ihr auf dem Sofa. Edward Linneys Worte kamen ihr in den Sinn: »Rufen Sie Ihre Großeltern mal wieder an.« *Er hat recht,* dachte sie nachdenklich, *es kann so schnell vorbei sein.*

Kate wusste um die Zerbrechlichkeit des menschlichen Lebens, das hatte sie nicht zuletzt der abrupte Tod ihres Vaters gelehrt: Sie war erst zehn gewesen, als er gestorben war, mitten aus dem Leben gerissen durch einen angeborenen Herzfehler, der erst entdeckt wurde, als es zu spät war. Nie wieder wollte sie solchen Schmerz erleben. Er war Sozialarbeiter gewesen, ihr Vater, hatte den gleichen Wunsch gehabt, Menschen zu helfen wie ihre Mutter, die Krankenschwester, und sein eigener Vater als Feuerwehrmann. Manchmal fragte Kate sich, ob er heute stolz wäre, dass sie sich entschieden hatte, Polizistin zu werden.

Kate stand auf und holte sich ein Glas Wein, zum Schlafen war sie zu aufgewühlt. Sie dachte an Grandpa, der nun fast achtzig war. Er war rüstig, ging immer noch angeln mit seinem besten Freund Rob, der kaum jünger war. Kate war froh um seine Selbstständigkeit, aber sie musste sich eingestehen, dass die Besuche im Pflegeheim, die Beschäftigung mit diesem Fall sie betroffen machten.

Im Wohnzimmer stellte sie sich ans Fenster und betrachtete die Lichter des Hafens, die unter ihr leuchteten. Wenn sie ganz still war, konnte sie sich einbilden, das Rauschen des Meeres zu hören.

Ihre Gedanken bewegten sich wieder zu Odile und ihrer Vergangenheit. Wie sie Walker gesagt hatte, konnte sie sich nicht wirklich vorstellen, dass jemand Odile ermordet hatte – jetzt, weit über siebzig Jahre später! –, weil sie einmal ein Verhältnis mit einem deutschen Soldaten gehabt hatte. Dennoch, seit sie davon erfahren hatte, spürte sie das vertraute Ziehen in der Magengegend, etwas an der Sache ließ sie nicht los.

Ihr Telefon klingelte. »Nicolas« zeigte das Display an. Unwillkürlich beschleunigte sich ihr Herzschlag. Den Schmetterlingen in ihrem Bauch war es ebenfalls egal, dass sie eigentlich wütend auf den Franzosen war. Aber sie vermisste ihn, vermisste ihre Gespräche, und nur weil sie Angst hatte, verletzt zu werden – erneut verletzt zu werden –, war es doch keine Lösung, ihn zu ignorieren. Auf Dauer würde ihr Herz das auch gar nicht zulassen. Sie holte tief Luft, ihr Finger schwebte über der Rufannahmetaste, als plötzlich eine SMS einging, über dem Anruf: »Wir haben was!«

Walker.

*

Calais, St. Martin

Das Pub lag in der Nachbarschaft, gleich um die Ecke. Wie so viele Gebäude hier auf Guernsey war auch dieses ein traditionelles »Longhouse«, ein altes Bauernhaus mit charmanten Steinwänden. Und dazu so very british, dass Nicolas grinsen musste: eine grüne Tür, geschmückt mit Wimpeln verschiedener Flaggen, dem rot-gelben Kreuz Guernseys und dem »Union Jack« des Vereinigten Königreichs. Ein Schild mit verschnörkelter Schrift wies das Pub als »The Royal Oak« aus, und Blumenkästen vor den Fenstern lockten mit gelben und blauen Blüten.

Nachdenklich nahm er die letzten Schritte. Er hatte versucht, Kate anzurufen, doch sie hatte das Gespräch nicht angenommen. Wollte sie nicht mit ihm reden, oder konnte sie nicht? Unruhe hatte sich in Nicolas breitgemacht, Unsicherheit. Er wusste, dass er mit seiner plötzlichen Abreise viel kaputt gemacht hatte, aber er hoffte, nicht zu viel? Offenbar war sie beschäftigt. Die Frage *weshalb* und *womit* sie um diese Uhrzeit wohl beschäftigt war, und vor allem *mit wem*, drängte sich auf. Er starrte auf sein Telefon. Er mochte die Dinger ohnehin nicht, aber in diesem Augenblick hasste er sein Smartphone regelrecht. Bevor er sich in weiteren Gedanken verlor, hatte er beschlossen, sich abzulenken, indem er sich im Pub ein Bier und etwas zu essen gönnte. Es war jetzt kurz vor zehn, für ihn als Franzosen keine ungewöhnliche Essenszeit, aber auf Guernsey tickten die Uhren anders, das wusste er. Dennoch hatte er sich seine Jacke geschnappt und war die wenigen Schritte die Straße hinuntergelaufen.

Es war voll, und abgestandene Luft schlug ihm entgegen, als er die Tür öffnete. Sein Blick wanderte von den besetzten Stehtischen über die Bar bis zu einer Ecke, in der noch eine Bank frei war. Es war der letzte Platz.

Über der Musik, ein Popsong der 8oer-Jahre, herrschte lautes Stimmengewirr, und Nicolas dachte sehnsüchtig an den Sommer und den stillen Strand. Er würde später noch einen Spaziergang machen, zu den Klippen und am Küstenpfad entlang, um den Wind und das Meer zu spüren. Der Tag heute war schön gewesen, sonnig, aber durch die Reparatur von Davids Fenster war er nicht weit nach draußen gekommen, an die Küste, und er vermisste die See, das Kreischen der Möwen und das Rauschen der Wellen.

Er signalisierte der blonden Kellnerin, die sich gerade mit einem vollen Tablett durch die Reihen quetschte, dass er den Platz unter dem Hirschgeweih einnehmen würde, dann drängte er sich durch eine Gruppe Männer in seinem Alter hindurch, von denen jeder jeweils ein Bier in der Hand hielt. Ein paar der Gäste kannte er vom Sehen. Auch wenn er erst wenige Tage in dieser Siedlung mit dem schönen französischen Namen Calais war, so hatte er doch die junge Frau des Pärchens, die in einer Ecke ihm gegenübersaß, beim Einkaufen getroffen, war dem alten Mann mit dem blauen Parka auf dem Weg zur Fermain Bay über den Weg gelaufen.

Kaum dass er Platz genommen hatte, bemerkte er David, der gerade das Pub betreten hatte und sich jetzt an die Bar stellte, um ein Pint zu verlangen. Über einige Köpfe hinweg nickte er ihm grüßend zu.

Rotwangig und mit einer etwas abgehetzten Version eines Lächelns trat die Kellnerin an Nicolas' Tisch. Er bestellte ein Cider und Fish 'n' Chips. Wenn er schon einmal hier war, wollte er es mit den Klassikern probieren.

»Tut mir leid, das Essen kann etwas dauern, Sie sehen ja, was heute hier los ist.«

»Kein Problem.« Sie war offenbar die einzige Kellnerin, außer ihr gab es nur den Barkeeper, der Bier zapfte. Nicolas lächelte. »Ich habe Zeit.«

»Ha! Da sind Sie aber von einer ganz ungewöhnlichen Sorte. Das höre ich selten«, sagte sie grinsend. »Susan«, so stand auf einem Schild auf ihrer rechten Brust, strich sich eine ihrer hellen Haarsträhnen, die sich vorwitzig an ihrer Schläfe gekringelt hatte, hinter das Ohr zurück.

In diesem Moment zog eine Bewegung an der Bar Nicolas' Aufmerksamkeit auf sich. Ein Mann aus der Gruppe, ein großer Kerl, bei dem Nicolas nicht genau sagen konnte, ob seine Masse aus Fett oder aus Muskeln bestand, näherte sich David am Tresen. Seine Augen waren zu klein für das breite Gesicht, und als er sein Bier so hart abstellte, dass es über Davids Finger schwappte, wusste Nicolas, dass es Ärger geben würde.

»Was willst du hier?«, fragte der Vierschrötige so laut, dass es auch noch über die Musik zu verstehen war.

Davids Antwort hingegen konnte Nicolas nicht ausmachen.

Der Vierschrötige schob seinen Unterkiefer vor. »Solche wie dich können wir hier nicht gebrauchen.«

Solche wie dich. Nicolas mochte den Ausdruck nicht.

David offensichtlich auch nicht.

»Solche wie mich?«, fragte er nun ebenfalls laut und stellte seinerseits sein Bier ab, langsam und bedächtig. »Ich hab dir nichts getan, Collins, ich will nur in Ruhe mein Bier trinken.«

Nicolas stand auf. Es schadete sicher nicht, David moralische Unterstützung zu bieten. Nicht, dass sein Nachbar dem bulligen Collins körperlich nachstand, auch David war groß und breit. Dennoch, der Vierschrötige hatte etwas Bedrohliches an sich und vor allem: Er war nicht allein. Drei andere Männer aus seiner Gruppe bauten sich jetzt hinter ihm auf.

»Ich glaub, du hast mich nicht verstanden. Hau ab, Rougier.« Collins unterstrich seine Worte, indem er David vor die Brust stieß. Im Hintergrund ballte einer seiner Freunde die Faust, und Nicolas sah Metall aufblitzen. Ein Schlagring.

Dann ging alles viel zu schnell.

Collins schlug zu, seine Faust traf David am Kinn. Ein Glas flog, und Nicolas konnte sich gerade noch rechtzeitig wegducken. Herr im Himmel!

David schwankte, ging aber nicht zu Boden und landete seinerseits einen Treffer in Collins Nierengegend. Als dessen Freund sich auf ihn stürzen wollte, sprang Nicolas vor und zog David mit einem Ruck zur Seite, aus der Schusslinie, von Gläsern, von Fäusten, duckte sich noch einmal, unter einem Schlag hinweg. Er hörte Schreie, einige Gäste stürmten zum Ausgang, andere zu ihnen hin. *Deckung, wir brauchen Deckung*, dachte Nicolas.

»Hier«, rief plötzlich jemand. Ein junger Mann deutete in Richtung der Toiletten und hastete vor. »Zum Hinterausgang!«, keuchte er. Nicolas blieb abrupt stehen, dann nickte er, froh über die Unterstützung. In eine Schlägerei war er nicht jeden Tag verwickelt. Schnell zog er David hinter sich her in die Richtung, in die der junge Mann wies. Sein großer Nachbar folgte ihm benommen.

Nicolas wagte einen schnellen Blick über die Schulter. Der Barkeeper hatte sich mit breiter Brust vor seine Theke gestellt und hielt die Gruppe um Collins zurück.

Nicolas schlug die Tür zu, der junge Mann rannte vorweg, und Sekunden später standen sie keuchend in einem schwach beleuchteten Hinterhof.

»Alles okay?«, fragte der Mann. Er war höchstens Ende zwanzig mit einem Bart, der nur unregelmäßig wuchs.

Nicolas nickte. »Bei mir ja.« Er blickte seinen Nachbarn an, der leicht benebelt wirkte. »Den hier sollten wir besser untersuchen lassen.« Er schien auch einen Schlag auf den Kopf abbekommen zu haben, eine Platzwunde an der Schläfe blutete.

»Das sieht immer schlimmer aus, als es ist«, murmelte der junge Mann und drückte ein Taschentuch auf die verletzte Stelle. »Hier, David, halt das«, sagte er. Offenbar kannte er sich aus.

Nicolas versuchte, den unfokussierten Blick seines Nachbarn einzufangen. Nicht, dass der jetzt noch schlappmachte. »David?«

»Hm?« David schwankte leicht, und Nicolas packte ihn mit einem festen Griff an der Schulter.

»David!«

»Danke, Nicolas. Danke, Matthew«, stieß sein Nachbar schließlich undeutlich hervor. *Gut, er ist zumindest bei Verstand*, dachte Nicolas erleichtert. Und offenbar kannten die beiden Männer sich. Er war froh, dass es außer ihm zumindest noch eine weitere Person in der Siedlung gab, die David nicht verletzt sehen wollte.

»Collins und seine Freunde sind echt das Letzte«, zischte Matthew nun wütend und schüttelte den Kopf.

»Das stimmt.« Nicolas warf einen Blick zur Hintertür des Pubs. »Vielleicht sollten wir besser verschwinden, bevor drinnen auffällt, dass ihnen der Hauptdarsteller fehlt.«

Sie machten sich auf den Weg durch einige Seitengassen, David stolperte neben ihnen her.

»Wir sollten ihn zum Arzt bringen.« Nicolas suchte in seiner Hosentasche nach seinem Handy. »Und die Polizei rufen.«

»Nicht die Polizei«, kam unmittelbar Davids Antwort. Auch Matthew schien nicht erpicht auf eine Begegnung mit den Ordnungshütern, und so machte Nicolas sich mit einem Schulterzucken auf die Suche nach einem Taxi. Die medizinische Versorgung war jetzt deutlich wichtiger, abgesehen davon hatte im Pub sicher längst jemand die 999 gewählt.

8. Kapitel

Juli 1944
Les Laurens, Torteval

Ihr *Vater sprach nicht mehr mit ihr. Aber mein Geld nimmt er trotzdem, dachte Odile bitter. Das schmutzige Geld, das deutsche Geld, das Geld, von dem er nicht wollte, dass sie es bekam. Für das er dann aber doch die Hand aufhielt.*

Es war Waschtag, und Odile und ihre Mutter hängten die Betttücher über die Leine hinter dem Haus. An beiden Enden festhalten, gerade hängen. Aber immerhin beinhaltete das Aufhängen der Wäsche, dass das Schlimmste schon hinter ihnen lag. Odile hasste den Waschzuber, das Brett, die schwere Arbeit. Ihre Hände waren anschließend rot und rau. Georg hatte ihr versprochen, dass sie nie wieder waschen müsste, wenn sie erst einmal verheiratet waren. Er besaß Geld, mehr Geld noch, als sie glaubte, hatte er mit blitzenden Augen gesagt, nur um dann einen Finger auf ihre Lippen zu legen, als sie nachfragen wollte, woher. Er hatte sie in seine Arme gezogen, ihr einen Kuss auf die Stirn gegeben, und als die Schmetterlinge in ihrem Bauch zu flattern begannen, war es ihr egal, woher das Geld kam. Sie würde wie eine Prinzessin leben, nein, wie eine Königin. Er wollte nach Frankreich mit ihr, wenn der Krieg vorbei war. In Frankreich gab es Kunst und Kultur, Georg hatte dort einige Jahre für die deutsche Armee nach Schätzen gesucht, um sie zu sichern. Odile wusste, was William dazu gesagt hätte. Aber auch das war ihr egal, William selbst war ihr egal.

Ihre Mutter unterbrach ihre Gedanken, als sie innehielt, bevor sie sich um das nächste Wäschestück zum Korb hinunterbeugte.

»Ich habe gestern Williams Mutter getroffen«, sagte sie. Ihr Versuch, beiläufig zu klingen, scheiterte ganz und gar. »Willst du nicht mal wieder mit William an den Strand? Ihr hattet früher doch immer so viel Spaß.«

Früher, dachte Odile bitter. Früher, vor Georg, hatten ihre Eltern ihr kaum ein Treffen mit ihm erlaubt, gerade einmal, wenn seine kleine Schwester Sophie dabei war. So große Angst hatten sie gehabt, dass Odile etwas Unzüchtiges mit ihm tun würde ... Dabei war außer ein paar wenigen Küssen überhaupt nichts passiert zwischen ihnen.

»Ich frage Eleanor, ob wir am Wochenende alle zusammen an den Strand gehen«, sagte Odile zuckersüß. William würde es ihr nicht abschlagen, das hatte er noch nie. Auch wenn er unglücklich war, sie spürte, dass er mehr von ihr wollte. Sich zurückziehen, das würde er nicht.

Odile konnte sehen, wie der Mundwinkel ihrer Mutter unzufrieden zuckte. Aber sie sagte nichts. Beugte sich nur endlich hinunter zum Korb und nahm das nächste Wäschestück heraus.

»Du hattest so liebe Freundinnen früher«, murmelte sie schließlich. Sie sah Odile dabei nicht in die Augen.

✳

Police Headquarter, St. Peter Port

Um kurz nach sechs schon hatte Kate nicht mehr schlafen können, sodass sie bereits um sieben mit einem Kaffeebecher und einem Croissant in der Hand im Präsidium stand.

Am Vorabend hatte sie von Walker am Telefon erfahren, dass er bei der Observierung an der Petit Bot Bay auf feiernde Jugendliche getroffen war – tatsächlich dieselben wie die auf den Überwachungsvideos von Samstag. Über diese Nachricht hatte sie das Gespräch mit Nicolas, von dem sie sich immer noch nicht ganz sicher war, wie und ob sie es führen wollte, auf später verschoben und sich stattdessen noch einmal an den Laptop gesetzt.

Walker und Miller hatten in der Nacht noch die ersten Befragungen allein durchgeführt, und jetzt war Kate gespannt auf die Ergebnisse. Walker sah müde aus, mit dunklen Ringen unter den Augen. Kein Wunder, die Nacht war lang gewesen.

»Joshua Delahaye, Rhys Campbell und Samuel Bishop.« Er legte drei Fotos auf den Schreibtisch, allesamt verpixelte Aufnahmen der CCTV-Kameras.

»Petit Bot Bay«, sagte Kate. »Wohnen sie dort in der Nähe?«

Walker schüttelte den Kopf. »Weißt du noch, wie wir sie aus dem Bus haben steigen sehen? Sie sind aus Torteval.«

»Torteval!« Odile Davies' ehemaliger Wohnort. *'ne Jerrybag war die, wusste doch jeder*, hörte Kate die Stimme der missgelaunten Mrs Scott in ihrem Kopf. »Was haben sie gesagt?«, fragte Kate aufgeregt.

Walker war sichtlich unzufrieden. »Was denkst du wohl? Sie wissen von nichts. Sie haben nichts gehört, nichts gesehen und ganz bestimmt nichts getan, was gegen das Gesetz verstößt.«

Kate musterte ihn aufmerksam. »Das glaubst du aber nicht?«

Freudlos lachte Walker auf. »Nie und nimmer. Direkt über ihnen stürzt eine alte Frau in den Tod, und keiner will etwas mitbekommen haben?«

»Sie waren da?«

»Angeblich nur bis etwa acht am Abend. Danach seien sie auf die andere Seite gewechselt.«

»Die andere Seite? Zur Saints Bay? Das ist ein ganzes Stück.«

»Ja. Angeblich haben sie aber letztendlich nur den Aufstieg in Angriff genommen und dann an einer gemütlichen Stelle am Küstenpfad selbst weitergefeiert. Sie wollten wegen des Regens zum alten Bunker, um sich dort unterzustellen, haben die ganze Strecke aber natürlich nicht geschafft.« Walker schüttelte entnervt den Kopf, es war deutlich, dass er von diesen Aussagen nichts hielt.

»Wann wollen sie denn zu Hause gewesen sein?«, fragte Kate, obwohl sie die Tatzeit nicht genau wussten. »Das kann man doch mit Aussagen ihrer Eltern abgleichen? Oder von Freundinnen, mit denen sie zusammenleben?«

»Zu Hause waren sie erst am frühen Sonntagmorgen, wir haben Bilder von ihrem Rückweg zum Bus auf der Überwachungskamera.«

Immerhin. »Was ist mit Drogen?«

»Gefunden haben wir nichts.« Walker schüttelte unwillig den Kopf.

»Aber du glaubst, sie konsumieren?«

»Ich weiß es nicht. Ich würde sie gern einem Drogentest unterziehen, aber ohne Anhaltspunkte …«

Richterin Perchard würde ihnen nie im Leben genehmigen, ohne jeglichen Beweis Leute links und rechts zwangstesten zu lassen. »Habt ihr gefragt, ob sie freiwillig bereit dazu wären?«

Walker runzelte überrascht die Stirn, an diese Möglichkeit hatte er offenbar nicht gedacht.

»Das können wir ja nachholen«, sagte Kate. »Habt ihr sie getrennt befragt?«

Seine hochgezogenen Augenbrauen interpretierte sie als: »Hältst du uns für Anfänger?« Allerdings war auch eine getrennte Befragung nicht immer erfolgversprechend. Wenn sie Schuld am Tod von Odile hatten – oder zumindest wussten, was passiert war –, konnten sie sich in den letzten beiden Tagen darüber abgesprochen haben, was sie im Fall einer Befragung durch die Polizei aussagen würden.

»Ich würde sie gern gemeinsam vernehmen«, sagte Kate. »Alle drei zusammen.«

Walker sah sie überrascht an.

»Gruppendynamik«, erklärte sie. »Vielleicht bringt es nichts. Vielleicht haben wir dann aber auch ein klareres Bild darüber, wer bei ihnen den Ton angibt.«

»Keine schlechte Idee«, überlegte Walker.

»Ich übernehme das. Mich kennen sie noch nicht. Vielleicht habe ich Glück.«

Kate entschied, die übernächtigten Jugendlichen in DeGaris' Büro zu befragen. Walker und Miller nutzten die Zeit, um den Chief in ihrem Büro auf den neuesten Stand zu bringen.

Kate spielte zunächst die Rolle des »guten Cops«: Sie brachte den jungen Männern Tee und Muffins, die sie dankbar verschlangen. Obwohl alle drei noch keine zwanzig Jahre alt waren, hatte ihnen die durchwachte Nacht sichtlich zugesetzt. Aber wenn man bedachte, dass sie schon am Wochenende nicht viel Schlaf bekommen hatten, war das auch kein Wunder.

Kate beobachtete sie. Joshua, Rhys und Samuel. Jeder von ihnen in Jeans und Turnschuhen, dazu T-Shirts einer bekannten Marke, die derzeit bei vielen jungen Leuten beliebt war. Sie hatten bisher nicht nach einem Anwalt gefragt, was Kate wenig überraschte: Denn auch wenn das Fernsehprogramm gefüllt mit Krimiserien war und Podcasts über wahre Verbrechen Millionen von Klicks erhielten – es war etwas anderes, sich selbst plötzlich der Polizei gegenüberzusehen. Vor allem junge Menschen waren nicht so abgebrüht, den Ordnungshütern die Beantwortung von Fragen zu verweigern. Lange würde Kate die drei jedoch nicht mehr festhalten können.

Sie hielt sich im Hintergrund und lauschte aufmerksam den wenigen Sätzen, die sie austauschten. Sie gewann den Eindruck, dass Joshua, der Größte und Schlankste von ihnen, mit braunen Locken, die ihm in die Augen fielen, der Tonangebende in der Gruppe war. Zumindest verdrehte er die Augen, als Rhys, ein kleiner rothaariger junger Mann, Muffinkrümel über den Tisch schnipste. Woraufhin Rhys sofort damit aufhörte und stattdessen einen schlechten Scherz über die Qualität des Tees im Polizeipräsidium machte. Damit hatte Kate auch seine Rolle ausgemacht: Er war der Clown der Dreiergruppe. Blieb noch Samuel. Ebenfalls mit dunklen Haaren, jedoch sehr kurz geschoren, wippte er nervös mit dem rechten Bein auf und ab. Immer wieder warf er einen schnellen Blick zu Kate und senkte den Kopf, sobald er bemerkte, dass sie ihn ansah.

Als die jungen Männer aufgegessen hatten und nach den Schrecken der Nacht schon beinahe zufrieden wirkten, rückte Kate sich einen Stuhl heran.

»Mein Kollege hat mir schon gesagt, dass ihr am Samstag an der Petit Bot Bay wart«, begann sie das Gespräch. »Geht ihr da schwimmen?«

»Nur wenn wir so besoffen sind, dass es uns als gute Idee erscheint«, antwortete Rhys grinsend. »Nüchtern kriegen mich keine zehn Pferde in das Eiswasser.«

Wider Willen musste Kate lächeln. »Geht mir nicht anders«, sagte sie. »Wieso liegt Guernsey nicht im Mittelmeer?«

»Ja, Mann, das wär's, das ganze Jahr 25 Grad und heiße

Mädchen!« Rhys schien richtig zugänglich zu sein, auch wenn Joshua ihm jetzt einen Tritt vors Schienbein verpasste. Kate konnte sich gut vorstellen, dass Walker die drei eingeschüchtert hatte: Wenn ihr Partner den Großstadtcop raushängen ließ, konnte er auf ein paar Dorfjugendliche schon Furcht einflößend wirken. Also ließ sie Rhys die Anrede »Mann« durchgehen, über die sie insgeheim schmunzelte, und kommentierte auch die heißen Mädchen nicht.

»Ihr habt ja schon mit meinen Kollegen gesprochen.« Kate wechselte zu einem ernsten Tonfall. »Er sagte mir, ihr habt Alkohol getrunken.« Ihre nächste Frage musste sie gar nicht erst stellen. Joshua fiel ihr scharf ins Wort: »Wir nehmen keine Drogen.«

»Würdet ihr uns das beweisen?«, fragte sie.

»Wie?« Joshua wieder. Misstrauisch.

»Wir könnten einen Drogentest machen.« Doch bevor sie den Satz zu Ende gesprochen hatte, schüttelte der junge Mann schon den Kopf. »Wir müssen euch gar nichts beweisen«, sagte er trotzig.

»Müsst ihr nicht«, gab Kate zu. »Aber ihr könntet euch entlasten.«

Joshua schnaubte lediglich zur Antwort. Ja, sie hatte recht gehabt, er war der Wortführer unter seinen Freunden. Sie musterte den jungen Mann, überlegte sich den weiteren Verlauf des Gesprächs, die Gefahr, ihn schon jetzt zu sehr gegen sich aufzubringen, wenn sie auf dem Drogentest beharrte.

»Überlegt es euch einfach«, schob sie daher unverbindlich nach und wechselte dann das Thema. »Sagt euch der Name Odile Davies etwas?«

Alle drei schüttelten simultan den Kopf, etwas zu hastig für Kates Empfinden, aber vielleicht war das auch nur der Tatsache geschuldet, dass sie Walker und Miller diese Auskunft schon hatten geben müssen.

»Ihr wohnt in Torteval, richtig? Bei euren Eltern?«

Leicht verlegen zuckte Rhys die Schultern, Joshua nickte, und Samuel blickte in seinen Schoß.

»Torteval hat tausend Einwohner«, sagte Kate leichthin.

»Wollen Sie uns jetzt alle Namen nennen?« Diesmal war es Joshua, und sein Witz schien keiner zu sein, seine Stimme hatte etwa Aggressives. Das Kinn nach vorn gereckt, sah er Kate auffordernd an.

»Mir reicht ein Name«, antwortete Kate. »Odile Davies.«

»Kennen wir nicht. Haben wir Ihren Kollegen schon gesagt.«

Genervt rollte Joshua mit den Augen.

»Bis vor zwei Jahren hat sie in Torteval gelebt«, fuhr Kate fort, als hätte sie seinen Einwand nicht gehört. »Da müsstet ihr siebzehn gewesen sein. Als Teenager kriegt man doch einiges mit. Vielleicht habt ihr mal eine verwirrte alte Frau auf der Straße gesehen? Vielleicht stand sie beim Einkaufen vor euch und hat minutenlang einzelne Pennys aus ihrem Portemonnaie gesucht. Vielleicht hat sie euch aber auch angeschrien, leiser zu sein. Euch zu benehmen. Euren Müll aufzuheben.«

»Runter von meinem Rasen!«, intonierte Rhys und lachte.

Joshua schüttelte den Kopf, und Samuel senkte den Blick auf sein rechtes Bein, das weiterhin zuckte.

»Du kanntest sie, hab ich recht?«, fragte Kate direkt.

Der junge Mann starrte sie an, mit weit aufgerissenen Augen, deren Blau in starkem Kontrast zu seinem dunklen Haar stand. »Ich …«

»Niemand von uns kannte sie, wie oft denn noch?«, unterbrach Joshua.

»Genau, niemand«, wiederholte Rhys.

Kate lehnte sich in ihrem Stuhl zurück und wartete. Beobachtete. Sie hatte die Erfahrung gemacht, dass die meisten

Menschen der Polizei sagen wollten, was sie wussten. Auch wenn sie sich vorher geschworen hatten, nichts zu verraten, auch wenn sie Angst hatten, sich selbst zu belasten. Für viele war langes Schweigen dabei so unangenehm, dass sie es mit allem füllen wollten, was ihnen in den Sinn kam – und meist war das nach vielen Lügen endlich die Wahrheit.

»Wir haben sie geärgert«, brach es schließlich aus Samuel hervor. Joshuas Tritt gegen sein Schienbein war fest genug, um wehzutun. Kate warf ihm einen warnenden Blick zu. Noch mal so etwas und sie würde ihn aus dem Raum entfernen lassen. Aber jetzt, da Samuel einmal angefangen hatte zu reden, ließ er sich nicht so schnell stoppen. »Sie war 'ne verrückte Alte«, sagte er. »So richtig verrückt. Hat immer mit sich selbst geredet, wirres Zeug, hat niemand verstanden.« Er sah Kate beinahe entrüstet an, als würde es ihn persönlich beleidigen, dass Odile dement gewesen war. *Sie war nicht beliebt. Eine Außenseiterin, die man gefahrlos beschimpfen konnte*, dachte Kate traurig. Hatte sie das noch mitbekommen, oder war sie schon zu verwirrt gewesen, um die Jugendlichen wahrzunehmen, die sie beschimpften?

»Und da habt ihr was getan?«

»Hexe haben wir gerufen«, sagte Samuel. »Manchmal ...« Er schluckte. »Manchmal etwas nach ihr geworfen. Aber getroffen haben wir nie, wir wollten sie nicht ... Wir ...« Sein Blick wurde beinahe flehend. Bittend, dass Kate sie verstand. Und sie verstand, ja, oh, und wie sie verstand. Es war immer einfach, auf die Schwächsten der Gesellschaft loszugehen, die Außenseiter zu verfolgen und ihnen das Leben schwer zu machen. Da hatten sich diese kleinen Jungs wahrscheinlich ganz groß gefühlt. Überrascht von ihrer aufwallenden Wut, rief sie sich ins Bewusstsein, dass die drei in der Zeit noch nicht erwachsen gewesen waren. Teenager konnten grausam sein, auf der Suche nach ihrem Platz in der Gesellschaft. Und wenn ihre Eltern ihnen Gutmütigkeit und Akzeptanz nicht vorlebten … Sie atmete tief durch.

»Aber wir haben sie am Samstag nicht gesehen«, beteuerte Rhys, jegliche Witze waren ihm mittlerweile vergangen. »Wir haben sie überhaupt nicht mehr gesehen, seit sie ins Heim gekommen ist.«

»Ich wusste nicht mal, dass sie im Heim ist«, flüsterte Samuel. »Dachte, sie ist einfach weg. Vielleicht gestorben.« Er schüttelte den Kopf. »Mit ihrem Tod haben wir nichts zu tun, das müssen Sie uns glauben.«

Das würde sich herausstellen. Im Moment wusste Kate nicht genau, was sie den jungen Männern glauben konnte. Sie würde sich mit Walker besprechen. Aber eine Verbindung von ihnen zu Odile Davies hatten sie jetzt. Kate fuhr sich über die Stirn. Hatte sie noch weitere Fragen, die Walker und Miller nicht auch längst gestellt hatten? Sie bezweifelte es.

»Jerrybag«, stieß Joshua in diesem Moment plötzlich hervor. »'ne Jerrybag war die.«

*

Nach der Befragung brachte Kate die Kollegen auf den neuesten Stand, anschließend kümmerte Miller sich um die Formalitäten. Zurück in ihrem Büro musste Kate erst einmal tief durchatmen.

»Können wir sie noch länger dabehalten?«, fragte sie Walker.

Er fuhr sich über die Stirn und schüttelte den Kopf. »Wir haben keine Drogen gefunden, nichts Illegales. Und in einem Punkt haben die Jungs leider Gottes recht: Es ist kein Verbrechen, mit ein paar Freunden an den Klippen zu sitzen und zu feiern. Auch nicht, wenn sie in derselben Gemeinde wie unsere Tote gelebt haben.«

»Nein, natürlich nicht. Und heute Abend könnte ich mir auch vorstellen, dass ein Barbecue Spaß macht.« Wie schon am gestrigen Tag überzog die Sonne heute St. Peter Port und den Hafen mit ihren goldenen Strahlen. »Aber bei den Temperaturen am Samstagabend? Bei dem Regen?« Sie zog die Nase kraus.

»Deshalb auch der hochprozentige Alkohol.«

»Oha.« Kate überlegte, dann stieß sie genervt Luft aus. »Ich habe keine Ahnung, was ich von ihnen halten soll. Ob sie ... Glaubst du, sie haben etwas mit Odiles Tod zu tun? Ein ... Dummejungenstreich ist aus dem Ruder gelaufen, und sie haben sie die Klippen hinuntergestürzt?« Zuerst Beleidigungen, dann ein Schubser? Das war nicht so weit hergeholt. »Hat Rivers schon ihre Fußabdrücke genommen?«

»Ja. Aber ich bin skeptisch, ob die Größe überhaupt stimmt.« Er zögerte kurz. »Ein Dummejungenstreich«, sagte er schließlich. »Das kann durchaus sein. Oder sie decken jemanden.«

»Wen?«

Walker schürzte die Lippen. »Gestern haben wir keine Drogen bei ihnen gefunden. Ich habe gestern auch keinen Alkohol getrunken. Bin ich deshalb Abstinenzler?«

Das war natürlich ein Argument. »Wenn sie tatsächlich als Drogenkuriere arbeiten, kriegen wir das raus«, sagte Kate zuversichtlich und tippte in ihrer Datenbank die Namen ein. »Vorstrafen?«

Walker schüttelte den Kopf.

»Wir müssen mit den Kollegen von der Drogenfahndung sprechen«, sagte Kate. Auch wenn das bedeutete, Leonard Batiste zu begegnen.

»Eine Sache irritiert mich«, warf Walker ein. »Sie scheinen mir zwar nicht die Allerhellsten zu sein, aber wenn du eine alte Frau ermordet hättest, würdest du dann zwei Nächte später erneut am Tatort feiern?«

»Ich nicht. Aber wer weiß, vielleicht wollten sie dem Ganzen den Anstrich von Normalität geben?« Kate zuckte mit den Schultern. »Wenn sie jemanden decken, könnten sie sogar den Auftrag dazu bekommen haben. Oder, als ganz andere Theorie«, sie grinste, »den Mörder zieht es immer zum Tatort zurück?«

Walker grinste ebenfalls. »So ein Quatsch«, sagte er lachend. Dann wurde er wieder ernst.

»Vielleicht lohnt es sich, die Eltern dazu zu befragen«, schlug er vor.

»Gute Idee«, stimmte Kate zu. »Ob ihnen etwas aufgefallen ist, ob sich etwas in ihrem Verhalten verändert hat seit Samstag. Ob sie Sonntag bedrückt waren, ängstlich, irgendetwas.«

»Das kannst du dann später machen.«

»Moment. Wieso ich?« Kate blickte ihren Kollegen verwirrt an. »Du willst doch jetzt nicht nach Hause gehen? An einem Dienstagvormittag?«

»Überstundenabbau.« Ungerührt zuckte Walker mit den Schultern. »Während du selig geschlummert hast, habe ich die ganze Nacht gearbeitet.«

»Wir sind mitten in einem Fall!« Irritation stieg in ihr hoch. Sicher, seine Nacht war anstrengend gewesen, aber das gehörte in ihrem Beruf eben dazu, und frei konnte er sich nehmen, wenn der Fall geklärt war. Außerdem hatte er sich freiwillig für die Observation gemeldet.

»Ich habe den gesamten gestrigen Tag hier im Präsidium verbracht, den Abend auf den Klippen. Während du was gemacht hast? Dein Privatleben genossen?« Auch Walker klang irritiert. »Das werde ich jetzt nämlich auch tun.«

»Seit wann hast du ein Privatleben?«, fragte Kate entgeistert, und erst, als sie neben Ärger noch etwas anderes in Walkers Augen sehen konnte, merkte sie, wie gemein ihre Frage gewesen war. »So habe ich das nicht gemeint«, schob sie schnell hinterher, aber Walker packte bereits seine Sachen zusammen, ohne sie anzusehen.

»DeGaris ist informiert.« Er schulterte seine Tasche, doch bevor er das Büro verlassen konnte, betraten der Chief und Miller den Raum. Kate musterte ihren Vorgesetzten. Er war heute glatt rasiert, und sie musste an ihr Gespräch mit Laura über seinen »melancholischen« Dreitagebart denken. Auch die grauen Schläfen waren gestutzt, er trug ein neues Hemd.

»Joshua, Rhys und Samuel werden von ihren Eltern abgeholt«, informierte Miller sie. »Da werde ich die Gelegenheit nutzen, ein paar Fragen zu stellen.«

»Sehr gut, danke.« Kate bat sie, sich auch nach einem eventuell veränderten Verhalten zu fragen. Dann neckte sie die Kollegin: »Ausgeschlafen genug dafür wirkst du auf jeden Fall.« Sie deutete auf Walker. »Zumindest deutlich weniger müde als er.«

Claire Miller lachte. »Ich habe zwei Kinder, ich bin durchwachte Nächte gewohnt.«

»Früher waren es Partys, heute ist es Kindergeschrei«, zitierte Kate einen Spruch von Laura.

»Partys? Was ist das? Zu lange her, kann mich nicht erinnern«, antwortete Miller.

DeGaris beendete ihr Geplänkel. »Gute Arbeit mit den Klippen, Walker, Miller. Wir haben auf jeden Fall einen weiteren Anhaltspunkt. Vielleicht packt einer der Jungs aus, wenn er ein paar Stunden Zeit hatte, über alles nachzudenken.« Dann drehte er sich zu Kate. »Wie sieht es aus in Sachen Pflegeheim? Odile Davies' Umfeld?«

Kate brachte ihn auf den neuesten Stand. »Oh, und ich habe die Telefonverbindungen.« Den Eingang der E-Mail hatte Kate gerade eben gesehen. Sie klickte die Nachricht an und druckte den Anhang aus. Auf dem Apparat direkt in Odiles Zimmer waren jedoch selten Anrufe eingegangen. »Es gab einen Anruf vor drei Wochen von einer Nummer aus St. Peter Port, ein Grafikdesigner.« Sie runzelte die Stirn. »Scheint eine falsche Verbindung gewesen zu sein. Das Gespräch hat keine zehn Sekunden gedauert. Ich rufe ihn später trotzdem an und überprüfe das.«

DeGaris nickte. »Weitere Anrufe?

»Thomas Harwood, der Rechtsanwalt, ist aber schon eine ganze Weile her.« Und dieses Gespräch hatte auch nicht länger als drei Minuten gedauert. »Ansonsten haben wir ausgehende Anrufe von ihrem Anschluss zu anderen Apparaten innerhalb des Pflegeheims: Vor vier Wochen etwa hat sich die Frequenz stark erhöht.« Kate überflog noch einmal die Mail von Therese Morgan. »Offenbar waren Anrufe von Odile ein Problem. Sie hat in ihrer Verwirrung zum Hörer gegriffen und einfach verschiedene Tasten gedrückt.«

»Durch die Kurzwahl ist sie dann bei den anderen Bewohnern gelandet«, mutmaßte Walker.

»Ganz genau. Die Leitung hat nach einer Lösung für das Problem gesucht und schließlich die meisten Nummern im Haus blockiert«, las Kate weiter vor.

»Was wollte sie denn?«, fragte DeGaris.

»Nichts. Anscheinend hat sie nur immer wieder Hallo gerufen.«

»Ihre Demenz?«, fragte Miller nach.

»Ja. Laut Therese Morgan kommt so etwas immer wieder vor. Die Bedienung eines Telefons verlernt man nicht so schnell, dann erinnert man sich, dass man mit diesem Apparat Hilfe rufen kann und …« Kate blickte nachdenklich auf die Mail, die die Heimleiterin ihr geschrieben hatte. »Ich denke, es schadet trotzdem nichts, noch einmal hinzufahren.«

»Noch einmal?« Walker blickte sie überrascht an. »Wie oft willst du denn noch in dieses Pflegeheim?«

Kate hatte das Gefühl, sich verteidigen zu müssen, was ihr gar nicht gefiel. »So oft, bis ich alle Informationen habe, die ich von dort brauche. Außerdem stimmt da was nicht. Die Leitung verschweigt etwas, das habe ich im Gefühl«, sagte sie an DeGaris gewandt. »Und es gibt Streit untereinander. Vielleicht liegt es an der Konstellation: Edward Linney hat die deutlich jüngere, unerfahrene Therese Morgan einfach vor die Nase gesetzt bekommen.«

»Von wem?«, fragte DeGaris. »Stocher da mal ein bisschen herum.«

»Was sollte eine Stellenbesetzung in einem Pflegeheim mit einem Sturz von den Klippen zu tun haben?«, fragte Walker zweifelnd. Kate konnte sich nur mit Mühe eine bissige Bemerkung verkneifen und ignorierte, dass sie selbst ebenfalls so gedacht hatte. Konnte er sie nicht ihre Ermittlungen führen lassen, wie sie wollte? Er würde doch ohnehin gleich nach Hause gehen.

»Das weiß ich nicht. Aber irgendetwas haben sie zu verbergen, zumindest einer der beiden.« *Und wenn uns das nicht dabei hilft, den Schuldigen zu finden, dann entdecken wir vielleicht ein weiteres noch fehlendes Puzzleteil im Gesamtbild*, dachte Kate. Um keine weitere Bemerkung von Walker zu provozieren, sagte sie nicht, dass sie zudem gern wissen wollte, was die Bewohner über das Thema »Jerrybag« wussten: In Torteval war das Wort gefallen, in der Garden Villa jedoch hatte keiner etwas dazu gesagt. Aber Ms Mollets »Sie war nicht beliebt« hing Kate nach. Vielleicht war das die Art der alten Dame gewesen, dieses Thema zu umschreiben. Kate wollte sie unbedingt noch einmal dazu befragen.

»Außerdem hat zumindest Therese Morgan allein gesucht, wenn ich mich richtig erinnere?« DeGaris stand auf, um an Kates Computer im Bericht nachzusehen.

Kate nickte. »Sie war im Nature Reserve, bis spät in die Nacht, nein, bis in die frühen Morgenstunden. Sie hatte Angst, dass Odile dort ertrunken sein könnte. Das war wohl eine konstante Sorge von ihr – dass den Bewohnern etwas passieren könnte. Dass sie ertrinken könnten.«

DeGaris zog nachdenklich die Augenbrauen zusammen. »Gibt es dafür einen Grund? Bleib da auf jeden Fall dran«, sagte er.

Und auch wenn Kate Walkers skeptischen Blick im Nacken spürte, so hatte sie vor, ganz genau das zu tun.

*

Garden Villa, St. Saviour

Therese Morgan war bei einem bekannten beruflichen Netzwerk im Internet zu finden gewesen, und so brauchte es anschließend nur wenige Anrufe und eine kurze Recherche in der Polizeidatenbank, bis Kate herausgefunden hatte, dass es tatsächlich einen Grund für ihre Angst vor dem Wasser gab. Weshalb Edward Linney, der sicher darüber Bescheid wusste, ihr davon nicht erzählt hatte, konnte sie sich jedoch nicht erklären. Linney, so hatte Kate das Gefühl, spielte selbst nicht immer mit offenen Karten und schien eine ganz eigene Agenda zu verfolgen. Tief in Gedanken versunken, trat Kate aus dem Präsidium. Sie drehte ihr Gesicht zur Sonne, um die wärmenden Strahlen zu genießen. Nach dem stürmisch-kalten Samstag holte der September noch einmal seine schönsten Seiten hervor. Wie gern würde sie jetzt hinunter zum Hafen schlendern, ein Eis an der Mole essen. Sie nahm sich vor, am Abend an der Küste zu joggen, vielleicht an der Fermain Bay vorbeizuschauen, dem kleinen abgeschiedenen Strandabschnitt, der im Sommer Nicolas' Lieblingsplatz gewesen war. Ein bisschen das Wasser beobachten, die Möwen, die sich um einen Krebs oder heruntergefallene Pommes frites stritten, und dem Rauschen der Wellen lauschen.

Kate atmete tief ein, hier in St. Peter Port war die Luft immer ein wenig salzgeschwängert. Einmal mehr Nicolas also, der sich immer und immer wieder in ihre Gedanken hineinschlich. Sie vermisste ihn, auch wenn sie sich gern einreden würde, dass es anders war. Unwillkürlich zuckte ihre Hand zu ihrem Smartphone: Dort wurde immer noch sein unbeantworteter Anruf angezeigt, sie hatte ihn noch nicht gelöscht.

Konzentrier dich auf den Fall, ermahnte sie sich selbst, und so straffte sie die Schultern, verscheuchte alle Überlegungen an die Fermain Bay und den französischen Archäologen und machte sich auf den Weg nach St. Saviour.

Beim Betreten der Garden Villa drückte sie auf den Desinfektionsspender und verrieb die Flüssigkeit zwischen den Händen. Es war erst kurz vor halb zwölf, dennoch wurden Tabletts auf großen Essenswagen an ihr vorbeigeschoben, aus dem Speisesaal hörte sie Besteckklappern und Stimmen, die Tische wurden gedeckt. In einem Zimmer, dessen Tür offen stand, schlug jemand wiederholt an seinen Teller, immer im gleichen Rhythmus.

Kate öffnete ein Fenster im Flur, um die goldene Herbstsonne hereinzulassen. Zu groß war der Unterschied zwischen dem strahlenden Tag draußen und dem stickigen Inneren des Pflegeheims.

Ms Mollets Tür stand wie schon am Vortag offen, und Kate klopfte höflich an, bevor sie eintrat.

»Ms Mollet?«, rief sie voller Vorfreude, das letzte Gespräch mit der alten Dame hatte wirklich Spaß gemacht.

Doch zu ihrer Überraschung war das Bett leer. Sarah stand im Raum, räumte Tabletten in einen Container und blickte auf, als Kate das Zimmer betrat. »Sie … kann ich Ihnen helfen?«

»Ich wollte mit Ms Mollet sprechen.«

»Oh.« Ihr Mund blieb offen stehen, und sie blickte sich im Zimmer um, das Kate mit einem Mal ungewöhnlich aufgeräumt erschien. Und jetzt registrierte sie auch Sarahs Augen – sie wirkten rot, als habe sie geweint.

»Sie ist heute Nacht gestorben«, sagte die Pflegerin dann ernst.

Kate war es, als schnürte ihr jemand die Kehle zu, presste ihr den Atem aus den Lungen. Wie viele Tote hatte Kate in ihrem bisherigen Leben schon gesehen? Und trotzdem …

»Was ist passiert?«, brachte sie hervor.

»Das Herz.« Sarah blickte auf die Medikamente in ihren Händen. »Hat nicht mehr mitgemacht.«

»Aber gestern war sie doch noch … Wir haben uns unterhalten.«

»Das kann schnell gehen.« Mitfühlend blickte Sarah sie an, und Kate beschlich ein seltsames Gefühl. Als seien die Rollen vertauscht, normalerweise war sie diejenige, die schlechte Nachrichten überbrachte, normalerweise war sie diejenige, die andere tröstete. »Der Arzt war heute in der Früh da. Sie ist friedlich gegangen.«

Kate fasste nach dem Türgriff, um sich wenigstens für einen kurzen Moment an etwas festzuhalten, bis der Schwindel, der diese Nachricht in ihr ausgelöst hatte, sich verflüchtigte. »Es tut mir leid«, sagte sie schließlich. Dann blickte sie Sarah an, lange. »Ich weiß nicht, wie Sie diesen Job machen können.«

Die Pflegerin sah sie mit einem traurigen Lächeln an. »Es geht nicht um mich«, sagte sie. »Es geht nur um unsere Bewohner.«

Kate verstand. In manchen Berufen brauchte man eine Distanz zum Geschehen. Als Pflegerin, Krankenschwester oder Polizistin musste man es schaffen, sich abzugrenzen, einen Blickwinkel zu finden, aus dem man das Leid, mit dem man täglich konfrontiert war, ertragen konnte. Sie nickte langsam.

Mit einem schüchternen Lächeln huschte Sarah an ihr vorbei nach draußen, wo sie sich noch einmal umdrehte. »Ich weiß nicht, wie *Sie Ihren* Job machen können«, sagte sie dann leise.

Kate blickte ihr nach. Dann trat sie in das nun kalt wirkende Zimmer, ließ sich auf dem Stuhl nieder und starrte für einige Minuten einfach nur vor sich hin.

*

Kate brauchte mehrere Minuten, um sich zu sammeln. Seltsam, dachte sie, dass sie, die Polizistin der Crime Unit, die ständig mit Toten konfrontiert wurde, vom Tod einer alten Frau so aus der Bahn geworfen wurde. Aber Ms Mollet hatte etwas in ihr berührt, sie war so lebendig gewesen, so lebenslustig trotz ihrer Bettlägerigkeit. Nie und nimmer hatte sie damit gerechnet, dass die alte Dame heute nicht mehr da sein würde. Sie dachte an ihre Mutter, die als Krankenschwester lange Jahre auf der Intensivstation gearbeitet hatte. Sie kannte sich mit dem Sterben aus und berichtete immer wieder, wie unerwartete Todesfälle einen mit ganzer Wucht trafen. Noch heute erzählte sie von der jungen Frau, die sie vor Jahren bei der Geburt ihres Kindes verloren hatten: »Es kam so plötzlich. Wir haben uns alle gefreut, ein neues Leben auf dieser Welt, und mit einem Mal … mit einem Mal betritt auch der Tod den Raum.« Diese Ereignisse konnte niemand so schnell verwinden, auch wenn es für die Bediensteten zu ihrem Beruf dazugehörte. Sarah gelang es vermutlich besser, sich zu wappnen – so, wie es für Kate wohl war, wenn sie zu einem Tatort gerufen wurde.

Schließlich jedoch stand Kate auf, mit einem Gefühl, als habe sie Muskelkater in den Beinen, und machte sich auf den Weg zu Therese Morgans Büro. Sie hatte hier schließlich noch zu tun, und dabei stand das Gespräch mit der Heimleiterin ganz oben auf ihrer Liste.

»Detective!« Die kleine Frau sprang gleich von ihrem Stuhl auf und bot Kate einen Kaffee an. Vielleicht wollte sie damit ihre Nervosität überspielen.

»Danke, ich brauche nichts.«

»Oh, wissen Sie, ich hole mir selbst schnell einen.« Zwei Minuten später kam Therese mit einem großen Kaffeebecher wieder, um den sie ihre Hände so fest geschlungen hatte, dass die Knöchel weiß hervortraten. Als suche sie Halt.

»Haben Sie schon etwas herausgefunden?«, fragte sie, bevor Kate die Gelegenheit hatte, ihr Anliegen vorzubringen.

»Wir verfolgen mehrere Spuren«, sagte Kate so unverbindlich wie möglich. Als Therese trotz ihres Kaffees keine Anstalten machte, sich wieder zu setzen, nahm Kate auf einem der beiden Besucherstühle vor ihrem Schreibtisch Platz. Etwas zögerlich setzte sie sich nun auch wieder auf ihren Schreibtischstuhl.

»Ms Mollet ist gestorben«, sagte Kate, was die Heimleiterin nur noch mehr aus dem Konzept zu bringen schien.

»Heute Nacht«, stotterte sie. »Woher …?«

»Ich habe Sarah getroffen.« Kate überlegte, wie sie das Folgende formulieren sollte. »Die zweite Tote innerhalb weniger Tage.«

Therese blickte sie verwirrt an. »Wir sind ein Pflegeheim«, antwortete sie schließlich. »Das ist nichts Ungewöhnliches bei uns, leider.«

Nein, das war es wohl nicht. Dennoch konnte Kate ein ungutes Gefühl nicht ganz abschütteln. War es wirklich reiner Zufall, dass die beiden Frauen so kurz hintereinander gestorben waren? Sie musste an PC Knight denken, an Dr Schabot und die Dunkelziffer unentdeckter Morde. »Wer hat ihren Tod bemerkt?«, fragte sie.

»Das war die Nachtschwester auf ihrer letzten Runde. Und dann hat der Bereitschaftsarzt den Totenschein ausgestellt, heute früh um sechs schon.« Therese Morgans Finger zitterten leicht, als sie auf Kates Bitte hin den Namen aufschrieb. »Sie hatte Herzprobleme.«

Kate drehte den Zettel zwischen ihren Fingern, schwieg. »Wussten Sie, dass man Odile Jerrybag genannt hat?«, wechselte sie dann abrupt das Thema.

Therese fuhr sich durch die Haare. »Nein, das wusste ich nicht«, beantwortete sie Kates Frage. »Aber die Geschichten von ihrem Georg kannte ich. Ihr Liebhaber aus Deutschland, ja, richtig, Soldat war er«, sagte sie fahrig. Sie sprach seinen Namen »Georg« aus, deutsch, nicht wie die Bewohner »George«.

»Sie hat viel von ihm geredet, das habe ich schon gehört«, sagte Kate.

Therese fragte nicht, von wem, und Kate ging davon aus, dass Linney ihr von ihrem Besuch am Vortag erzählt hatte.

»Sie sprechen viel mit Ihren Bewohnern, richtig?«, versuchte Kate es mit einer anderen Taktik: Vielleicht würde die Heimleiterin ihr mehr erzählen, sobald sie sich sicher fühlte, noch zitterten ihre Hände bedenklich. »Die Leitung liegt Ihnen am Herzen.«

»Natürlich.« Therese nickte aufrichtig, in ihrem Blick konnte Kate aber auch Furcht lesen: Furcht vor dem Grund, der Kate diese Frage stellen ließ. Sie blieb auf der Hut.

»Wie kam es überhaupt dazu? Dass Sie die Leitung hier in der Garden Villa übernommen haben?«

Jetzt schien Therese endgültig aufzugehen, worauf Kate hinauswollte. Sie stieß einen atemlosen Seufzer aus.

»Es war nicht meine Schuld! Es ging alles zu schnell, viel zu schnell. Dasa war nur kurz auf der Toilette, Elani und ich hatten alle Hände voll zu tun«, erzählte sie hektisch. Wirr. »Ich habe das Haus gut geleitet.« Ihr Atem ging schneller, flach, Kate machte sich Sorgen, dass die Frau ihr gleich umkippte.

»Sie waren Pflegerin im House Summerday in St. Peter Port, richtig?«, fasste sie zusammen, was sie aus Therese Morgans Lebenslauf erfahren hatte.

»Genau. Erst Pflegerin. Dann hat man mir die Leitung übertragen«, murmelte die Direktorin.

»Und Sie haben Ihre Arbeit gut gemacht.«

Thereses Blick schnellte hoch. Sie nickte heftig.

»Aber dann ist etwas schiefgelaufen. Sie waren auf einem Ausflug am Meer, und einer ihrer Bewohner ist ertrunken.«

Kein Wunder, dass die Heimleiterin nach Odiles Verschwinden stundenlang nach ihr gesucht hatte. »Ich habe die Akte zu dem Unfall gelesen«, sagte Kate ruhig. »Ihnen wurde kein Vorwurf gemacht. Der Vorstand des House Summerday hat sich ausdrücklich für Sie starkgemacht.«

Therese presste ihre Lippen aufeinander. Dann holte sie tief Luft. »Aber ich war nicht mehr tragbar. Es gab Abmeldungen. Aufgebrachte Familienmitglieder. Eine Entscheidung musste getroffen werden, eine, die den Angehörigen zeigte, dass man ihre Sorgen ernst nahm.«

»Man hat Sie gefeuert.«

»Man hat mir eine Alternative angeboten. Denn gleichzeitig war die Leitungsstelle in der Garden Villa frei geworden.«

Es hatte also Geschacher um die Stelle gegeben. Kate war sich nicht sicher, ob sie erleichtert oder wütend sein sollte, das Rätsel aufgelöst zu haben. Das Rätsel, weshalb man Edward Linney, dem erfahrenen stellvertretenden Leiter der Garden Villa, in der er seit über zwanzig Jahren tätig war, die Leitung nicht übertragen und sie stattdessen der deutlich jüngeren Therese Morgan von außerhalb anvertraut hatte. Insgeheim hatte Kate sich wohl gewünscht, es möge an Therese Morgans Qualifikation als Direktorin liegen. Aber schmälerte die Geschichte ihre Qualitäten überhaupt? Schließlich hatte das House Summerday ihr die Leitung übertragen und während der Untersuchungen zum Todesfall am Strand immer hinter ihr gestanden.

»Und jetzt der zweite Skandal«, murmelte Kate. »Wie ist Ihr Verhältnis zu Edward Linney?«, fragte sie.

Therese schien sich wieder gefangen zu haben. Mit zusammengekniffenen Augen blickte sie auf einen Punkt irgendwo hinter Kates rechter Schulter. »Wir arbeiten gut zusammen«, lautete die knappe Antwort.

»Hatten Sie in letzter Zeit Streit?«

»Ich weiß zwar nicht, was das mit Odiles Tod zu tun hat, aber nein. Edward Linney und ich, wir arbeiten gut zusammen.«

Wir arbeiten gut zusammen, exakt der gleiche Wortlaut wie vorher. Wie einstudiert.

Doch bevor Kate sie weiter unter Druck setzen konnte, klopfte es an der Tür, und eine Pflegerin steckte ihren Kopf ins Zimmer.

»Es geht um Mr Darington, Ms Morgan«, beschied sie knapp und zog vielsagend die Augenbrauen hoch.

Sofort stand Therese auf, sie schien geradezu erleichtert. »Entschuldigen Sie, können wir später weiterreden?«

»Natürlich.« Kate verabschiedete sie mit einem Nicken, und die Heimleiterin verließ hastig das Büro.

Allein an Thereses' Schreibtisch warf Kate einen schnellen Blick auf die Unterlagen darauf. Rechnungen, zwei Geburtstagskarten, die auf eine Unterschrift warteten, der Speiseplan für diese und kommende Woche. Heute gab es Rinderragout.

Nachdenklich verließ auch Kate Therese Morgans Büro. Fröstelnd rieb sie ihre Hände aneinander und dachte an Ms Mollet. Es gab überraschend viele tote Bewohner im Umfeld der Heimleiterin.

✻

Der schwere Fleischgeruch hing immer noch im Flur, vermutlich auch noch eine Weile, aber der Speiseraum war mittlerweile leer bis auf zwei Frauen, die in einer osteuropäischen Sprache miteinander redeten, während sie die Tische abräumten. Sie grüßten freundlich, Kate nickte ihnen zu. Auf der Suche nach Linney strich sie durch den Flur, doch als sie an der Tür zum Garten vorbeikam, beschloss sie kurzerhand, nach den Kartenspielern zu sehen. Und richtig, erneut saßen die drei an dem Tisch unter dem blumenberankten Sonnendach, die Karten in der Hand und das Blatt direkt vor den kurzsichtigen Augen.

»Sie suchen immer noch nach Odile?«, fragte Mr Le Page, der heute Rasierwasser aufgetragen hatte. Bei Kates Anblick legte er seine Karten auf den Tisch und fuhr sich mit der Hand einmal über die pomadisierten Haare.

»Alan«, schalt der Glatzkopf mit Brille. »Odile ist tot, das weißt du doch.«

»Odile ist ... ja ja, richtig. Entschuldigen Sie.« Mr Le Page sackte zusammen, bevor er sich an seinen Hosenträgern wieder aufrichtete und die Karten aufnahm.

»Die verrückte Alte«, murmelte Mrs Summers, die erneut ihren rosa Wollpullover trug. Diesmal hing eine Perlenkette über dem Ausschnitt.

»Wussten Sie, dass ihr Liebhaber Deutscher war?«, wagte Kate sich direkt vor.

»Ja, ach, immer dieser Quatsch mit den Höhlen«, grummelte Mrs Summers und warf eine Karte auf den Tisch.

Neugierig setzte Kate sich auf den freien Stuhl an dem Vierertisch und beugte sich vor. »Die Höhlen haben Sie das letzte Mal schon erwähnt, Mrs Summers. Was ist damit?«

»Na, Sie haben doch von diesem Deutschen angefangen.« Die alte Dame schaute sie vorwurfsvoll an, bevor sie eine weitere Karte auf den Tisch knallte. Kate war nicht klar, welches Spiel sie spielten, aus den bisherigen Zügen konnte sie nichts erschließen.

»George«, erklärte der Glatzkopf. Er war Kate schon bei ihrem letzten Besuch als der Fitteste der Gruppe erschienen. »Odile hat oft von ihrem George gesprochen. Hat sich Geschichten ausgedacht. In den Höhlen hatte er einen Schatz versteckt, hat sie gesagt.« Kurzsichtig blinzelte er durch seine Brille.

»Einen Schatz?« Kate dachte sofort an das Thema Drogenschmuggel, das Walker verfolgte.

»Sie war verrückt, ich sage Ihnen, sie war verrückt«, meckerte Mrs Summers. »Hat uns alle mit ihren Märchen genervt. Wollte doch keiner hören.« Missmutig nestelte sie an ihrer Perlenkette.

Der Glatzkopf zuckte mit den Schultern. »Es waren einige fantastische Geschichten dabei«, erklärte er. »Dass er nicht tot ist, ihr George. Dass er auf sie wartet. Dass er reich ist und sie wie eine Königin leben wird, wenn er zurückkommt. Sie hat sich aufgeführt wie ein Teenager.«

In ihrem Kopf war sie das wohl auch, dachte Kate. Laut sagte sie: »Sie lebte also in der Vergangenheit?«

»In einer Fantasiewelt«, korrigierte Alan Le Page. »Ein Schatz in den Höhlen? Ich bitte Sie. Ein Toter wiederauferstanden?«

»Wie ist er denn eigentlich gestorben?«, fragte Kate. »Und wie lange ist das her? Wissen Sie das?«

Doch die drei zuckten nur die Schultern. »Darüber hat Odile nichts erzählt. Sie war ja überzeugt davon, dass er wiederkommt«, antwortete Le Page schließlich. Zögerlich blickte er in seine Karten, und Kate überlegte für einen Moment, ob sie mitspielen sollte. Vielleicht wären die drei während eines Spiels in größerer Plauderlaune.

»Woher wissen Sie denn dann, dass er tot war?«

Unsicher zog Mrs Summers die Augenbrauen zusammen, sagte aber nichts.

»Kennen Sie denn seinen Nachnamen?«, fragte Kate nach. Über George und seinen Tod wollte sie auf jeden Fall mehr herausfinden. Und über den Schatz. Wie kam Odile bloß darauf?

Alle drei schüttelten den Kopf. Mrs Summers sah sie unsicher an, sie schien schon wieder den Faden verloren zu haben.

»Woher kam denn der Schatz?«, versuchte Kate es von der anderen Seite. »War er etwa ein Prinz?«, fügte sie augenzwinkernd hinzu.

Mrs Summers kicherte. »Und sie die Prinzessin auf der Erbse.«

»Nein, nein, er war …« Mr Le Page kniff angestrengt die Augen zusammen. »Er ist tot«, sagte er schließlich gewichtig.

»Detective«, hörte Kate in diesem Moment jemanden hinter sich rufen. Edward Linney kam auf sie zu. Neben ihm schob ein Pfleger Mr Daringtons Rollstuhl, in dem der alte Mann leer vor sich hin stierte.

»Mr Linney.« Kate stand auf. »Mit Ihnen wollte ich gerne auch noch sprechen.«

Sie blickte in die Runde der Kartenspieler und verabschiedete sich mit einem Lächeln. Mrs Summers winkte ihr beiläufig, dann legte sie eine Karte auf den Tisch, lehnte sich zufrieden in ihrem Stuhl zurück und verschränkte die Arme vor der Brust. »Schachmatt.«

Den darauffolgenden empörten Ausruf von Mr Le Page milderte Edward Linney ab, indem er den dreien mitteilte, dass es am Nachmittag ihren Lieblingskuchen geben würde. Welcher das war, verriet er nicht, und Kate vermutete Taktik dahinter. Widerwillig musste sie lächeln.

»Begleiten Sie mich doch ein Stück«, bot Linney ihr an, und so ging sie neben ihm her ins Haus.

»Es geht um Ihr Verhältnis zu Therese Morgan«, begann sie das Gespräch.

»Wie meinen Sie das?«

Kate tat unschuldig. »Nun ja, Sie haben die Erfahrung hier in der Garden Villa, über Jahrzehnte«, erklärte sie. »Weshalb hat man sich dazu entschieden, Ms Morgan die Heimleitung anzuvertrauen? Ich verstehe das nicht.«

Aber Edward Linney ließ sich nicht so leicht aus der Reserve locken. »Sie war für den Posten die bessere Wahl«, antwortete er schulterzuckend.

»Und das hat Sie nicht wütend gemacht?«

Er blieb stehen und blickte sie stirnrunzelnd an. »Wieso sollte es das?«

Kate beschloss, mit offenen Karten zu spielen. »Sie haben sich gestritten. Am Sonntag, nachdem ich mit Ihnen gesprochen hatte.«

»Hm.« Linney schüttelte den Kopf. »Nein, ich kann mich nicht erinnern. Wahrscheinlich war es nicht wichtig.«

»Mr Linney.« Kate wurde ungehalten. »Sie wollen mir doch nicht allen Ernstes weismachen, dass Sie keine Ahnung mehr haben, worum es bei Ihrem Streit ging, der zufällig auf den Tag fiel, an dem eine ihrer Bewohnerinnen an den Klippen tot aufgefunden wurde.« Edward Linney erinnerte sich bis ins Detail an den Sonntag, da war Kate sich absolut sicher.

Er seufzte. »Es war etwas komplett Belangloses«, sagte er dann. »Es ging um Mrs Gills. Kornél, einer unserer Pfleger, hat Probleme mit ihr. Ich war an dem Punkt einfach anderer Meinung als Therese. Das war alles.«

»Was genau ist denn das Problem mit Kornél und Mrs Gills?«

»Seine Tattoos. Mrs Gills hat Angst vor ihm.«

Kate war überrascht.

»Mrs Gills leidet an Demenz.« Davon hatten sowohl Sarah als auch Ms Mollet gesprochen, Kate erinnerte sich. »Solche Ängste sind einfach da, und Mrs Gills ist rational nicht zu erreichen. Was soll man tun?« Er zuckte mit den Schultern und erklärte kurz angebunden: »Therese wollte den Dienstplan ändern und ihr jemand anders zuteilen, ich war dagegen.«

»Warum?«

Er sah sie überrascht an. »Wir müssen Lösungen finden für unsere Probleme. Wenn wir der Situation ausweichen, kommen wir nicht weiter.«

Was das genau bedeuten sollte, erläuterte er nicht. Vielleicht meinte er, dass Kornél ein langärmeliges Shirt anziehen sollte. Was sie hingegen daraus schloss, war, dass man bei ihm – im Gegensatz zu seiner Chefin – offenbar nicht mit Sonderwünschen durchkam.

»Tattoos sind heutzutage ja nun wirklich nichts Ungewöhnliches mehr«, sagte Kate. »Entstehen diese Ängste denn durch die Demenz? Ich meine, denken sich Menschen mit Demenz auch Sachen aus? Die ihrer Fantasie entspringen?« Sie dachte an Odiles Erzählungen von den Höhlen. Wenn Ängste urplötzlich auftauchen konnten, dann konnten Wünsche und Sehnsüchte das sicher ebenfalls.

»So dürfen Sie sich das nicht vorstellen.« Linney lächelte nachsichtig. »Sehen Sie, das Gehirn funktioniert nicht mehr so, wie es das bei Ihnen oder mir tut. Das heißt, Sie können nicht davon ausgehen, dass die Person weiß, dass sie sich etwas ausdenkt. Es ist eher so, dass bestehende, vielleicht schwache Erinnerungen sich vermischen. Mit Dingen, die man im Fernsehen gesehen, in einer Zeitung gelesen hat und die man nicht einordnen kann.«

Kate war nicht sicher, ob sie verstand, was er meinte. »Können Sie mir ein Beispiel geben?«

»Ja, natürlich. Stellen Sie sich vor, Sie hätten als Kind von Ihren Eltern Märchen vorgelesen bekommen. Sagen wir, Schneewittchen von den Gebrüdern Grimm war Ihr Lieblingsmärchen, Sie kennen es sicher?«

Kate nickte.

»Und jetzt stellen Sie sich vor, eine fremde Person kommt zu Ihnen. Vielleicht sogar mit schwarzen Haaren. Diese Frau bietet Ihnen einen Apfel an. Und plötzlich bekommen Sie Angst: Die Frau will Sie vergiften.«

Kate war überrascht. »Was für ein düsteres Beispiel!«

Er zuckte nur erneut mit den Schultern.

Kate überlegte. Sollte Odiles Idee von dem Schatz, den ihr Verlobter in den Höhlen versteckt hatte, wirklich die Vermischung mit einem Märchen gewesen sein? Oder hatte sie dort etwas gesehen? Etwas, das sie in ihre eigenen Erinnerungen an ihren Verlobten einfügte? Was war dann mit Walkers Theorie, dass Odile in der Nacht von Samstag auf

Sonntag über etwas gestolpert war, das jemand geheim halten wollte? Passte das zusammen?

»Ich denke an die Höhlen, von denen Odile gesprochen hat, in denen ihr Verlobter einen Schatz versteckt hatte. Wie erklären Sie sich das?«, wagte sie einen Vorstoß.

»Ach, die Höhlen und der Schatz.« Linney lächelte. »Odile hatte kein Geld«, erklärte er dann. »Sie trug gern schöne Kleider, Make-up und Aussehen waren ihr wichtig, aber … Na ja, sie konnte sich nicht alles leisten, nicht noch öfter zum Friseur, obwohl sie das gerne gewollt hätte. Sie wusste, dass es etwas mit Geld zu tun hatte, dass sie Geld brauchte. Und wer weiß? Möglicherweise hat sie etwas im Radio gehört? Einen Abenteuerfilm gesehen?«

»Ihr Fernseher hat nicht funktioniert.«

»Manchmal reicht es, wenn man sich an etwas erinnert. Einen Abenteuerfilm, den sie vor vielen Jahren gesehen hat. Womöglich zusammen mit ihrem Verlobten. Das Bild verschwimmt, was ist Wirklichkeit, was Fiktion? Und dann erinnert sie sich nur an ihren Verlobten und an einen Schatz, und plötzlich ist es eine Erinnerung.«

Kate nickte langsam. So könnte es gewesen sein. Oder jemand hatte ihr etwas erzählt. Was, wenn Odile von etwas Illegalem erfahren hatte, vielleicht sogar hier im Heim? Und ihre Art, das Gehörte zu verarbeiten, war, es als Erzählung in ihren Erinnerungen aufzuarbeiten. Bis sie jemandem gefährlich geworden war. Kate hielt inne. Ihre Gedanken nahmen plötzlich eine völlig andere Richtung: Was, wenn es doch kein Zufall gewesen war? Was, wenn Walkers Theorie richtig war, dass man Odile zur Vertuschung eines anderen Verbrechens getötet hatte, sie aber gerade an der falschen Stelle nach dem Verbrechen suchten? Hatte Therese Morgans Streit mit Edward Linney etwas zu bedeuten? Dieser Sache musste sie unbedingt auf den Grund gehen.

»Sie haben keine einfache Arbeit, Mr Linney«, sagte sie, bedankte sich und verabschiedete sich von ihm.

Anschließend klopfte sie noch einmal bei Therese Morgan, die gedankenverloren auf ihren Schreibtisch starrte. Die Tasse mit Kaffee stand unangerührt vor ihr, als Kate das Büro betrat.

»Ms Morgan, eine kleine Frage noch. Sie haben sich am Sonntag mit Mr Linney gestritten. Kurz nachdem ich gegangen bin. Können Sie mir sagen, worum es dabei ging?«

Therese Morgan blinzelte hektisch, überrumpelt von der Frage. Kate konnte ihr ansehen, dass sie am liebsten alles abgestritten hätte.

»Oh, das ... Also, einen Streit würde ich das nicht nennen!« Sie lachte nervös auf.

»Worum drehte sich Ihr *Gespräch* denn?«, fragte Kate.

»Nun ja, wir ...« Therese räusperte sich, schob ein paar Unterlagen auf ihrem Schreibtisch zusammen. »Wir haben Probleme bei der Urlaubsplanung.«

»Bei der Urlaubsplanung?«

»Ja, sehen Sie, einer von uns beiden muss natürlich immer erreichbar sein.«

»Verständlich.« Kate lächelte freundlich. »Komisch. Mir gegenüber hat Mr Linney überhaupt nichts von einer Urlaubsplanung erwähnt. Er sagte mir, es sei um einen Pfleger gegangen?«

Therese wurde blass. Ihr Blick huschte durch den Raum. »Wir ...«

In diesem Moment klingelte ihr Telefon. Kate wollte ihr gerade raten, das Gespräch nicht anzunehmen, da sagte sie: »Es könnte ein Notfall sein.«

Natürlich. Kate presste ihre Lippen aufeinander. Schon daran, wie Thereses Gesichtszüge sich nach den ersten Sätzen leicht entspannten, erkannte sie, dass am anderen Ende

der Leitung Linney war. Linney, der Therese sicherlich darüber aufklärte, was er Kate über ihren Streit erzählt hatte.

Kate verließ wortlos Therese Morgans Büro. In ihrem
Kopf schwirrte die Frage herum, weshalb die beiden Leiter
des Pflegeheims sie angelogen hatten.

9. Kapitel

Calais, St. Martin

Nicolas drehte sein Smartphone in den Händen. Sein Aufenthalt hier auf Guernsey verlief ganz und gar nicht so, wie er es erwartet hatte. Gut, diese Worte konnte er wahrscheinlich als Motto über seinen gesamten Lebensweg schreiben, und über mangelnde Abwechslung konnte er ebenfalls nicht klagen. Aber er war aus einem ganz bestimmten Grund hier: Kate. Und die hatte auf seinen Anruf nicht reagiert, weder mit einer Nachricht noch mit einem Rückruf. Ignorierte sie ihn? Hatte sie ihn schon aus ihrem Leben gestrichen? *Vielleicht*, versuchte er es mit dem tröstenden Gedanken, *vielleicht hat sie auch überhaupt nicht gesehen, dass ich versucht habe, sie zu erreichen?*

Unschlüssig tippte er auf das Display. Sie war um diese Zeit bei der Arbeit, sie konnte jetzt nicht telefonieren. Sollte er es doch mit einer Nachricht probieren? Aber was sollte er schreiben?

Ein Geräusch von draußen ließ ihn hochblicken. Als er aus dem Seitenfenster sah, konnte er gerade noch erkennen, wie jemand die Straße hinunterlief. An der Tür seines Nachbarn David rann ein rohes Ei herunter.

Hinter der Tür blieb alles ruhig. David selbst schien an diesem Mittag nicht zu Hause zu sein, oder er hatte nichts mitbekommen. Vielleicht gab er auch nur vor, nichts mitbekommen zu haben. Kurzentschlossen drehte Nicolas sich um, holte aus der Abstellkammer neben dem Bad einen Eimer und füllte ihn mit Wasser.

Das muss aufhören, dachte er, als er mit einem Lappen bewehrt zu David hinüberging. Jemand musste mit den Nachbarn sprechen. Das Bild geraderücken, das man hier von David hatte. Er selbst war vielleicht der Außenseiter, der Urlauber, aber möglicherweise gab ihm genau das den richtigen Blick auf die Sache. Sein Nachbar hatte seine Strafe abgesessen, lebenslänglich gab es nur für Mord. Kein Grund also, David den Rest seines Lebens für einen Fehler büßen zu lassen, den er selbst mehr als jeder andere bereute.

Nicolas wrang den Lappen aus. Wo er schon einmal dabei war, konnte er die ganze Tür einmal abwischen, Spinnweben hingen in der oberen Ecke an der Angel. Es war eine Holztür, in dunklem Rot, sie gefiel Nicolas.

Zuerst die Tür, dann die Nachbarn. Er war immer schon jemand gewesen, der gern praktische Hilfe leistete. Mit einem leisen Lächeln erinnerte er sich an die Experimente, die er im Sommer durchgeführt hatte, um Kate zu helfen. Zufrieden musterte er die saubere Tür. Noch heute Nachmittag würde er eine Runde durch die Nachbarschaft drehen und ein paar Gespräche führen. Und dann würde er sich noch einmal bei Kate melden.

*

Garden Villa, St. Saviour

In diesem Heim stimmte etwas nicht, davon war Kate jetzt überzeugt. Therese Morgan und Edward Linney hatten etwas zu verbergen, das war sonnenklar.

Und wer wusste besser über Streit in der Führungsebene

Bescheid als die Mitarbeiter? Klatsch und Tratsch gab es in jeder Firma, in jedem Amt. Wenn sie nur an den Flurfunk im Präsidium dachte ... Da reichte ein Blick auf Batiste.

In der Garden Villa gab es ganz sicher auch jemanden, der etwas über Unstimmigkeiten in der Heimleitung zu berichten hatte.

Kate beschloss, es bei Sarah zu versuchen, mit der sie schon über das Verschwinden von Odile Davies gesprochen hatte. Sie fragte eine junge Frau in Pflegekluft, die ihr im Flur entgegenkam, wo sie Sarah finden könnte. Die schwarze Pflegerin war schlank und trug die Haare zu Cornrows geflochten, was ihre Silhouette noch schmaler machte.

»Sarah ist gerade draußen, eine rauchen.« Sie schüttelte eine Packung Zigaretten in ihrer Tasche. Offenbar kam sie auch gerade von dort.

Kate bedankte sich und ließ sich den Weg erklären: den Flur hinunter und dann nach rechts. Schon nach wenigen Metern konnte sie den abgestandenen Rauch riechen. Sie öffnete eine Tür, die mit dem Hinweisschild »Notausgang« versehen war, und grüßte drei junge Frauen und einen Mann, die dort beieinanderstanden. Zwei der Frauen, eine stark geschminkte Dunkelhaarige und eine Blondine mit toupierter Kurzhaarfrisur, sowie der junge Mann waren ihrer Kluft nach in der Pflege tätig, die dritte Kollegin, die älteste in der Runde, schien eine Reinigungskraft zu sein. Über ihrer Arbeitskleidung trugen sie Jacken, hier hinter dem Haus im Schatten war es kühl. Trotzdem konnte Kate unter dem Ärmel das Ende einer Tätowierung sehen, das sich um das Handgelenk des Pflegers wand. Kornél? Derjenige, um dessen Dienstplan sich Linney und Therese Morgan laut Linneys Aussage gestritten hatten?

»Nettes Tattoo«, sagte Kate und nickte in seine Richtung. »Gibt es da keine Probleme mit den Patienten?«

Er zog den Ärmel hinunter, wahrscheinlich eher eine unwillkürliche Geste, weil er sich angegriffen fühlte. Dann schüttelte er den Kopf. Interessant.

»Ich bin Detective Inspector Langlois und …«, begann Kate, sich den vier Rauchern vorzustellen, wurde jedoch von der stark geschminkten dunkelhaarigen Pflegerin unterbrochen.

»Keine Sorge, wir wissen, wer Sie sind«, sagte sie und grinste spöttisch.

»Na dann.« Kate blickte sich um. »Eigentlich war ich auf der Suche nach Sarah.«

»Die ist grad rein, vor 'ner Minute.«

Kate steckte die Hände in die Hosentaschen. Es war ungewohnt zugig hier in der Ecke. »Sagen Sie … Sie kannten Odile Davies doch sicherlich ebenfalls?«

»Wenn Sie was über Odile wissen wollen, fragen Sie am besten Matthew.« Die Dunkelhaarige schien die Wortführerin zu sein. »Den hat sie geliebt wie sonst niemanden.«

Den Namen hatte Kate noch nicht gehört. »Ist er Pfleger hier?«

»Er *war* Pfleger«, korrigierte die Dunkelhaarige. »Arbeitet seit ein paar Wochen nicht mehr hier.«

Was für ein Zufall, dachte Kate. Ihr Misstrauen war geweckt. »Wissen Sie, warum?«

Schulterzucken. Alle drei Pfleger taten gleichgültig, Kornél blickte gelangweilt auf die Zigarette in seiner Hand. Nur die Reinigungskraft wirkte besorgt: Immer wieder fuhr sie sich mit der Zungenspitze über die Lippen.

»Ist etwas vorgefallen?«, hakte Kate nach.

»Nicht, dass ich wüsste«, sagte die Dunkelhaarige und blies Rauch durch die Nase aus. »Er hat gekündigt.«

»Hier kommen und gehen nicht nur die Bewohner«, sagte Kornél. Er sprach mit einem Akzent, den Kate nicht einordnen konnte, zugleich klangen seine Worte irgendwie bitter. »Vielleicht hat Matty was Besseres gefunden.«

»Schlechter kann's ja nicht sein«, ätzte die Dunkelhaarige.

»So schlimm ist es doch auch nicht«, murmelte die Reinigungskraft, ohne ihre Kollegen anzusehen. Die drückten ihre Zigaretten aus, und die Dunkelhaarige rieb ihre Hände aneinander. »Wenn es Ihnen nichts ausmacht …?« Sie deutete auf den Eingang.

Normalerweise hätte Kate sich nicht so leicht abspeisen lassen. Jetzt jedoch sagte sie: »Nein, gehen Sie ruhig.« Sie würde die drei finden, wenn sie sie noch einmal brauchen sollte. Viel interessanter war es für sie, einen Moment mit der Reinigungskraft allein zu sein. Kate waren ihre Blicke aufgefallen, als die Dunkelhaarige gesprochen hatte. Und so blieb sie stehen, nachdem die Pfleger im Haus verschwunden waren, und wartete einfach. Die Reinigungskraft zog noch einmal an ihrer Zigarette, die schon beinahe bis zum Filter aufgeraucht war. Die Frau war klein, deutlich kleiner als Kate, und sehr dünn. Ihr spitzes Gesicht wirkte müde. Sie musste husten.

Kate wartete weiter. Sie hatte Zeit.

Die Frau drückte die Zigarette aus, zog ihre Jacke fester um sich, machte zwei Schritte auf den Eingang zu, zögerte. Plötzlich sagte sie leise: »Fragen Sie Mr Darington nach Matthew.« Dann war auch sie verschwunden.

*

»Mr Darington?« Vorsichtig klopfte Kate an die Tür. Nachdem sie den alten Mann nicht mehr im Garten angetroffen hatte, hatte sie eine Pflegerin nach der Zimmernummer gefragt.

Mr Darington saß in seinem Rollstuhl und blickte mit

leeren Augen zum Fernseher. Es lief eine Nachrichtensendung, gerade wurde aus London berichtet, die Börse. Vielleicht besaß der Senior ja Aktien.

»Mr Darington.« Kate ging vor ihm in die Hocke.

Einzig daran, dass sein Kopf sich minimal bewegte, erkannte sie, dass er ihre Anwesenheit registrierte.

»Ich möchte Sie gern zu Matthew befragen«, sagte sie sanft. »Können Sie darüber sprechen, Mr Darington?« Sie hatte das Gefühl, sein Blick begann sie zu fokussieren. »Matthew«, wiederholte sie deshalb. »Können Sie mir etwas zu Matthew sagen?«

Mr Darington öffnete den Mund, schien etwas sagen zu wollen, aber kein Ton kam über seine Lippen.

»Sie kennen Matthew doch?«, sprach Kate einfach weiter. Der Name schien etwas in ihm auszulösen. »Was wissen Sie über Matthew?«

»Matthew«, krächzte er heiser.

»Genau. Matthew.« Kate lächelte. »Können Sie mir etwas über Matthew erzählen?«

Nichts.

»Mr Darington«, sagte sie eindringlich. »Ich muss wissen, was mit Matthew passiert ist. Ich untersuche …« Nein, nicht zu viele Informationen auf einmal, schalt sie sich. *Bleib bei den einfachsten Fakten.* Sie biss sich auf die Zunge. Wartete. Mr Daringtons Blick wanderte wieder zum Fernseher. »Matthew«, sagte sie erneut, aber er schien sie nicht mehr wahrzunehmen.

Plötzlich klopfte es an der Zimmertür, und Sarah betrat den Raum.

»Es ist Zeit für Ihre Tabletten, Mr Darington«, rief sie betont fröhlich. Als sie Kate bemerkte, blieb sie verunsichert stehen.

Kate stand langsam auf. »Können Sie mir etwas über

Matthew sagen, Sarah?«, fragte sie, in der Hoffnung, dass deren Aussage ihr weiterhelfen würde.

Die Pflegerin war sichtlich verwirrt, und Kate konnte ihr das kaum verdenken. »Er war ein Kollege. Matthew Sallows«, erzählte sie dann. »Er hat vor ein paar Wochen gekündigt.«

»Wissen Sie, weshalb?«

»Das fragen Sie ihn besser selbst.« Ihr Tonfall verriet deutlich, dass sie nicht darüber reden wollte. Sie zog ihr Handy aus der Tasche ihres Kittels. »Ich kann Ihnen seine Adresse geben, ich habe ihm mal eine vergessene Jacke vorbeigebracht«, ergänzte sie hastig. Kate beschloss, nicht weiter darauf zu beharren, und notierte die Angaben.

»Matthew hatte ein gutes Verhältnis zu Odile Davies?«, hakte sie stattdessen nach.

»Sie hat ihn geliebt!«, rief Sarah sofort. »Im Vertrauen?« Die Pflegerin lächelte verstohlen. »Ich glaube, sie war ein bisschen verknallt in ihn. An Tagen, an denen Matthew Dienst hatte, war ihr das Make-up noch ein bisschen wichtiger als sonst.«

Kate musste lächeln. »Wie war denn sein Verhältnis zu Mr Darington?«, verfolgte sie die Schiene weiter. Der alte Mann schien die Erwähnung seines Namens nicht einmal gehört zu haben.

»Ich weiß nicht.« Sarah trat von einem Fuß auf den anderen und wandte den Blick ab. Kate musterte die junge Frau. Die Pflegekräfte schienen entweder nichts zu wissen oder nichts sagen zu wollen. Ob sie noch einmal deutlicher nachhaken sollte? Kate drehte das Notizbuch mit Matthew Sallows Adresse in ihrer Hand. Nein, beschloss sie, sie würde mit dem ehemaligen Pfleger direkt sprechen.

»Danke, Sarah, vielleicht komme ich noch mal mit ein oder zwei Fragen auf Sie zu«, sagte sie und ging.

Beim Verlassen des Zimmers blickte sie noch einmal zu

Mr Darington, der zusammengesunken in seinem Rollstuhl saß und keine Reaktion zeigte, als Sarah sich vor ihn hinhockte und ihm ein Glas Wasser und zwei Tabletten hinhielt.

✳

Police Headquarter, St. Peter Port

Als Kate zurück ins Präsidium kam, klopfte sie an DeGaris' Bürotür.

»Willst du auch einen Kaffee?«, fragte sie den Chief.

»Spar dir den Weg.« Er wedelte mit der Hand. »Die Maschine ist kaputt.«

»Oh mein Gott.« Aufrichtig erschüttert legte Kate eine Hand aufs Herz. »Ist schon jemand für die Reparatur unterwegs? Und was ist mit Rivers? Das ist der schwärzeste Tag seines Lebens!«

»Haha.« DeGaris legte seine Brille zur Seite.

Dann eben eine Besprechung ohne Kaffee. Was sie heute im Pflegeheim erfahren hatte, konnte wichtig sein – nein, *war* wichtig, davon war Kate überzeugt. Sie hatte sich auf dem Heimweg ununterbrochen Gedanken dazu gemacht. »Ich hab vielleicht was«, sagte sie, jetzt wieder ernst, und erzählte von ihrem Besuch in der Garden Villa und den Schlussfolgerungen, die sie daraus auf der Fahrt ins Präsidium gezogen hatte. »Die Sache, die Therese Morgan und Edward Linney verbergen ... Meinst du, wir suchen die Drogen an der falschen Stelle?«, fragte sie.

»Du vermutest Drogen im Pflegeheim?«, fragte DeGaris ungläubig.

»Kann doch sein. Sieh mal«, begann sie ihre Gedanken darzulegen. »Dieser Pfleger hat vor ein paar Wochen gekündigt, aber irgendeine Sache muss hinter den Kulissen gelaufen sein. Aus den Pflegekräften ist nichts herauszukriegen, und die Leitung mauert sowieso. Was also, wenn Drogen im Spiel waren? Wenn Matthew Sallows dealt?«

»Möglich ist das natürlich. Aber selbst wenn es so wäre – was hat Odile damit zu tun? Und wieso sollte er dann eine Bewohnerin töten?«

Darüber hatte Kate sich viele Gedanken gemacht. »Walkers Theorie war, dass Odile zufällig Zeugin eines Verbrechens wurde und deshalb sterben musste. Wenn dieses Verbrechen aber im Pflegeheim stattfand? Matthew Sallows war in irgendetwas verstrickt, Odile wurde unfreiwillig Zeugin. Dann wollte er vielleicht sichergehen, dass sie ihn nicht verrät.«

»Du sagst, er hat vor ein paar Wochen gekündigt? Also eine ganze Zeit vor Odiles Tod?«

»Ja. Vermutlich wollte er sie zuerst überhaupt nicht umbringen. Das ergibt doch Sinn: Er kündigt und hofft, damit ist die Sache erledigt. Aber dann erfährt er, vielleicht von einer ehemaligen Kollegin, dass Odile weiterplappert. Wer weiß, vielleicht geschieht der Schmuggel tatsächlich in der Nähe der Höhlen? Matthew Sallows hat Angst, entdeckt zu werden, und beschließt, Odile umzubringen.«

»Moment.« DeGaris hielt eine Hand in die Höhe. »Du sagtest, Edward Linney und Therese Morgan verbergen etwas. Willst du mir jetzt von einem groß angelegten Drogenring in einem Pflegeheim erzählen?«

Kate schüttelte den Kopf. »Nein, ich kann mir nicht vorstellen, dass sie direkt involviert sind. Meine Vermutung ist, dass sie irgendetwas wissen, vielleicht über etwas gestolpert sind und nun das Heim aus einem Skandal heraushalten wollen.« Therese hatte so etwas schon einmal mitgemacht, ein zweites Mal würde sie sicher um jeden Preis vermeiden wollen.

DeGaris wirkte nicht überzeugt, und sie konnte es ihm

nicht verdenken. »Zurück zu Sallows«, begann er nun, den Rest ihrer Theorie auf Löcher abzuklopfen. »Wenn er es war, der sie zu den Klippen gefahren hat, dann konnte er nicht ins Heim, also musste er sie dafür aus dem Haus locken. Wir haben aber keinen Anruf von ihm auf ihrem Telefon vermerkt. Oder hast du da was übersehen?«

»Wir haben überhaupt keine Anrufe auf ihrem Telefon vermerkt«, stöhnte Kate. »Außer der falsch verbundenen Nummer, das habe ich überprüft.« Und Thomas Harwood. Der zwickte auch immer mal wieder in ihren Gedanken.

»Gibt es denn Gerüchte, dass dieser Sallows mit Drogen dealt? Unter den Pflegern, den Bewohnern?«, fragte DeGaris.

»Nichts Konkretes«, sagte Kate. »Irgendetwas scheint vorgefallen zu sein, aber was … Ich weiß nicht mal, ob sie es genau wissen. Reden wollen sie auf jeden Fall nicht darüber. Und Mr Darington ging es zu schlecht, er konnte mir nichts sagen. Auf der Basis kriegen wir jedenfalls keinen Durchsuchungsbeschluss.«

Richterin Madeleine Perchard, mit der sie in diesen Fällen oft zusammenarbeiteten, war eine gute Juristin, aber hin und wieder wünschte Kate sich, dass sie ihnen doch ein wenig mehr Spielraum bei ihren Ermittlungen ließ.

»Ich weiß ja nicht mal, ob es wirklich um Drogen geht«, gab Kate zu. »Es ist nur eine Idee. Irgendetwas scheint dort im Busch zu sein, und es wäre eine mögliche Erklärung.«

DeGaris nickte nachdenklich. »Wir sollten auf jeden Fall mal bei Matthew Sallows vorbeifahren und ihn zu Odile Davies befragen. Und dann schadet es auch nicht, Detective Sergeant Batiste zu fragen, ob ihm der Bursche schon mal untergekommen ist. Wenn Sallows Kontakte ins Drogenmilieu hat, könnten wir Richterin Perchard vielleicht doch überreden.«

Kate war nicht erpicht auf ein Gespräch mit ihrem verhassten Kollegen, aber wenn es hier wirklich um Drogen ging, mussten sie Batistes Abteilung mit ins Boot holen. »Du hast recht«, sagte sie.

»Dann los. Auf zu Matthew Sallows.« DeGaris stand auf. In Walkers Abwesenheit würde der Chief sie begleiten, und Kate fühlte sich beinahe wie in alten Zeiten.

*

Nach St. Martin, wo Matthew Sallows wohnte, war es nicht weit, kaum eine Viertelstunde, und die Nachmittagssonne begleitete sie auf ihrem Weg durchs Landesinnere. Unwillkürlich musste Kate wieder an Nicolas denken: Er hatte im Sommer ein Ferienhaus gemietet, ebenfalls in St. Martin. Daher war seine Vorliebe für die Fermain Bay gekommen, die Bucht, die, eingeschlossen von grünen Küstenstreifen, einen hellen Strand mit Blick auf türkisfarbenes Wasser aufwies. So gern war sie mit ihm dort gewesen. In den letzten Wochen hatte sie bei ihren abendlichen Laufrunden die Gegend um die Fermain Bay bewusst gemieden: St. Martin ohne Nicolas war für sie nicht mehr vollständig. Er fehlte ihr. Ihre Gedanken wanderten zu dem Anruf gestern Abend, dem ersten nach sehr langer Zeit. Was hatte er gewollt? Zunächst hatte sie keine Zeit für einen Rückruf gehabt, dann war schnell die Unsicherheit gekommen und schließlich der Entschluss zu warten, ob er sich noch einmal meldete. Wenn er es wirklich wollte, würde er das tun. Worauf sie, wenn sie ehrlich war, hoffte.

Sie schreckte auf, als DeGaris laut fluchte, weil ihnen auf der einsamen Seitenstraße ein Geisterfahrer entgegenkam, wahrscheinlich ein Tourist, der sich noch an das Linksfahren gewöhnen musste. DeGaris hupte, bremste, und der andere zog hastig auf die gegenüberliegende Fahrbahn.

Kate schlug das Herz bis zum Hals, aber zumindest hatte das Manöver sie davon abgelenkt, Nicolas zu vermissen. Aber apropos vermissen ….

»Was ist eigentlich mit Walker los?«, fragte sie, als DeGaris den Blinker setzte, um an der nächsten Kreuzung abzubiegen.

Er tat so, als hätte er sie nicht gehört oder nicht verstanden.

»Den Beginn unseres Falls verpasst er, heute hat er sich schon ab dem Vormittag freigenommen …«, zählte Kate auf, was sie in den letzten Tagen gestört hatte.

»Er hat sich an den Klippen die Nacht um die Ohren geschlagen«, unterbrach DeGaris.

»Du weißt genau, was ich meine«, sagte Kate eine Spur schärfer als nötig.

»Er hat seine Gründe.«

»Und welche Gründe sollen das sein?«, stieß Kate unzufrieden hervor. Was war hier eigentlich los?

»Er braucht einfach mal ein bisschen freie Zeit«, erklärte DeGaris. »Kaum auf Guernsey angekommen, ist er gleich in einen großen Fall hineingezogen worden, seitdem hatte er kaum eine ruhige Minute. Er möchte einfach nur Fuß fassen in seiner neuen Heimat. Kannst du ihm das nicht gönnen? Wir können diese Befragung doch auch gut ohne ihn durchführen und ihm hinterher davon berichten.«

Abgesehen davon, dass sie von dieser Erklärung kaum ein Wort glaubte, ging es doch gar nicht darum! Kate betrachtete ihren Vorgesetzten von der Seite. Sie hatte kein Problem, die Befragung mit ihm durchzuführen, im Gegenteil, DeGaris war einer der besten Polizisten, die sie kannte. Sie hatte ebenfalls kein Problem damit, die Garden Villa allein aufzusuchen, fand es sogar besser, dies ohne Begleitung zu bewältigen, um die Bewohner nicht unnötig aufzuscheuchen oder zu verschrecken, erst recht nicht durch Walkers Art der Gesprächsführung. Dennoch fühlte sie sich von ihm im Stich gelassen. Denn auch sie war mit dem großen Fall beschäftigt gewesen und hätte jetzt auch gerne Zeit für sich, sie schaffte es ja nicht mal, Joggen zu gehen. Laura vernachlässigte sie auch sträflich, und auch sie würde lieber abends einfach nur auf der Couch liegen und ein gutes Buch lesen. Und trotzdem beschäftigte sie sich im Gegensatz zu Walker auch jetzt die ganze Zeit mit den Ermittlungen.

Vielleicht spürte sie dieses Gefühl auch nur so stark, weil Walkers Verhalten sie an Nicolas erinnerte, der sie ebenfalls »verlassen«, nur an sich gedacht hatte. Und das machte sie wütend. Auch auf sich selbst, dass sie sich so auf den Franzosen eingelassen hatte.

Schließlich seufzte sie. »Natürlich gönne ich es ihm«, brachte sie über die Lippen. Aber eben ungern mitten in einem Fall. Es war einfach schöner, einen festen Partner an ihrer Seite zu wissen, auf den sie sich verlassen konnte.

✳

Calais, St. Martin

»Das muss aufhören.« Nicolas stand vor der Tür von Matthew, des Nachbarn zu seiner Rechten diesmal. Er kannte den jungen Mann schon von der Schlägerei aus dem Pub, wo Matthew beherzt eingegriffen hatte. Er schien einer der wenigen zu sein, die hier in der Straße keine Probleme mit David hatten. Und nach den letzten Ereignissen brauchte David so jemanden dringend auf seiner Seite.

»Na ja.« Matthew kratzte sich am Kopf. »Er ist ein verurteilter Straftäter. Das sehen die Leute natürlich nicht gern.«

»Und entlassen, das ist das Schlosswort. Nein, wie sagt

ihr? Schlüsselwort. Er hat seine Strafe abgesessen. Und soweit ich weiß, war die auf fünf Jahre begrenzt, und er ist wieder ein freier Mann.«

»Du musst die Leute hier verstehen. Sie haben einfach Angst.«

Matthew schien sich unwohl zu fühlen, aber Nicolas hatte nicht vor lockerzulassen.

»Wovor?«, fragte er provokant. »Vor einer Kneipenschlägerei? Die zetteln sie doch selber an!«

Matthew fuhr sich durch die Haare. »Ich bin doch auf deiner Seite«, stieß er unglücklich hervor.

»Aber du willst es dir mit den anderen nicht verscherzen«, hakte Nicolas nach.

Der junge Mann senkte den Blick zu Boden. Als er wieder aufsah, wirkte er entschlossener. »Nein, du hast recht. Das muss aufhören. Was hast du vor?«

Doch bevor Nicolas antworten konnte, hielt ein Auto direkt vor dem roten Saab auf der Straße, und zwei Personen stiegen eilig aus.

»Polizei?«, flüsterte Matthew.

Nicolas nickte. Eindeutig, Polizei. Er konnte die Augen nicht von der Frau nehmen, die jetzt über die Einfahrt auf sie zukam. Eine Welle widerstreitender Gefühle durchfuhr ihn. Freude, vor allem, Zuneigung, Wärme, aber auch Verärgerung: So hatte er sich ihr erstes Treffen nicht vorgestellt. »Detective Inspector Kate Langlois.« Er lächelte. Viel zu lange hatte er sie nicht mehr gesehen, das wurde ihm in diesem Augenblick schmerzhaft bewusst. Ihre dunklen Haare hatte sie wie üblich zu einem Pferdeschwanz zusammengebunden. Er passte zu ihr, gehörte zu ihr, die Frisur war praktisch und ließ ihr Bewegungsfreiheit. In ihrer Freizeit trug sie sie manchmal offen, dann fielen sie ihr über die Schultern, was er sehr mochte.

In diesem Moment schien auch Kate ihn zu erkennen. Nicolas bemerkte, dass sie kurz mitten in der Bewegung verharrte und ihn unverwandt anblickte. Nicolas war nicht sicher, ob das ein gutes Zeichen war, denn ihm war klar, dass sie überrascht sein musste: Sie hatte keine Ahnung gehabt, dass er zurück auf Guernsey war. Er hingegen wusste, dass er ihr früher oder später über den Weg laufen würde – ein unfairer Wissensvorsprung.

Jetzt setzte sie sich wieder in Bewegung, ging neben dem anderen Polizisten auf sie zu.

DeGaris, so hieß ihr Kollege, nein, das war ihr Vorgesetzter, erinnerte Nicolas sich, kniff die Augen zusammen, als er vor ihm stand. »Was machen Sie denn hier?«, fragte er verwundert. »Haben Sie nicht damals …«

»Hat er«, entgegnete Kate knapp, bevor Nicolas auch nur zu einer Antwort ansetzen konnte.

DeGaris bedachte Nicolas mit einem misstrauischen Blick, dann wandte er sich an dessen Nachbarn. »Matthew Sallows?«

Matthew nickte. Er war jetzt sehr blass.

»Können wir uns irgendwo ungestört unterhalten?«

Matthew deutete auf die Haustür hinter sich und warf Nicolas einen irritierten Blick zu, doch Nicolas wusste auch nicht, was er von der Situation halten sollte.

DeGaris sah Kate irritiert an, als sie ihm etwas zuflüsterte, dann folgte er Matthew ins Haus.

Zurück vor der angelehnten Tür blieben Nicolas und Kate, beide setzten gleichzeitig an zu sprechen, brachen gleichzeitig ab.

»Kate, ich …«

»Was machst du …«

Für einen Moment blickten sie sich nur an, und Nicolas konnte sein eigenes Gefühlschaos in ihren Augen gespiegelt sehen. Bis darin plötzlich der Ärger dominierte – der Ärger auf ihn.

»Können wir reden?«, fragte er schnell.

Doch sie schüttelte den Kopf. »Nicht jetzt. Ich habe zu tun.« Sie deutete auf Matthews Eingangstür.

»Geht es um die Schlägerei?«, fragte Nicolas.

»Welche Schlägerei?«

Sie wusste also nichts vom Pub. Entweder bearbeitete sie den Fall nicht, oder es hatte doch niemand die Polizei gerufen. »Du warst in eine Schlägerei verwickelt?«, hakte sie nach, jetzt mischte sich Erstaunen in ihren Blick.

»Ich doch nicht.« Er hob unschuldig die Augenbrauen, um sie zu überzeugen. Es war nichts passiert.

Sie musterte ihn skeptisch, rieb sich die Stirn, dann blickte sie zur Haustür. »Nein, es geht um … Matthew ist Altenpfleger.«

»Oh. Dann war es also Mord?«, hörte er sich sagen, dabei wollte er doch gar nicht über ihre Arbeit reden, über ihren »Fall«. Er wollte ihr sagen, wie schön es war, sie zu sehen, wie sehr er sich darüber freute. Er wollte ihr sagen, dass er sie angerufen, fragen, weshalb sie nicht zurückgerufen hatte. Doch da war diese Skepsis in ihrem Blick, nach der Freude, die er darin ebenfalls deutlich hatte lesen können. Und es war so schwer, darüber zu reden, auch von Auge zu Auge, wie er es sich fest vorgenommen hatte, da war ihre Arbeit einfach erst mal sicheres Terrain, wo er doch schon über die neuesten Entwicklungen informiert war …

»Wie bitte?« Kate starrte ihn überrascht an.

»Na ja. Ich habe in der Zeitung gelesen, dass eine alte Frau tot an den Klippen aufgefunden wurde.« Er lächelte vorsichtig. »Matthew ist Altenpfleger, und ich habe zwei und drei zusammengezählt.« Zumindest sprachen sie miteinander, zumindest war sie noch nicht im Haus verschwunden.

»Eins und eins«, korrigierte sie automatisch.

»Mh. Eins und eins ist nicht so schwer. Hier musste man schon etwas mehr denken«, versuchte er sie mit einem kleinen Scherz zu locken.

Er beobachtete, wie sie sich mühte, ein Grinsen zu unterdrücken, dann schüttelte sie den Kopf und lächelte. Sein Herz machte einen kleinen Sprung.

Doch im nächsten Moment war sie schon wieder ernst. Ihre Hand zuckte, als wollte sie seine fassen, und nichts wünschte er sich in diesem Augenblick mehr, aber zu viel stand zwischen ihnen.

»Warum bist du hier?«, fragte sie leise.

»Ich wollte dich sehen«, entgegnete er ehrlich und suchte ihren Blick.

Sie hielt inne, bewegte sich nicht. »Du bist unglaublich«, sagte sie schließlich. »Hättest du nicht anrufen können?« Aber ein Lächeln zupfte erneut an ihren Mundwinkeln.

Er hätte sie gern in den Arm genommen. »Ich habe angerufen«, erinnerte er sie. »Du bist nicht drangegangen.«

»Und da hast du dir gedacht, kommst du einfach her?«

»Es erschien mir der einfachste Weg zu sein. Um ehrlich zu sein, da war ich schon hier.«

»Das war der einfachste Weg?« Ungläubig starrte sie ihn an. »Ich kann mich nur wiederholen, du bist unglaublich.«

»Geht so.« Nicolas zögerte, dann nahm er all seinen Mut zusammen. »Ja, der einfachste Weg, zumindest für mich. Was aber nicht heißt, dass es einfach ist.« Er steckte seine Hände in die Hosentaschen. »Ich habe dich aus einem bestimmten Grund angerufen. Ich muss mit dir reden.«

»Ach ja? Jetzt auf einmal?« Ihr Ton klang abweisend, doch ihr Blick war jetzt sanfter.

Nicolas atmete tief durch. »Willst du mit mir essen gehen?«

Sie öffnete den Mund. Schloss ihn wieder.

»Kate, ich weiß, wir …«

Öffnete ihn erneut und sagte: »Okay.«

Eine Welle der Erleichterung durchfuhr Nicolas. »Heute Abend? Um sieben?«

✳

Kate konnte sich kaum konzentrieren. Nicolas war auf Guernsey, er war zurückgekommen, und das angeblich auch noch ihretwegen. Seine Anwesenheit hatte sie völlig überrumpelt, sodass sie kaum etwas von dem hatte hervorbringen können, was sie ihm gerne gesagt hätte. Dass es unmöglich von ihm gewesen war, so plötzlich abzureisen. Dass es noch viel unmöglicher war, einfach urplötzlich aufzutauchen. Liebeskummer hatte sie seinetwegen gehabt, auch wenn sie das niemals vor irgendjemandem, schon gar nicht ihm, zugegeben hätte. Die gemeinsamen Wochen im Sommer waren wunderschön gewesen, und so verrückt es klang, wahrscheinlich war genau das das Problem gewesen. Kate hatte viel darüber nachgedacht: Nicolas war ein freiheitsliebender Mensch, das war ihr von Anfang an klar gewesen. Vermutlich hatte er es mit der Angst zu tun bekommen, als sie ihm zu nahe kam – wenn sie ehrlich war, war sie selbst ebenfalls überrascht, wie schnell und wie nahe sie ihn an sich heranließ. Die sonst eher reservierte Kate, »Ice-Kate«, wie Laura manchmal witzelte, hatte sich Nicolas in einem Tempo geöffnet, das sie selbst erschreckte. Aber dass er dann einfach abgehauen war, zurück nach Frankreich, mit der fadenscheinigen Ausrede, seine Universität bräuchte ihn … Sie hatten etwas wirklich Gutes gehabt, aus dem etwas wirklich Großes hätte entstehen können. Und jetzt war er wieder hier … Kate atmete tief ein und versuchte, die Gedanken an

Nicolas aus ihrem Kopf zu verbannen und sich auf den Fall zu konzentrieren. Jetzt waren Matthew Sallows und seine Aussage wichtig.

Sie stieß die Tür auf. Matthew und der Chief saßen am Küchentisch, DeGaris ließ sich keinerlei Irritation über Kates Verhalten anmerken. Er schob ihr einen Zettel mit Informationen zu, offenbar hatte er schon Matthews Daten aufgenommen und nach dem Tag seiner Kündigung gefragt. Vor drei Wochen genau.

»Weshalb haben Sie gekündigt?«, fragte Kate und strich sich eine Strähne aus dem Gesicht. Sie spürte, dass ihre Wangen immer noch heiß waren. Die Begegnung mit Nicolas hatte sie wirklich durcheinandergebracht.

»Ich brauchte einen Tapetenwechsel.«

»Haben Sie eine neue Stelle?«

»Drüben in Saumarez.« Er nannte ihnen den Namen seines neuen Arbeitgebers. »Im November fange ich an.«

»Und bis dahin genießen Sie die freie Zeit? Was haben Sie zum Beispiel am Samstagabend gemacht?« Kate musterte DeGaris irritiert. Der Chief schien ihr Walker heute ersetzen zu wollen: Ihr Partner liebte nichts mehr, als Zeugen zu verunsichern. Seine brachiale Taktik funktionierte nicht immer, aber wenn jemand Dreck am Stecken hatte, konnte Walker es ziemlich sicher herauskitzeln.

»Am Samstagabend habe ich im Pub zwei Pints getrunken, dann war ich zu Hause.«

»Kann das jemand bestätigen?«

Unsicher zuckte der junge Mann mit den Schultern. »Susan vielleicht, die Kellnerin, bei ihr habe ich bestellt. Ich habe ganz hinten am Tisch gesessen.«

Ein sehr schwammiges Alibi und bei der großen Zeitspanne, die Dr Schabot ihnen als Tatzeitpunkt genannt hatte, so gut wie nichts wert.

»Erzählen Sie uns doch etwas über sich und Odile Davies. Wie war Ihr Verhältnis zueinander?«, forderte Kate ihn nun auf.

»Ich habe sie gepflegt.« Matthew zuckte die Schultern. »Ich mochte sie«, fügte er auf DeGaris' Aufforderung fortzufahren hinzu.

»Wie lange haben Sie in der Garden Villa gearbeitet?«, versuchte Kate einen anderen Ansatz.

»Vier Jahre.« Sie würde seine Angaben überprüfen, mit denen von Therese Morgan abgleichen. Kate registrierte, dass Sallows ihre Fragen mit einer Minimalzahl von Wörtern beantwortete, das änderte sich auch nicht, als sie ihn nach Therese Morgan fragte.

»War sie eine gute Chefin?«

»Ich weiß nicht.«

»Kamen Sie miteinander aus?« Zum ersten Mal bemerkte sie in seinen Augen ein Flackern. Für einen Moment erwartete sie eine ausführliche Antwort, aber dann brachte er doch nur heraus: »Schon, ja.«

»Warum haben Sie gekündigt?«, wiederholte sie ihre Frage.

Erneutes Schulterzucken. Er hatte die Ärmel seines Sweatshirts mittlerweile beinahe bis zu den Fingerknöcheln heruntergezogen. Jetzt blickte er auf seine Hände, die daran zupften. »Ich wollte mal was anderes machen«, sagte er schließlich. »Ein bisschen Urlaub und dann … eine neue Stelle.«

»Das ist doch Bockmist«, fuhr DeGaris so laut dazwischen, dass Matthew zusammenzuckte.

Kate hatte den gleichen Gedanken gehabt, hätte ihn aber weniger unfreundlich formuliert. »Gab es Probleme mit Ihren Kollegen? Mit den Bewohnern?«, hakte sie nach, als er nicht reagierte. »Mit der Leitung?«

»Nein. Überhaupt nicht.« Matthew schluckte. Dann atmete er tief ein. »Ich habe nichts getan, ich habe einfach nur eine Stelle gekündigt«, stieß er jetzt zornig hervor. »Ist das jetzt auch schon verboten?«

Aha, er versucht es mit einem Gegenangriff, dachte Kate. Sie war sicher, dass er definitiv etwas zu verbergen hatte. Die Frage war nur, was.

»Wenn der Grund für Ihre Kündigung im Zusammenhang mit dem Tod einer Ihrer Schützlinge steht, dann würden wir ihn zumindest gern wissen«, sagte DeGaris scharf.

»Nein.« Matthew schüttelte heftig den Kopf. »Das hatte nichts mit Odile zu tun, rein gar nichts.«

»Was war mit Mr Darington?«, hakte Kate ein.

»Nichts!« Die Antwort kam schnell und heftig, Kate bemerkte, dass auch ihr Chef diese Tatsache registriert hatte.

Matthew zwang sich sichtlich, ruhiger zu atmen. »Nichts«, wiederholte er dann. »Er ist ein Bewohner, ich war sein Pfleger, und ich habe meine Arbeit gut gemacht.«

Irgendetwas stimmte hier nicht. »Ist etwas passiert?«, fragte Kate. Sie dachte an das, was Therese Morgan widerfahren war. Hatte es einen Unfall gegeben?

Doch Matthew insistierte noch einmal: »Nichts.«

Kate versuchte abzuschätzen, inwieweit er die Wahrheit sagte, als DeGaris mit einem ganz neuen Thema kam. Offensichtlich setzte er auf den Überraschungseffekt.

»Nehmen Sie Drogen?«

Jetzt stutzte Matthew. Kate kam es nicht gespielt vor.

»Nein! Nie auch nur einen Joint angefasst!«, machte er deutlich.

»Sagen Ihnen die Namen Joshua Delahaye, Rhys Campbell oder Samuel Bishop etwas?«, fragte Kate.

»Nein. Wer soll das sein?«

DeGaris musterte den jungen Mann, es war unklar, ob

er ihm glaubte oder nicht. Das schien Matthew nervös zu machen. Überhaupt wurde ihm offenbar erst in diesem Moment bewusst, wie ernst ihr Besuch bei ihm war. Er begann, angespannt mit seinem rechten Bein zu wippen.

»Sie haben Odile am Samstag getroffen«, probierte der Chief es mit einem Schuss ins Blaue.

»Nein!«

»Sie haben sie gepflegt, und Sie sind unvorsichtig geworden«, unterstützte Kate ihren Vorgesetzten. »Odile hat etwas mitbekommen, das sie besser nicht hätte erfahren sollen. Und Sie mussten dafür sorgen, dass sie schweigt.«

»Sie hat nichts erfahren! Es gab gar nichts zu erfahren! Aber wenn, hätte sie doch ohnehin rein gar nichts verstanden. Hat immer nur über ihren George gesprochen, über seine Liebe und sein Geld.«

»Wollten Sie an Odiles Geld? War das der Grund?« DeGaris beugte sich vor, sodass sein Gesicht nur noch Zentimeter von dem Matthews entfernt war.

»Sie hatte doch gar keins!«

Das wusste er also. Kate tauschte einen Blick mit dem Chief. Ihnen beiden war klar, dass sie absolut nichts in der Hand hatten.

»Warum musste Odile Davies sterben?«, fragte er dennoch provokant.

»Ich weiß es nicht.« Matthew sah an ihnen vorbei aus dem Fenster, sein Blick glitt ins Leere. »Ich weiß es nicht«, flüsterte er.

10. Kapitel

Police Headquarter, St. Peter Port

»Glaubst du ihm?«

Kate schnallte sich an, während DeGaris schon den Motor startete. Wenn sie mit Walker unterwegs war, fuhr meist sie, aus Gewohnheit, aber gerade ging ihr so viel durch den Kopf, dass sie froh darüber war, wie selbstverständlich DeGaris sich hinters Steuer gesetzt hatte.

»Ich weiß nicht«, antwortete sie langsam. Sie hatten noch ein paar weitere Fragen gestellt, doch entweder tappte Matthew Sallows selbst genauso im Dunkeln wie sie, oder er war ein guter Schauspieler. »An manchen Punkten schien er aufrichtig, aber ich hatte das Gefühl, er hat irgendetwas zu verbergen.«

DeGaris schenkte ihr einen langen Blick und nahm die nächste Kurve etwas schärfer als nötig, Kate wurde gegen die Tür gedrängt. *Das nächste Mal fahre ich doch wieder selbst*, schwor sie sich.

»Wir sollten ihn im Auge behalten«, stimmte er ihr dann zu. »Ein bisschen unter Druck setzen. Vielleicht noch ein, zwei Besuche bei ihm, ihn aufs Präsidium zitieren, bis er uns alles erzählt. Wenn sein Geheimnis nichts mit dem Fall zu tun hat, umso besser, aber dann wissen wir Bescheid.«

*

Im Präsidium lag eine Notiz von Miller auf ihrem Schreibtisch: Mittlerweile waren einige Anrufe auf Hollys Zeitungsmeldung hin eingetrudelt, sie ging gemeinsam mit DC Lucas und PC Knight den ersten Hinweisen nach, alles Weitere musste bis morgen am Vormittag warten. Kate blickte auf die Uhr, es war tatsächlich schon recht spät. Ms Mollet drängte sich ihr wieder auf, und Kate beschloss, jetzt gleich den Bereitschaftsarzt zu kontaktieren, dessen Nummer Therese Morgan ihr gegeben hatte. PC Knight, dachte sie amüsiert, der hatte ihr wirklich einen Floh ins Ohr gesetzt. Keine schlechte Sache.

»Heute am frühen Morgen in der Garden Villa?«, vergewisserte er sich. »Herzstillstand.«

»Sind Sie sicher?«

»Sie hatte Herzprobleme, die Medikamente standen noch auf ihrem Nachttisch. Alle Anzeichen waren vorhanden, es gab keinen Grund, etwas anderes zu vermuten.«

»Aber könnte unter Umständen etwas anderes für ihren Tod verantwortlich sein?«, hakte Kate nach.

»Was denn?« Er klang unwirsch.

Besonders zuvorkommend schien er ihr jedenfalls nicht zu sein. Anders als Dr Schabot, der ihr grundsätzlich seine Theorien unterbreitete. Kate mochte es, wenn man ihr Ursachen und Auswirkungen erklärte, sie wollte Gesamtzusammenhänge verstehen – ein weiterer Grund, weshalb sie Polizistin geworden und zur Crime Unit gegangen war. »Sie sind der Arzt«, entgegnete sie spitz und fügte direkt hinzu: »Ich frage mich nur, ob es möglich ist, dass Sie etwas übersehen haben?«

Damit schien sie ihn in seiner beruflichen Ehre gekränkt zu haben. »Detective, ich kann Ihnen hier nicht helfen. Ordnen Sie eine Obduktion an, wenn Sie mir nicht glauben, aber ich versichere Ihnen, auch Ihr Rechtsmediziner wird Ihnen nichts anderes sagen als ich. Es war Herzversagen.«

Kate seufzte, als sie den Hörer auflegte.

In diesem Moment klopfte es an ihrer Bürotür.

»Rivers. Bitte sag mir, dass du eine gute Nachricht hast«, flehte Kate. »Noch eine Sackgasse kann ich nicht gebrauchen.«

»Langlois, ich habe eine gute Nachricht.«

»Wirklich?« Hoffnungsvoll richtete sie sich auf.

»Nein, aber du wolltest ja, dass ich das sage.« Schulterzuckend trat Rivers ein, lehnte sich an Walkers Schreibtisch und verschränkte die Arme vor der Brust. »Keine passenden Fußabdrücke der jungen Männer«, sagte er.

»Verdammt«, rutschte es Kate heraus. Kamen sie denn einfach nirgendwo weiter?

»Passende Schuhgröße? Vielleicht haben sie die benutzten Schuhe weggeworfen?«

Rivers verdrehte die Augen. »Da ich erst seit gestern in der Forensik arbeite, habe ich diese Theorie natürlich nicht bedacht. Nein, Schlaumeier, keine passende Schuhgröße.«

»Vielleicht hat einer ja absichtlich zu große Schuhe getragen«, schlug Kate vor, merkte aber selbst, dass sie mit diesem Griff nach einem Strohhalm ins Absurde abdriftete.

»Rhys Campbell, Klassenclown mit einem Notendurchschnitt von 3,5 ist ein kriminelles Genie, das das perfekte Verbrechen geplant hat. Kate Langlois, ich denke, du hast diesen Fall gelöst«, sagte Rivers trocken.

Er hatte natürlich recht, es war ein alberner Gedanke gewesen. »Zwei Tage und nicht eine verheißungsvolle Spur, da darf man doch langsam ein bisschen verzweifeln«, verteidigte sie sich.

Rivers seufzte gespielt. »Und das soll die geniale Crime Unit sein?«, zog er sie auf. »Clown Unit wäre passender.«

Kate blickte auf die Uhr. »So gern ich mich weiter von dir beleidigen lassen würde, wirklich, eine meiner Lieblingsbeschäftigungen, aber ich muss leider los.« Sie kramte in ihrer Handtasche. Irgendwo müsste sie doch noch einen Lippenstift haben ...

»Langlois, sag nicht, du hast ein Date?« Jetzt grinste der Forensiker.

»Ich habe kein Date.« Das stimmte. Es war nur ein ... Abendessen.

Aber Rivers ließ sich nicht täuschen. »DI Langlois bei einem Rendezvous ... Ich hoffe, das ist nicht ansteckend?«

»Mhmh.« Kate nickte zustimmend. »Wenn du nicht aufpasst, hast du bald einen Ring am Finger.«

Rivers blickte auf seine Hände. »Ich werde mich vorsehen«, sagte er. »Apropos.« Er runzelte die Stirn. »Ich glaube, mein Mitarbeiter heiratet.«

»Harry Potter?«

Jetzt zog Rivers seine Augenbrauen hoch. »Du meinst Adam?«, fragte er.

»Der mit der Brille und den dunklen Locken.«

»Klingt nach Adam. Er hat nächste Woche Urlaub, Flitterwochen.«

»Wow.« Kate hatte endlich ihren Lippenstift gefunden. Sie nutzte den Computerbildschirm hastig als Spiegel, dann richtete sie sich auf. »Sag ihm, wenn der Fall bis zum Wochenende nicht gelöst ist, soll er meine Cousine Holly wieder ausladen.«

Sie winkte dem verwirrten Rivers noch einmal zu, dann verließ sie ihr Büro.

★

Harbour, St. Peter Port

Nicolas wartete vor dem Lokal auf sie, seine schlanke große Gestalt war unverkennbar. Er trug wie so oft ein Hemd, die Ärmel bis zu den Ellenbogen hochgekrempelt, dazu eine Jeans und sah so gut aus, dass Kate Mühe hatte, die Schmetterlinge in ihrem Bauch im Zaum zu halten. Und doch – so leicht würde sie ihm nicht verzeihen, auch wenn er nun urplötzlich auf Guernsey aufgetaucht war – oder gerade deshalb! Kate mochte keine Überraschungen, und das Wiedersehen am Nachmittag hatte sie völlig aus dem Tritt gebracht. Ganz zu schweigen von all dem, was sonst noch zwischen ihnen stand.

Er hatte ein Restaurant am Hafen vorgeschlagen. Er liebte das Meer, und Kate war sicher, dass er sich auch gemerkt hatte, wie sehr sie den Blick auf das Wasser mochte. Das hatten nicht zuletzt ihre gemeinsamen Abende am Strand gezeigt.

Als sie ihn erreichte, lächelte er sie an. »Hallo, Kate. Wie schön, dich zu sehen«, sagte er leise. Seine Stimme war rau, und Kates Magen macht einen kleinen Sprung, was sie schnell auf den Hunger schob. Heute hatte sie außer zu viel Kaffee und einem Croissant zum Frühstück noch nichts zu sich genommen.

Wie selbstverständlich nahm Nicolas ihre Hand, als er sich umdrehte und einen Platz auf der Terrasse suchte. Für einen Augenblick genoss sie die vertraute Wärme, dann entzog sie sich ihm. Nein, so einfach würde sie es ihm nicht machen.

Sie setzte sich ihm gegenüber, registrierte entgegen ihrer Gewohnheit kaum die Umgebung und blickte ihn an. Was sollte sie sagen? Was würde er ihr sagen? Was erwartete sie?

Offenbar ging es ihm genauso, mit einem schiefen Lächeln begann er zweimal einen Satz, brach ab und versuchte es dann erneut: »Ich weiß nicht, was ich sagen soll. Kate, ich … ich denke viel an dich. An unsere gemeinsame Zeit, die ich wirklich wunderschön fand.« Leise, vorsichtig, als sei er nicht ganz sicher, ob er wirklich so mutig war.

Kate wusste nicht, was sie darauf erwidern sollte. Sie hatte ihre gemeinsame Zeit ebenfalls wunderschön gefunden, aber das Problem war ja nicht die gemeinsame Zeit gewesen, sondern seine Abreise. Sie schluckte.

»Weißt du noch, wie wir uns kennengelernt haben?« Er lächelte sie an, und sie konnte nicht anders, als es in der Erinnerung zu erwidern.

»Nicht gerade die romantischste Situation«, murmelte sie. Er hatte einen menschlichen Finger am Strand gefunden, der zu dem Fall gehörte, den sie bearbeitete.

»Du hast mich gleich beeindruckt«, fuhr er fort, wie in Gedanken versunken. »Dein Verstand ist so klar, so scharf, ich habe mich jeden Tag auf unsere Gespräche am Strand gefreut.«

Das hatte sie auch. »Wir haben viel gelacht«, stimmte sie ihm zu.

»Wir konnten uns alles erzählen. Haben die Insel entdeckt und …« Er brach ab, fuhr sich durch die Haare, dann blickte er ihr direkt in die Augen. »Was ich sagen will: Ich vermisse dich.« Er schob seine Hand über den Tisch zu ihr hin, und beinahe wäre sie zusammengefahren, als der Kellner neben ihnen auftauchte.

Ihre eigene Hand zuckte zurück, verlegen bestellte sie eine Cola. Alkohol konnte und wollte sie jetzt nicht trinken, sie brauchte einen kühlen Kopf.

Als sie wieder allein waren, atmete er hörbar aus.

»Es tut mir leid«, sagte er. »Dass ich abgehauen bin, dass ich … geflüchtet bin.«

Ja, das war es gewesen, eine Flucht. Es hatte sie verletzt. Kate musterte ihn. Sie konnte gar nicht sagen, was sie erwartet hatte. Dass er so ehrlich war auf jeden Fall nicht. Es gefiel ihr. Das war ja das ganze Problem an der Sache, dass er ihr zu sehr gefiel. Sonst hätte sie sich gar nicht erst auf ein Abendessen eingelassen. Aber konnte sie ihm seine überstürzte Abreise, sein Verhalten einfach so verzeihen? Das Gefühl in ihrem Bauch schrie laut »Ja«, ihr Kopf sagte deutlich »Nein«.

Und Kate war ein Kopfmensch, immer schon gewesen. »Was willst du jetzt von mir hören?«, fragte sie, um Zeit zu gewinnen.

Zerknirscht blickte er sie an. »Kate, ich … ich bin nicht gut in …« Er gestikulierte unbestimmt und endete dann mit: »… moderner Kommunikation.«

Kate vermutete, er war auch einfach nicht sehr gut in »Verbindlichkeit«. *Er wäre nicht der erste Beziehungsphobiker, den ich anziehend finde,* dachte sie schwermütig.

»Aber ich möchte sagen, dass es mir leidtut. Ich habe das einfach nicht richtig gemacht.« Er zögerte, dann suchte er ihren Blick. »Und ich möchte noch einmal von vorn anfangen. Mit dir.«

Kate starrte ihn an. Ihr Herz schlug jetzt schnell, und nichts hätte sie lieber getan, als auf seine Bitte nach einem Neuanfang einzugehen. Aber sie war verletzt, das konnte sie nicht leugnen, und sie war wütend: Wütend darüber, dass er sie verlassen hatte und auf welche Weise er das getan hatte. Dazu kam Angst, erneut verletzt zu werden. Sie hasste es, sich so zu zeigen, aber sie konnte nicht einfach so tun, als wäre nichts gewesen.

Jetzt war sie es, die tief durchatmen musste. Sie griff nach ihrem Glas – wann hatte der Kellner ihr die Cola eigentlich gebracht? –, während sie nach den richtigen Worten suchte. Er war ehrlich zu ihr gewesen, deshalb verdiente er ebensolche Ehrlichkeit von ihr. »Nein, Nicolas, so einfach ist das nicht«, brachte sie schließlich so ruhig wie möglich hervor. »Ich glaube dir, dass es dir leidtut. Aber du hast Angst«, fuhr sie fort. »Du hast Angst davor, dass ich dir zu nahe kommen könnte, und dann haust du ab. Letztes Mal nach Frankreich, ein ganzes Meer dazwischen. Und plötzlich vermisst du mich und bist wieder da, willst da anknüpfen, wo du aufgehört hast, und ich soll einfach so mitspielen?« Sie spürte die Wut in sich, wahrscheinlich glühten ihre Wangen, die Wärme der Sonne in ihrem Gesicht tat ein Übriges. »Nein, Nicolas, so einfach läuft das nicht«, wiederholte sie. Sie hätte ihm noch einiges zu sagen, Vorwürfe vor allem, aber was brachten die? Vor allem, wenn er ohnehin einsichtig war. Und wenn sie ganz ehrlich zu sich selbst war, hätte sie auf die Verkündung seiner Abreise ebenfalls anders reagieren können. Hatte sie versucht, ihn zurückzuholen? Nein. Und da spielte wohl ihre eigene Angst vor Verletzung eine Rolle. Lieber aufgeben, als nach einem Kampf enttäuscht zu werden. Das war vermutlich auch nicht die richtige Taktik. Laura blitzte vor ihrem inneren Auge auf.

Er öffnete den Mund, schloss ihn wieder. Griff nach seinem Glas Rotwein, das er aber nur unschlüssig in der Hand hielt.

»Du hast recht«, sagte er schließlich. »Mit dem, was du über meine Angst gesagt hast. Aber vielleicht gibst du mir ja die Chance, ihr entgegenzutreten. Und sie vielleicht sogar zu besiegen.« Er suchte ihren Blick. »Kate, ich will versuchen, es richtig zu machen. Von vorn anfangen, und diesmal besser.«

Erneut tauchte unvermittelt der Kellner an ihrem Tisch auf, diesmal war Kate beinahe froh über die Unterbrechung. Sie bestellte ohne hinzusehen eines der Gerichte auf der Karte, einen Steinbutt, weil sie sich jetzt wirklich nicht darauf konzentrieren konnte, was sie gleich essen wollte.

Doch als sie im Anschluss die Meeresluft einatmete, endlich doch einmal den Blick zum Wasser schickte und die schaukelnden Fischerboote sah, da merkte sie, wie sie langsam ruhiger wurde.

»Lässt du es mich versuchen?«, fragte Nicolas leise. Er meinte es ernst, das spürte sie, er wollte seine Ängste aus dem Weg räumen, sie war ihm wichtig. Und das ließ sie innerlich ganz warm werden. Lauras Worte kamen ihr in den Sinn ... *Vielleicht seid ihr beide genau richtig für einander.* Wenn Kate ehrlich war, dann hoffte sie eigentlich genau das. Vorsichtig, langsam schob sie ihre Hand über den Tisch zu seiner.

»Mal sehen«, beantwortete sie schließlich seine Frage.

»Mal sehen«, wiederholte er und lächelte. »Das klingt doch schon besser als ›auf keinen Fall‹.«

*

La Plaiderie, St. Peter Port

Als Kate ihren Schlüsselbund auf die Ablage neben der Tür fallen ließ und sich die Schuhe abstreifte, wirbelte der Abend mit Nicolas immer noch wie ein Strudel in ihrem Kopf herum. Sie wusste nicht, was sie denken sollte, was sie fühlen sollte. *Mal sehen.* Vielleicht war das das Beste, was sie tun konnte. Ganz langsam, ganz in Ruhe *mal sehen.* Wie sie das anstellen sollte, das mit der Ruhe, stand allerdings auf einem vollkommen anderen Blatt.

Kate zog ihr Handy aus der Hosentasche, Laura hatte ihr geschrieben, schon vor Stunden. Als sie die Nachricht öffnete, erstarrte sie.

»Die Wehen setzen ein!« Sie hatte doch versprochen, auf Liam aufzupassen! Die Nachricht war um 19:03 Uhr eingegangen, jetzt war es kurz nach 22 Uhr. Hektisch wählte Kate die Nummer ihrer besten Freundin. Gleich nach dem ersten Klingeln meldete sich eine schläfrige Laura. »Falscher Alarm«, murmelte sie. »Sorry.«

»Oh, Gott sei Dank.« Kate fiel ein Stein vom Herzen. »Und ich dachte schon, ich wäre zu spät.«

»Du bekommst eine zweite Chance, Patrick wie ein aufgescheuchtes Huhn herumhüpfen zu sehen.«

»Da bin ich aber froh.«

»Wenn es nach mir ginge, auch gerne morgen«, sagte Laura seufzend. »Langsam würde ich gern wieder einmal auf dem Bauch schlafen. Apropos schlafen …« Sie gähnte.

»Ja, ruh dich aus«, sagte Kate und verabschiedete sich von ihrer Freundin, nicht ohne ihr noch eine gute Nacht zu wünschen.

Dann holte sie eine Flasche Weißwein aus dem Kühlschrank und setzte sich aufs Sofa. Sie verzichtete darauf, eine Lampe anzumachen. Die Lichter, die vom Hafen in ihr Fenster schienen, reichten ihr.

Nachdenklich drehte sie das Glas in ihren Händen. Die kleine Isabella kündigte sich an, lange würde es jetzt nicht mehr dauern. Laura wurde zum zweiten Mal Mutter. Es war selten, dass Kate ihre Lebensentscheidungen infrage stellte, aber an Abenden wie diesen, wenn sie erschöpft von einem anstrengenden Tag, an dem es wie so oft um Gewalt und Verbrechen gegangen war, in eine leere Wohnung nach Hause kam, fragte sie sich manchmal, ob der Weg, den sie ging, wirklich der richtige war. Das Gespräch mit Nicolas, das sie auf seine ganz eigene Weise aufgewühlt hatte, passte dazu. Kate schloss die Augen. Nein, heute war sie nicht in der Lage, darüber nachzudenken. Heute wollte sie nur noch Ruhe. Vielleicht ein wenig Vertrautheit und Wärme spüren. Es war spät, kurz nach halb elf, als sie die kleine Leselampe neben der Couch einschaltete. Vertrautheit und Wärme. Sie zögerte kurz, bevor sie die Nummer ihres Großvaters wählte. Doch sie wusste, dass er üblicherweise lange wach blieb, das Alter gönnte ihm nicht mehr so viel Schlaf. Und als Hugh Langlois' Stimme am anderen Ende der Leitung erklang, ließ sie sich zufrieden in die Kissen zurücksinken.

*

Calais, St. Martin

Nicolas atmete tief ein, als er die Straße hinunterging. Es war frisch geworden, doch die Luft war klar, nicht so feucht wie bei seiner Ankunft. Es war eine schöne Nacht, beinahe romantisch. Er dachte an Kate, und ein Lächeln stahl sich auf seine Lippen. Sie hatte recht gehabt in allen Punkten, die sie ihm vorgeworfen hatte. Nicolas zog die Schultern etwas höher, als ein eisiger Wind um die Ecke pfiff. Aber es gab nichts zu rütteln, er würde sich viel Mühe geben müssen.

Es würde anstrengend werden, Kate war es wert. Auch wenn er sich ihr Treffen anders gewünscht hatte als per Zufall und aus beruflichen Gründen, war er doch froh, dass sie ihm heute über den Weg gelaufen war.

Sie war genauso schön, wie er sie in Erinnerung hatte, die Haare waren vielleicht ein winziges bisschen kürzer. Und ihre Arme braun gebrannt vom Sommer. Sie verbrachte gerne Zeit draußen, mehrmals die Woche lief sie ihre Joggingstrecke den Küstenpfad entlang, an ihren freien Tagen unternahm sie Ausflüge. Er hoffte, sie dabei bald wieder begleiten zu dürfen. Sie hatte ihm damals versprochen, ihm die Brutstätte der Papageientaucher auf der Insel Sark zu zeigen, die nur eine kurze Bootstour entfernt lag. Nein, es war wirklich keine gute Idee gewesen, auf den Anruf der Universität hin gleich alles stehen und liegen zu lassen, das wusste er selbst. Er hatte nicht die gleichen Fehler begehen wollen wie früher – und war dennoch in die Falle getappt, die er sich selbst gestellt hatte. Seufzend fuhr er sich durch die Haare. Er musste das wieder geradebiegen, diese wunderbare Frau war es wert.

Nicolas war froh über den rauen Wind, der auch seinen Kopf zu kühlen schien. Kate hatte sich in ihre Arbeit gestürzt, hatte sie erzählt, ganz sicher mit der ihr eigenen Hartnäckigkeit und Leidenschaft. Eigenschaften, die er so an ihr mochte. Nicolas schmunzelte. Ihre Arbeit war es auch gewesen, über die sie sich kennengelernt – und heute wiedergetroffen hatten.

Seine Gedanken wanderten zu Matthew, mit dem sie hatte sprechen wollen. Weshalb? Sie ermittelte im Fall der alten Frau, die von den Klippen gestürzt war. Aus der Zeitungsnotiz hatte er nicht viel mehr als einen tragischen Unglücksfall herauslesen können, aber wenn Kate involviert war, musste es mehr sein als das. Matthew Sallows. Matthew, der wie Nicolas David geholfen hatte. Die beiden Männer kannten sich.

Vor Davids Haustür brannte noch Licht. Nicolas fasste einen Entschluss, und gleich darauf nahm er in zwei Schritten die Stufen, die zu David Rougier hinaufführten.

Erst da bemerkte er die Schmiererei an der Hauswand, sie war neu.

»Mörder« stand dort in roter Farbe, und als wäre die ganze Sache nicht schon schlimm genug, so regte die Unkorrektheit der Bezeichnung Nicolas zusätzlich auf: Das Opfer war nicht gestorben. Nicolas hatte im Bibliotheksarchiv die Zeitungsartikel über den Fall gelesen – er war und blieb Wissenschaftler, wollte Quellen mit eigenen Augen studieren und selbst beurteilen.

In diesem Moment öffnete David die Tür, offenbar hatte er Nicolas' Schritte gehört.

»Du musst etwas unternehmen«, sagte Nicolas sofort.

»Das Schlimmste hast du ja noch gar nicht gesehen«, murmelte David und bedeutete ihm, ins Haus zu folgen.

Hier herrschte das reinste Chaos! Überall! Geschirr war aus den Küchenschränken gerissen worden, Porzellanscherben und Glassplitter bedeckten den Boden. Im Wohnzimmer war ein Sessel aufgeschlitzt, die Federn eines Kissens lagen überall verstreut, Bücher waren aus den Regalen gezogen und Schubladen aufgerissen. Auf dem Teppich war ebenfalls etwas mit roter Farbe gesprüht: »Verschwinde«.

»*Putain*«, fluchte Nicolas auf Französisch.

David lachte verunsichert auf. »Das kannst du laut sagen. Auch wenn ich nicht genau weiß, was es bedeutet.«

»Hast du die Polizei gerufen?«

David wandte verlegen den Blick ab.

Nicolas war entsetzt. »Das ist Vandalismus, David, sie sind in dein Haus eingebrochen! Die Sache mit der Fensterscheibe – meinetwegen. Die Sache im Pub? Unverständlich. Aber ein Einbruch? David, bitte.«

»Du verstehst das nicht.«

»Ich verstehe, dass du kein gutes Verhältnis zur Polizei hast.« Und das konnte Nicholas ihm nicht verübeln. Er selbst war blond, ein Universitätsprofessor in nicht ganz billiger Kleidung, er wurde bei Ausweiskontrollen selten »zufällig« ausgewählt, er wurde nachts nicht angehalten, und wenn er doch einmal etwas mit der Polizei zu tun hatte, behandelte man ihn höflich und zuvorkommend. Nicht alle Menschen durften dieses Privileg genießen, das wusste er, und ein verurteilter Straftäter wie David fiel vermutlich – auch wenn er helle Haut hatte – nicht in diese Kategorie. Trotzdem ging es hier um mehr als kleine Feindseligkeiten. Nicolas trat auf seinen Nachbarn zu, blickte ihn eindringlich an. »Zu deinem Schutz, David. Du musst das melden.«

»Ich muss vor allem aufräumen.« David bückte sich und hob eines der Bücher auf. Die Seiten waren zerknickt, der Einband gerissen.

Nicolas sah zu, wie David die Schubladen des Schreibtischs vorsichtig schloss, dann die des Schranks. Schließlich seufzte er und holte den Besen, den er in der Küche gesehen hatte. »Dickkopf«, murmelte er. Und begann, die Scherben zusammenzufegen.

11. Kapitel

Oktober 1944
Petit Bot Bay, Forest

»Lass mich los, William.« Odile stieß ihren Freund zur Seite. Es war stürmisch heute, kalt, und sie fror in ihrem Rock.

»Ich will dich doch bloß wärmen.«

Er war betrunken, das roch sie an seinem Atem, und sie merkte es an der Art, wie er ihr immer näher kam. Das traute er sich nur, wenn er getrunken hatte, sie anzufassen, immer wieder über ihren Arm zu reiben.

Früher, da hatte sie die Zeit mit ihm genossen. Da hatte sie sich die Momente gewünscht, in denen er den Mut aufbrachte, sie zu küssen oder den Arm um sie zu legen. Aber das war lange vorbei. Sie war kein Kind mehr.

»Jetzt stell dich nicht so an. Bei ihm stellst du dich doch auch nicht so an.« William griff erneut nach ihrer Hand, zog sie grob an sich heran.

Sie stieß ihn zur Seite, und er taumelte.

»Weißt du eigentlich, was die mit uns machen?«, zischte er plötzlich. »Bist du so blind, oder willst du es nicht sehen?«

Odile schob den Unterkiefer nach vorn. »Und du? Willst du den Rest deines Lebens auf dieser armseligen Insel feststecken?«

»Diese armselige Insel hat wenigstens anständige Leute.« Beinahe feindselig blickte er sie nun an. »Du wirst schon sehen, was passieren wird«, sagte er.

»Willst du mir drohen?«

»Nein. Ihnen.« Er lachte, ein lautes, hässliches Lachen. »Willst du mich anschwärzen?«

»Wenn du mich jetzt nicht in Ruhe lässt, werde ich das vielleicht tun«, gab sie ruppig zurück. Sie drehte sich um und tat einen Schritt von ihm weg, als sie plötzlich heftig an den Haaren zurückgerissen wurde. Sie fiel hin, auf die Knie, offenbar auf einen Stein, der sich in ihre Haut bohrte. Sie schrie auf. Dann war William auf ihr, über ihr. »Hau ab!« Sie schlug zu, er schlug zurück.

Der Wind toste, riss die Wortfetzen aus seinem Mund, und Odile konnte nichts anderes hören als ihr eigenes schrilles, spitzes Schreien.

Mit einem Mal ließ William von ihr ab. Torkelnd rappelte er sich auf, sah sie an, als sei sie eine Fremde, als sähe er sie gerade zum ersten Mal.

»William.«

Er schüttelte den Kopf, stolperte, übergab sich. Dann drehte er sich um und lief auf dem Pfad durch die Bäume ins Dorf.

Odile blieb allein zurück, mit ihrem blutenden Knie. Sie blickte auf ihre schmerzenden Fingerknöchel. Gut getroffen hatte sie ihn, das würde ein blaues Auge geben. Er hatte sich verändert, schon lange, der Freund aus Kindertagen war verschwunden. Der Mann, der an seine Stelle getreten war, machte ihr Angst. Vorsichtig stand Odile auf, stöhnte vor Schmerz, als sie das Knie belasten musste, aber mit jedem Schritt wurde es besser. Was die Leute im Dorf denken würden, wenn sie sie in diesem Aufzug sahen? Mit der Zunge fuhr sie sich über die Lippen, schmeckte Blut und verfluchte William.

Anschwärzen würde sie ihn dennoch nicht.

*

Police Headquarter, St. Peter Port

Als Kate am nächsten Morgen ins Büro kam, saß Walker schon am Schreibtisch – augenscheinlich ausgeschlafen und bestens gelaunt.

»Funktioniert die Kaffeemaschine wieder?«, fragte Kate und stellte ihren Coffee-to-go-Becher ab, den sie vorsorglich von einer Bäckerei in der Nähe mitgebracht hatte.

»Keine Ahnung. Ich hatte heute noch keinen.«

Das war ungewöhnlich. Walker trieb morgens mehrfach in der Woche vor der Arbeit Sport, meist ging er schwimmen, seit er nach einer Knieverletzung nicht mehr Fußball spielen durfte. Kate hingegen liebte es, sich am Abend den Stress des Tages von der Seele zu laufen. So zufrieden wie jetzt hatte sie ihn noch nie gesehen, er summte tatsächlich vor sich hin, während er auf seinem Tablet herumtippte. Allein auf das Schwimmen ließ sich das sicher nicht zurückführen.

»Wo warst du denn gestern?«, fragte sie betont beiläufig.

»Ich?« Walker blickte auf.

»Mit wem könnte ich sonst gesprochen haben? Dem Gummibaum auf der Fensterbank?«

»Ich wusste schon immer, dass du auf eine Art besonders bist. Zutrauen würde ich es dir«, neckte Walker sie, und das war der endgültige Beweis: Ihrem nüchternen Kollegen musste etwas zugestoßen sein. Etwas …

»Du bist verliebt!«

Er starrte sie an, wie ertappt, und Kate musste grinsen. Rivers hatte recht, es schien ansteckend zu sein – und dabei wollte sie an die Schmetterlinge, die seit dem Abendessen mit Nicolas trotz allem vorsichtig in ihrem Bauch herumflatterten, gar nicht denken.

»Ich brauchte einfach nur ein bisschen freie Zeit«, verteidigte ihr Partner sich.

Kate winkte lächelnd ab. Sie würde ihn nicht ausfragen, nein, er erzählte, wenn er so weit war. So hatten sie es bisher gehalten, und Kate selbst war dankbar, dass er sie damals in Bezug auf Nicolas in Ruhe gelassen hatte. Wenn sie reden wollte, hatte sie in ihm einen Zuhörer und umgekehrt. Ihr Team funktionierte. *Aber glauben muss ich ihm das Dementi dennoch nicht*, dachte sie schmunzelnd, und ein Teil ihrer Anspannung löste sich.

»Ich hingegen habe nicht auf der faulen Haut gelegen«, sagte sie. »Wir haben viel zu besprechen.« Sie trank einen Schluck Kaffee. »Apropos: Hast du was von Miller gehört?«

Als Walker den Kopf schüttelte, griff Kate zum Telefon und rief die Kollegin an.

Keine zwei Minuten später klopfte Miller an die Tür, einen Thermosbecher in der Hand. »Gut mitgedacht«, sagte Kate anerkennend und deutete auf ihren eigenen Plastikbecher.

»Müllvermeidung, Langlois, wir leben auf einer Insel.«

»Sehr löblich. Aber eigentlich ging es um Hinweise aus der Bevölkerung«, erinnerte er seine beiden Kolleginnen. »Willst du anfangen?«

»Jup.« Miller nickte.

»Oh, bitte, sag, ihr habt was«, jammerte Kate, fügte aber eilig hinzu: »Also, nur, wenn es auch stimmt.«

Miller lehnte sich an den Türrahmen und seufzte. »Leider nicht.« Es hatte Anrufe gegeben, fasste sie zusammen, wie immer viel zu viele, doch alle Spuren, denen sie nachgegangen waren, hatten ins Nichts geführt.

»Wer achtet auch auf eine alte Frau in einem Auto?«, fragte Kate resigniert. Wie viele Autos hatte sie an diesem Mittwochmorgen an sich vorbeifahren gesehen, und an wie viele Insassen konnte sie sich noch erinnern? »Aber das führt mich doch wieder zu der Überlegung, dass sie ihren Begleiter kannte, dass er sie gefahren hat. Weshalb sonst sollte sich niemand melden? Wenn er nichts zu verbergen hat?«

»Hm«, brummte Walker, doch er klang nicht mehr so skeptisch wie die Tage zuvor.

»Vielleicht kommt ja noch was rein«, sagte Miller.

»Ja, vielleicht.« So recht glaubte Kate nicht daran.

Dann trat DeGaris zu ihnen. *Wie praktisch, jetzt sind alle zur Teamsitzung versammelt,* dachte Kate.

»Ich würde gern den Faden von gestern aufgreifen und unsere drei Jugendlichen noch einmal befragen«, eröffnete sie die Besprechung. Gemeinsam mit DeGaris erzählte sie von der Vernehmung am Vortag.

»Und ihr glaubt, Matthew Sallows könnte etwas mit Drogen zu tun haben?«, wollte Walker wissen.

»Möglicherweise.« Kate nickte. »Wenn er der Täter ist, den wir suchen, dann hat Odile etwas mitbekommen, was sie nicht mitbekommen sollte.«

»Müssen es denn Drogen sein?«

»Soll ich ehrlich sein?« Kate legte ihre Hände flach auf den Schreibtisch. »Das ist reine Spekulation. Aber die drei Jungs gehen dort feiern, der Sprung von Alkohol zu Marihuana und zu anderen Drogen … Es wäre nicht das erste Mal. Im Moment ist das die einzige Spur, die wir haben. Und so hätten wir eine Verbindung von den drei Jugendlichen zu Matthew und Odile.« Sie atmete tief durch. »Nehmen wir also an, Matthew ist in den Drogenhandel verwickelt«, spann sie den Faden weiter, »er wird leichtsinnig und verschätzt sich: Die demente Odile Davies hört etwas, das sie nicht hören darf, bringt es durcheinander mit ihrer eigenen Vergangenheit, und nun muss Matthew um sein Versteck fürchten.«

»Okay. Matthew Sallows ist Dealer«, nahm Walker ihren Faden auf. »Und weiter?« Es war keine skeptische Nachfrage, es war ein Weiterführen ihrer Theorie. Beinahe hätte sie gelächelt. Genau das mochte sie an Walker, genau das bereicherte ihre Zusammenarbeit so sehr. Doch jetzt kam der Teil ihrer Hypothese, der tatsächlich etwas weit hergeholt war. »Vielleicht haben wir den Hinweis schon von Odile selbst bekommen«, sagte sie.

Miller und Walker blickten sie verständnislos an, doch DeGaris zog skeptisch die Augenbrauen zusammen. »Du meinst die Höhlen?«, fragte er. »Weil sie in letzter Zeit von den Höhlen gesprochen hat?«

»Von einem Schatz in den Höhlen«, präzisierte Kate. »Wo kommt der her?« Sie sah ihre Kollegen an. Die Höhlen waren nun so oft erwähnt worden, dass sie ihnen eine Bedeutung beimaß.

»Kann sein«, erwiderte Walker langsam. »Aber letztlich ist es auch egal, oder nicht? Es kann auch etwas anderes gewesen sein, etwas, das sie nur in seinem Beisein gesagt hat. Und bevor es jemand anderes erfahren hat, hat er sie ermordet.«

»Das ist ebenfalls möglich«, gab Kate zu. »Auf jeden Fall stand für Matthew zu befürchten, dass sie darüber redete. Denn sie redete ja viel, vor allem im Pflegeheim, woanders war sie ja auch nicht.«

Für einige Sekunden schwiegen sie alle, wägten Fakten und Fiktion gegeneinander ab.

»Und unsere drei Jungs? Samuel, Rhys und Joshua?«, fragte Miller. »Was haben die damit zu tun?«

»Sie waren zur selben Zeit an den Klippen«, sagte Walker. »Das kann Zufall gewesen sein – oder auch nicht. Wir wissen nicht, ob die drei etwas mit Drogen zu tun haben. Wenn Matthew Sallows ihr Dealer war, decken sie ihn vielleicht.«

Kate nickte und blickte zum Chief.

»Ist euch der Name bei der Befragung der drei untergekommen?«, fragte er.

Miller und Walker schüttelten den Kopf.

»Mir auch nicht«, sagte Kate. »Aber ich habe auch nicht explizit gefragt.«

Erneutes Kopfschütteln.

»Dann haben wir jetzt einen Plan«, sagte DeGaris. Er deutete auf Kate. »Du hattest doch einen guten Draht zu diesen drei Jugendlichen, Langlois. Hak da noch einmal nach. Aber zuerst sprichst du endlich mit Batiste darüber, ob der Name Matthew Sallows bei der Drogenfahndung bekannt ist.« Er wandte sich an Walker. »Was ist eigentlich mit dem Alibi dieses Rechtsanwalts?« Der Chief hatte wie immer den Überblick über sämtliche losen Fäden. »Harwood scheint bisher unverdächtig zu sein. Aber wir müssen im Blick behalten, dass er einer der wenigen Menschen ist, die Odile Davies wirklich gekannt hat. Miller und du, ihr sprecht mit seinen Kollegen, ob er mit ihnen zu Abend essen war.« Die beiden nickten, und auch Kate erhob sich und begab sich mit einem Seufzer auf die Suche nach Leonard Batiste. Sie fand ihn – überraschenderweise – in seinem Büro. Als der Kollege hörte, worum es ging, nahm er sich widerwillig Zeit, nicht ohne einen spitzen Kommentar loszuwerden. »Dass ich das noch erlebe. DI Kate Langlois bittet mich um einen Gefallen.« Er stand von seinem Schreibtisch auf, wohl damit er nicht zu ihr aufsehen musste, und verschränkte die Arme vor der Brust.

Kate verzichtete darauf, mit den Augen zu rollen, und trug ihr Anliegen vor. Doch das Gespräch brachte ihr außer noch mehr schlechter Laune auch keine Ergebnisse.

Nein, ein Matthew Sallows war bei seinen Ermittlungen nicht aufgetaucht, die drei Jugendlichen sowieso nicht, und Höhlen überwachen? An dieser Stelle grinste Batiste, um ihr deutlich zu machen, wie lächerlich er ihre Frage fand. »Hast du überhaupt die leiseste Ahnung, wie heutige Dealer arbeiten?«, fragte er verächtlich. Sie musste zugeben, nicht sehr. Das Darknet kam ihr in den Sinn. Und Miller hatte etwas von Drohnen gesagt.

Batiste nickte, wenigstens damit lag sie richtig. »Richtig. Die Bestellungen werden über das Darknet aufgegeben, ausgeliefert wird dann über Drohnen. Die kennen ihre Kunden heutzutage gar nicht mehr persönlich. Keine persönlichen Treffen, kein Risiko.«

Also wieder eine Sackgasse. Kate stöhnte innerlich auf, bedankte sich bei Batiste, der sie mit einem selbstgefälligen Grinsen verabschiedete, und machte sich auf den Weg nach Torteval.

*

Les Jehans, Torteval

Der Kirchturm von Torteval war schon von weit her sichtbar, und als Kate in die Gemeinde einbog, flog ein Schwarm Möwen über ihren Dienstwagen hinweg Richtung Meer. Der Küstenpfad. Plötzlich wurde Kate bewusst, wie nah es von Torteval zu den Klippen hier im Südosten der Insel war. Weshalb waren die drei jungen Männer zunächst mit dem Bus gefahren, um dann an den Klippen im Südosten zu sitzen? Gut, in der Petit Bot Bay konnte man schwimmen, aber das konnte man genauso gut an der Portelet Bay, einem der Sandstände im Westen der Insel, die nur einen Katzensprung von hier entfernt lagen. Weshalb also die Petit Bot Bay?

Nachdenklich stellte Kate das Auto vor Samuels Adresse ab, die Miller ihr genannt hatte. Sie hatte sich dazu entschieden, es zuerst bei ihm zu versuchen, dem Stillen der Gruppe, der ihr beim letzten Mal verraten hatte, dass sie Odile Davies sehr wohl kannten.

Das Haus der Bishops lag in einer ruhigen Gegend, die angrenzenden Felder führten in einiger Entfernung zum Küstenpfad, und neben dem Cottage befand sich ein Gewächshaus mit Tomaten und Himbeeren. Gewächshäuser waren kein seltener Anblick auf Guernsey, früher hatte man auf der Insel sehr viel Gemüse angebaut, vor allem Tomaten, doch irgendwann wurde mehr und mehr Ware importiert, und der Anbau lohnte sich nicht mehr. Riesige Gewächshäuser verfielen, lagen brach und wurden überwuchert von der Natur, die sich ihr Revier zurückeroberte.

Kate schüttelte die Gedanken ab und drückte auf den Klingelknopf. Der Duft von Marmelade stieg ihr in die Nase, offenbar hatten die Pflanzen der Bishops in diesem Jahr viel Ernte abgeworfen.

»Ms Bishop?«, fragte Kate die pummelige Frau, die ihr öffnete. Sie trug eine Schürze, ihre rundlichen Wangen waren gerötet. »Detective Inspector Kate Langlois, Guernsey Police, ich würde gern mit Ihrem Sohn sprechen.«

»Polizei?«, stammelte Samuels Mutter und sah Kate mit vor Schreck geweiteten Augen an. Offenbar hatte ihr Mann den Sohn abgeholt und keiner der beiden ihr erzählt, wo Samuel die Nacht von Montag auf Dienstag verbracht hatte.

»Darf ich reinkommen?«

»Ja, natürlich, Sie …« Ms Bishop hatte sich immer noch nicht gefasst, als Kate den kleinen Flur betrat. Ein schneller Blick verriet ihr, dass sich die Küche rechts befand, ein vollgestelltes Wohnzimmer links. »Samuel ist oben?«, fragte Kate.

»Mum? Was ist denn?«, rief der Gesuchte in diesem Moment.

Ms Bishop war immer noch vollkommen aus der Fassung. Bevor Kate die Treppe hinaufging, sah sie noch, wie die arme Frau sich in der Küche auf einen Stuhl fallen ließ. *Hoffentlich vergisst sie nicht, die Marmelade umzurühren,* dachte Kate. Wenn die anbrannte, hatte sie einen Kochtopf weniger.

»Oh, Sie sind's.« Die Hände in den Taschen, stand Samuel am Ende der engen Treppe. Ohne sie aufzufordern, ihm zu folgen, verschwand er in seinem Zimmer, einem kleinen Raum mit schräger Decke, Kate musste beim Eintreten den Kopf einziehen. Samuel setzte sich auf sein Bett, zog die Kapuze seines Sweatshirts auf, und Kate kam der Gedanke, dass er mit ihr Verstecken spielen wollte wie ein kleines Kind.

Sie stellte sich ans Fenster und betrachtete den jungen Mann, der hartnäckig ihrem Blick auswich.

»Samuel, was kannst du mir über Matthew Sallows erzählen?«

Er bemühte sich nicht, »Wer?« zu fragen, schüttelte nur den Kopf.

»Ist er ein Freund von euch? Vielleicht von Joshua?« Der dunkelhaarige Junge war derjenige gewesen, der am wenigsten mit ihr hatte reden wollen, der sein Schweigen am längsten durchgehalten halte.

Doch Samuel schüttelte nur erneut den Kopf. »Ich kenne keinen Matthew Sallows.«

Kate zückte ihr Handy und zeigte ihm ein Foto. »Vielleicht unter einem anderen Namen?«

Doch Samuel schüttelte nur erneut den Kopf. »Was ist mit ihm?«, fragte er. »Hat er die alte Frau umgebracht?«

Wenn wir das wüssten, dachte Kate. Laut sagte sie: »Habt ihr mal Drogen genommen?«

»Nein!«

»In einem Club vielleicht? Auf einer Party? Wer hat sie dir gegeben?«

Samuel senkte seinen Blick. Kate wartete.

Als er sie wieder ansah, zitterte seine Unterlippe leicht. »Dad hat gesagt, ich muss nicht mit Ihnen reden«, sagte er leise. »Wenn Sie mit mir reden wollen, soll ich nach einem Anwalt fragen.«

*

Police Headquarter, St. Peter Port

Walker und Miller waren nirgends zu sehen, als Kate ins Präsidium kam, ihr Kollege hatte ihr jedoch die kurze Nachricht geschickt, dass Thomas Harwood für den Großteil des Abends ein Alibi hatte. Zumindest konnte er Odile nicht gegen siebzehn Uhr aus dem Pflegeheim abgeholt haben, da hatte er mit seinem Kollegen John Simmons schon ein Bier im Pub gehoben. Was nach Mitternacht passiert war, das konnte allerdings keiner der anderen mehr genau bezeugen.

Kate selbst hatte wenig Erfolg gehabt: Samuel hatte kein weiteres Wort gesagt, und auch Joshua und Rhys, die sie im Anschluss befragt hatte, schwiegen sich aus – oder wussten wirklich nichts. Sie hatten nichts in der Hand, es war ein Schuss ins Blaue gewesen, dass die drei jungen Männer mit dem Krankenpfleger bekannt waren. Ein Schuss ins Blaue, der Kate nichts gebracht hatte außer schlechter Laune. Sie hatten keine Beweise, sie hatten nicht einmal *Hin*weise, wie DeGaris es ausgedrückt hatte, unter diesen Umständen würde sie sich nicht mit einem Anwalt herumschlagen, der sämtliche ihrer Fragen in der Luft zerpflücken würde.

Missmutig kontrollierte Kate ihre E-Mails, rief DC Lucas an, um nach weiteren möglichen Hinweisen auf ihren Presseaufruf hin zu fragen, doch es hatte sich nichts Neues ergeben. Kate rieb sich die Stirn, als ihr Blick auf den Stapel Briefe fiel, der immer noch auf Walkers Schreibtisch lag. Ordentlich zusammengefaltet am Rand, die Schleife wieder darum herumgebunden. Odiles Vergangenheit.

Sie waren die Briefe schon durchgegangen, wirkliche Informationen enthielten sie nicht. Beide, Georg und Odile, waren furchtbar verliebt ineinander, sendeten sich Küsse und Berührungen, schwärmten vom letzten Treffen und freuten sich auf das nächste. Anfangs hatten diese Treffen wohl noch mehr oder weniger heimlich stattgefunden, zumindest vermutete Kate das aus den Bemerkungen in den Briefen von Odiles Verlobtem. Ihr Verlobter. Plötzlich kam ihr ein Gedanke. Hatte er nicht genau davon gesprochen? In einem der Briefe? Von ihrer Verlobung? Sie griff nach dem Stapel, löste das blassrosa Bändchen und suchte nach dem entsprechenden Brief.

Die Liebesbriefe, die Odile geschrieben hatte, ab 1945, hatten kein Adressfeld, sie steckten alle in unbeschrifteten Umschlägen. Aber in diesem einen Brief ... Da!

»... wie glücklich werde ich sein, wenn du als Odile Kiesler mit mir in die Heimat zurückkehrst.« Georg Kiesler.

Sie hatte einen Namen! Aufgeregt setzte sie sich vor ihren Computer. Eine Google-Suche ergab keinen Treffer – oder zumindest keinen Treffer, mit dem sie etwas anfangen konnte. Georg Kiesler war auf Guernsey unbekannt, soweit es das Internet betraf, was wahrscheinlich kein Wunder war. Ein deutscher Soldat, der vor knapp achtzig Jahren auf Guernsey stationiert war ... Odile Davies kannte das Netz ebenso wenig.

Kate klickte mit der Mine eines Kugelschreibers und überlegte. In diesem Moment klopfte es an ihrer Tür, und der Chief steckte seinen Kopf ins Büro hinein.

»Sag mal, wo würde ich Informationen über ehemalige deutsche Militärangehörige bekommen?«, fragte Kate sofort.

Er sah sie verwundert an. »In Deutschland, würde ich meinen.«

»Aber wo?«

»Ich denke, die haben Archive. Stell doch mal eine Anfrage an die Bundespolizei. Die können dir sicher weiterhelfen. Worum geht es denn? Ahnenforschung?« Er neckte sie nur, das wusste Kate.

»Haha.« Sie deutete auf die Stapel auf ihrem Schreibtisch. »Das Einzige, was Odile uns hinterlässt, sind ihre Erinnerungen. Etwas verworren in ihren Erzählungen, etwas deutlicher hier in den Fotos und Briefen.« Sie verspürte aus irgendeinem Grund immer noch das Bedürfnis, Odiles Vergangenheit zu entschlüsseln. Sie ließ den Kopf in ihre Hände sinken. »Ach Mist, wahrscheinlich bin ich einfach nur komplett auf dem Holzweg.«

DeGaris trat hinter sie und nahm eines der Fotos aus dem Stapel. Er schürzte die Lippen, blickte das Bild lange an und sagte schließlich: »Du willst das Rätsel lösen. Und unser Puzzle hat noch so viele Löcher. Vielleicht hat das hier nichts mit unserem Fall zu tun, *wahrscheinlich* hat es nichts mit unserem Fall zu tun. Aber du möchtest dir das gesamte Bild ansehen.«

Es war erstaunlich, wie oft der Chief genau wusste, was in ihr vorging. Aber wie Rivers schon gesagt hatte: Sie hatte vom Besten gelernt.

»Genau«, sagte sie leise und nahm das Bild, das er ihr hinhielt, an sich. Es zeigte eine junge Odile, hübsch, mit Lippenstift, der auf dem Schwarz-Weiß-Foto dunkel wirkte, wahrscheinlich also rot gewesen war. Ein weiteres junges Mädchen war zu sehen, Eleanor, wie auf der Rückseite notiert worden war, und zwei Männer, einer groß und blond, einer etwas kleiner, ebenfalls blond. Georg und Karl.

War Georg Kiesler wirklich gestorben? Wie und wann? Im Krieg gefallen wie so viele seiner Kameraden?

DeGaris verließ ihr Büro, in der Tür drehte er sich jedoch noch einmal um. »Versuch es doch mal im Museum of German Occupation«, sagte er, bevor er endgültig verschwand.

Was für eine gute Idee! Kate rappelte sich auf. Das Museum, das die Zeit der deutschen Besatzung beleuchtete, befand sich im Süden der Insel, unweit des Flughafens. Gegründet worden war es 1966 von Richard Heaume, der als Schuljunge Kugeln auf den umliegenden Feldern gesammelt hatte. Stück für Stück wuchs das Museum, und heute konnte es eine beträchtliche Anzahl an Ausstellungsstücken vorweisen.

Kate griff zum Hörer, um ihr Anliegen vorzutragen. Die Dame, mit der sie verbunden wurde, fand es offenbar furchtbar aufregend, mit der Polizei zu telefonieren. Aber sie schien wirklich helfen zu wollen, und nachdem sie einige unzusammenhängende Sätze hervorgebracht hatte, die ihr Engagement untermauerten, ließ sie sich den Namen Kiesler buchstabieren.

»Ich muss in unseren Unterlagen nachsehen. Ich mache mich sofort an die Arbeit!«, sagte sie dann atemlos. »Wow, dass ich der Polizei helfen kann. Geht es um einen wichtigen Fall?« Sie schien glücklicherweise keine Antwort von Kate zu erwarten. Wahrscheinlich würde sie die immense Bedeutung ihrer Recherche in ihrer Fantasie noch mehr aufbauschen, als es mit der nüchternen Realität möglich war. Kate musste schmunzeln.

»Eine Frage habe ich noch«, wagte sie sich dann weiter vor. »Haben Sie Kontakte zu deutschen Institutionen? Vielleicht können die helfen?« Vermutlich bewahrte das Militär in irgendeinem Amt Aufzeichnungen über die Besatzungssoldaten der Kanalinseln auf. Sie hatte die Erfahrung gemacht, dass die meisten Deutschen recht gut Englisch sprachen. Dass sie ordentlich und organisiert sein sollten, na, der Ruf eilte ihnen seit Langem voraus.

»Ich werde alle Kontakte spielen lassen«, kam die prompte Antwort.

Kate bedankte sich und legte den Hörer auf. Sie band die Briefe wieder fein säuberlich zusammen und legte sie an ihren Platz auf Walkers Schreibtisch.

*

Garden Villa, St. Saviour

Als Kate eine halbe Stunde später die Garden Villa betrat, wirkte der Geruch von Essen, gemischt mit dem von Putzmitteln, schon beinahe vertraut.

Die Briefe voller Liebesschwüre noch im Kopf, blieb Kate vor Odiles Zimmer stehen. Der kleine Aufkleber, den Rivers dort als Zutrittsverbot platziert hatte, war unversehrt. Kate drückte die Klinke herunter und öffnete die Tür. Der Lavendelduft hing schwer in der Luft. Kate schloss die Tür, öffnete ein Fenster und setzte sich aufs Bett. Rivers und seine Leute hatten alles peinlich genau untersucht, es gab keine Spuren mehr zu verwischen, sie konnte sich umsehen, wie sie wollte.

Und was sie jetzt wollte, war, das Zimmer mit Odiles Augen zu sehen. Vielleicht gab es einen Hinweis auf Georg Kiesler, etwas, das sie bisher übersehen hatte. Sie strich mit den Händen über die Bettwäsche, die frisch gewaschen roch. Durch das große Fenster an der Längsseite des Zimmers fiel diesiges Novemberlicht. Kate wandte ihren Blick zu dem Bild über dem Bett. Im Sommer tanzten die Farben sicher im Sonnenlicht. Kurz fragte sie sich, weshalb Odile sich bei ihrer Vorliebe für Lavendel und Rosé- und Blautöne für die gelben Sonnenblumen entschieden hatte, aber das Bild war einfach wunderschön. Es berührte Kate, veränderte die Atmosphäre im Zimmer. Das Pflegebett, die generischen Möbel und der

Linoleumboden hingegen drückten die Stimmung. Und doch verströmte dieses Bild eine Ruhe und Leichtigkeit, die Kate freier atmen ließ. Vermutlich hatte Odile ähnlich empfunden, zumindest hatte sie das Bild häufig betrachtet. Sie war eine interessante Frau gewesen. Und jetzt war Odile Davies tot, gestorben in einer kalten Septembernacht.

Kate betrachtete den Schmuck in der blauen Schatulle auf dem Nachttisch: Ringe, ein paar Ohrringe, Armbänder und Ketten. Schweres Gold, große Steine, alles wirkte beinahe protzig. Das Medaillon mit dem Bild von dem jungen Mann. Georg Kiesler. Kate kam sich schäbig vor, als sie die alte Fotografie mit den Fingernägeln herauszog, aber weder stand auf der Rückseite etwas geschrieben, noch gab es eine geheime zweite Fotografie. Was war mit diesem Mann passiert? Nachdenklich legte Kate das Medaillon zurück.

Beim Verlassen des Zimmers wäre sie beinahe mit Andrew Darington zusammengeprallt. Der junge Mann, der ihr von Odile erzählt hatte.

»Oh, hallo.« Er lächelte freundlich, als er sie erkannte, und Kate fielen die leichten Fältchen um seine Augen auf. Seine dunklen Haare wurden an den Schläfen langsam grau, aber statt ihn älter aussehen zu lassen, gab das seinem Gesicht Kontur.

»Hallo, Mr Darington«, grüßte sie. »Sie sind auf dem Weg zu Ihrem Vater?«

Er hielt einen leeren Einkaufskorb in die Höhe. »Ich hatte gerade ein bisschen Zeit«, erklärte er lächelnd. »Da habe ich ein paar Dinge vorbeigebracht. Ich habe Glück, dass mein Job mir diese Freiheit lässt. Ich bin Freelancer«, erläuterte er.

»Ja, das ist ein hohes Gut«, sagte Kate ehrlich. »Aber Sie kümmern sich auch wirklich liebevoll, nicht jeder hier hat Angehörige, die das tun«, ergänzte sie anerkennend.

»Danke. Letzteres ist manchmal wirklich schwer zu ertragen«, sagte Mr Darington leise. »Kennen Sie die alte Dame, die immer vorn in den Besuchersesseln im Foyer sitzt? Jeden Tag wartet sie. Ich habe noch nie jemanden für sie gesehen.«

Es tat Kate im Herzen weh, und sie beschloss, beim Gehen ein paar Worte mit ihr zu wechseln. Es musste schrecklich sein, wenn man im Alter zu niemandem mehr Kontakt hatte außer zu den anderen Bewohnern und den Mitarbeitern des Altenheims. Kate bewunderte die Pflegekräfte, die Tag und Nacht Dienst taten, um den ihnen anvertrauten Bewohnern ihre letzten Lebensjahre noch so angenehm wie möglich zu gestalten. »Wie geht es denn Ihrem Vater?«, wechselte sie dann das Thema.

»Sagen wir mal so«, Mr Darington lächelte. »Heute ist einer der besseren Tage.«

»Das freut mich«, sagte Kate, und sie merkte, dass sie es ehrlich so meinte. »Ist er auch an Demenz erkrankt?«

»Nein. Ein Schlaganfall. Vor einem halben Jahr. Es hat unser Leben radikal verändert.« Sein Mund zuckte. »Plötzlich hatte er sich von einem selbstständigen Mann zu einem Pflegebedürftigen im Rollstuhl verwandelt.«

Kate nickte mitfühlend, sie konnte sich vorstellen, wie schlimm das gewesen sein musste, für alle Beteiligten. Und die Kraft, die man als Angehöriger brauchte, diese Veränderung mitzuerleben …

In diesem Moment klingelte ein Handy.

Mr Darington zuckte entschuldigend mit den Schultern und zog sein Smartphone aus der Tasche. »Da habe ich gerade noch ein Loblied auf das Freelancer-Dasein gesungen …«, sagte er lächelnd. »Es war nett, Sie wiedergesehen zu haben«, fügte er hinzu, bevor er das Gespräch annahm und den Flur hinunter zum Ausgang ging.

Kate folgte ihm mit dem Blick. »Heute ist einer der besseren Tage«, das hatte er gesagt. Sie zögerte nur kurz, dann ging sie die paar Schritte zu Mr Daringtons Zimmer und klopfte an die Tür. *Fragen Sie Mr Darington nach Matthew.* Genau das würde sie jetzt tun.

»Mr Darington?«, rief sie und trat ein.

Der alte Mann saß wie üblich im Rollstuhl, heute lief der Fernseher nicht.

»Mr Darington, ich bin Detective Inspector Kate Langlois. Erinnern Sie sich an mich?« Sie verzichtete darauf, ihm ihre Marke zu zeigen, um ihn nicht unnötig zu verschrecken. Erneut ging sie vor ihm in die Hocke, um ihn direkt ansehen zu können.

»Ich wollte Sie etwas über Matthew fragen«, sagte sie. »Matthew Sallows. Sie kennen Matthew, richtig?«

Keine Reaktion.

»Matthew hat Sie gepflegt, Mr Darington.«

Nichts.

»Können Sie mir etwas über ihn sagen?«

Doch der alte Mann zeigte immer noch keine Regung. Er schien regelrecht durch sie hindurchzublicken. Sein Mund hing auf der linken Seite hinunter, das Auge war ebenfalls erschlafft, die Nachwirkungen des Schlaganfalls, von dem sein Sohn gesprochen hatte.

Kate wartete noch einige Sekunden, doch nichts deutete darauf hin, dass Mr Darington sie überhaupt gehört hatte. Seufzend stand sie auf. Nein, mit dem alten Mann konnte sie sich auch heute nicht unterhalten.

Sie wollte gerade das Zimmer verlassen, da hörte sie plötzlich hinter sich die Worte: »Matthew hat mir wehgetan.«

12. Kapitel

Garden Villa, St. Saviour

Kate schob den Impuls beiseite, direkt in Therese Morgans Büro zu stürmen. Erst einmal brauchte Mr Darington ihre Hilfe. Der alte Mann war sichtlich verstört, murmelte immer wieder »Matthew hat mir wehgetan. Matty hat mir wehgetan.« Seine Hände zitterten, und er setzte immer wieder an, sich die Arme zu reiben. Sein Blick irrte ängstlich umher.

»Es ist alles gut, Mr Darington«, versuchte Kate ihn zu beruhigen und umschloss sanft seine kalten Hände. »Matthew kann Ihnen nicht mehr wehtun. Er ist nicht mehr hier.«

»Matty hat mir wehgetan«, flüsterte der alte Mann, die Augen weit aufgerissen.

»Er wird es nicht wieder tun«, sagte Kate leise. »Haben Sie keine Angst.«

Langsam wurde er ruhiger, auch das Zittern seiner Hände ließ nach, und Kate atmete auf.

»Alles ist gut, Mr Darington«, murmelte sie noch einmal, bevor sie aufstand. »Soll ich Ihnen den Fernseher einschalten?« Sie griff zur Fernbedienung.

»Die Nachrichten bitte, die schaut er am liebsten.«

Kate blickte auf und bemerkte Andrew Darington im Türrahmen. »Ich habe vergessen, eine Rechnung mitzunehmen. Ist alles in Ordnung?«, fragte er besorgt.

Kate sah zu seinem Vater, der wieder ruhig im Rollstuhl saß und die BBC schaute. »Alles in Ordnung«, antwortete sie erleichtert. »Kennen Sie einen Pfleger namens Matthew Sallows?«, fragte sie ernst.

»Natürlich, er hat sich oft um meinen Vater gekümmert.«

»Er hat gekündigt. Wissen Sie etwas darüber?«

»Nein«, antwortete Mr Darington langsam. »Ich habe nicht viel mit ihm gesprochen. Meist hat Edward Linney mich über wichtige Dinge unterrichtet.«

»Hm.« Kate schaute noch einmal zu dem zerbrechlichen alten Mann im Rollstuhl. Konnte der Streit zwischen Therese Morgan und Edward Linney sich um dieses Thema gedreht haben? Das würde sie klären, und zwar sofort. »Entschuldigen Sie mich bitte, Mr Darington«, sagte sie und verließ den Raum.

Für die Konfrontation mit den beiden wollte Kate Unterstützung haben. Sie brauchte einen zweiten Blickwinkel. Hastig wählte sie Walkers Nummer. Er meldete sich bereits beim zweiten Klingeln, hörte ihr aufmerksam zu und beendete das Gespräch anschließend hastig mit den Worten: »Bin in fünfzehn Minuten da.«

Fünfzehn Minuten, die Kate nutzte, um einmal tief durchzuatmen. Und für sich die Fakten aufzuzählen: Matthew Sallows, der Pfleger, der Odile am besten von allen kannte, hatte einen anderen Patienten misshandelt. War das sein Geheimnis? Weshalb Odile sterben musste? Hatte er Odile ebenfalls misshandelt? Nachdenklich lief Kate im Flur auf und ab, blieb aber abrupt stehen, als sie merkte, dass sie damit einer alten Dame Furcht einflößte. Die Frau mit den silbernen Locken saß, eine Handtasche neben sich, in einem der Sessel im Foyer und blickte immer wieder nach draußen. Es schien, als wartete sie darauf, jeden Augenblick abgeholt zu werden. Die Frau, von der Andrew Darington erzählt hatte. Kate wünschte sich von Herzen, heute käme tatsächlich Besuch für sie.

»Hey«, sagte sie leise, als sie sich neben die Dame setzte. »Warten Sie auf jemanden?«

»Meinen Sohn.« Sie wandte den Blick nicht vom Eingang.

»Kommt er Sie häufiger besuchen?«, fragte Kate, obwohl sie wusste, dass dem in der Realität nicht so war.

»Jede Woche.« Stolz nickte sie. »Ich koche ihm auch immer sein Lieblingsgericht.« Plötzlich blinzelte sie, verhaspelte sich und endete schließlich etwas verloren: »Also, jetzt koche ich ja nicht mehr. Aber Ricky kommt trotzdem jeden Sonntag vorbei.«

Aus den Augenwinkeln sah Kate, wie Kornél, der tätowierte Pfleger, im Vorbeigehen fast schon mitleidig zu ihnen herübersah. Nein, Ricky würde heute nicht mehr kommen, vielleicht würde er das nie wieder tun. Es tat Kate für die so hoffnungsfrohe und für ihren Besuch herausgeputzte alte Dame im Herzen weh.

»Er besucht Sie sicher bald«, brachte sie schließlich hilflos hervor, in dem Versuch, ihr wenigstens den Moment zu erleichtern.

Sekunden später öffnete sich tatsächlich die Tür, die alte Dame stand aufgeregt auf, setzte sich jedoch enttäuscht wieder hin, als es nur Walker war, der hereinkam. Kate drückte ihr noch einmal mitfühlend den Arm, dann stand sie auf, um ihren Kollegen zu begrüßen.

Seine Haare waren feucht vom Regen, und der Kragen seines Mantels war zurückgeklappt – er war eindeutig in Eile. Kate neckte ihn manchmal damit, dass er selbst bei einer Verfolgungsjagd noch auf den korrekten Scheitel achten würde.

»Und dein Mr Darington ist glaubwürdig?«, fragte Walker, während er sich die Hände desinfizierte. »Ich meine, weil hier ja alle ein bisschen …« Er blickte sich vielsagend um.

»Hey«, sagte Kate scharf. Ihr Blick fiel auf die nun zusammengesunkene Gestalt der alten Dame mit ihrer Handtasche auf dem Schoß. »Das sind alles Menschen, die ein langes Leben gelebt haben. Die verdienen es nicht, dass du dich über sie lustig machst.« Die Bewohner hier waren ihr ans Herz gewachsen, musste Kate zugeben, und sie hatte das Bedürfnis, sie zu verteidigen.

Überrascht zog Walker die Augenbrauen hoch. »Ist ja schon gut«, entschuldigte er sich und hob die Hände. »Ich meine nur: Glaubst du ihm?«

Kate überlegte. »Ja«, sagte sie schließlich. »Ich hatte auch das Gefühl, dass Matthew etwas verbergen wollte. Und Therese Morgan und Edward Linney belügen uns auf jeden Fall. Aber worüber?«

»Das werden wir jetzt herausfinden.«

Walker folgte ihr zu Thereses Büro und öffnete ohne anzuklopfen die Tür. Die Direktorin, die am Schreibtisch saß, schreckte auf.

»Sie haben uns angelogen«, eröffnete Kate ohne Umschweife das Gespräch. »Ihr Streit mit Edward Linney. Es ging weder um die Urlaubsplanung noch um Mrs Gills und Kornéls Tätowierungen.«

Therese streckte den Rücken, versuchte, sich größer zu machen, als sie war, doch bei Kates nächsten Worten sackte sie sofort in sich zusammen.

»Es ging um Matthew Sallows, richtig?«

»Ich … wir …«, stammelte Therese und blickte erschrocken von Kate zu Walker. Ihre Hände zuckten nervös, wie Kate es so oft bei ihr gesehen hatte.

»Lassen Sie mich Ihnen auf die Sprünge helfen«, sagte Kate. »Ihr Pfleger hat Ihre Bewohner misshandelt.«

Therese schluckte so hart, dass ihr Adamsapfel deutlich hervortrat.

»Wann und wie haben Sie davon erfahren?«

Die Heimleiterin schwieg einen Moment, dann atmete sie tief durch. »Sarah hat uns, Linney und mir, vor einigen Wochen davon erzählt.« Ihre Worte kamen leise, schnell und abgehackt. »Sie war bei Mr Darington, als er aufgewacht ist, und seine ersten Worte waren ›Matthew hat mir wehgetan‹.«

Die Pflegekraft war schockiert gewesen, hatte den alten Mann untersucht und blaue Flecke an seinen Armen gefunden. »An den Oberarmen, als hätte jemand ihn geschüttelt. Matthew hatte in den Tagen davor Dienst gehabt, wir haben mit ihm gesprochen. Er hat alles abgestritten, natürlich.« Sie biss sich auf die Unterlippe. »Was hätte ich denn tun sollen?«

»Was *haben* Sie denn getan?«, fragte Kate scharf. »Haben Sie ihn angezeigt?«

Therese sah auf ihre Hände, die sie rechts und links jeweils auf ihre Knie gelegt hatte.

»Wir hatten doch keinen Beweis«, sagte Therese so leise, dass Kate es beinahe nicht verstand. »Matthew hat nichts zugegeben, und was für ein Zeuge ist Mr Darington?«

»Das ist doch Quatsch!« Kate war nun wirklich aufgebracht. »Sie hatten die Verletzungen, sie hatten einen Zeugen!« Auch wenn er nicht zuverlässig war, auch wenn es die geringe Wahrscheinlichkeit gab, dass einer der anderen Pflegekräfte für die Hämatome verantwortlich gewesen sein konnte, hätte Therese Morgan den Vorfall zur Anzeige bringen müssen. »Wissen Sie, was ich glaube? Ich glaube eher, es ging Ihnen darum, einen möglichen Skandal zu vertuschen.« Nicht auszudenken, was das für den Ruf des Heims bedeutet hätte. »Noch einen Skandal konnten Sie sich nicht erlauben, nicht nach Ihrer Entlassung aus dem House Summerday und den dafür verantwortlichen Gründen. Edward

Linney aber war dagegen. Und er wollte uns spätestens nach Odile Davies' Verschwinden darüber informieren.« Kate fragte sich, was Therese gegen ihn in der Hand hatte, dass er sich ihrem Willen beugte.

»Matthew hat mir seine Kündigung angeboten«, fuhr Therese hektisch fort. »Unter der Bedingung, dass wir die Sache nicht zur Anzeige bringen. Es erschien mir einfach als die beste Lösung. Meinem Stellvertreter übrigens auch.« Sie schluckte.

»Die beste Lösung? Jemanden, der seine Schutzbefohlenen misshandelt, einfach so davonkommen zu lassen?«, donnerte Walker. Offenbar spielten sie hier böser Cop, noch böserer Cop. *Mir soll es recht sein*, dachte Kate grimmig. Vorbei war die Zeit, in der sie die Heimleiterin mit Samthandschuhen angefasst hatte.

Therese zuckte unter seinen Worten zusammen. »Wir hatten doch keinen Beweis«, wiederholte sie. »Unsere gesamte Einrichtung wäre durchleuchtet worden, jede einzelne Pflegekraft infrage gestellt worden. Und Edward Linney selbst hatte am Vortag Mr Darington noch beim Duschen geholfen.« Da war er, der Grund, weshalb Linney geschwiegen hatte.

»Haben Sie Fotos der Verletzungen?«, fragte Kate.

Therese schüttelte den Kopf. Walker stieß einen leisen Fluch aus, und auch Kate gingen wenig freundliche Worte durch den Kopf.

»Warum um Himmels willen haben Sie uns nichts davon erzählt?«, fragte sie. »Nein, lassen Sie mich raten: Ihr Ruf.« Sie presste die Zähne aufeinander. Hatte sie immer gedacht, dass Therese Morgan nur an ihre Bewohner dachte, so ging ihr mehr und mehr auf, dass hier auch deren eigene Karriere auf dem Spiel stand.

»Wir dachten nicht, dass das wichtig sei.«

Zumindest zunächst, berichtete sie stockend weiter. Linney wollte es später doch melden, Therese nicht. Kate war sich mittlerweile sicher, dass das der Grund für den Streit war, den sie zwischen den beiden beobachtet hatte.

»Ein Pfleger misshandelt einen Ihrer Schutzbefohlenen. Drei Wochen später ist eine andere Bewohnerin tot. Und Sie wollen uns erzählen, das alles hätte nichts miteinander zu tun?«, fragte Walker fassungslos.

Therese senkte den Blick zur Antwort.

Kate bemühte sich, sich zu beruhigen. »Haben Sie die Anschuldigungen denn geglaubt?«, fragte sie schließlich. »Haben Sie geglaubt, dass Matthew zu so etwas fähig ist?«

Therese Morgan wand sich ein wenig und erklärte umständlich: »Pflegeberufe sind anstrengend. Sie sind mit so viel Stress behaftet und Zeitdruck und ... Sie wissen es doch selbst, zu viel Arbeit, zu wenig Personal. Wenn man dann kostbare Zeit verliert, weil ein alter Mann sich weigert, einen Pullover anzuziehen, dann ...« Sie blickte auf ihre Hände und holte tief Luft. »Sicher glaube ich, dass das hin und wieder vorkommt.«

»Und Matthew?«, hakte Kate nach. »Glauben Sie, dass es bei ihm *regelmäßig* vorkam?« Dass er es möglicherweise mit voller Absicht tat?

»Matthew ist ein seltsamer Mensch. Er war nicht sehr beliebt unter den Kollegen. Er redet nicht viel, ist gern für sich. Ich hatte immer den Eindruck, er wäre ein guter Pfleger. Er kümmerte sich um Odile, mit der die meisten seiner Kollegen Probleme hatten, aber sie hat ihn geliebt, hat ihm sozusagen aus der Hand gefressen. Nein, ich ... ich habe nicht geglaubt, dass es bei ihm regelmäßig vorkam.« Sonst hätte sie die Misshandlung zur Anzeige gebracht, stand in ihrem Blick. Kate wusste nicht, ob sie ihr glauben sollte.

Sie atmete tief durch. »Danke für Ihre Kooperation, Ms

Morgan«, sagte sie schließlich. Auch wenn diese deutlich zu spät kam, sie hatten wertvolle Zeit verschwendet. Hätten sie über diese Informationen schon bei ihrer gestrigen Vernehmung von Matthew Sallows verfügt, hätten sie einen völlig anderen Ansatz gehabt. »Wir melden uns wieder bei Ihnen.« Selbst in Kates Ohren klang das wie eine Drohung.

Therese Morgan saß wie ein Häufchen Elend auf ihrem Schreibtischstuhl, als Kate und Walker das Büro verließen.

*

Fermain Bay, St. Martin

Nicolas saß am Strand in der Bucht, die sein Lieblingsort hier auf Guernsey war, und ließ die Füße vom leichten Plätschern der Wellen umspielen. Das Wasser schimmerte türkisblau, blitzte und funkelte in der Sonne, und er atmete tief die Sehnsucht ein, die es ausstrahlte. Das Meer hatte immer schon einen Zauber auf ihn ausgeübt, und hier auf Guernsey genoss er das stille Rauschen der See, verlor sich dabei in seinen Gedanken und ließ sich vom Auf und Ab der Wellen treiben. Eine Möwe flatterte dicht an ihm vorbei, der Schrei einer anderen, weiter entfernt, drang an sein Ohr. Er dachte an die vielen Stunden, die er hier mit Kate verbracht hatte. Mit ihr konnte er gemeinsam am Strand sitzen, reden und auch schweigen. Er redete gern, manchmal, aber genauso gern hörte er den Geräuschen des Meeres zu, denen des Windes, der Natur. Mit jemandem schweigen zu können und sich trotzdem verbunden zu fühlen, wenn man spürte, dass die Gedanken verwoben waren, obwohl man sie nicht aussprach, das war für ihn ein kostbares Gut. Mit Kate konnte er stundenlang so dasitzen, den Sand unter den Füßen, und ihre Nähe spüren, ohne dass sie etwas sagte. Das war das Schöne an Kate – nein, eines der schönen Dinge an ihr, denn es gab noch so viel mehr.

Er war nun knapp eine Woche auf Guernsey. Eine Woche, in der einiges passiert war – mehr, als er erwartet hatte, und vor allem völlig anders, als er es erwartet hatte. Eines aber war wohl genauso, wie er es erwartet hatte: Detective Kate Langlois war noch genauso faszinierend wie bei ihrem ersten Treffen. Schon damals hatte er sie interessant gefunden und gerne seine Zeit mit ihr verbracht, und ehe er es sich versah, hatte er sich schon Hals über Kopf in sie verliebt. Wie hatte er nur so dumm sein können?, schalt er sich. Nein, nicht, sich zu verlieben, dafür konnte er nichts, und es war wahrscheinlich das Beste, was ihm hatte passieren können. Aber wie hatte er nur die zarte Beziehung aufs Spiel setzen können ... Nicolas stieß einen Seufzer aus und ließ seinen Blick abermals über das Meer gleiten. Ja, er hatte es mit der Angst zu tun bekommen, als er sich schließlich nach einigen Wochen in Kates Gesellschaft seine Gefühle eingestanden hatte. Sofort hatte er an seine Vergangenheit gedacht, sein Leben war das eines Nomaden gewesen, mal hier, mal dort, und Kate war so sehr verwurzelt in der Erde, auf der sie geboren war. Das hatte ihm Angst gemacht, vor der Zukunft. Wenn er jetzt daran dachte, kam es ihm albern vor, dass er das als Problem angesehen hatte. Nicolas atmete noch einmal tief die salzige Luft ein. Er hatte zuletzt versprochen, sich Mühe zu geben, und war fest entschlossen, das umzusetzen. Dann konnte sie immer noch selbst entscheiden, wie sie damit umging. Jetzt wünschte er sich, sie wäre bei ihm, würde hier sitzen, so wie früher. Kurzentschlossen zog er sein Handy aus der Tasche und knipste ein Bild von den Wellen. Er hoffte, nein, er war sicher, dass ihre Treffen am Strand in ihr die gleichen Erinnerungen weckten wie in ihm, und ebenso hoffte er, sie freute sich über das Bild. »Ich wünsche dir einen schönen Resttag«, schrieb er und setzte einen

Smiley ans Ende des Satzes, einen, der ihm freundlich genug erschien. Dann fügte er kurzerhand die Frage hinzu, ob sie später am Abend gemeinsam mit ihm an der Fermain Bay sitzen wollte – um zu reden und zu schweigen.

»Ich bringe einen Wein und zwei Gläser mit«, schrieb er unter das Foto und klickte auf »Senden«. Dann steckte er das Handy weg. Jetzt lag es an ihr zu reagieren, und er wünschte sich sehr, dass sie es tat. Aber bis dahin gab es Wellen zu betrachten.

*

Garden Villa, St. Saviour

»Mit diesen Informationen bekommen wir hoffentlich einen Durchsuchungsbeschluss für Matthew Sallows Wohnung«, sagte Kate, als sie vor dem Pflegeheim bei ihren Autos standen. Bisher hatten sie zwar nur Indizien, noch keine Beweise, doch beim Thema Gewalt verstand Richterin Perchard keinen Spaß: Es wäre zu gefährlich, Matthew Sallows nicht gründlich zu durchleuchten.

»Du versuchst, die Richterin ans Telefon zu bekommen, aber vorher informieren wir DeGaris«, sagte Kate, bevor sie ins Auto stieg. Sie würden sich auf dem Präsidium treffen und die nächsten Schritte besprechen. Matthew Sallows stand dabei ganz weit oben auf der Liste.

Kate parkte aus, registrierte, dass Walker ihr mit seinem Wagen direkt folgte, und gab ihrem Handy den Sprachbefehl, den Chief anzurufen.

»Was gibt's?«, begrüßte er sie nach dem ersten Klingeln.

»Ich glaube, wir haben was.« Sie schaltete Walker dazu und berichtete von den neuesten Erkenntnissen aus dem Pflegeheim.

»Meinst du, er hat Odile deshalb umgebracht? Statt der Vertuschung von Drogengeschäften die Vertuschung von Misshandlung seiner Patienten?«

»Nein, das erscheint mir eher unwahrscheinlich, weil die Heimleitung von dem Vorfall weiß«, sagte sie.

»Also was, ein Psychopath?«

Plötzlich kam Kate ein Gedanke. Ein Gedanke, der ihr schon beim Tod von Ms Mollet flüchtig durch den Kopf gegangen war. »Erinnerst du dich noch an Beverly Allit?« Natürlich tat er das, niemand bei der Polizei würde diesen Namen vergessen: Beverly Allit war eine der bekanntesten weiblichen Serienmörderinnen des Vereinigten Königreichs. Sie hatte in den frühen 90er-Jahren als Krankenschwester auf der Kinderstation gearbeitet und vier der ihr anvertrauten Kinder getötet.

»Eindeutig Psychopathin«, murmelte Walker.

»Todesengel, so haben die Zeitungen sie genannt. Und wie viele von diesen Todesengeln gibt es noch? Benjamin Geen. Niels Högel in Deutschland. Immer wieder hört man von Pflegekräften in Krankenhäusern oder eben auch Altenheimen, die ihre Position ausnutzen, um ...« Sie konnte ihren Satz nicht beenden, zu unglaublich klang dieses Motiv in ihren eigenen Ohren.

»Warte. Du glaubst ...«, begann Walker.

Kate konnte hören, wie DeGaris jemanden zu sich rief. »Solche Morde bleiben oft lange Zeit unentdeckt«, sagte er dann.

»Wenn sie überhaupt entdeckt werden«, erinnerte Kate ihn an PC Knights Theorie. »Wie oft kommt das vor? Ein überarbeiteter Bereitschaftsarzt will am Ende einer langen Nacht endlich nach Hause, im Badezimmerschrank stehen Medikamente für Herz-Kreislauf-Erkrankungen, und schwupps, steht auf dem Totenschein eine natürliche Todesursache.« Erst, wenn etwas besonders Auffälliges passiert

243

war, wurden auch zurückliegende Todesfälle untersucht, und so kam man den Tätern auf die Schliche. Ms Mollet stahl sich erneut in Kates Gedanken.

»Was denn?«, unterbrach Walker rüde. »Gestern hat Sallows noch mit Drogen gedealt, heute ist er ein psychopathischer Serienmörder?«

»Ich hatte gesagt, dass es eine Möglichkeit ist. Es gibt andere.«

Walker schnaubte, wurde aber vom Chief unterbrochen. »Wie lange, hattest du gesagt, hat Sallows in der Garden Villa gearbeitet? Vier Jahre? Wir brauchen eine Liste aller Todesfälle, jeder ungewöhnliche Umstand ist wichtig. Miller kümmert sich darum.« Kate hörte, wie er die Kollegin direkt ansprach, die offenbar neben ihm im Büro stand. »Miller, erkundige dich auch nach ehemaligen Arbeitsstellen. Der Mann ist jung, vielleicht gab es schon während seiner Ausbildung Anzeichen.«

Kate nickte zu allem, was er sagte, auch wenn es an die Kollegin gerichtet war. Dann fasste sie einen Entschluss. »Ich möchte, dass Dr Schabot sich einen Todesfall ansieht. Gestern Morgen, in der Garden Villa. Der Bereitschaftsarzt hat den Totenschein ausgestellt, ich habe mit ihm gesprochen. Herzversagen.«

»Du glaubst, sie ist keines natürlichen Todes gestorben?«

»Ich weiß es nicht. Aber jetzt … im Licht dieser neuen Erkenntnisse? Matthew war zwar gestern nicht da. Aber was, wenn wirklich jemand die Heimbewohner umbringt? Sallows werden wir als Ersten vernehmen. Walker kümmert sich jetzt um einen Durchsuchungsbeschluss«, informierte sie den Chief. »Wir sind gleich im Präsidium.«

Und dann bog sie auch schon nach St. Peter Port ein.

*

Miller telefonierte, als Kate DeGaris' Büro betrat, offenbar mit DS Lucas. Der Chief wedelte schon mit einem Blatt Papier, die Richterin hatte sich heute in puncto Schnelligkeit selbst übertroffen.

»Ich rufe die Spurensicherung an«, sagte Kate. Es galt, keine Zeit zu verlieren. Wie immer, wenn sie einmal Blut geleckt hatten, einer Spur nachgingen, arbeitete ihr Team Hand in Hand und so schnell, wie es möglich war.

»Die weiß schon Bescheid«, sagte Walker in diesem Moment hinter ihr.

Kate holte ihre Pistole, die sie ins Pflegeheim nie mitgenommen hatte, dann scheuchte DeGaris auch schon alle auf, und bereits eine Viertelstunde später fuhren sie in St. Martin ein. Wie am Vortag stand ein roter Saab in der Einfahrt. Davor und auf der Straße drängten sich zahlreiche Polizeiautos der Spurensicherung, die ihres Teams sowie zwei weitere Wagen, deren Beamte sich nun breitschultrig neben ihnen aufstellten.

Kate warf einen schnellen Blick zum Nachbarhaus, in dem Nicolas seit ein paar Tagen wohnte, wie er ihr beim Abendessen erzählt hatte. Doch im Moment war er nicht zu sehen.

Miller und Walker liefen zum hinteren Teil des Hauses, Kate und DeGaris sicherten vorn. Der Chief drückte auf die Klingel.

Nichts.

DeGaris klingelte erneut, doch auch diesmal regte sich nichts. Entschlossen nickte er den Beamten hinter Kate zu und sagte: »Wir gehen rein.«

Ihnen allen war der Ernst der Lage bewusst, es war durchaus möglich, dass Matthew Sallows sich seiner Verhaftung widersetzen würde. Kate tastete nach ihrer Pistole.

Nachdem die Kollegen die Tür aufgebrochen hatten, sicherten Kate und DeGaris zunächst den Flur. Die Küche. Das Wohnzimmer.

Das Schlafzimmer.

»Scheiße!«

Augenblicklich schob Kate ihre Pistole ins Holster und stürzte zum Bett, auf dem ein regloser Körper lag. Matthew Sallows.

Während DeGaris nach einem Arzt rief, prüfte sie den Puls und die Atmung. Nichts. Nach der Farbe seiner Lippen zu urteilen, war da schon eine ganze Weile nichts mehr. Die leere Tablettenpackung auf dem Nachttisch gab einen deutlichen Hinweis auf das, was passiert war: Überdosis.

»So eine verdammte Scheiße!«, fluchte DeGaris und raufte sich die Haare.

Kate sah den Toten an, der hier mit einem Mal unglaublich jung wirkte. Hatte er gestern noch trotzig vor ihnen gesessen, schien er heute beinahe friedlich und kaum einen Tag älter als zwanzig.

Unnötig, dachte Kate. *Was für ein unnötiger Tod.*

»Glaubst du, es war wegen uns?«, fragte sie den Chief leise. »Wir haben ihn gestern aufgeschreckt.«

DeGaris schüttelte den Kopf. »Nein. Die Entscheidung hat er ganz allein getroffen.«

»Aber warum?« Kate knabberte auf ihrer Unterlippe. »Was kann ihn dazu bewogen haben … Glaubst du … Es muss doch zusammenhängen«, sagte sie.

»Wenn es stimmt, dass er seine Patienten in der Garden Villa misshandelt hat, dann war es möglicherweise ein Selbstmord aus Angst vor Entdeckung, aus Angst vor den Konsequenzen«, erklärte DeGaris.

»Wenn er seine Patienten misshandelt hat«, wiederholte Kate. »Und dann ist da immer noch die Sache mit Odile. Trauen wir ihm einen Mord zu?«, wandte sie ein.

Der Chief steckte die Hände in die Hosentaschen und blickte aus dem Fenster. »Grundsätzlich ist jedem Menschen ein Mord zuzutrauen«, sagte er langsam. »Die Frage ist nur: in welcher Situation?«

»Also gut. Trauen wir ihm einen Mord an Odile zu?«, präzisierte Kate.

»Beverly Allit«, murmelte Walker. »Benjamin Geen.«

Kate hatte das Gefühl, die Temperatur fiel um mehrere Grade, ein kalter Schauer lief ihr über den Rücken.

»Welchen Grund sollte sein Selbstmord sonst haben? Ausgerechnet jetzt?«, fragte Walker. »Das kann kein Zufall sein. Er hat Mr Darington misshandelt, vielleicht hat er auch Odile misshandelt, und dann hat er sie ermordet.«

»Es kann auch ein Unfall gewesen sein«, korrigierte Kate ihn widerstrebend. Sie wusste selbst nicht, weshalb sie das Gefühl hatte, Matthew Sallows verteidigen zu müssen. »Er war mit ihr auf den Klippen, und dann ist sie ausgerutscht.«

Walker war sichtlich überrascht. Sie konnte es ihm nicht verdenken. »Du warst doch immer diejenige, die bei dieser Theorie skeptisch war«, sagte er, »Wer würde seine Fußspuren verwischen, wenn es ein Unfall war? Weder einen Krankenwagen rufen noch einer anderen Stelle eine Meldung machen?«

Kate nickte und betrachtete den toten Mann in seinem Bett. »Aus Angst«, sagte sie. »Weil von Mr Darington schon schwere Anschuldigungen gegen ihn vorlagen. Wer hätte ihm geglaubt, dass es wirklich nur ein Unfall war?«

»Wenn du mir jetzt noch erklärst, was der unschuldige Matthew mit der dementen Odile Samstagabend an den Klippen getrieben hat?«, fragte Walker provokant.

Kate zuckte die Schultern. So ganz glaubte sie ihre Theorie ja selbst nicht. »Sind wir überhaupt sicher, dass das hier ein Selbstmord ist?«, fragte sie zurück. »Aus dem tragischen

Unfall ist durch die Fußspuren schließlich auch etwas Komplizierteres geworden.«

DeGaris schnalzte mit der Zunge. »Falls es nicht so war, wird Dr Schabot uns das sicher mitteilen«, sagte er sachlich. »Für den Moment arbeiten wir mit dem Offensichtlichen: Es deutet alles darauf hin.«

»Ob er sich aus schlechtem Gewissen getötet hat?«, fragte Walker den Chief. »Wie wirkte er denn in eurem Gespräch? Von Schuldgefühlen geplagt?«

»Überhaupt nicht.« Kate schüttelte vehement den Kopf. Ganz zu fassen gekriegt hatten sie Matthew Sallows nicht. Aber wie ein Raskolnikoff, an seiner eigenen Tat verzweifelnd, hatte er nicht auf sie gewirkt.

»Keine Schuldgefühle«, erwiderte dann auch DeGaris. »Aber er wäre nicht der Erste, der Angst vor einer Entlarvung hat. Vor einer Verurteilung und dem Gefängnis«, sagte DeGaris.

Sie schwiegen alle drei, in Gedanken versunken. Es kam in der Tat immer wieder vor, dass jemand in Untersuchungshaft sich das Leben nahm – aus Angst vor dem, was nach dem Urteilsspruch sein würde.

»Warten wir den Bericht der Spurensicherung und die Obduktion ab«, sagte Walker schließlich. »Wenn es bei einem Selbstmord bleibt, haben wir unseren Fall gelöst – unsere beiden Fälle.«

Ja, wenn es denn wirklich so gewesen ist, dachte Kate. Dann würden alle losen Enden auf einen Schlag zusammengefügt. Keine Besuche mehr im Pflegeheim, kein Herumstochern in einer Zeit lange vor ihrer Geburt, kein Rätselraten, was eine demenzkranke alte Frau gemeint haben könnte. Es wäre eine einfache, eine *bequeme* Lösung.

Doch warum stellte sich das Gefühl der Erleichterung nicht ein?

Sie räumten das Feld für die Spurensicherung. Rivers würde sich beschweren, dass sie seine Spuren zertrampelt und verwischt hatten, aber das war nichts Neues.

Kate konnte gar nicht sagen, weshalb Matthews Tod sie so traf, aber irgendetwas an der Tatsache, dass sie ihn gestern noch gesprochen, dass sie ihn so kurz vor seinem Tod noch so in die Mangel genommen hatten, ließ sie sich verantwortlich fühlen. Als sie die hochgewachsene Gestalt von Rivers aus dem Auto steigen sah, nickte sie ihm zu.

»Schau mal, ob du was findest«, sagte sie.

»Fußspuren wie bei dem Unfall?«, fragte er.

»Zum Beispiel.« Sie rieb sich die Stirn. »Es sieht alles nach einem Selbstmord aus. Überdosis Schlafmittel. Dr Schabot wird uns sagen können, ob das stimmt.«

Rivers drehte sich um, dieses Mal hatte er eine Kollegin dabei statt dem jungen Harry Potter. Kate kannte die Frau nicht, sie war offenbar neu. Ihre Augen standen eng zusammen, was ihr einen missmutigen Zug verlieh, und das fehlende Lächeln ließ sie noch schlecht gelaunter aussehen. Julie Hastings stand auf einem Namensschild an ihrer Bluse, das Kate gerade noch lesen konnte, bevor sie den Schutzanzug zuzog.

Kate blickte zu Walker: Sie beide würden nun den schlimmsten Teil des Tages erledigen, den Eltern von Matthew Sallows die Nachricht vom Tod ihres Sohnes überbringen.

13. Kapitel

Calais, St. Martin

Als Nicolas am frühen Abend nach Hause kam, bog gerade ein Streifenwagen um die Ecke am Ende der Straße. Sofort dachte er an David, und für einen Moment fürchtete er das Schlimmste. Sein Nachbar war ihm in der kurzen Zeit ans Herz gewachsen. Nicolas beschleunigte seinen Schritt und bemerkte erleichtert, dass bei David Licht brannte, auch sonst schien alles normal. Dennoch klingelte er bei ihm, um sich zu vergewissern, dass ihm nichts zugestoßen war.

David war überrascht, aber auch erfreut, ihn zu sehen.

»Ich habe gerade einen Streifenwagen gesehen«, versuchte Nicolas sich in einer Erklärung.

»Polizei?« Nervös blickte David ihn an. »Ich habe nichts mitgekriegt, ich war seit Stunden nicht vor der Tür. Ist irgendetwas passiert?«

Das hatte Nicolas von David wissen wollen. Er sog seine Unterlippe zwischen die Zähne. »Die waren gestern bei Matthew.« Er bemerkte Davids Anspannung. »Aber es wird schon nichts gewesen sein«, sagte er daher leichthin. »Die fahren ja immer mal wieder Streife.«

»Genau.« David lachte auf. »Willst du ein Bier?«, fragte er und ging voraus in die Küche.

Trotz der Uhrzeit nickte Nicolas. Einen Kaffee, zumindest einen guten, konnte er wahrscheinlich nicht erwarten, wenn ihn die Erinnerung an Davids Küche nicht trog. Ein Bier tat es auch.

»Du hast aufgeräumt«, sagte Nicolas anerkennend. Und tatsächlich, David hatte zumindest begonnen, ein bisschen von dem Chaos, das bei ihm angerichtet worden war, zu beseitigen.

»Na ja, im Ansatz. Du glaubst gar nicht, wie viel Zeug mein Großvater besaß!«, rief David lachend, während er zwei Flaschen aus dem Kühlschrank holte.

»Dein Großvater.« Nicolas nickte. Die schweren Möbel und dicken Teppiche passten eher zu jemandem mit Mitte neunzig als mit Ende dreißig, wie David es war, die Beobachtung hatte Nicolas schon gemacht.

»Hm, ich hab das Haus ja schon vor zwei Jahren von ihm geerbt, aber ...« Er zuckte etwas linkisch mit den Schultern, aber Nicolas hatte auch so verstanden. David war zu der Zeit noch im Gefängnis gewesen.

Sie setzten sich mit ihrem Bier auf die dunkle Ledercouch im Wohnzimmer.

»Es war gut, einen Ort zu haben, an den ich gehen konnte«, meinte David und fuhr mit dem Finger einem Kratzer auf der Armlehne nach. »Keinen Job zu haben ist schlimm genug, aber wenigstens habe ich ein Dach über dem Kopf.«

»Ja, das ist schon mal gut. Aber du bist Fensterbauer. Handwerker werden doch überall gesucht.«

David trank einen großen Schluck Bier. »Nicht die mit Vorstrafen.«

»Mach dich nicht kleiner, als du bist«, sagte Nicolas.

»Mal sehen.« David zuckte mit den Schultern. »Aber du bist nicht hier, um dir meine Lebensgeschichte anzuhören.«

»Ah, ich interessiere mich für Lebensgeschichten«, sagte Nicolas. »Sehr sogar. Also, erzähl ruhig weiter. Du hast das Haus also von deinem Großvater geerbt.«

»Mein Vater ist tot, meine Mutter lebt mit ihrem neuen Lebensgefährten in England.« David zuckte mit den Schultern. »Wir haben nicht mehr viel Kontakt. Grandpa wollte, dass das Haus in der Familie bleibt.«

»Das kann ich gut verstehen. Wir haben einen Hof.« David sah ihn neugierig an. »So richtig mit Tieren?«

Nicolas lachte. »Hund, Katze, keine Maus. Und meine Mutter hat fünf Hühner. Aber sonst gibt es nur Felder, viele Felder. Eine richtig große Farm.«

»Muss toll sein.«

»Es gibt auf jeden Fall unendlich viel Platz.« Das war vielleicht der Grund für seine Freiheitsliebe, die Weite, die er immer erlebt hatte.

»Und du hattest keine Lust, Bauer zu werden?«, fragte David ernsthaft interessiert.

»Ich habe doch nur in der Erde gewühlt. Aber, um meinen Vater zu zitieren: Die brauchen die Pflanzen zum Wachsen.« Nicolas lachte. »Nein, mein Bruder hat den Hof übernommen. Er führt ihn gemeinsam mit seiner Frau, meine Eltern leben noch dort und helfen, wo sie können.«

»Schön, so ein Familienzusammenhalt«, sagte David versonnen.

Er hatte recht. Nicolas kehrte gerne dorthin zurück, war aber ebenso froh, die Möglichkeit zu haben, wieder wegzufahren zu können. »Familienbande sind eine merkwürdige Sache«, murmelte er.

Wortlos stießen sie mit ihrem Bier an.

»Und jetzt interessierst du dich also für Lebensgeschichten«, wiederholte David.

»Mehr noch für die Geschichten der Toten. Kein Wunder, bei meinem Beruf.« Nicolas lächelte. »Jetzt zum Beispiel … Diese alte Frau an den Klippen, die gestorben ist«, fuhr er fort, »sie hieß Odile Davies. Matthew kannte sie«, fügte er hinzu. Matthew, der gestern Besuch von der Polizei bekommen hatte. Ob er wirklich in die Sache involviert war?

»Warte mal.« David kratzte sich am Kinn. »Hast du gerade Odile Davies gesagt?« Er kniff die Augen zusammen.

»Ja. Sagt dir der Name etwas?«

»Ja. Ziemlich sicher.« David nickte, überzeugter jetzt. »Ich habe Papiere geordnet, von meinem Großvater, Fotos, Erinnerungsstücke, da bin ich über eine Odile gestolpert. Davies ... Ja, ich glaube, sie hieß Davies.« Er stand auf, ging zum Schreibtisch, blätterte in Briefen, öffnete eine Schublade, schließlich zog er ein Fotoalbum hervor und schlug es auf.

»Schau hier!« Er trug das Album zu Nicolas und deutete auf ein Schwarz-Weiß-Foto, das säuberlich in eine schmutzig weiße Seite eingeklebt worden war. Nicolas studierte es aufmerksam. Es zeigte einen jungen Mann mit an den Kopf pomadisiertem Haar, der seinen rechten Arm um ein hübsches Mädchen gelegt hatte. Locken, ein Lächeln und eine hochgeschlossene Bluse, über der eine feine Kette hing.

»Mein Großvater. William Rougier.« David deutete auf die dünne Handschrift am Rand des Fotos. Mit Odile, Mai 1943, stand dort. Er blätterte weiter. Zwei junge Frauen, die Lockige von eben, und eine Blonde. Odile Davies, Eleanor Tostin stand unter dem Bild.

»1943«, murmelte Nicolas. Das war eine Ewigkeit her. »Könnte hinkommen. Die Tote war über neunzig.« Er blätterte noch einmal zu dem Bild mit Davids Großvater und studierte es. »Er war verliebt«, sagte er schließlich.

»Das ist aber nicht meine Großmutter.« David lachte. Er legte den Kopf schräg und betrachtet das Foto eingehend. »Du hast recht«, gab er schließlich zu. »Er war verliebt.« Er seufzte und fügte leise hinzu: »Und glücklich. So habe ich ihn selten gesehen.«

David nahm seine Bierflasche in die Hand, fuhr mehrmals über das Etikett, bevor er einen Schluck trank. »Er war immer schon traurig, ich kannte ihn gar nicht anders.«

»Meinst du, es war wegen ihr? Vielleicht hat sie ihm seinerzeit den Laufpass gegeben?«

David zuckte mit den Schultern. »Wer weiß. Sie waren jedenfalls ein hübsches Paar«, sagte er nachdenklich, als er das Bild betrachtete. »Odile Davies also. Man hat sie unten an der Südküste tot aufgefunden, richtig?«

»Sie ist von den Klippen gestürzt«, bestätigte Nicolas.

»Oh, oh, an der Küste gibt es Höhlen.« David setzte eine bedrohliche Miene auf und wackelte mit den Fingern. »Geh lieber nicht dahin, dort leben Monster!« Er lachte.

»Gibt es Folklore?«, fragte Nicolas neugierig. Solche Geschichten waren immer interessant.

»Ich denke. Mein Vater hatte jedenfalls Angst vor den Höhlen. Als Kind durfte ich nie auch nur in deren Nähe gehen. Als Teenager hat er es mir sogar strikt verboten.« David zwinkerte Nicolas zu. »Nicht, dass mich das abgehalten hätte.«

»Teenager halt.« Nicolas lachte. »Lass mich raten, du hast dich nicht an sein Verbot gehalten und dir beim Klettern ein Bein gebrochen?«

»Fast richtig. Die Hand. Und ich musste mir eine verdammt gute Ausrede zurechtlegen, an dem Tag hatte ich nämlich kein Fußballtraining.« Die beiden Männer grinsten sich an.

»Weißt du denn, weshalb er solche Angst hatte?«, wollte Nicolas wissen.

»Hm. Jetzt, wo du fragst … Ich habe nie darüber nachgedacht.« David schüttelte den Kopf »Ich glaube, dieses Verbot war einfach etwas, das in unserer Familie weitergetragen wurde. Vom Vater auf den Sohn. Wenn ich mich richtig erinnere, hat es schon vor meinem Vater angefangen, mein Großvater hat es ihm gesagt: Geh nicht zu den Höhlen.«

Nicolas nickte nachdenklich und betrachtete das Foto in seinen Händen. Geh nicht zu den Höhlen. Vom Vater auf den Sohn. Bei den Höhlen war Odile Davies gestorben, vor den Höhlen hatte William Rougier Angst gehabt. Interessant.

*

La Plaiderie, St. Peter Port

Es war spät, als Kate endlich müde und ausgelaugt zu Hause ankam. Familien die Nachricht vom Tod eines Angehörigen zu überbringen war eine der schlimmsten Seiten ihres Berufs, nicht zuletzt, weil sie selbst einmal auf der anderen Seite gestanden hatte. Damals, als ihr Vater gestorben war, hatte ein Arzt ihr und ihrer Mutter die schlimme Nachricht mitgeteilt. Grandpa war stark geblieben, hatte Heidi und die kleine Kate in den Arm genommen, ihnen Brote geschmiert, Tee gekocht und sie abends ins Bett gesteckt. Dann erst war er zusammengebrochen. Hugh Langlois war damals Chief Fire Officer gewesen, er hatte in seinem Leben schon mehr als eine Tragödie hautnah miterlebt und wusste, was die Menschen in solchen Situationen brauchten. Und so hatte er sich zunächst darauf konzentriert, der Halt für Kate und ihre Mutter zu sein, sich um sie zu kümmern, bis er den eigenen Schmerz zugelassen hatte. Sein Sohn war gestorben. Die heftigen Schluchzer, das Beben, das ihn, ihren großen starken Grandpa, durchgeschüttelt hatte, würde Kate, die nachts noch einmal zur Toilette gemusst hatte, niemals vergessen. Der Schmerz eines Elternteils über den Tod des eigenen Kindes war mit nichts vergleichbar.

Matthews Eltern hatten die Nachrichten nicht gut aufgenommen, für seine Mutter hatten sie schließlich einen Arzt rufen müssen. Sie hatte eine Beruhigungsspritze bekommen. »Mein Junge, mein Junge«, hatte sie immer und wieder gebrüllt.

Jetzt spürte Kate, dass sie rausmusste. Sie musste laufen, sich bewegen. Hastig zog sie sich zum Joggen um und verließ ihre Wohnung. Laufen war immer schon ihre Sportart gewesen – so lange, bis sie ausgepowert und müde war, die Muskeln erschöpft und ihre Gedanken zur Ruhe gekommen waren.

Wie so oft nahm Kate den Klippenpfad, auf dem die Luft so unsagbar klar war und die Farben der Natur leuchtend strahlten. Das Rauschen des Meeres im Hintergrund, den Wind in den Haaren genoss Kate, gleichmäßig atmend, die Anstrengung ihres Körpers. Sie konzentrierte sich auf nichts anderes als auf ihre Schritte, auf die Atmung und den Weg vor ihr. Ein, aus, ein, aus. Weiter und weiter lief sie, bis ihr auffiel, dass sie den Weg zur Fermain Bay einschlug, zu dem Strand, an dem sie im Frühsommer Nicolas so häufig getroffen hatte. An dem sie gemeinsam das Meer betrachtet, sich kennengelernt, sich geküsst hatten. Plötzlich kam sie aus dem Tritt und fluchte. Kein Wunder, dieser Mann brachte sie ganz durcheinander. Würde er heute Abend dort sein, am Strand? Und was wünschte sie sich mehr: dass er dort saß oder dass er es nicht tat?

Plötzlich klingelte ihr Handy. Mum, zeigte das Display an, und Kate fragte sich wie so oft, ob ihre Mutter vielleicht telepathische Fähigkeiten besaß. Sie verlangsamte ihre Schritte und nahm schwer atmend Heidis Anruf entgegen.

»Lieb, dass du anrufst, Mum, es ist aber leider gerade schlecht«, sagte sie entschuldigend.

»Und dir auch einen schönen Abend, mein Kind«, flötete ihre Mutter zurück.

Kate musste lächeln. »Ich komm bald wieder zum Essen«, versprach sie. »Aber …

»Ich weiß, ich weiß, viel Arbeit«, beendete ihre Mutter den Satz. »Holly ist schon ganz unruhig, sie will wissen, ob ihr Aufruf etwas gebracht hat und scharrt mit den Hufen, um endlich eine Story zu schreiben.«

Und wenn sie erst einmal herausbekommt, dass es einen weiteren Toten gibt, der Odile Davies gekannt hat, werde ich keine ruhige Minute mehr haben, dachte Kate.

»Ich ruf sie mal an«, versprach Kate. »Wenn ich den Fall gelöst habe.« Keine Sekunde vorher. Vielleicht waren ihr noch ein, zwei Tage vergönnt, bis Holly die Information von der Verbindung herausbekam. »Aber jetzt muss ich …«

»Es geht um Weihnachten«, sagte ihre Mutter eilig.

Kate wusste nicht, worauf ihre Mutter hinauswollte, aber irgendetwas hatte sie auf dem Herzen. Es war sonst nicht ihre Art, Gespräche in die Länge zu ziehen. Kate blickte zum Himmel, an dem die Sonne gerade ihre letzten Strahlen blitzen ließ. »Mum, wir haben September!«

Schweigen.

»Holly hat gesagt, diese Tote, die Frau von den Klippen, sie war ganz allein«, brachte ihre Mutter schließlich hervor.

Kate blieb stehen. »Sie hatte keine Familie, das stimmt«, bestätigte sie. »Also eigentlich genau das Gegenteil von uns«, fügte sie lächelnd hinzu.

»Mir fehlt auch schon meine eigene Familie.« Die Heftigkeit, mit der ihre Mutter diesen Satz sagte, erstaunte Kate. Heidi Langlois' Geschwister lebten auf Jersey, und seit dem Tod ihrer Eltern hatte sie kaum noch Kontakt zu ihnen oder den verbliebenen Cousins und Cousinen.

»Ich hatte immer gedacht, Grandpa und Aunt May wären für dich deine richtige Familie«, murmelte Kate.

»Sei nicht albern, Kind, natürlich sind sie das«, antwortete ihre Mutter heftig. »Aber ...«

Jetzt endlich fiel der Groschen bei Kate. Ihre Mutter fühlte sich einsam. »Geht es um Dad?« Es war jetzt zwanzig Jahre her, dass er gestorben war, und ihre Mutter war nie wieder eine Beziehung mit einem Mann eingegangen. »Mum, du bist nicht allein«, sagte Kate sanft. »Du hast nicht nur uns alle, Grandpa, Aunt May, Holly und mich. Du hast auch jede Menge Freundinnen.« Das stimmte, und Kate hatte manchmal das Gefühl, mit ihren sechzig Jahren nutzte ihre Mutter ihre Freizeit besser als Kate selbst.

Sie hörte, wie ihre Mutter am anderen Ende tief durchatmete. »Aber wegen Weihnachten«, fügte Kate hinzu, in dem Versuch, sie weiter zu beruhigen: »Natürlich feiern wir bei dir. Und wir kommen alle. Schon am Vormittag.« Es war eine Tradition, dass sie den ersten Weihnachtsfeiertag gemeinsam verbrachten, bei Kakao nach einem Spaziergang und abends einem guten Essen.

»Das ist schön«, sagte ihre Mutter leise. »Danke, Kate. Du hast ja recht, ich weiß auch nicht, was plötzlich in mich gefahren ist.«

»Gerne, Mum«, sagte Kate. »Aber ich muss jetzt wirklich Schluss machen.« *Und mit Holly werde ich sprechen, dass sie dir nichts mehr über ihre Recherchen erzählt*, grummelte Kate in Gedanken, bevor sie sich mit den Worten »Grüß Grandpa von mir« verabschiedete.

Sie nahm sich vor, ihre Mum spätestens am Wochenende erneut zu besuchen. Bisher hatte sie nie das Gefühl gehabt, dass ihre Mutter sich einsam fühlte. Aber Dads Tod hatte tiefe Spuren hinterlassen, in ihrer aller Leben. Manchmal fragte Kate sich, ob ihr »Pech« mit den Männern nicht auch viel damit zu tun hatte, dass sie ihren Vater so früh verloren hatte.

Nachdenklich blickte sie auf ihr Handy, als sie das kleine Symbol in der linken oberen Ecke bemerkte. Nicolas hatte ihr eine Nachricht geschickt, schon vor Stunden, und ein Foto: Er war heute Abend an der Fermain Bay, und er wollte sie sehen.

Kates Herzschlag, der sich während der Laufpause beruhigt hatte, beschleunigte sich erneut. Sie setzte sich wieder in Bewegung. Und mit jedem Schritt verflogen mehr und mehr alle Gedanken an ihre Ermittlungen, an Holly und ihre Mutter, jetzt konnte sie an nichts anderes denken als an Nicolas, der am Strand auf sie warten würde.

*

Das Abendlicht tauchte die Fermain Bay in warme Farben, das Meer, das tagsüber oft türkis schimmerte, strahlte in tiefem Blau, die umschließenden grünen Klippen bildeten den Kontrast zum hellen Strand.

Sie bemerkte Nicolas sofort – er saß auf dem hellen Sand, die Füße darin vergraben, und blickte aufs Meer. Die Arme hatte er auf die aufgestellten Knie gestützt, und Kate musste unwillkürlich lächeln. Diesen Effekt hatte er immer auf sie. Er sah gut aus, die blonden Haare wie üblich leicht verwuschelt, sein Hemd leger bis zu den Ellenbogen hochgekrempelt.

»Hey«, sagte Kate leise, als sie zu ihm trat.

Er blickte hoch, und sofort legte sich ein erfreutes Lächeln über sein Gesicht.

»Ich hab deine Nachricht leider gerade erst gesehen«, erklärte sie etwas verlegen ihren Aufzug. In T-Shirt und Laufhose, verschwitzt und außer Atem – so hatte sie ihn schon einmal hier am Strand getroffen. Damals hatte es ihn genauso wenig gestört wie offensichtlich jetzt.

»Hier«, sagte er lediglich und reichte ihr eine leichte Jacke, die in Reichweite im Sand lag. »Gegen den Wind.«

Sie setzte sich neben ihn, so vertraut und doch so fremd, legte die Jacke um, die nach Nicolas roch: nach seinem Aftershave, nach dem Meer – und nach ihm.

Kate nahm sie dankbar entgegen, ebenso wie das Glas mit Rotwein, das er ihr jetzt reichte.

»Du hattest einen schlimmen Tag?«, fragte er, auch wenn er die Antwort zu wissen schien.

Sie trank einen Schluck, wie üblich hatte Nicolas einen schweren und weichen Wein ausgesucht. Schließlich nickte sie. »Wir haben …« Sie biss sich auf die Zunge. Ach was, er würde es ohnehin erfahren. »Dein Nachbar. Matthew. Wir haben ihn gefunden. Er ist …«

Nicolas verstand sofort. Er war sichtlich betroffen, atmete tief ein, zog Kate dann zu sich und legte einen Arm um ihre Schultern. Diesmal ließ sie die intime Geste zu. Eine Weile saßen sie schweigend da, vereint auch in der Betroffenheit. Es tat gut, seine Wärme zu spüren, die Vertrautheit.

»Kanntest du ihn gut?«, fragte sie vorsichtig.

»Nein, zu wenig. Ich habe gestern kurz mit ihm geredet. Und er hat mir geholfen vor ein paar Tagen. Hat David geholfen. Meinem … anderen Nachbarn. Das war eine kurze Begegnung, aber sie war intensiv.« Er lächelte traurig. »Matthew«, wiederholte er den Namen in Gedanken versunken. »Er war Altenpfleger, hast du gesagt. Er hat die Tote von den Klippen gepflegt? Odile Davies?«

Wenn die Umstände nicht so traurig gewesen wären, hätte Kate gelacht. Natürlich hatte er wieder kombiniert! Sie nickte zur Antwort.

»Wurde er …«, fragte Nicolas, ohne den Satz zu beenden.

Kate verstand aber auch so, dass er wissen wollte, ob es sich um Mord handelte.

»Es deutet nichts darauf hin. Wir vermuten, dass es einen Zusammenhang mit dem Vorfall an den Klippen gibt«, antwortete sie ausweichend. In seinem Kopf würden die Gedanken ohnehin Verbindungen und Richtungen eingehen, die Kate nicht in den Sinn kamen, die Erfahrung hatte sie schon gemacht.

»Das klingt wirklich anstrengend«, sagte Nicolas rau.

Sie seufzte. Sein Arm um ihre Schultern war warm und sicher, und sie ließ sich in die Berührung fallen, lehnte sich jetzt an ihn, genoss seine Wärme, während er mit seiner Hand beruhigend ihren Oberarm entlangfuhr. Minutenlang saßen sie so da, schweigend, den Blick auf das Meer gerichtet.

»Wie lange bist du schon hier?«, fragte sie schließlich.

»Oh, ein Weilchen.« Nicolas deutete auf sein leeres Glas und zog ein kleines Büchlein der Edition Gallimard aus der hinteren Hosentasche. Racine.

»Hätte ich allerdings gewusst, dass sich im echten Leben eine Tragödie in meiner Nachbarschaft abspielt, hätte ich hierauf verzichtet«, sagte er nachdenklich.

»Phédre«, las Kate. »Worum geht es?«

»Verschmähte Liebe, Tod und ränkeschmiedende Frauen.«

»Alles, was ein gutes Drama braucht.« Kate nickte. »Vor allem die ränkeschmiedenden Frauen.«

»Die mag ich besonders gern.« Er zwinkerte ihr zu, und sie musste lachen.

Wie so oft, wenn sie mit Nicolas zusammen war, fiel die Anspannung des Tages nach und nach von ihr ab. Sie wusste nicht, wie er es machte, aber das Rauschen des Meeres wirkte in seinem Beisein beruhigender, die Schreie der Möwen lebendiger, der Wind erfrischender.

»Der Großvater meines Nachbarn David hat Odile Davies gekannt«, sagte Nicolas unvermittelt. »Als sie ein junges Mädchen war.«

Kate merkte auf. »Wirklich?« Ein Zeuge? Jemand, der ihr mehr über Odile erzählen konnte?

»Er lebt leider nicht mehr.«

Kate stöhnte. Es wäre auch zu schön gewesen. »Weißt du, ob er vielleicht auch George kannte? Oder Georg?« Sie versuchte, es deutsch auszusprechen. Unter Umständen konnte Nicolas mit dem Namen mehr anfangen als sie selbst. »Ihren Verlobten?«

»Georg?«

»Georg Kiesler. Er war deutscher Soldat.«

»Ich werde David fragen.«

»Vielleicht sollte ich mal mit ihm sprechen«, schlug Kate vor.

»Ahhh.« Nicolas wiegte den Kopf hin und her. »Er ist kein großer Freund der Polizei.«

»Ach was. Warum?«

Nicolas zuckte entschuldigend mit den Schultern. »Verurteilter Straftäter. Körperverletzung.«

»Und er ist dein Freund.« Das klang etwas vorwurfsvoller, als sie es gemeint hatte. Nicolas ging seinen eigenen Weg, und er hatte ein Herz für die Außenseiter der Gesellschaft. Das gehörte zu ihm wie zu ihr der Sinn für Gerechtigkeit und der Wille, die Wahrheit zu finden, immer und überall. »Falls er mal Lust hat auf ein Gespräch, gib ihm gern meine Nummer«, fügte sie deshalb versöhnlich hinzu.

»Ich werde es ihm ausrichten.« Nicolas zog sie an sich, er hatte ihr den Vorwurf nicht übel genommen, und darüber war sie erleichtert.

»Dieser Fall«, nahm sie den Faden ihrer Bedenken wieder auf. »Ich weiß nicht, ob wir ihn wirklich gelöst haben.«

»Du hast Zweifel?«

»Ja. Von Anfang an war einfach nichts eindeutig, wir sind immer wieder steckengeblieben«, erzählte sie. »Und ich habe es einfach nicht geschafft, Odile nahezukommen, obwohl ich es wirklich versucht habe. Auch, was ihre Vergangenheit betrifft. Dabei hat sie viel davon erzählt, aber die Menschen, die sie gekannt haben, haben ihre Erzählungen nicht ernst genommen. Ein Verlobter, ja, ja. Ein Schatz in den Höhlen, wie verrückt!«

»In den Höhlen?«, hakte Nicolas neugierig nach.

»Ja. Walker glaubt, dass es dort möglicherweise Drogenverstecke gibt. Es gibt so viele schwer zugängliche Stellen hier an der Küste. Vor Hunderten von Jahren hat man auf diese Weise schon heiße Ware geschmuggelt, warum also heute nicht mehr?« Sie zuckte mit den Schultern.

»Wollt ihr die Höhlen denn untersuchen?«

»Die Kollegen haben das im Blick.«

Er nickte wieder, wirkte aber mit einem Mal nachdenklich. Schließlich sagte er leise, wie zu sich selbst: »Die Höhlen. Interessant.«

Und die nächste halbe Stunde, bis Kate in ihrem Sport-Shirt kalt wurde, sprachen sie gar nicht mehr und blickten, aneinandergelehnt, nur noch aufs Meer hinaus.

14. Kapitel

November 1944
Petit Bot Bay, Forest

Die Sonne ging bereits unter, tauchte das Meer in rotgleißendes Licht. Zu Hause wartete die Mutter mit dem Essen, der Vater saß sicher mit verkniffenem Gesicht am Tisch. Odile würde Ärger bekommen.

Aber das war ihr egal. Sie zitterte vor Kälte, aber auch das war ihr egal, denn alles, alles war ihr egal. Georg hatte ihr diesen Ring geschenkt. »Willst du meine Frau werden?«, hatte er gefragt. Richtig, wie sie es in den Büchern immer taten, und Odile hatte nicht gewusst, dass sie auch vor Freude weinen konnte.

»Wir bleiben für immer zusammen«, flüsterte er nun, drückte ihr tränennasses Gesicht an seines und küsste sie immer wieder. »Frau Odile Kiesler«, sagte er, und jetzt musste sie lachen, so lustig klang es.

»Frau Odile Kiesler«, wiederholte sie. Sie fuhr mit den Fingern an den Schulterklappen seiner Uniform entlang. Die Uniform, die ihr Vater so sehr verachtete. Er hatte doch keine Ahnung. »Frau Odile Kiesler«, flüsterte sie erneut und schmiegte sich fest an ihn. Sie würde mit Georg nach Deutschland gehen. Oder auch bis ans Ende der Welt. Sie würde ihm folgen, als seine Frau, und er würde für sie sorgen. Nie wieder würde sie zurück zum Vater und der Mutter müssen. Nie wieder zum alten Ward in die Gärtnerei.

Odile wusste, dass sie niemals so glücklich gewesen war wie in diesem Augenblick.

*

Police Headquarter, St. Peter Port

Zu viert bevölkerten sie DeGaris' Büro zur morgendlichen Dienstbesprechung: Walker lehnte an der Schrankwand, Kate hatte sich neben Miller gestellt, die wie üblich ihren Platz an der Fensterbank eingenommen hatte, und DeGaris selbst saß hinter seinem Schreibtisch. Kate konnte ihren Kollegen förmlich ansehen, wie müde sie waren.

Es gab noch einige lose Enden – für Kates Geschmack deutlich zu viele. Trotzdem war der erste Ansatz der Crime Unit nun, dass zugleich auch der Fall Odile Davies geklärt war: Matthew Sallows hatte zunächst Odile Davies und anschließend, als die Polizei ihm auf die Spur gekommen war, sich selbst getötet.

Während Walker ausführte, weshalb das alles absolut logisch war, musste Kate ihren Unmut unterdrücken. Sie wollte etwas einwerfen, als der Chief ihr zuvorkam: »Wir brauchen eine Pressekonferenz.« Er schaute dabei in Walkers Richtung, sein Mann für die Journalisten.

»Wir wissen doch insgesamt noch gar nicht genug, um an die Öffentlichkeit zu gehen«, wandte Kate ein.

Walker zuckte die Schultern. »Wir erklären die Umstände und damit sowohl den Tod der dementen Frau an den Klippen als auch den Selbstmord des Krankenpflegers. Die Presse wird uns aus der Hand fressen.«

»Ganz schön praktisch«, sagte Kate sarkastisch. »So einfach haben wir einen Mordfall selten geklärt.«

»Ich weiß nicht recht«, schien auch Miller zu schwanken.

Sie fuhr sich durch die dunklen Locken und zog ihre Stupsnase kraus. »Mir erscheint das auch alles zu glatt.«

DeGaris schnalzte mit der Zunge. »Manchmal ist die Wirklichkeit eben kein Fernsehfilm.«

»Manchmal ist sie noch komplizierter«, murmelte Kate.

»Um die PK kommen wir nicht herum«, sprach DeGaris weiter. »Mit voreiligen Schlüssen möchte ich mich dennoch gern noch ein wenig zurückhalten. Aber wir sollten verlauten lassen, dass beide Fälle kurz vor dem Abschluss stehen.«

Kurz vor dem Abschluss. Weshalb nur hatte Kate dann das Gefühl, noch meilenweit von der Lösung entfernt zu sein? Sie stieß sich vom Fensterbrett ab und klatschte in die Hände. »Abschiedsbrief an Freunde und Familie?«, fragte sie. »War Matthew liiert? Bevor wir vor die Presse treten, sollten wir noch ein paar Fragen klären.«

Sie mussten auch noch einmal eingehender mit seinen Eltern sprechen, am Vortag hatten sie aus Rücksichtnahme kaum Fragen gestellt. Auch wenn es ihr widerstrebte, das trauernde Ehepaar zu belästigen, so musste es doch sein, um Antworten zu finden.

DeGaris nickte ihr zu, damit waren sie entlassen. Kate konnte sich des Gefühls von Unzufriedenheit nicht erwehren, es nagte an ihr, ließ sie nicht los.

»Wir beginnen mit seinen Eltern«, bestimmte Walker auf dem Weg zurück in ihr Büro. Miller, die sie begleitete, nickte zustimmend. »Batiste wollte sich melden, falls er den Namen Matthew Sallows in einer seiner Ermittlungen entdeckt«, ergänzte sie. Das war ebenfalls ein guter Anhaltspunkt, obwohl nichts mehr auf eine Verwicklung ins Drogenmilieu hindeutete. Missbrauch. Schuldgefühle. Wut.

An ihrem Schreibtisch öffnete Kate schnell ihr E-Mail-Postfach, bevor sie sich auf den Weg machten. Eine Nachricht einer Jessica Delaney: »Rufen Sie mich bitte an!« Mehr nicht. Kate wollte beinahe schon auf »löschen« klicken, als sie die Absenderadresse las: Museum of German Occupation.

Sofort meldete sich das altbekannte Ziehen in ihrer Magengegend, auch wenn sie damit nur längst vergangenen Geschichten hinterherjagte.

»Hey.« Kate blickte zu Walker und Miller. »Ich frage nur ungern, aber schafft ihr das Gespräch mit Matthews Eltern allein?«

*

Calais, St. Martin

Der Kaffee blubberte in seiner silbernen Kanne, und Nicolas nahm sie vorsichtig vom Herd. Das Gespräch mit Kate über Matthew und die Tote von den Klippen vom Vorabend hing ihm nach. David hatte von den Höhlen gesprochen, sein Großvater hatte Angst gehabt vor etwas, das sich dort verbarg. Odile Davies wiederum hatte in den Höhlen einen Schatz vermutet, hatte Kate ihm am Strand erzählt. Was auch immer es war, Nicolas hatte die Vermutung, dass dort tatsächlich etwas geschehen war. Nur was? Und wo? Da, wo die alte Frau die Klippen hinuntergestürzt war?

Der Kaffee schmeckte leicht angebrannt, seine Schuld, er hatte ihn etwas zu lang kochen lassen.

Die Espressotasse noch in der Hand griff er nach seinem Smartphone. Die Nummer von Gabriel, dem Besitzer des Kiosks in St. Martin, hatte er noch von seinem letzten Besuch im Frühsommer eingespeichert. Er kannte die Insel wie seine Westentasche und hatte Nicolas über seinen Cousin Dario große Dienste geleistet.

»Nicolas, mein Freund!«, begrüßte der Portugiese ihn. »Wie geht es dir?«

»Fantastisch.« Das war ein wenig gelogen, an der Sache mit Matthew hatte Nicolas doch ordentlich zu knabbern. Obwohl er den jungen Mann nur zweimal getroffen hatte, waren es doch intensive Begegnungen gewesen. Sein Tod setzte ihm ehrlich zu. Er spürte, dass er etwas tun musste, handeln, sich beschäftigen. Das hatte ihm in solchen Momenten der Trauer immer am meisten geholfen. Die zweite Sache, die ihm seit Tagen im Kopf herumging, waren die Höhlen.

Deshalb beschloss er, Gabriel anzurufen und nicht lange um den heißen Brei herumzureden. Nachdem der Kioskbesitzer auf Nicolas' Frage nach deren Befindlichkeit in ein paar Sätzen von seiner Familie erzählt hatte, kam er zum Grund seines Anrufs. »Hör mal«, begann er. »Kennst du dich mit den Höhlen von Guernsey aus? Ich könnte einen Reiseführer gebrauchen.«

*

Police Headquarter, St. Peter Port

Als Kate beim German Occupation Museum anrief, war wieder dieselbe junge Frau am Telefon. Wie sich herausstellte, war sie es auch gewesen, die Kate die E-Mail geschrieben hatte.

»Wie schön, dass Sie sich sofort melden«, rief die Frau freudig.

»Ihre Nachricht klang wichtig.«

»Oh ja!« Erneut kroch Atemlosigkeit in die Stimme der Museumsangestellten. »Georg Kiesler ist verschwunden.«

»Er ist tot?« So, wie alle gesagt hatten.

»Das ist es eben!«, rief die Frau. »Man hat ihn für tot erklärt. Sie ahnen es, irgendwann hat man vermutet, dass ein in den Kriegswirren verschollener Soldat gefallen ist. So auch bei Georg Kiesler. Aber das Interessante an der Sache ist: Er ist schon im Winter '44 verschwunden, und zwar hier auf Guernsey. Es gab keinen Kampfeinsatz, bei dem er sein Leben verloren haben könnte, er ist einfach eines Tages nicht mehr aufgetaucht.«

Kate richtete sich auf. »Desertiert?«

»Ja, und sehen Sie, jetzt wird es richtig interessant.« Die junge Frau holte Luft. »Bevor Georg Kiesler nach Guernsey kam, war er mit der Wehrmacht in Frankreich stationiert. Dort gehörte er dem sogenannten ERR an, dem Einsatzstab Reichsleiter Rosenberg.«

Sie machte eine Pause, und Kate stellte die Frage: »Was genau war das?«

»Verbrecher«, kam die lapidare Antwort. »Um genau zu sein: Kunsträuber.«

»Kunst.« Kate brauchte einen Augenblick, um diese Information sacken zu lassen.

»Das Wort Beutekunst ist Ihnen ja sicher ein Begriff.« Die Museumsmitarbeiterin war jetzt in ihrem Element. Sie erzählte Kate, wie die Wehrmacht unter der wissenschaftlichen Leitung verschiedener Kunsthistoriker nach außen vorgeblich eine Organisation geschaffen hatte, die für den »Kunstschutz« zuständig war, während es in Wirklichkeit aber schon zu diesem Zeitpunkt darum ging, Beutekunst nach Deutschland zu schaffen. Vor allem jüdische Eigentümer wurden enteignet, die erbeuteten Kunstwerke dem Deutschen Reich zugeführt.

»Was wollte Kiesler dann auf Guernsey?«

»Er wurde versetzt. Es gab Gerüchte über Kunstdiebstahl. Ironie des Schicksals, nicht wahr? Kiesler, der für Hitler Gemälde klauen sollte, klaute sie für sich selbst.«

»Moment.« Kates Gedanken rasten. »Die Deutschen haben geglaubt, Kiesler hat sich an der Beutekunst persönlich bereichert? Wertvolle Kunstgegenstände gestohlen?«

»Ganz genau.«

Der Schatz! Der Schatz in den Höhlen, von dem Odile gesprochen hatte! Kates Mund fühlte sich trocken an. »Gibt es Informationen darüber, wo er seine Raubkunst aufbewahrt hat?«

»Das hat man nie herausgefunden. Mit Kieslers Verschwinden hat man vermutet, er habe sich abgesetzt – mitsamt den geraubten Kunstgegenständen. Ob er die dann irgendwo auf dem Schwarzmarkt verkauft hat? Möglich. Auf jeden Fall hat er sich so gut versteckt, dass die deutsche Armee weder von ihm noch von seiner Kunstsammlung je wieder etwas gehört hat.«

»Die hatten 1944 wahrscheinlich auch anderes zu tun, als einem Kunsträuber hinterherzujagen«, murmelte Kate.

»Wahrscheinlich«, stimmte die Museumsangestellte zu. »Trotzdem ist es sehr interessant. Es gibt nur Vermutungen darüber, welche Kunstwerke Kiesler beiseitegeschafft hat. Aber es dürften durchaus wertvolle Gemälde dabei gewesen sein, man munkelt von einem van Gogh und von Monet.«

»Wow.« Jetzt war es Kate, die Luft holen musste. »Wie viel mag das alles wert gewesen sein?«

»Wenn Sie mich fragen: ein Vermögen. Stellen Sie sich das vor, ein unentdeckter van Gogh. Oder ein Monet. Damit machen Sie heute Millionen.«

Millionen. *Ein wahrer Schatz*, fuhr es Kate durch den Kopf. Waren es geraubte Kunstgegenstände gewesen, von denen Odile gesprochen hatte? Wusste sie, was ihr Verlobter getan hatte? Wusste sie, dass er sie letztendlich im Stich gelassen hatte und mit seinem Vermögen untergetaucht war?

Kate dachte an die nie abgeschickten Briefe, die sie ihm auch nach dem Krieg noch geschrieben hatte. Nein, ihre Liebe zu Georg Kiesler war ungebrochen. Die Kartenrunde um Mr Le Page hatte erzählt, dass Odile auf ihn gewartet hatte, ihn *er*wartet hatte. Dann waren das gar nicht die Gedanken einer dementen alten Frau, sondern sie hatte tatsächlich ein Leben lang daran geglaubt? Dass er auf den »richtigen Zeitpunkt« wartete, zu ihr zurückzukehren?

»Glauben Sie, Georg Kiesler ist noch am Leben?«, hauchte die junge Frau jetzt ins Telefon. Kate hatte wohl zu lange schon nicht geantwortet.

»Haben Sie sein Geburtsdatum?«, fragte Kate.

»Der fünfte Mai 1919.«

»Dann ist das eher unwahrscheinlich«, sagte Kate mit einem leisen Lächeln. »Wenn auch nicht gänzlich unmöglich.«

»Oh.« Die Museumsangestellte klang fast enttäuscht. »Hilft Ihnen meine Recherche trotzdem weiter?«, wollte sie dann wissen.

»Ja, vielen Dank«, sagte Kate, und das meinte sie ehrlich. Georg Kiesler war für tot erklärt worden, Odile hatte nicht daran geglaubt. »Sie haben mir wirklich sehr geholfen.«

»Das freut mich. Ich schicke Ihnen auch gleich noch die Dokumente, die ich auftreiben konnte.«

Kate spürte, dass die junge Frau liebend gern gewusst hätte, worum sich der Fall drehte. Aber sie fragte nicht nach, vermutlich wusste sie, dass sie keine Antwort erhalten würde. Kate nahm sich vor, irgendwann einmal im German Occupation Museum vorbeizuschauen, irgendwann, wenn sie einmal ganz viel Zeit hatte.

*

Eine halbe Stunde später hatte Kate sich durch die Dokumente über Georg Kiesler geklickt, hauptsächlich Papiere zu seiner Zeit bei der Wehrmacht, zum Großteil auf Deutsch. Stimmten die Vorwürfe, dass Kiesler Kunstwerke unterschlagen hatte? Und hatte er sich einer Strafverfolgung entziehen wollen, indem er geflohen war? Oder waren das reine Spekulationen, und er war doch im Krieg gefallen? Kate war tief in Gedanken, als Walker und Miller von ihrer Befragung der Eltern in ihr Büro kamen. Beide Kollegen wirkten ernst.

DeGaris gesellte sich zu ihnen, um den Bericht zu hören. Er setzte sich auf den Besucherstuhl vor Walkers Schreibtisch, während Miller gleich auf Kates Schreibtisch Platz nahm, nachdem Kate ihr Telefon ein Stück zur Seite geschoben hatte.

»Die Mutter ist nicht ansprechbarer als gestern«, erklärte Walker die Stimmung. »Aus ihr war nichts herauszubekommen.«

»Der Vater hat uns immerhin ein paar Namen nennen können«, ergänzte Miller. »Freunde von Matthew aus der Schule, mit denen er sich angeblich auch heute noch häufig getroffen hat. Bevor ihr fragt: Nein, keiner von ihnen heißt Joshua Delahaye, Rhys Campbell oder Samuel Bishop.«

Es wäre auch zu schön gewesen. »Was sagen sie denn zu den Vorwürfen im Pflegeheim?«, fragte Kate. »Dass Matthew seine Patienten misshandelt hat?«

»Wussten sie überhaupt davon? Oder von seinem Jobverlust?«, warf DeGaris ein.

»Nein, nein und nein«, beantwortete Walker alle drei Fragen auf einmal. »Die Vorwürfe können auf keinen Fall stimmen, es ist das erste Mal, dass sie davon hören, und dass er nicht mehr in der Garden Villa arbeitet, hatte er ihnen ebenfalls nicht erzählt.«

DeGaris rieb sich das Kinn, das wieder unregelmäßige Stoppeln aufwies. »Nicht sehr glaubwürdig«, sagte er.

»Das ist mein Stichwort«, warf Rivers von der Bürotür aus ein.

Kate wirbelte herum. Der Forensiker sah müde aus, wie er dastand und sich gähnend die Hand vor den Mund hielt. »Die Spülmaschine ist defekt«, fügte er dann hinzu.

»Erst die Kaffeemaschine, und jetzt müssen wir uns auch noch selbst um unser Geschirr kümmern?«, rief Kate gespielt theatralisch aus.

»Nicht unsere.« Rivers ließ sich neben Miller auf den Stuhl vor Kates Schreibtisch fallen. »Die von Matthew Sallows.«

»Okay, hast du einen Handwerker auf Kurzwahl?«, fragte DeGaris ungehalten.

Rivers seufzte mindestens ebenso dramatisch wie Kate vorher. »Die Spülmaschine ist defekt, weshalb der letzte Gang nicht durchgelaufen ist. Kein Wasser. Manchmal ist Kommissar Zufall doch unser bester Mitarbeiter.«

Kates Neugier war geweckt. »Was habt ihr gefunden?«, fragte sie alarmiert.

»Zwei Gläser, gleicher Inhalt, Gin Tonic. In einem Glas Spuren von Schlafmittel, im anderen nicht.«

Für einen Moment herrschte vollkommene Stille. Walker starrte den Forensiker an, auf Millers Gesicht breitete sich ein Lächeln aus.

»Du glaubst ...«, begann Kate.

»Wir haben Fingerabdrücke gefunden«, bestätigte Rivers ihre Vermutung. »Nicht von Matthew Sallows.«

»Wo?«, wollte DeGaris wissen. Auch er wirkte angespannt.

»Nur auf dem Glas. Nicht an der Spülmaschine, nicht auf dem Tisch, die Person hat entweder absolut nichts weiter angefasst, oder sie hat drauf geachtet, keine Spuren zu hinterlassen.«

»Ein Selbstmord mit Begleitung.« DeGaris blickte Kate vielsagend an. »Das klingt eher nach einem unfreiwilligen Selbstmord.«

Hatte ihr Instinkt wieder einmal richtig angeschlagen! »Jemand hat nachgeholfen«, sagte Kate grimmig. »Matthew Sallows ist ermordet worden.«

Rivers blickte nacheinander Kate und DeGaris an. »Glaubt ihr, die beiden Fälle hängen zusammen?«

DeGaris atmete hörbar aus. »Tja. Das ist die Eine-Million-Pfund-Frage, nicht wahr?«, sagte er.

*

Calais, St. Martin

Noch leicht außer Atem und mit geröteten Wangen vom Wind, der an den Klippen herrschte, klopfte Nicolas an die Tür seines Nachbarn.

»Wir müssen reden«, sagte er, kaum dass David ihm die Tür geöffnet hatte.

Überrumpelt, aber bereitwillig ließ David ihn herein.

Den Kampf gegen das Chaos in seiner Wohnung hatte er für den Moment offenbar aufgegeben, bemerkte Nicolas, das Haus sah noch genauso aus wie am Vortag.

»Ich schreibe Bewerbungen«, erklärte er schulterzuckend. »Mir hat neulich jemand gesagt, Handwerker werden überall gesucht.«

»Kluger Mensch. Und das ist definitiv wichtiger als Aufräumen. Nimm die Zukunft in die Hand.« Nicolas schenkte ihm einen aufmunternden Blick, bevor er ernst hinzufügte: »Jetzt aber geht es um die Vergangenheit.«

David runzelte die Stirn, und Nicolas ging auf, dass er vermutlich die falschen Schlüsse zog. »Nicht deine Vergangenheit«, stellte er eilig klar. »Die deines Großvaters.«

»Oh!« David entspannte sich sichtlich. »Apropos: Ich habe noch etwas gefunden.« Er bedeutete Nicolas, sich aufs Sofa zu setzen, dann nahm er vom Schreibtisch ein Bündel Papiere, zögerte aber, es Nicolas zu reichen.

»Okay, vielleicht habe ich außer den Bewerbungen noch etwas anderes getan«, erklärte er grinsend. Seine Miene wurde ernst, als er Nicolas das Bündel hinhielt. »Das sind Briefe meines Großvaters an Odile Davies. Liebesbriefe, Nicolas. Sie sind alle nicht abgeschickt worden, er hat sie hier gehortet, in einem kleinen Fach ganz hinten im Schreibtisch. Ich glaube, er hat sich nicht getraut. Ich habe sie gelesen. Sie sind alle … unglücklich. Wahrscheinlich hattest du recht, und sie hat ihm das Herz gebrochen.«

Nicolas freute sich, dass er mit seiner Vermutung richtiggelegen hatte, auch wenn die Angelegenheit selbst traurig war. Vorsichtig blätterte er durch die Briefe, faltete einen auf, las Zeilen voller Sehnsucht und Luftschlösser. *Ich wünschte, es wäre wie früher. Waren wir nicht glücklich? Wenn nach dem Krieg ein neuer Morgen aufgeht …*

»Sie hatte einen anderen«, sagte er leise. »Eine unglückliche Liebe.«

David nickte. »Sie waren Freunde aus Kindertagen, so lese ich das«, sagte er. »Sie haben zusammen gespielt, irgendwann haben sie sich verliebt – oder mein Großvater hat sich verliebt, so genau habe ich das nicht verstanden. Ich glaube, sie waren eine kurze Zeit glücklich, aber ich bin mir nicht sicher, ob das nicht vielleicht sein Wunschdenken war. Dann kam der andere. Und Granddad hat ihr weiterhin als Freund zur Seite stehen wollen.«

»Ein ehrenhafter Mann.«

David rieb sich nachdenklich die Stirn. »Ich weiß nicht. Es stehen auch einige verletzende Dinge drin.«

»Es war sicher nicht leicht für ihn«, sagte Nicolas.

»Sein Gegenspieler war deutscher Soldat.«

»Ein Nazi«, bestätigte David. »Die hat er zeitlebens gehasst.«

Nicolas dachte an seinen eigenen Großvater. »Mein *papi* hat die Sache nicht viel anders gesehen«, sagte er. »Und ich komme aus der Normandie.«

»Keine leichten Zeiten damals«, murmelte David nachdenklich. »Was sie alles mitgemacht haben müssen, da erscheinen einem die eigenen Probleme plötzlich viel kleiner.« Er schürzte die Lippen. »Und ich habe mich ja wirklich oft in die falschen Frauen verliebt. Aber Grandpa schießt doch den Vogel ab.«

»Das war in Frankreich genauso«, sagte Nicolas. »Und auch bei uns gab es collaboration féminine. Nach dem Krieg hat man diese Frauen nicht gerade sanft behandelt.« Nachdenklich blickte er auf die Briefe in seiner Hand. »Man hat ihnen die Haare geschoren, manchmal Schlimmeres.«

»Jerrybags wurden sie hier genannt«, warf David ein. »Ja, ich denke, nach allem, was wir da lesen, war sie wohl eine Jerrybag.«

»Und dein Großvater hat sie trotzdem weiterhin geliebt.« Es war eine tragische Geschichte, die Nicolas berührte.

Der verträumte William Rougier, der Krieg und Hunger mitgemacht hatte und doch nur von diesem einen Mädchen schwärmte. Auch David wirkte bewegt. »Ja. Er war ein sehr trauriger Mensch, Granddad. Heute würde man wahrscheinlich sagen, er war depressiv. Mein Vater hat mir erzählt, dass er in seiner Kindheit und Jugend häufig abwesend war. Nicht körperlich, aber in Gedanken.«

Nicolas nickte. Das kannte er. Von Menschen, die Schlimmes erlebt hatten, die ein Trauma verarbeiten mussten, es vielleicht nicht konnten. Gerade in Kriegsgenerationen, zu denen auch Davids Großvater zählte.

»Er hat geheiratet, ein paar Jahre nach dem Krieg«, fuhr David fort, »hat schließlich einen Sohn bekommen, meinen Vater. Er hatte einen guten Job bei der Bank, ein Haus, eine Frau, die ihn liebte.« David sah ihn nachdenklich an. »Kann er all die Jahre einer verlorenen Jugendliebe hinterhergetrauert haben?«, fragte er ungläubig, und auch Nicolas musste zugeben, dass das nicht ganz schlüssig klang. »Ich weiß es nicht«, antwortete er ehrlich. »Aber ich habe auch Neuigkeiten, ich bin aus einem bestimmten Grund hergekommen«, sagte er, legte die Briefe zur Seite und sah David an. »Ich habe noch mal über diese Höhlen und das Monster nachgedacht, von dem du erzählt hast.« Monster gab es auch im übertragenen Sinne – einem Kind von Ungeheuern zu erzählen, die es fressen würden, beinhaltete für einen Erwachsenen möglicherweise eine furchtbare Begegnung. Zum Beispiel im Krieg. »Also war ich heute bei Le Creux Mahié. Ich wollte wissen, wie es aussieht, hier in euren Höhlen. Ob dort etwas passiert sein könnte.« Er rieb seine Hände aneinander. »Und was soll ich sagen: Ich kann mir vorstellen, dass es dort bei Kälte oder Regen wirklich sehr unheimlich sein kann.« Er runzelte die Stirn. »Auch für einen erwachsenen Menschen.«

»Worauf willst du hinaus?«, fragte David.

»Glaubst du, es war mehr als nur eine Erzählung von Aberglauben? Glaubst du, er hat bei den Höhlen irgendetwas Traumatisches erlebt?«

David neigte nachdenklich seinen Kopf zur Seite. »Ich weiß es nicht. Er hat nie darüber gesprochen, aber es war ihm auf jeden Fall sehr ernst mit seinem Verbot, da verstand er keinen Spaß«, sagte er schließlich. »Aber weißt du, was seltsam ist? Jahrelang habe ich mit niemandem über meinen Großvater gesprochen. Aber plötzlich …« Er richtete sich auf. »Matthew war bei mir, vor einigen Wochen. Er hat von seiner Arbeit erzählt, er interessiert sich für alte Menschen, nicht nur beruflich. Wir haben dann ein paar der Bilder angesehen, und auf einmal wollte er ganz viel von mir wissen. Was Granddad gearbeitet hat, ob er sein ganzes Leben hier in diesem Haus verbracht hat, wann er eingezogen ist …«

»Matthew hat nach deinem Großvater gefragt?«, unterbrach Nicolas ihn. Er spürte, wie die Aufregung in ihm wuchs. »Nachdem er das Bild von ihm mit Odile Davies gesehen hat?« Gab es hier einen Zusammenhang?

»Weißt du, ich habe mir damals nichts dabei gedacht. Auch nicht, als du dich plötzlich für diese alten Geschichten interessiert hast. Aber jetzt …« Er biss sich auf die Lippe. »Stimmt es?«, fragte er dann leise. »Dass Matthew tot ist?«

Nicolas schloss für einen kurzen Moment die Augen, bevor er nickte. »Ich hätte es dir gleich sagen sollen. Woher weißt du es?«

»Auch wenn ich nicht beliebt bin, so ist St. Martin immer noch ein Dorf.« David lachte freudlos. Sie schwiegen für ein paar Augenblicke, hingen jeweils ihren Gedanken nach. Dann nahm David den Faden wieder auf. »Matthew, der sich für meinen Großvater interessiert hat, ist tot … Und du interessierst dich für den Tod der alten Frau, in die mein Großvater vor über siebzig Jahren verliebt war … Was glaubst du, Nicolas? Dass diese Menschen alle aus einem bestimmten Grund gestorben sind? Und was haben sie mit meinem Großvater zu tun?«, fragte er beunruhigt.

Nicolas konnte seine Unruhe gut verstehen. Er selbst hatte das Gefühl, dass die Fäden irgendwo zusammenlaufen müssten, spürte das fiebrige Gefühl, das sich immer meldete, wenn er kurz vor einem Durchbruch stand, bei einer

Ausgrabung auf Knochen stieß. Nur hatte er einfach noch zu wenige Informationen. Es schien überhaupt so wenige Informationen zu geben, dass ein Beweis fraglich war. »Ich weiß es nicht«, sagte er schließlich ehrlich. »Aber was ich weiß, ist, dass ich Hinweisen immer nachgehe, wenn sie mir zielführend erscheinen.« Er blickte auf. »Was meinst du, David? Gibt es noch jemanden hier auf Guernsey, der damals dabei gewesen ist?«

Überrascht sah David ihn an. »Du willst mit Sophie sprechen?«

15. Kapitel

Dezember 1944
Les Laurens, Torteval

»Sophie!« *Odile hatte das Mädchen gar nicht gesehen, bevor sie im Laden von Mr Ogier mit ihr zusammengestoßen war. »Pass doch auf«, schimpfte sie, was sie gleich darauf bereute. Der Karton war zerdrückt, die Eier jedoch unversehrt. Sophie war ein Leichtgewicht, viel zu dünn das Mädchen. Ob sie genug aß? Odile überlegte kurz, ihr etwas von dem wenigen Brot zu geben, das sie hatte mitnehmen dürfen.*

Doch Sophie schien die Lebensmittel nicht einmal zu bemerken. Die Kleine trug immer noch lange Zöpfe, die ihr über die Schultern fielen. Ein Kleid mit sauberem Kragen, der aber schon abgestoßen war. »Wie schön du aussiehst«, sagte sie beinahe ehrfürchtig. Sie deutete auf Odiles Beine. »Sind das echte Seidenstrümpfe?«, fragte sie mit großen Augen.

Odile drehte sich einmal um die eigene Achse, wobei sie peinlich genau darauf achtete, nirgendwo anzustoßen. »Und schau mal hier«, sagte sie schließlich und hielt die Hand mit dem Ring in die Höhe. Ob die Kleine überhaupt wusste, was das bedeutete?

»Oh.« Odile hatte den Eindruck, die Augen des Mädchens wurden noch größer.

»Grüß deine Familie schön.« Odile zwinkerte ihr zu und wandte sich zum Gehen. Bevor sie den Laden verließ, dachte

sie für einen Moment an William, die Zeit mit ihm und was für ein albernes Kind sie damals doch gewesen war.

*

Police Headquarter, St. Peter Port

Die Pressekonferenz, die für den Nachmittag angesetzt worden war, konnten sie unmöglich wieder absagen. Angestrengt suchten sie nach Lösungen.

»Wenn Matthew ermordet wurde, müssen wir alles wieder auf Anfang setzen.« Kate spielte mit einem Kugelschreiber in ihrer Hand. Sie merkte selbst, dass sie aufgeregt war, ließ den Stift los und legte ihre Hand flach auf den Schreibtisch. Ihre Kollegen wirkten nicht minder angespannt, De-Garis fuhr sich immer wieder mit zusammengezogenen Augenbrauen durch seinen Dreitagebart, Walker wippte mit dem linken Bein, und Miller tippte auf ihrem Handy herum – entweder machte sie sich Notizen, oder sie bereitete ihre Familie schon einmal darauf vor, dass sie heute später nach Hause kam. Nur Rivers lehnte immer noch entspannt in der Tür, der einzige Hinweis darauf, dass auch er unter Strom stand, waren die Augenringe.

»Zuerst wurde Odile getötet, ich denke, davon können wir mittlerweile ausgehen. Dann ihr Pfleger«, fasste Kate noch einmal die Tatsachen zusammen. »Gehen wir davon aus, dass es ein und derselbe Täter war? Die Person, die Odile an den Klippen begleitet hat, hat auch Matthew ermordet?«

»Zwei Morde, die jeweils getarnt waren, einmal als Unfall, einmal als Selbstmord. Ich würde sagen, die Art und Weise, wie der Täter an die Sache herangeht, spricht für einen bestimmten modus operandi«, überlegte Walker. Er hatte mit dem Fußwippen aufgehört und kippte nun mitsamt seinem Stuhl ein wenig nach hinten.

DeGaris nickte zustimmend. »Wir sollten andere Möglichkeiten nicht ausschließen, aber ich denke auch, dass das kein Zufall sein kann. Odile Davies und Matthew Sallows waren eng miteinander bekannt. Wahrscheinlich war Matthew die Person, die Odile am besten von allen kannte, das müssen wir berücksichtigen.«

»Können die Vorwürfe gegen ihn ein erster Versuch gewesen sein, ihn loszuwerden?«, fragte Kate.

Mit einem Ruck kippte Walker nach vorn. »Du meinst, jemand hat ihm was angehängt?«

»Mr Darington wirkte auf mich glaubwürdig«, musste Kate zugeben. »Aber er ist von seinem Schlaganfall gezeichnet. Wer weiß, ob man ihm nicht etwas eintrichtern konnte?«

»Wer? Und zu welchem Zweck?«, fragte Miller interessiert.

»Irgendetwas soll vertuscht werden.« Kate seufzte.

Unwillkürlich dachte sie an PC Knight, der sie aus Sorge davor, einen Mordfall nicht aufzudecken, zum Fundort eines Unfalls gerufen hatte.

Sie riss sich aus ihren Gedanken und wandte sich an Rivers. »Waren die Tabletten auch der Inhalt im Drink?«

»Eine abschließende Analyse fehlt noch. Ich gebe euch so schnell wie möglich Bescheid.«

»Dr Schabot soll die Obduktion vorziehen.« DeGaris griff schon zum Telefon auf Kates Schreibtisch.

»Mr Darington«, wiederholte Kate den Namen leise. Irgendetwas regte sich in ihrem Hinterkopf. »Moment«, rief sie plötzlich. Nach ihrem letzten Besuch bei Therese Morgan hatte sie vorgehabt, im System nach Anzeigen zu suchen, die im Zusammenhang mit der Garden Villa standen. Matthews Tod war ihr dazwischengekommen. Zwei Klicks, und sie hatte ein Ergebnis. »Hier«, sagte sie aufgeregt. »Wusste ich es doch: Der Vorfall mit Mr Darington vor wenigen Wochen war nicht das erste Mal, dass ein Bewohner misshandelt wurde. Vor einem halben Jahr gab es schon einmal eine Anzeige. Dr Jones, der Hausarzt, der für die Garden Villa zuständig ist, hat eine Verletzung gemeldet.«

»Kam es zu einer Verhaftung?«

Kate schüttelte den Kopf.

»Dann frag bei diesem Dr Jones nach«, bestimmte DeGaris. »Und du bereitest die PK vor«, wandte er sich an Walker. »Und dann brauchen wir Matthew Sallows Kontoinformationen und die Telefonverbindungen«, sagte er zu Miller.

Die beiden Kollegen nickten, während Kate schon in ihren Unterlagen nach der Nummer von Odile Davies' Hausarzt suchte.

DeGaris stand auf, rückte seinen Stuhl wieder zurecht und sagte: »Und wie immer: pronto.«

*

Neuf Chemin, St. Saviour

Dr Jones war der Hausarzt, der in der Garden Villa ein und aus ging, er war derjenige, der die Bewohner behandelte und die Totenscheine ausstellte. Er unterhielt eine Praxis ganz in der Nähe des Pflegeheims, in einem kleinen Neubau mit weißem Anstrich und zwei Parkplätzen vor der Tür. Blumenkästen voller roter Fuchsien begrüßten die Patienten.

Nachdem Kate der Sprechstundenhilfe, einer sehr dünnen Blondine mit eckiger Brille, ihren Dienstausweis gezeigt hatte, wurde sie gleich zum Arzt durchgewinkt, der auf den ersten Blick genau der richtige Mann für die Bewohner eines Altenheims zu sein schien: rundlich und gutmütig, mit einem Wohlstandsbäuchlein, roten Wangen und einer dicken Brille auf der Nase. Seine Mundwinkel waren leicht nach oben gebogen, sodass es schien, als würde er konstant lächeln. Ein freundlicher Mann, der sie ebenso freundlich begrüßte.

»An Ms Davies kann ich mich erinnern, natürlich«, antwortete er gleich auf Kates erste Frage. »Demenz, Arthrose und die Schilddrüse. Brauchen Sie Einsicht in ihre Patientenakte?«

Nein, das brauchte Kate nicht. »Wies Ms Davies bei ihrer Untersuchung blaue Flecke oder Quetschungen auf?«, kam sie gleich zur Sache. »Möglicherweise Kratzspuren? Gab es Anzeichen für Misshandlungen?«

»Ms Davies? Nein, da ist mir nichts aufgefallen.« Dr Jones war sichtlich überrascht. »Wir haben nur vor etwa drei Wochen ihre Medikation noch einmal geändert«, fügte er hinzu.

Kate horchte auf. »Ach ja?«

»Mr Harwood rief mich an und bat mich darum.«

»Thomas Harwood, Odile Davies' Betreuer?«, fragte Kate erstaunt. Davon hatte er ihr gar nichts erzählt. »Was war denn das Problem?«

»Sie wurde schwierig.«

»Inwiefern?«

»Sie hat mehr geredet als üblich, sich leichter aufgeregt, hat die anderen Bewohner belästigt.«

»Ich hatte es so verstanden, dass das nicht unüblich ist bei ihrem Krankheitsbild?«

»Da haben Sie recht. Aber dafür gibt es ja uns Ärzte, nicht wahr? Damit wir Medikamente verschreiben, die die Symptome vielleicht abmildern können.« Dr Jones nickte freundlich. »Ich habe also mit ihr geredet und ein anderes Medikament verschrieben.«

»Ein stärkeres?«

Der Arzt nickte.

Kate versuchte, die vielen Gedanken in ihrem Kopf zu ordnen. »Weshalb hat das Pflegeheim nicht bei Ihnen angerufen und darum gebeten? Dort muss das doch aufgefallen sein.«

»Nun, mit der Heimleiterin, Ms Morgan, habe ich dann ja auch gesprochen.«

»Aber die hatte vorher keine Notwendigkeit für eine Änderung der Medikation gesehen?«

Der Arzt dachte nach. Sein Blick ging zur Decke, als versuchte er, sich den Gesprächsablauf in Erinnerung zu rufen. »Ich glaube, es gab einen Wechsel in der Pflege«, sagte er schließlich.

»Matthew Sallows.«

»Ja, stimmt, so hieß er. Nach seiner Kündigung wurde der Umgang mit Ms Davies auf jeden Fall schwieriger. Sie zum Duschen zu überreden, sie dazu zu bringen, ihre Tabletten zu nehmen, all diese Dinge.«

Matthew Sallows, er konnte mit ihr umgehen. Oder hatte er sie doch geschlagen, und sie war deshalb ruhiger gewesen in der Zeit, als er noch in der Garden Villa gearbeitet hatte? Aus Angst?

»Haben Sie in letzter Zeit so etwas Ähnliches auch bei anderen Patienten aus der Garden Villa gehabt?«, fragte sie.

»Nicht mehr als üblich.«

»Wie sieht es mit Misshandlungen aus? Sie sagten, Ms Davies war nicht betroffen. Aber es gab doch eine Anzeige.«

Er taxierte Kate, wägte offenbar ab, wie viel er ihr sagen durfte oder konnte.

»Richtig«, gab er schließlich zu. »Ich nehme das Thema sehr ernst. Mr Darington wies einmal blaue Flecke an beiden Oberarmen auf sowie ein leichtes Schleudertrauma der Halswirbelsäule. Ich habe es gemeldet.«

»Jemand hat ihn geschüttelt?«, schloss Kate.

Der Arzt nickte.

Man hatte Mr Darington also nichts eingetrichtert, er war tatsächlich misshandelt worden! *Matthew hat mir wehgetan.*

»Das ist jetzt etwa ein halbes Jahr her«, sagte Kate. »Haben Sie Mr Darington in letzter Zeit behandelt?«

Dr Jones runzelte die Stirn. »Er hat einen Spezialisten, einen Neurologen, zu dem er geht. Ich untersuche ihn nur selten.«

»Vor drei oder vier Wochen haben Sie ihn also nicht gesehen?«

Der Arzt schüttelte den Kopf.

Kate überlegte. Therese hatte den neuerlichen Vorfall selbst nicht angezeigt. Hatte Mr Darington nicht zum Arzt gebracht, hatte seine Verletzung offenbar nicht als schwerwiegend genug eingeschätzt. Vielleicht war es ihr aber auch ausschließlich um ihren Ruf gegangen.

»Wissen Sie, ob es damals Konsequenzen gab?«, kam Kate dann auf den ersten Vorfall dieser Art zurück.

»Wenn ich es richtig verstanden habe, konnte man nicht genau sagen, was passiert war. Mr Darington hat zu der Zeit kaum gesprochen, er hatte gerade seinen Schlaganfall erlitten. Sämtliche Pflegekräfte sind befragt worden, aber ohne Ergebnis.«

»Haben Sie eine Vermutung, wer es gewesen sein könnte?«

Dr Jones blickte sie ehrlich überrascht an. »Ich? Nein.« Er schüttelte den Kopf. »Da bräuchten Sie schon den Dienstplan. Aber ein einmaliges Ereignis …« Er zuckte resigniert mit den Schultern. »Da müssen Sie schon Glück haben, wenn Sie etwas nachweisen können.«

Nur dass es sich nicht um ein einmaliges Ereignis gehandelt hatte. »War das der einzige Vorfall dieser Art?«, hakte Kate nach.

»Der einzige, der mir bekannt ist.« Dr Jones nickte.

Mindestens von zwei Vorfällen wusste Kate, beide betrafen Mr Darington. Wie wahrscheinlich war es, dass kein anderer Bewohner, keine andere Bewohnerin betroffen war? Nachdenklich stand Kate auf und reichte dem Arzt die Hand.

»Danke, Dr Jones, Sie haben mir sehr geholfen.« Nachdenklich verließ sie die Praxis. Es hatte also schon einen Vorfall gegeben, die Misshandlungen, die Mr Darington erlitten hatte, waren kein einmaliger Ausrutscher. Therese Morgan hatte bereits eine Anzeige vorliegen gehabt, als sie Matthew vor drei Wochen ihren Deal vorschlug. Um jeden Preis einen Skandal zu vermeiden, auch wenn der Preis die Gesundheit eines alten Mannes war. Kate atmete mehrfach tief durch, um ihre Wut auf die Heimleiterin loszuwerden.

Und noch etwas anderes ging ihr durch den Kopf:

Welchen Grund konnte Thomas Harwood haben, ihr den Anruf bei Odiles Arzt und den Wechsel der Medikation zu verschweigen?

*

Le Vallon, St. Martin

Sophie Giffard, Williams Rougiers jüngere Schwester, wohnte ebenfalls in St. Martin, im Village oberhalb der malerischen Moulin Huet Bay.

»Früher blieb man in seinem Parish«, erklärte David auf Nicolas' interessierte Nachfrage. »Die Leute sind in ihrer kleinen Gemeinde aufgewachsen, haben hier geheiratet und Kinder bekommen. Deshalb waren die Dialekte auch sehr spezifisch, es gab Wörter, die existierten nur in diesem einen kleinen Ort.«

Das war spannend! Sprachliche Eigenheiten hatten Nicolas schon immer interessiert, und er nahm sich vor, David irgendwann nach Beispielen zu fragen. Oder Kate.

Aber jetzt war nicht die Zeit dazu, jetzt wollten sie mit Sophie sprechen.

»Meine Großtante hat schon immer hier oben gelebt«, fuhr David fort. »Jetzt ist sie beinahe neunzig, aber noch rüstig. Sie spricht nicht viel, vor allem nicht über damals.«

»Hat sie Familie?«

»Bis vor ein paar Jahren noch meinen Großvater. Ihr Mann ist schon lange verstorben, Kinder haben sie nicht gehabt. Ich …« David zögerte. »Wir haben nicht viel Kontakt.« Es fiel ihm sichtlich schwer, das zuzugeben.

Nicolas konnte das gut verstehen. Als junger Mann hatte man tausend Dinge im Kopf, dazu gehörten aber nicht Gedanken an die wenige Zeit, die man noch mit seinen älteren Verwandten verbringen konnte. Irgendwann war es zu spät, und man bereute, die Großeltern nicht öfter besucht, sich nicht doch einmal einen Nachmittag freigeschaufelt oder wenigstens angerufen zu haben. Er selbst war gerade auf Zypern gewesen, als sein Großvater starb, eine Tatsache, die ihn seit Jahren belastete. Er hatte sich um die dortigen Toten gekümmert und den Tod in der eigenen Familie verpasst. Bei David mochte noch die Scham über seine Jahre im Gefängnis dazukommen, das machte die Sache umso schwieriger.

Nachdenklich gingen sie nebeneinander her, bis David vor einem kleinen Cottage stehen blieb. In dem gepflegten Vorgarten blühten auch jetzt im September noch bunte Blumen. Nicolas vermutete, dass sich jemand um diese Dinge kümmerte, aber wer weiß, vielleicht tat Sophie das auch selbst.

David klopfte an die Tür und rief durchs offene Fenster nach seiner Tante.

Es dauerte nicht lange, bis ihnen geöffnet wurde. Eine kleine alte Dame mit dunklen, zu einem Dutt gebundenen Haaren blinzelte sie mit blassblauen Augen an.

»David!«, rief sie schließlich erfreut, als sie ihren Großneffen erkannte. »Was für eine schöne Überraschung! Kommt rein, kommt rein, ich wollte ohnehin gerade Tee aufsetzen.« Sophie Giffard ging voraus in ein kleines Wohnzimmer. Grüne Polstersessel standen um einen kleinen gläsernen Couchtisch, der mit einer Blumendecke verziert war. Im Regal hinter der Garnitur reihten sich kleine Porzellanfigürchen nebeneinander auf. Zirkusartisten, bunt angemalt mit spitzen Hüten.

Sophie Giffard forderte sie auf, sich zu setzen, und verschwand in der Küche, aus der Nicolas kurze Zeit später einen Kessel pfeifen hörte. Er schmunzelte. Die alte Dame kochte ihren Tee noch klassisch, das gefiel ihm. Wenige Minuten später kam sie mit einem Tablett und drei leeren bunt gemusterten Tassen zurück. Nicolas bot sich an, die schwere Teekanne zu holen. Sophie stimmte dankend zu, und so machte er sich auf den Weg in die kleine Küche, die abgewetzt und sauber war.

»Hallo, Ms Giffard. Ich habe mich noch gar nicht richtig vorgestellt. Mein Name ist Nicolas Arture, ich bin ein Freund von David«, sagte er, als er im Wohnzimmer den Tee einschenkte. Sophie lächelte ihn dankbar an, während David sichtlich verlegen in seinem Sessel saß, die ineinander verschränkten Hände knetend. Nicolas ging auf, dass er hier die Führung übernehmen musste, und so erzählte er der alten Dame kurz, dass er Professor für Archäologie sei und sich für Geschichte interessierte. In diesem Fall die von Guernsey und von ihr ganz persönlich. Bei seinen letzten Worten wurde ihr Lächeln plötzlich unsicher.

»Oh, ich habe nichts Interessantes zu erzählen«, sagte sie

und gab einen Schuss Milch in ihren Tee. »Sie sollten mit der alten Mrs Durand sprechen. Wenn Sie mögen, können wir gleich rübergehen.«

Nicolas lehnte die Milch ab, die sie ihm anbot, er trank seinen Tee wie auch seinen Kaffee schwarz. »Danke für das Angebot, das werde ich gern ein andermal tun«, sagte er lächelnd. Mrs Durand mochte spannende Geschichten auf Lager haben, aber jetzt in diesem Moment ging es um David und seine Familie. Und wie an den Tagen, an denen er bei seinen Ausgrabungen entscheidende Entdeckungen machte, so schlichen sich auch jetzt die Aufregung, die Anspannung bei ihm ein. Nicolas spürte instinktiv, dass Sophie Giffard Wichtiges zu erzählen hatte. Er blickte die alte Dame an, die unsicher, aber mit tadellosen Manieren einen Schluck ihres Tees trank. »Sie haben einen wunderschönen Vorgarten, Mrs Giffard«, wechselte er das Thema, um sie zu beruhigen und ihr eine kleine Freude zu machen. »Ihre Lilien wachsen ja unglaublich.«

Sophie Giffards Gesicht leuchtete auf. Richtig, die Lilien im Vorgarten waren herrlich. Im Garten hinter dem Haus waren ihr ganzer Stolz weiße Callas und einige Pininanas, riesige Pflanzen von den kanarischen Inseln, die etwa vier Jahre brauchten, bis sie den Blütenstand ausbildeten, erzählte sie.

»Faszinierend.« Nicolas lächelte, trank seinen Tee und hörte der alten Blumenliebhaberin zu. *Gebt mir einen festen Punkt, und ich hebe die Welt aus den Angeln*, dachte er amüsiert an das Zitat von Archimedes. Man brauchte nur den richtigen Aufhänger, damit die Menschen doch ins Reden kamen.

Immer wieder warf er einen Blick zu David, der sich wie seine Großtante ebenfalls zu entspannen schien. *Eine gemeinsame Teatime, das Universalheilmittel auch in zwischenmenschlichen Beziehungen*, dachte Nicolas.

»Wir hatten nur einen Gemüsegarten, keine Blumen, wir

mussten uns schließlich versorgen. Kartoffeln, Tomaten, Kohl. Ich habe meinen grünen Daumen von meiner Mutter geerbt«, sagte er jetzt. Das entsprach der Wahrheit, aber er hoffte, dass Sophie das zum Anlass nahm, über ihre eigene Vergangenheit zu sprechen.

»Es war eine schlimme Zeit damals«, sinnierte sie und starrte in ihre Teetasse.

»Ja, für alle. Schlimm für Sie, für Ihre Eltern und auch für William, richtig?«, wagte Nicolas sich vor.

Erschrocken blickte sie auf, sagte aber nichts.

»Haben Sie Odile gekannt? Seine Freundin?«, fragte Nicolas.

Sophie atmete tief durch. »Ich mochte sie. Früher«, sagte sie leise. »Später ...« Sie seufzte. »Es ging überall das Gerücht, sie habe sich mit einem Deutschen eingelassen.«

»Das Gerücht?«

»Es hat gestimmt, natürlich, ich habe sie zusammen gesehen. William hat sie zusammen gesehen. Alle haben sie zusammen gesehen. Er war so unglücklich.« Sie blickte auf. »Wissen Sie, Odile, sie war ein bisschen materialistisch. Und William hatte kaum Geld, war ja zu Beginn noch in der Lehre. Die deutschen Soldaten, die haben sich aufgeführt, als gehöre Guernsey ihnen, was eine Zeit lang ja wohl auch so war.« Sie lachte freudlos auf. »So ein junges Ding wie Odile hat sich davon beeindrucken lassen. Sie war ja auch noch ein halbes Kind. Aber sie haben ihr das Leben schwer gemacht, danach.«

»Nach dem Krieg, meinen Sie?«

Sophie schwieg. Sie wollte etwas erzählen, das spürte Nicolas, aber sie hatte auch Angst. Er wollte sie nicht drängen und ließ ihr Zeit. Trank Tee, wartete. Für einen Moment dachte er, David wollte etwas sagen, doch dann nahm auch er nur einen Schluck Tee.

»Nein, nachdem ihr Deutscher nicht mehr zurückkam«, sagte Sophie schließlich. »Das war noch vorher, während der schlimmen Zeit.« Sie holte Luft, bevor sie fortfuhr:

»Er ist verschwunden. 1944.«

Eine Welle der Aufregung durchfuhr Nicolas, und er wartete gespannt auf die Fortsetzung. Auch David lehnte sich aufmerksam vor.

Sophies Hände zitterten jetzt, sie musste die Teetasse abstellen. »Von einem Tag auf den anderen. Ist nicht mehr aufgetaucht«, sagte sie heiser. »Sie haben uns alle befragt, haben meine Eltern …« Sie presste die Lippen aufeinander, aufgewühlt von der Erinnerung, dann holte sie keuchend Luft. »Alle mussten aussagen, auch Odile. Sie haben sie sogar für ein paar Tage mitgenommen. Aber ihr Georg, er blieb verschwunden.« Nach diesen Worten verstummte sie ganz.

Nicolas wartete eine Weile, dann sprach er sanft seinen Verdacht aus: »In den Höhlen, richtig?«

»Ich weiß nichts davon.« Zu schnell die Antwort, zu schnell dafür, dass sie vorher noch so zögerlich und stockend gesprochen hatte.

»Sie können nichts dafür«, sagte Nicolas beruhigend und suchte ihren Blick. »Was ist passiert, Sophie? In den Höhlen? Was ist passiert?«

»Ich weiß es nicht.« Gequält. »Aber es war …« Fahrig strich sie sich über ihren Rock, ihr innerer Aufruhr war deutlich zu spüren. Doch ebenfalls deutlich zu spüren war, dass sie erzählen wollte. So lange hatte sie geschwiegen, irgendwann mussten die Geschichten ans Licht kommen, das wusste er von seiner Arbeit. Und Nicolas war ein guter Zuhörer. David saß schweigend in seinem Sessel und blickte seine Großtante besorgt an.

»William ging es schrecklich in dieser Zeit«, brachte sie schließlich hervor. »Tagelang hat er kaum gegessen. Getrunken, das schon. Und gewütet, ich habe ihn gehört, wenn er spät nach Hause kam, oder manchmal auch tagsüber hinter dem Haus. Er hat sie gehasst, die Deutschen, und ihn ganz besonders. Diesen Georg, der ihm Odile weggenommen hat. Reich war er angeblich, das hat Odile immer wieder erzählt.« Sophie seufzte traurig. »Das arme Ding, hat sich ins Unglück gestürzt für ein paar Glasperlen und Nylonstrümpfe.« Sie schüttelte den Kopf, betrachtete ihre Hände, knochig, von Altersflecken übersät. »Ich mochte Odile so gern«, flüsterte sie jetzt beinahe. »Habe zu ihr aufgeblickt, sie war wie eine ältere Schwester. Habe mich gefreut, wenn sie mit mir und William an den Strand gegangen ist, ich habe mich so erwachsen gefühlt. Sie hat mich nie wie ein kleines Kind behandelt, wissen Sie? Das war etwas Besonderes damals. Die Erwachsenen, meine Eltern, die Lehrer, selbst William, sie alle haben versucht, den Krieg und die Besatzung herunterzuspielen. Nur Odile hat zu mir gesprochen wie zu einer Ebenbürtigen, zu jemandem, der verdient, alles zu erfahren.« Sophie schluckte. »Später habe ich sie getroffen, eines Tages nach der Schule sind wir uns im Laden begegnet. So lange hatten wir uns schon nicht mehr gesehen, obwohl sie doch nur ein paar Häuser weiter wohnte, einen Steinwurf entfernt. William, der hat sie hin und wieder gesehen, er ist ihr heimlich gefolgt, aber dann kam er nur noch wütender nach Hause. An diesem Tag hat sie mir gesagt, sie hätte sich verlobt. Mit dem Deutschen. Sie hat mir den Ring gezeigt, schön war der, aus Gold mit einem Stein drin. Ihr Deutscher hätte viele solcher Schätze, versteckt in den Höhlen, hat sie behauptet.« Sophie nahm einen Schluck Tee, dann stellte sie die Tasse ab und schlug plötzlich die Hände vors Gesicht. »Ich habe William davon erzählt«, brachte sie hervor.

Nicolas war überrascht von ihrem qualvollen Ton, verstand aber nicht, worauf sie hinauswollte. »Aber das ist doch verständlich! Er war Ihr Bruder«, wandte er beruhigend ein.

»Nein, Sie verstehen nicht!« Sophie nahm die Hände vom Gesicht, sie atmete jetzt schwer.

Nicolas fasste ganz leicht ihre Hand. »Was verstehe ich nicht?«, fragte er nach und war selbst erstaunt, wie ruhig seine Stimme klang. Innerlich war er bis zum Bersten gespannt.

Erneut musste sie sich sammeln. Nicolas wartete. »Dass es meine Schuld ist!«, stieß sie schließlich aufgebracht hervor. »Ich habe ihm von der Verlobung erzählt, und da ist er ganz ruhig geworden. Endlich ist er nicht mehr wütend, nicht mehr traurig, habe ich gedacht. Er war nur noch ruhig, und mit einem Mal auch irgendwie selbstsicherer. Jetzt ist alles gut, habe ich gedacht. Aber dann ist er eines Abends fortgegangen, lange weggeblieben, bis weit nach der Ausgangssperre, die die Deutschen verhängt hatten. Ich konnte nicht schlafen, habe auf jedes Geräusch gehört, und als er dann in den frühen Morgenstunden nach Hause gekommen ist …« Sie sah auf und flüsterte: »Es war alles voller Blut.«

Jetzt hatte Nicolas das Gefühl, keine Luft mehr zu bekommen. Er warf einen schnellen Blick zu David, der ebenfalls unfähig schien, sich zu rühren und seine Großtante mit großen Augen anstarrte. Nicolas' Gedanken rasten. Gebannt wartete er auf die Fortsetzung, doch Sophie schwieg, den Blick in weite Ferne gerichtet. »Und am nächsten Tag war der deutsche Verlobte von Odile verschwunden?«, wagte er die Frage zu stellen, die ihm am drängendsten schien.

Sophie nickte gequält. »Sie war so unglücklich!« Wieder schlug sie die Hände vors Gesicht. »Ich wollte das nicht, das müssen Sie mir glauben. Und die Deutschen haben …« Tränen glitzerten jetzt in ihren Augen, als sie die Hände herunternahm. Sie atmete tief durch. »Ich habe nichts verraten,

niemandem, nichts gesagt, mein ganzes Leben lang nicht.«
Sie seufzte. »Er war doch mein Bruder! Sie war doch meine
Freundin.« Und jetzt liefen Tränen ihre Wangen hinab. Sie
weinte um ihren Bruder, um Odile, um ihre Eltern und sich
selbst. Nicolas nahm erneut ihre Hand und ließ sie gewähren.

16. Kapitel

Police Headquarter, St. Peter Port

Wieder einmal hatte man im Foyer des Polizeipräsidiums ein Podium aufgebaut, auf dem Walker und DeGaris pünktlich um 16 Uhr Platz nehmen würden.

»Aufregend, nicht wahr?«, fragte jemand neben ihr, und Kate drehte sich um. PC Knight, den sie seit dem ersten Abend an der Petit Bot Bay nicht mehr gesehen hatte, stand mit glänzenden Augen neben ihr und wirkte plötzlich sehr jung, viel jünger, als er war.

»Hey.« Kate lächelte ihm zu. »Gute Arbeit«, sagte sie und bemerkte, dass seine ohnehin schon roten Wangen sich noch eine Spur dunkler färbten. Sie meinte ihre Worte ernst – er war bemerkenswert engagiert, fleißig und interessiert.

»Er fühlt sich nicht wohl da oben, oder?«, flüsterte er ihr jetzt mit Blick auf DeGaris zu. *Eine gute Beobachtungsgabe hat er also auch noch*, dachte Kate amüsiert. Denn es stimmte: So souverän der Chief im Umgang mit seinen Mitarbeitern war, das alles verpuffte, sobald er sich im Mittelpunkt von Mikrofonen und Kameras befand. Dafür betrat jetzt Walker das Podium, korrekt wie immer und so selbstsicher, dass Kate ihm abkaufen würde, wenn er nun die Lösung des Falls verkündete.

Doch wie sie besprochen hatten, tat er genau das nicht. »Wir stehen kurz vor dem Abschluss unserer Ermittlungen«, teilte er den Reportern mit und zuckte nicht mit der Wimper, als das Blitzlichtgewitter der Kameras begann.

»Hängen die beiden Todesfälle zusammen?«, fragte ein Journalist der BBC.

»Das können wir leider nicht sagen.«

»Die Tote an den Klippen lebte in einem Pflegeheim, in dem das zweite Opfer gearbeitet hat.« Holly, natürlich. Wie üblich hatte ihre Cousine ihre Hausaufgaben gemacht. Weiß der Himmel, wie sie an diese Informationen gekommen war. Kate unterdrückte ein Stöhnen, als ein Raunen durch die Menge der versammelten Reporter ging. Auch Holly liebte ihre dramatischen Auftritte.

»Warten Sie dazu unsere nächste Pressekonferenz ab«, antwortete Walker. »Dann können wir Ihnen mehr sagen.«

»Handelt es sich um einen Serienmord?«, rief ein Reporter, und noch bevor Kate das Logo seiner Zeitung ausmachen konnte, wusste sie, dass er für ein Blatt aus dem Spektrum der Regenbogenpresse arbeitete. »Beverly Allit drängt sich auf«, fügte er noch lauter hinzu.

»Sie können voll und ganz darauf vertrauen, dass wir die Bevölkerung schützen werden«, teilte Walker den Anwesenden mit, und Kate musste zugeben, dass er sich nicht schlecht schlug – wenn man die Tatsache bedachte, dass sie die Pressekonferenz zu einem Zeitpunkt einberufen hatten, an dem sie von einer völlig anderen Faktenlage ausgegangen waren.

Fotoapparate klickten, weitere Fragen und Zwischenrufe ertönten, erstaunlicherweise gelang es Walker jedoch, das brandheiße Thema »Serien- oder Doppelmord« zu umschiffen. Er lobte die Kriminaltechnik, die schnelle Einsatzbereitschaft der Guernsey Police und das gute Zusammenspiel aller Abteilungen. Bei diesen Worten reckte Kate ihren Hals und konnte tatsächlich am anderen Ende des Raums Leonard Batiste entdecken. Sie musste grinsen.

»Was können Sie uns denn zur Todesursache von Matthew Sallows sagen?« Holly wieder.

Kate registrierte, wie Walker minimal den Mund verzog. »Um Spekulationen vorzubeugen, muss ich Sie bitten, hier das Ergebnis der Obduktion abzuwarten«, überspielte er sämtliche Unsicherheiten.

Doch Holly ließ nicht locker. »Gibt es Hinweise auf Fremdverschulden?«, fragte sie.

Walker zögerte. Auf die meisten der anwesenden Journalisten würde das wirken, als überlegte er seine nächsten Worte. Nicht so auf Holly. Sie wusste genau, was dieses Zögern zu bedeuten hatte, und Kate war sicher, dass sie in spätestens einer Stunde einen Artikel online finden würde, in dem von Mord am Altenpfleger Matthew S. die Rede war. Sie mussten sich beeilen.

Doch obwohl Kate die Gelegenheit nutzte, um in der allgemeinen Aufbruchsstimmung unbemerkt zu ihrem Büro zu gelangen, stand im Treppenhaus urplötzlich ihre Cousine neben ihr. Das blaue Kleid war figurbetont geschnitten, und Kate fragte sich einmal mehr, wie Holly es schaffte, sich auf ihren hochhackigen Pumps so schnell und lautlos fortzubewegen.

»Entschuldigung, ich muss mich auf dem Weg zur Damentoilette verlaufen haben.« Holly lächelte ohne jegliches Schuldbewusstsein und warf ihre blonden Haare nach hinten. Die waren gefärbt, in der Familie Langlois hatte man ausnahmslos dunkles Haar. Aber Kate musste zugeben, dass es Holly stand und einen interessanten Kontrast bildete zu ihren braunen Augen.

In der nächsten Sekunde hielt sie Kate ein Smartphone unter die Nase. »Ich brauch einen O-Ton von dir.«

»Kein Kommentar.« Kate zwinkerte ihr zu. »Das darfst du gern zitieren.«

»Wie großzügig.« Holly schürzte die Lippen. »Gibst du mir was, wenn ich darauf verzichte, die Todesursache zu nennen?«

Kate stockte. Aufmerksam musterte sie ihre Cousine. Holly bluffte. Ganz sicher bluffte Holly, darin war sie eine Meisterin. Aber was, wenn nicht? Kate zögerte, fuhr sich mit der Zungenspitze über die Lippen. »Was machst du an Weihnachten?«, entschied sie sich schließlich für einen Themenwechsel.

»Bitte?« Verwirrt zog Holly die Augenbrauen zusammen, und Kate freute sich über den seltenen Moment, ihre Cousine aus dem Konzept gebracht zu haben. »Sind wir nicht wie immer bei deiner Mutter?« Ablenkungsmanöver geglückt.

»Sie macht sich Sorgen, dass wir etwas Besseres vorhaben könnten.«

»Etwas Besseres als Aunt Heidis Weihnachtsessen?«, fragte Holly ungläubig, und Kate musste lachen. Ihre Mutter kochte immer fantastisch, und Weihnachten war immer ein ganz besonderes Fest. »Nein, nein, Weihnachten ohne euch und eine Runde Canasta kann ich mir nicht vorstellen. Vielleicht bringe ich Jack mit«, sagte Holly dann leichthin. »Ich glaube, ihr kennt euch noch nicht.«

Kate schüttelte den Kopf. Bis Weihnachten waren es noch drei Monate, ob Jack bis dahin noch aktuell war, stand in den Sternen.

»Grandpa wird ihn mögen.« Holly nickte selbstbewusst. »Er ist Arzt.«

»Oho. Dann müssen wir nur aufpassen, dass Mum ihn nicht mästet«, sagte Kate. Ihre Mutter arbeitete seit über dreißig Jahren im selben Krankenhaus und war mit ihrer fürsorglichen Art seit Jahrzehnten verantwortlich für zusätzliche Kilos bei Pflegern und Ärzten.

Holly kicherte. »Bringst du denn jemanden mit, Cousinchen?«, wendete sie den Spieß kurzerhand, und Kate fragte sich für einen Augenblick, ob DeGaris ihr wohl verzeihen würde, unter diesen Umständen Interna ihrer Ermittlungen auszuplaudern. Jetzt hatte Holly nämlich *sie* überrascht.

»Langlois!«, hörte sie in diesem Moment DeGaris rufen.

Der Chief kam auf sie zu, Miller im Schlepptau. Holly setzte ihr charmantestes Lächeln auf, aber DeGaris nickte ihr nur kurz zu und deutete auf den Ausgang. »Die Pressekonferenz ist beendet, das gilt auch für Sie«, sagte er freundlich, aber bestimmt.

Als ihre Cousine sich zum Ausgang bewegte, gestikulierte sie mit zwei Fingern in Kates Richtung: Sie würde sie anrufen. Kate fasste es als Drohung auf.

»Der Rechtsanwalt wartet«, informierte DeGaris sie, während sie gemeinsam die Treppe hinaufgingen.

Kate nickte, doch bevor sie zu einer Antwort ansetzen konnte, vibrierte ihr Smartphone. Eine Nachricht von Nicolas. Mit einem Schlag war die Aufregung wieder da, als sie auf »Öffnen« drückte.

»Heute Abend um acht bei mir, es gibt etwas Wichtiges zu besprechen!«

Sie wollte ihr Handy schon wegstecken, sich nicht ablenken lassen von den Gedanken an ihn und ihr Zusammensein, da trudelte eine zweite Nachricht ein: »Es geht um Odile Davies.«

*

»Mr Harwood«, begann DeGaris und schob den Briefstapel auf seinem Schreibtisch zusammen. »Sie haben uns sehr geholfen mit dem Inhalt von Odile Davies' Bankschließfach.«

Der Chief hatte die Befragung persönlich übernehmen wollen, jetzt saß er dem Betreuer gegenüber. Kate stand etwas abseits daneben und beobachtete die beiden.

Der Rechtsanwalt trug heute ein helles Polohemd, das wieder etwas zu eng saß. Seine Miene war skeptisch, vermutlich versuchte er einzuschätzen, weshalb die Polizei ihn aufs Revier bestellt hatte. DeGaris hatte ihm keinerlei Grund genannt.

»Nachdem Sie diesbezüglich also so kooperativ waren«, fuhr DeGaris freundlich fort, »haben wir uns natürlich gefragt, weshalb Sie uns die Information über den Besuch des Arztes bei Ms Davies vorenthalten haben.«

Nun war es raus, die Anschuldigung, der Verdacht stand im Raum, und DeGaris hatte Harwood auf dem falschen Fuß erwischt. *Oder ins Schwarze getroffen*, dachte Kate.

»Ich weiß nicht, was Sie meinen«, stotterte der Rechtsanwalt.

»Sie haben den Hausarzt angerufen, damit er Ms Davies' Medikation anpasst. Sie sagten, sie würde sich auffällig benehmen. Etwa drei Wochen vor ihrem Tod.«

»Richtig, richtig.« Harwood fuhr sich durch die kurzen Haare. »Ich musste der Leitung ein paar Unterlagen vorbeibringen, es ging um Odiles Pflegestatus. Da dachte ich, schau ich mal bei ihr vorbei und … na ja.« Er brach ab.

»Sie haben also mit ihr gesprochen?«, hakte DeGaris nach.

»Nein, das versuche ich Ihnen ja gerade zu erklären. Es war nicht möglich. Sie war völlig aufgelöst, als ich ankam. Eine Pflegerin wollte sie gerade anziehen. Sie sagte mir, sie benehme sich seit ein paar Tagen so, es gäbe kaum noch ein Durchkommen zu ihr. Ich muss gestehen, ich habe mich erschrocken. Und ihren Arzt angerufen.«

»Mehr nicht?«, fragte Kate skeptisch.

»Mehr nicht.« Wie um seine Ehrlichkeit zu untermauern, breitete Harwood seine Hände aus.

»Warum um Himmels willen haben Sie uns nichts davon erzählt?«, fragte DeGaris.

Der Rechtsanwalt presste für einen Moment unzufrieden seine Lippen aufeinander. Dann sagte er: »Ich habe ihren Pfleger Matthew Sallows ein paar Tage später zufällig in der Stadt getroffen, am Hafen. Er war entsetzt, als ich ihm davon erzählt habe. Als hätte diese alte Frau nicht schon genug gelitten, hat er gesagt.« Harwood schloss für einen Moment die Augen. »Er hat mir Vorwürfe gemacht. Dass ich mich sowieso nie interessiert habe. Dass ich mich nicht gekümmert habe, einfach alles immer nur habe laufen lassen.« Er blickte Kate an, dann seine Hände. »Leider hat er recht gehabt.«

✶

Calais, St. Martin

Es wurde langsam dunkel, von der Küste flogen drei Möwen über ihren Kopf hinweg auf das Innere der Insel zu und stießen ihre keckernden Schreie aus. Ein großer Vogel mit weiten Schwingen folgte ihnen, es musste ein riesiger Falke sein oder vielleicht schon eine Eule?

Kate drückte auf den Klingelknopf, und Nicolas öffnete keine zwanzig Sekunden später. Der vertraute Geruch seines Parfüms ließ sie an Sommertage am Strand denken, und sie ließ sich in seine Begrüßung fallen, genoss seine Nähe. Schließlich zwang sie sich, ihn loszulassen, schloss die Tür und folgte ihm ins Haus. Zwei Zimmer unten, eine Küche und ein Wohnzimmer, die Treppe führte nach oben, wo es vermutlich ein Schlafzimmer und ein Bad gab. Ein kleines Cottage, perfekt für ein bis zwei Personen, aber zu eng und zu schmal für eine Familie. Die Einrichtung war sparsam, aber geschmackvoll, und Kate fragte sich angesichts der Gartenzwerge im Vorgarten, ob Nicolas einiges an Dekoration in den Küchenschränken hatte verschwinden lassen. Sie musste schmunzeln.

»Nett hast du es hier«, sagte sie ehrlich.

»Ja, Mr Paice gibt sich alle Mühe. Möchtest du ein Glas Wein? Oh, und ich habe portugiesische Oliven und Schinken.« Während Kate sich auf einen Stuhl am Küchentisch setzte, stellte er die kleinen Kostbarkeiten auf den Tisch. Zu Oliven und Schinken gesellten sich Baguette, ein Schälchen Chips, Tomaten und reifer Cheddar. Dazu der obligatorische Rotwein, französisch und schwer.

Kate nahm sogleich eine Olive und kostete. »Die sind himmlisch«, rief sie begeistert. »Wo hast du die her?«

»Von Dario. Gabriels Cousin, du kennst ihn.«

Das tat Kate zwar nicht, aber sie wusste, von wem er sprach.

»Aus Portugal also«, sagte sie fröhlich. In St. Peter Port gab es ebenfalls einen kleinen portugiesischen Laden, in dem Kate gern Spezialitäten einkaufte.

»Ja. Ich habe die beiden heute getroffen«, erzählte Nicolas. »Wir waren zusammen in den Höhlen.«

Kate traute ihren Ohren nicht. »Du warst was?« Beschäftigte er sich etwa mit ihrem Fall und untersuchte die Dinge wieder auf seine Weise?

»Ich war in den Höhlen. Mit Dario und Gabriel«, wiederholte er seine Antwort lächelnd.

»Und darf ich fragen, was ihr in den Höhlen gemacht habt? Nach einem Schatz gesucht?«

»Ja, so ungefähr.« Nicolas grinste. Dann erzählte er ihr von der Familie seines Nachbarn, in der ein Besuch der Höhlen strikt verboten war.

Kate ahnte, worauf er hinauswollte, und wartete gespannt auf die Fortsetzung.

Nicolas aß eine Olive und schenkte sich etwas Wein nach. »Aber wo es ein Ungeheuer gibt, gibt es manchmal auch einen Schatz«, fasste er schließlich zusammen.

Dieser verrückte Kerl, dachte Kate. Laut sagte sie: »Vielleicht. Manchmal. Und wenn, wurde dieser hier bestimmt nicht von Odile Davies geborgen.« Sie hatte kein Geld besessen, stattdessen auf ihren Georg gewartet.

Der verschwunden war. Möglicherweise mitsamt einer stattlichen Anzahl an geraubten Gemälden.

Nicolas schürzte die Lippen. »Vielleicht liegt der Schatz dort immer noch, so tief vergraben, dass ihn noch niemand gefunden hat.«

Jetzt musste Kate lachen. Mit der Gabel, auf der sie ein Stück Käse gespießt hatte, piekste sie in seine Richtung. »Möchtest du dich auf ein Abenteuer begeben, Captain Sparrow?«

»Oh nein, ich bin Jim Hawkins, und Guernsey ist *Die Schatzinsel.*« Er grinste.

»Also, meine Cousine Holly kauft dir die Story sicher für die *Guernsey Press* ab.« Und das war nicht einmal gelogen.

Ein plötzliches Glücksgefühl ließ Kate von innen ganz warm werden. Wie hatte sie das Geplänkel und die Neckereien mit Nicolas vermisst! *Reiß dich zusammen,* schalt sie sich, *bevor du noch etwas sagst, das du später bereuen wirst.* Sie wollte und konnte nicht so einfach alles auf null stellen, konnte nicht einfach so tun, als ob nichts gewesen wäre. Ein Neuanfang. Ein wirklicher Neuanfang, bei dem sie die Sache anders angingen, vorsichtiger, langsamer – und hoffentlich beständiger.

»Jetzt mal ehrlich. Warst du in den Höhlen?« Kate musterte ihn. Als er nickte, atmete sie tief durch, bevor sie gestand: »Ich glaube nämlich, dieser Schatz hat tatsächlich existiert.«

Seine Miene war plötzlich ernst. »Und dass das etwas mit deinem Fall zu tun hat?«

Natürlich zog er wieder einmal die richtigen Schlüsse.

Kate zuckte die Schultern. »Diese Höhlen – was weißt du denn jetzt darüber?«, fragte sie nach.

»Ziemlich viel, glaube ich.« Die Ernsthaftigkeit in seiner Stimme ließ Kate aufhorchen.

»Kate, ich habe eine alte Frau getroffen, die Odile Davies als junges Mädchen kannte.« Er suchte ihren Blick. »Anscheinend war deine Tote mit einem reichen Mann verlobt. Er hatte einen Schatz in einer Höhle.«

Kate traute ihren Ohren nicht. Sie legte ihr Besteck zur Seite. »Einen Schatz? So hat sie es gesagt? In der Höhle?«

Nicolas nickte.

Dann stimmt es also, dachte sie atemlos, ihre Überlegungen stimmten! Kiesler hatte wertvolle Kunstgegenstände gestohlen und versteckt.

»Wo der herkam, weiß ich allerdings nicht«, sagte Nicolas.

»Aber ich.« Es war unglaublich, aber so ergab alles einen Sinn. »Odiles Verlobter war in Frankreich beim Einsatzstab Reichsleiter Rosenberg, sagt dir das was?«

Nicolas nickte. Natürlich, das hätte sie sich denken können, Frankreich und Historie waren sein Metier.

»Die Nazis dachten, er hätte sie bestohlen, und haben ihn versetzt. Aber was ist dann passiert?« Sie musterte ihn nachdenklich. »Seine Spur verliert sich. Hier auf Guernsey. Er ist untergetaucht. Einfach verschwunden, kurz vor Ende des Krieges.«

»Er ist ermordet worden«, sagte Nicolas ruhig.

Kate starrte ihn an. »Was? Da weißt du mehr als die deutsche Wehrmacht. Oder ist das nur deine Vermutung?«

»Nein, ich weiß es. Ich habe einen Augenzeugenbericht.« Und dann erzählte er ihr von seinem Gespräch mit der Großtante seines Nachbarn.

Kate lauschte ihm atemlos, ohne ihn zu unterbrechen. »Ich kann das gar nicht glauben«, stieß sie hervor, als er geendet hatte. Wenn es stimmte, was Nicolas ihr da gerade erzählt hatte, nahmen ihre Ermittlungen eine ganz andere Richtung! »Ich muss mit deinem Nachbarn sprechen«, stieß Kate hervor.

»Jetzt?« Nicolas blickte auf ihre angebrochene Mahlzeit.

»Jetzt«, antwortete Kate entschlossen.

»Das hatte ich befürchtet.« Er seufzte und stand auf. »Sei nett zu ihm.«

»Ich bin immer nett.«

Er lächelte und strich ihr eine Strähne zurück. Ihr Herz klopfte schneller.

»Komm mit.« Nicolas nahm ihre Hand, und Kate entzog sie ihm nicht.

Das Nachbarhaus, klein und ordentlich, mit der Tafel »Bonheur« neben der Tür, war offensichtlich frisch gestrichen. Sie sah, dass dem Auto in der Einfahrt ein Seitenspiegel fehlte.

»David hat in letzter Zeit etwas Pech gehabt«, erklärte Nicolas auf ihren fragenden Blick hin. »Aber das Haus ist schon wieder in Ordnung gebracht.« Er klang stolz, als er auf die Malerarbeit deutete. »Die Leute versuchen, ihn loszuwerden. Ich habe dir ja schon erzählt, dass er ein verurteilter Straftäter ist. Er hat seine Strafe zwar abgesessen, ist aber in der Nachbarschaft nicht gern gesehen.«

Kate war bestürzt, es tat ihr leid, wie er behandelt wurde. Sie wappnete sich für das Gespräch mit dem Mann, der ihnen jetzt die Tür öffnete. David Rougier war etwa in ihrem Alter, vielleicht ein bisschen älter. Er war ebenso groß wie Nicolas, aber massiger, mit bulligem Nacken und kurz geschorenen Haaren.

»Entschuldige, David«, sagte Nicolas. »Ich hatte dir ja schon gesagt, dass wir nach dem, was wir heute Nachmittag erfahren haben, mit der Polizei sprechen müssen. Das hier ist DI Kate Langlois. Du kannst ihr vertrauen.«

»Wenn es sein muss.« Der Mann seufzte, ließ sie aber eintreten. »Kann ich Ihnen etwas zu trinken anbieten?«, fragte er, nachdem er sie ins Wohnzimmer geführt hatte.

Nicolas entschied sich für ein Bier. Kate war zu abgelenkt von dem, was sie sah, um antworten zu können. Bücher waren aus den Schränken gerissen, einige standen in den Regalen, offensichtlich zurückgestellt, aber man konnte sehen, wo ganze Reihen heruntergefegt worden waren. Das Glas der Vitrine war kaputt, das Sofa an zwei Stellen aufgeschlitzt, die Schubladen des Schreibtischs geleert. »Was ist denn hier passiert?«, fragte sie entsetzt.

»Ich habe es noch nicht geschafft, alles wieder aufzuräumen.« David blickte verlegen zu Boden. »Nicolas hat Ihnen ja sicher erzählt, dass ich nicht unbedingt beliebt bin hier in der Nachbarschaft. Ich werde gemobbt, man will mich aus dem Haus haben, mit Vandalismus und Beleidigungen.«

In der Tat hatte Nicolas ihr das erzählt, aber dass es so schlimm war …? Plötzlich kam ihr ein Gedanke. »Das ist ja ein merkwürdiger Zufall.« Sie trat zum Schreibtisch. »Sieht aus, als hätte jemand was gesucht. Die Schubladen des Schreibtischs waren aufgerissen?«, fragte sie.

David nickte.

Sie kniete sich hin, blickte unter das Sofa, ja, hier hatte auch jemand nachgesehen. »Darf ich?«, fragte sie, als sie den Schrank öffnete und anschließend einen Blick in die Küche warf. Vandalismus, hatte David gesagt, doch sie war sich ziemlich sicher, dass hier etwas ganz anderes im Spiel war. Das Ziehen in ihrer Magengegend war spürbar.

»Es tut mir leid, dass Sie dieses Chaos sehen müssen«, entschuldigte David sich. »Aber ich komme einfach nicht richtig zum Aufräumen. Ich muss mich um einen neuen Job kümmern, Reparaturen vornehmen.« Er presste die Lippen aufeinander.

»Ich bin von der Polizei, ich habe schon Schlimmeres gesehen«, sagte Kate lächelnd. Der arme Mann war unverschuldet in einen Strudel von Ereignissen geraten, für die er nichts, aber auch wirklich gar nichts konnte. »Aber sagen Sie, dieses Mobbing. Wann genau fing das an? Gleich nachdem Sie hier eingezogen sind?«

David Rougier blickte sie verständnislos an. Nicolas hingegen wirkte mit einem Mal sehr aufgeregt. »David, wann genau hast du mit Matthew die alten Briefe deines Großvaters durchgesehen?«, fragte er.

Dass Matthew und David zusammen Briefe seines Großvaters angesehen hatten, erhärtete ihren Verdacht, dass jemand – Matthew – hier etwas gesucht, von David etwas gewollt hatte.

»Ich glaube, es gibt einen zeitlichen Zusammenhang, oder?«, fragte Nicolas, jetzt an seinen Nachbarn gewandt, dem er aufmunternd zunickte.

»Vor ein paar Wochen habe ich mit Matthew gesprochen«, antwortete David zögerlich. »Ich habe ihn zu mir eingeladen. Da war alles noch friedlich. Kurz darauf«, er stutzte, »ja, es war wirklich kurz darauf, da hat offenbar jemand etwas über meinen Hintergrund herausgefunden, und die Schmiereien fingen an. Sie meinen … ihr meint …?« Offenbar dämmerte auch dem Hausbesitzer, was Nicolas ihm sagen wollte. »Matthew hat das alles angezettelt? Aber warum?«

»Das ist die Eine-Million-Pfund-Frage, nicht?«, zitierte Kate einen von DeGaris' Lieblingssätzen. »Aber zumindest erkenne ich einen Einbruch, wenn ich einen sehe.« Sie deutete auf die Regale, die Schränke, den Schreibtisch. »Das war kein reiner Vandalismus. Hier hat jemand ganz gezielt etwas gesucht.«

Nicolas nickte grimmig. »Dass mir das nicht längst aufgefallen ist. Ich dachte, es geht um Verwüstung.«

Wie hätte er es auch wissen sollen? »Du schaust dir für gewöhnlich Sachen an, die unter der Erde liegen. Ich nehme an, dort ist grundsätzlich alles ein bisschen durcheinander«, sagte Kate lächelnd.

»Aber was soll denn hier gesucht worden sein?«, fragte David. »Ich besitze ja kaum etwas, das ganze Haus steht voller Zeug von meinem Großvater. Weshalb sollte jemand in seinen alten Sachen wühlen?« Er wirkte hilflos, dieser große breitschultrige Mann, was Kate auf ganz eigene Weise rührte.

»Wahrscheinlich geht es genau um diese alten Sachen«, murmelte sie und drehte sich einmal um die eigene Achse.

»Glaubst du, jemand hat Beweise gesucht?«, fragte Nicolas. »Beweise für …« Er brach ab, aber Kate wusste, worauf er hinauswollte: Beweise für den Mord an Georg Kiesler.

»Oh Gott.« David wurde blass. Er hielt immer noch die beiden ungeöffneten Bierflaschen in der Hand, die er jetzt neben dem Sofa abstellte. »Mein Großvater hat … Heute Nachmittag …«, begann er, doch Kate unterbrach ihn. »Ich weiß Bescheid«, sagte sie und versuchte, ihm aufmunternd zuzulächeln. »Ihr Großvater ist tot, hier gibt es nichts, was die Polizei interessieren könnte.« Sie hoffte, ihn damit zu beruhigen, und tatsächlich blickte er sie nach kurzem Zögern erleichtert an. *Ein guter Anfang*, dachte Kate. *Sein Vertrauen werde ich aber erst noch gewinnen müssen.*

Plötzlich seufzte er. »Ironie des Schicksals, was?«, sagte

er abschätzig. »Der Apfel fällt nicht weit vom Stamm. Der Großvater ein Verbrecher, der Enkel ebenfalls.« Er ließ sich aufs Sofa sinken.

»Mr Rougier.« Kate setzte sich neben ihn, Nicolas drückte seine Schulter. Er mochte David, das war offensichtlich, und sie vertraute seiner Menschenkenntnis. »Ich weiß nicht, was Sie getan haben, aber wenn ich es richtig verstehe, haben Sie Ihre Strafe abgesessen. Hier«, sie machte eine ausladende Bewegung mit der Hand durch den Raum, »geht es jetzt um ein Verbrechen, das gegen Sie verübt wurde. Ihr Eigentum wurde zerstört, Sie wurden massiv unter Druck gesetzt.«

David sah sie an, er wirkte gehetzt, als wisse er nicht, was jetzt von ihm erwartet wurde. Kate ließ ihm Zeit.

»Sie glauben wirklich, Matthew hat was damit zu tun?«, wiederholte er schließlich ungläubig. »Ich dachte, er wäre mein Freund.«

»Er *war* dein Freund«, sagte Nicolas entschieden. »Er wollte mir helfen, das Mobbing gegen dich zu beenden.«

Kate nickte nachdenklich. Das passte zu ihrem Gefühl, ihn vor Walker verteidigen zu müssen, als der Kollege ihn für Odiles Tod verantwortlich gemacht hatte. Aber wie passte dieses Bild zu einem Matthew, der Mr Darington verletzte, ihn schüttelte und ihm wehtat? Zu einem Matthew, der Sachen durchsuchte?

»Ich weiß nicht, ob es wirklich Matthew war, der hier eingebrochen ist«, antwortete sie schließlich ruhig. Vielleicht war es auch derjenige gewesen, der Matthew ermordet hatte? Kate hatte gerade so viele Fragezeichen im Kopf. Nur eines wusste sie sicher: Es gab einen Zusammenhang. Und eine Verbindung zu Odile.

»Vielleicht hat er gar nichts damit zu tun gehabt. Vielleicht hat er auch Zweifel säen wollen, die Sache ist aus dem Ruder gelaufen, und dann hat er es bereut«, warf Nicolas mit seiner tiefen Stimme ein. »Er stand jedenfalls auf der richtigen Seite. Sonst hätte er uns bei der Schlägerei nicht geholfen.«

Kate hob den Kopf. »Stimmt, darüber haben wir auch noch nicht geredet!«, entfuhr es ihr. Und Matthew war ebenfalls dabei gewesen? Das war die Sache, bei der er den beiden geholfen hatte?

Doch beide Männer winkten ab. Kate wollte gerade darauf bestehen, dass sie ihr endlich von der Schlägerei erzählten – wobei allein die Vorstellung, dass ausgerechnet Nicolas sich geprügelt hatte, schon rätselhaft war –, als Nicolas einen überraschten Ruf ausstieß.

Er deutete auf eine Stelle an der Wand hinter dem Schreibtisch, zwischen der Vitrine und einem kleinen dunklen Bücherregal, wo die Tapete etwas heller war als in ihrem Umkreis. »Da hing doch was! Hast du es weggenommen?«, fragte er aufgeregt.

»Nein, ich …« David blickte ihn überrascht an. »Ich habe keine Ahnung.«

Kate trat an die Stelle heran. »Ja, da hing was. Wer hat es weggenommen, und wann?« Aufgeregt wandte sie sich an David. »Mr Rougier, können Sie mir sagen, was dort hing?«

Doch er schüttelte den Kopf. Dann deutete er auf die übrigen Wände, an denen hier und dort Fotos aufgehängt waren, Bilder, kleine Szenerien des Lebens auf Guernsey. »Ich nehme an, es war so etwas«, sagte er. »Hier gibt es so viel, mein Großvater hat die ganze Hütte vollgestellt, ich habe einfach nicht alles im Kopf.« Unzufrieden ballte er seine Hände. »Aber weggenommen habe ich nichts.«

Kate atmete tief durch. Es wäre auch zu schön gewesen. Sie versuchte, sich zu sammeln. Was hatte sie erfahren? Odiles Erzählungen, die im Pflegeheim als das verrückte Gerede einer dementen alten Frau abgetan worden waren, stimmten möglicherweise: Sie hatte laut Aussage einer Zeugin einen Verlobten gehabt, der einen »Schatz in den Höhlen« besaß. Einen Verlobten, der laut Aussage des German Occupation Museum im Verdacht stand, Kunstwerke von bedeutendem Wert gestohlen zu haben. Dann war er verschwunden. Zeitgleich hatte die Zeugin Sophie Giffard ausgesagt, dass ihr Bruder, der Großvater des Mannes, in dessen Wohnzimmer sie sich aktuell befand, voller Blut nach Hause gekommen war, in der Nacht, in der eben jener Verlobter verschwand. Wenn das alles stimmte, lag die Vermutung nahe, dass William Rougier Georg Kiesler getötet hatte. Und nun hatte ein Nachbar von David, der Pfleger von Odile, dieses Haus durchsucht auf der Suche … nach was? Nach dem Schatz? Ihr schwirrte der Kopf.

»Moment!«, rief David in diesem Moment aufgeregt. »Ich habe Fotos von der Wand dahinten.« Er holte eilig sein Handy aus der Küche und scrollte in seinem Fotoalbum herum. »Hier.« Triumphierend zeigte er Nicolas und Kate das Bild, das er gesucht hatte.

»Das, was da hing, war ein Ölgemälde«, kommentierte Nicolas. »Impressionismus. Aber ich kenne das Bild nicht.« Er blickte Kate an. »Entweder von einem unbekannten Maler oder …« Er schwieg nachdenklich.

»Oder ein verschollenes Bild eines bekannten Künstlers«, führte Kate seinen Satz zu Ende. Ein Schauer fuhr ihr über den Rücken. Konnte das sein? War es vielleicht sogar ein Teil des Schatzes? War es möglich, dass es diesen Schatz, von dem Odile gesprochen hatte, tatsächlich gab? Und dass Georg Kieslers Mörder ihn besaß?

*

La Plaiderie, St. Peter Port

Als Kate zu Hause ankam, war noch Leben in der Innenstadt von St. Peter Port. Aus einem benachbarten Pub tönten Rockmusik und lautes Gejohle, ein Pärchen stritt sich lautstark auf der Straße. *So ist es eben, das Leben in »Town«,* dachte Kate schmunzelnd.

Kaum hatte sie die Wohnungstür geöffnet, klingelte ihr Handy.

»Isabella kommt.«

Es war so weit, Laura lag tatsächlich in den Wehen. Kate hatte das Gefühl, dass ihre Welt sich derzeit im Eiltempo drehte.

»Ich bin gleich da!«, rief sie, warf die Tür wieder zu und zog im Laufen den Autoschlüssel aus der Handtasche. Das Pärchen schwieg jäh, als sie an den beiden vorbeihastete, dann setzte es seinen Streit in der gleichen Hitzigkeit fort.

Zum Glück herrschte um diese Zeit kaum Verkehr, und so erreichte Kate Laura in Rekordzeit. Patrick, ihr Mann, öffnete und trieb sie eilig ins Wohnzimmer, wo eine stöhnende Laura auf der Couch saß, die Hände um den Bauch gelegt.

»Du hast nicht übertrieben. Wie ein aufgescheuchtes Huhn«, flüsterte Kate ihrer Freundin zu, der der Schweiß auf der Stirn stand. »Und jetzt ab mit euch ins Krankenhaus.«

Sie blickte Laura hinterher, die gestützt auf Patricks Arm trotz der Schmerzen mit einem Lächeln die Wohnung verließ.

Kate machte es sich auf der Couch bequem. Sie würde auf den kleinen Liam aufpassen und die Nacht hier verbringen. An Schlafen war allerdings kaum zu denken.

17. Kapitel

Police Headquarter, St. Peter Port

Walker saß an seinem Schreibtisch, eine Tasse Kaffee vor sich, und gähnte. Seine Krawatte war an diesem Freitagmorgen nur lose gebunden, und Kate fragte sich, ob seine neue Bekanntschaft ihn dazu brachte, lockerer zu werden. Er nahm einen Schluck Kaffee und stellte die Tasse wieder auf den exakt selben Platz, an dem sie vorher gestanden hatte. »Du glaubst also, Odile Davies und Matthew Sallows sind gestorben, weil vor über achtzig Jahren ein Nazi die Wehrmacht um ihre Raubkunst erleichtert hat?«, fasste er nach Kates Bericht zusammen.

»Ich hätte es anders formuliert, aber im Prinzip: ja«, antwortete Kate. Ihr eigener Kaffee hatte mittlerweile Raumtemperatur. Patrick war am frühen Morgen übernächtigt, stolz und glücklich nach Hause gekommen: Die kleine Isabelle wog gesunde 3.400 Gramm, Mutter und Tochter waren beide wohlauf. Kate hatte ihn umarmt und sich dann beeilt, zum Duschen nach Hause zu fahren. Jetzt saß sie seit einer knappen Stunde im Büro und hatte alles gelesen, was sie über das Thema »Beutekunst« auf Wikipedia finden konnte. Sie atmete aus und lehnte sich in ihrem Schreibtischstuhl zurück. »Odile hat von diesem Schatz erzählt. Und irgendjemand hat ihn für bare Münze genommen.«

»Jemand außer dir und deinem verrückten Franzosen, meinst du?«

»Matthew Sallows. Vielleicht hat er ihr nicht nur zugehört, vielleicht hat er ihr wirklich *geglaubt*. Die Tatsache, dass er seinen Nachbarn David Rougier über dessen Großvater ausgefragt hat, spricht dafür.«

»Hm.« Walker schwieg nachdenklich. »Vielleicht ist da was dran. Vielleicht hat er ihr auch erst geglaubt, nachdem er in David Rougiers Wohnung dieses Ölgemälde gesehen hat. Seine Mutter ist Kunstlehrerin.«

Das hatte Kate nicht gewusst, aber es passte in die Überlegungen. »Wenn es tatsächlich ein verschollenes Werk eines bekannten Malers ist, hat er es möglicherweise erkannt und die Puzzleteile zusammengesetzt«, spann sie den Faden weiter.

Walker nickte. »Nur, was ist dann passiert? Ging es nur um das eine Bild? Was ist überhaupt mit der Beute? Hat Matthew sie gefunden? Hatte er einen Komplizen, der die Beute vielleicht für sich allein haben wollte?«

»Ich weiß es nicht«, sagte Kate ehrlich. »Aber die Sachen können unmöglich noch in einer der Höhlen gelegen haben, jemand muss sie weggeschafft haben, vor langer Zeit schon. Vielleicht Kiesler selbst. Oder – und dafür spricht das Bild in David Rougiers Wohnung – William Rougier.«

»Nachdem er Kiesler ermordet hatte.« Jetzt schlich sich wieder Skepsis in Walkers Stimme. »Wofür es nur eine Zeugin gibt, die allerdings auch schon beinahe neunzig ist und die bis zum gestrigen Tage keiner Menschenseele je ein Sterbenswörtchen davon erzählt hat.«

Kate seufzte. Auch aus diesem Grund hatte sie den ganzen Morgen über recherchiert: Wenn sie beweisen konnte, dass das aus David Rougiers Haus verschwundene Ölgemälde der Beutekunst der Nationalsozialisten entstammte, dann wussten sie, dass zumindest dieser Teil der Geschichte wahr war. Sie brauchten dieses Bild!

»Odile hatte ein Bild über ihrem Bett hängen«, murmelte Kate. »Ein Kunstdruck. Sonnenblumen hinter Glas.«

»Manche mögen das, habe ich gehört«, zog Walker sie auf, doch sie hörte ihn kaum.

»Ja, aber das passte gar nicht richtig zu ihr. Sie liebte Lavendel«, sagte sie nachdenklich. Lila, pink, blau und rosa waren ihre Kleider gewesen, kein Tupfer Gelb, kein Orange. Warum also hatte sie genau dieses Bild gehabt? Und wie kam die alte Frau zu dem Bild mit den Sonnenblumen?

»Weißt du, was?« Kate stand auf und griff nach ihrer Jacke. »Ich fahr einfach gleich hin und schau mir das Bild noch einmal aus der Nähe an.«

»Glaubst du, es gibt uns einen Hinweis?«

Kate zuckte mit den Schultern. »Irgendwie haben mich diese Sonnenblumen von Anfang an beschäftigt.«

*

Garden Villa, St. Saviour

Als Kate die Garden Villa betrat, stand ein Krankenwagen vor dem Eingang, zwei Sanitäter und ein Notarzt schoben eine Frau auf einer Trage heraus.

»Mrs Summers!« Besorgt blickte Kate zu der alten Frau, die heute einen Pastellpullover in Türkis trug. Ihr Gesicht wies eine blutende Wunde auf, die an der Augenbraue notdürftig verarztet worden war.

»Sie ist gestürzt«, hörte Kate Edward Linney in diesem Augenblick hinter sich sagen, ehe er lauter hinzufügte: »Das wird wieder, Mrs Summers! Morgen sind Sie wieder bei uns.« Er drehte sich zu dem Notarzt, der ihm kurz mitteilte, in welches Krankenhaus sie die Patientin bringen würden. Alles Weitere wollte Linney direkt mit den dortigen Ärzten klären.

Der Krankenwagen fuhr ab, und Kate blickte ihm hinterher, unfähig, sich darauf zu konzentrieren, weshalb sie hergekommen war. *Zu viel Tod und Krankheit hier*, dachte sie bei sich.

»Schlimme Geschichte, das mit Matthew«, begann Edward Linney, die Hände in den Hosentaschen seiner hellen Pflegekluft. »Selbstmord, ja?« Er schüttelte bedauernd den Kopf.

Kate musterte ihn eingehend, konnte aber nichts aus seiner Miene lesen. Sie beschloss, nicht darauf einzugehen. »Haben Sie ihn gemocht?«, fragte sie stattdessen.

»Eigentlich ja.« Er kratzte sich verlegen am Kopf. »Er war ein Einzelgänger, ein Sonderling, hat nie viel gesprochen. Aber ja, ich glaube, ich habe ihn gemocht. Bis zu dieser Sache mit Mr Darington.«

Ja, die Sache mit Mr Darington. »Gab es schon vorher irgendwelche Anzeichen?«

Edward Linney schien seine nächsten Worte mit Bedacht zu wählen. »In unserem Job stoßen wir an Grenzen«, sagte er. »Da kann es durchaus vorkommen, dass man nicht immer so reagiert, wie man sollte.«

»Nicht immer so, wie man sollte«, wiederholte Kate. »Mr Linney, wir sprechen hier von Gewalt. Von Schlägen und Misshandlung.«

Er zuckte zusammen. »Ich weiß«, sagte er leise. »Also nein, wir haben es nicht kommen sehen. Wir hatten Matthew als zuverlässigen Kollegen eingestuft, Therese und ich.«

»Aber Dr Jones hat vor einem halben Jahr schon einmal Misshandlungen an Mr Darington zur Anzeige gebracht«, sagte Kate hart.

Ertappt blickte Linney zur Seite.

»Nun?«, fragte Kate.

»Matthew ist damals gar nicht auf der Liste aufgetaucht«, antwortete er schließlich widerstrebend. »Er war im Urlaub. Sarah hatte Dienst, unsere zuverlässige Sarah, und …«

»Moment mal.« Irritiert blickte Kate ihn an. »Sie wollen mir nicht ernsthaft erzählen, Sie hatten mindestens zwei Pflegekräfte angestellt, die Ihre Bewohner misshandeln?« Sie merkte, dass sie laut wurde, aber ihre Selbstbeherrschung schwand. »Lassen Sie mich raten: Sie selbst waren beide Male im Dienstplan eingetragen.«

Sein Schweigen war Antwort genug.

»Mr Linney, haben Sie Mr Darington diese Verletzungen zugefügt?«, fragte sie direkt.

Sofort wurde der immer so beherrscht wirkende Mann hektisch. »Nein! Das war ich nicht! Ich habe niemals einen Bewohner geschlagen, nie auch nur angeschrien.« Eindringlich blickte er sie an. »Das müssen Sie mir glauben.«

Kate musterte ihn, antwortete aber nicht. Sie wusste nicht, ob sie ihm glauben konnte, zu undurchsichtig erschien er ihr, zu oft hatte er sie schon angelogen.

»Was wissen Sie über Odiles Vergangenheit?«, fragte Kate ihn jetzt.

Sein Blick huschte zur Seite. »Wir hören den ganzen Tag so viele Geschichten«, sagte er schließlich. »Man kann sich nicht auf alles konzentrieren.«

»Aber in diesem Fall hat jemand genau das getan. Matthew.«

»Matthew war ein guter Pfleger«, wiederholte Linney leise. »Und ich kann immer noch nicht glauben, dass …« Er brach ab, als sie vor Odiles Zimmer stehen blieben.

»Ich möchte mir nur schnell etwas ansehen.« Kate öffnete die Tür und betrat den Raum. Stickige Luft, mit Lavendelduft geschwängert, umfing sie. Das Bild mit den Sonnenblumen leuchtete genauso gelb über dem Bett, wie Kate es in Erinnerung hatte. »Wissen Sie, woher sie die Sonnenblumen hatte?«

Diesmal nickte Linney. »Sie hat gesagt, es sei von einem Freund.« Offenbar *hatte* er Odile manchmal zugehört.

»Von William?«

Linney zuckte unsicher mit den Schultern.

Kate trat zu dem Bild, nahm es vom Haken und legte es vorsichtig auf den Tisch vor dem Fenster. »Helfen Sie mir mal.«

Sie öffneten die Scharniere, lösten den Rahmen, hoben vorsichtig die Glasscheibe ab. Kate traute ihren Augen nicht. Die Farben befanden sich auf dem Papier! »Kein Kunstdruck«, flüsterte sie. Das Werk war ein Original.

Linney starrte sie an. »Ich habe es immer für einen Abdruck von einem van Gogh gehalten.«

»Gut möglich«, murmelte Kate. Also ein van Gogh. Kein Abdruck. Sie fuhr mit dem Finger am unteren Bildrand entlang. »49/250.« Eine Zahl, die ihr nie aufgefallen war, sie aber wie jeder Betrachter für die Nummerierung des Abzugs gehalten hätte. Aber was sollte diese Zahl auf einem Originalbild? Kate zückte ihr Handy und schoss ein Foto, das sie gleich an Nicolas versendete. Ohne weitere Erläuterung, er würde wissen, was sie von ihm wollte.

Und tatsächlich kam binnen Sekunden eine Antwort. »Zahlencode für ein Bankschließfach?«

Ja, so etwas musste es bedeuten, Nicolas' Gedanken gingen offenbar in die gleiche Richtung. Hatte Odile am Ende den Schatz, von dem sie immer gesprochen hatte, selbst besessen? Womöglich ohne es zu wissen?

Mit Linneys Hilfe rahmte sie das Bild wieder ein und hängte es auf. An der Wand wirkte es wieder fröhlich wie eh und je.

»Hübsch«, kommentierte sie.

»Aber überhaupt nicht Odiles Stil«, ergänzte Edward Linney.

*

Police Headquarter, St. Peter Port

Als Kate ins Präsidium zurückkehrte, hatte sie schon drei verschiedene Banken abtelefoniert. Das Handy auf Lautsprecher und noch in der Warteschleife mit Bank Nummer vier – man wollte sie mit jemandem verbinden – stürmte sie in DeGaris' Büro.

Sie bedeutete Walker und Miller, die gerade gemeinsam aus der Teeküche kamen, ihr zu folgen.

Atemlos fasste sie ihre Entdeckung in Odiles Zimmer zusammen. »Ich glaube, der Schatz existiert«, schloss sie. »Ich glaube, William Rougier hat ihn nach Georg Kieslers Verschwinden – vermutlich, nachdem er den Mann ermordet hatte – an sich genommen und in einem Schließfach verstaut, auf Letzteres deutet der Zahlencode. Ob wegen seines schlechten Gewissens oder in Erinnerung an seine Jugendliebe – ich glaube, er wollte Odile den Schatz vermachen. Vielleicht wollte er sie absichern oder etwas wiedergutmachen. Hätte sie das Bild entschlüsselt, hätte sie den Schatz gefunden und wäre reich gewesen.«

»Moment.« DeGaris hielt eine Hand in die Höhe.

In diesem Augenblick gab Kates Smartphone ein knackendes Geräusch von sich, dann meldete sich eine männliche Stimme.

Kate stellte sich dem Bankangestellten am anderen Ende der Leitung vor. »Es geht um ein Schließfach, das William Rougier vermutlich bei Ihnen eröffnet hat«, kam sie direkt zur Sache. »Die genaue Jahreszahl habe ich nicht, aber ich vermute, es ist schon einige Zeit her.«

»Rougier, sagten Sie? Moment.« Das Klappern einer Tastatur war zu hören. »Sie haben recht«, kam dann die verblüffte Antwort. »1951.«

Es existierte. Das Bankschließfach existierte! Euphorie machte sich in ihr breit. Kate blickte ihre Kollegen an, die wie gebannt auf ihr Telefon starrten.

»Es ist ein Tresor?«, vermutete Kate, nachdem sie sich gefangen hatte. »Groß?«

»Ja. Und noch für die nächsten drei Jahre bezahlt.«

Das passte. Kate atmete tief durch. »Um es zu öffnen, braucht man einen Zahlencode?«

Es raschelte. Kate hielt den Atem an.

»Exakt. Fünf Stellen«, sagte der Bankangestellte dann.

49250.

»Unglaublich«, formte Walker mit den Lippen, Miller schüttelte verblüfft ihre Locken.

»Ich danke Ihnen, Sie haben uns sehr geholfen«, sagte Kate aufgeregt. »Wir kommen vorbei.«

Sie beendete das Gespräch und blickte ihre Kollegen herausfordernd an.

DeGaris nickte langsam.

»Jetzt wissen wir auch, was der Einbrecher in David Rougiers Haus gesucht hat: die Zahlenkombination für das Bankschließfach. Gute Arbeit, Kate.« Er nickte anerkennend. »Dann war das Ganze tatsächlich von langer Hand geplant. Um den Einbruch zu vertuschen, hat man den ehemaligen Straftäter gemobbt, so ist nicht einmal er selbst auf die Idee gekommen, hinter dem Einbruch irgendetwas anderes als Vandalismus zu vermuten.«

Walker war immer noch sichtlich beeindruckt. »Matthew Sallows hat die Geschichten einer alten Frau ernst genommen und ist einem Schatz auf die Spur gekommen. Das gibt's doch gar nicht.«

»Doch, ich glaube, genau so war es.«

»Aber er kann doch nicht allein gearbeitet haben?«, überlegte Miller laut. »Er muss einen Partner gehabt haben. Jemanden, der den Schatz aber letztlich für sich allein haben wollte. Deshalb musste Matthew sterben. Nur wer?«

»Es muss jemand gewesen sein, der Matthew gut kannte«, warf Walker ein.

Doch DeGaris schüttelte den Kopf. »Vergesst Odile Davies nicht«, sagte er. »Wenn unsere Theorie stimmt und alles von Anfang an geplant war, musste auch Odile beseitigt werden. Und dafür musste sie das Pflegeheim verlassen. Matthew konnte nicht mehr hinein, um sie zu holen, und ein Freund von Matthew, der nie zuvor im Pflegeheim war, hätte Aufsehen erregt. Auch wenn er nur auf dem Parkplatz gewartet hätte.«

»Es muss also entweder jemand wie Thomas Harwood gewesen sein, dessen Besuch nicht ungewöhnlich war, oder einer der Angestellten«, schlug Kate vor.

»Thomas Harwood hat mit Matthew über Odile gesprochen, das hat er uns selbst gesagt«, warf Walker ein.

»Und mit seinen Kollegen hat Matthew zusammengearbeitet«, hielt Kate dagegen. »Aber ich frage mich, ob Harwood sich nicht intensiver um Odile gekümmert hätte, wenn er die Geschichte von ihrem Schatz geglaubt hätte. Hätte er sie nicht besucht? Angerufen?«

»Wer hatte an dem Tag Dienst?«, fragte DeGaris. »Wer hat Odile Davies gepflegt?«

»Sarah Gibbs. Sie sagte mir, ihr sei Odiles Fehlen erst aufgefallen, als es Zeit fürs Abendessen war.«

»Sie kann gelogen haben.«

»Das ist möglich.« Kate überlegte. »Aber unwahrscheinlich«, revidierte sie dann. »Sie hatte Dienst. Es wäre aufgefallen, wenn sie nicht auf der Arbeit gewesen wäre, gerade um diese Zeit. Odile in ein Auto zu setzen, sie zum Klippenpfad zu führen und schließlich hinunterzustoßen ... Nicht zu vergessen, der Rückweg, nein, das hätte länger als eine halbe Stunde gedauert, deutlich länger. Außerdem ist Odiles Fehlen um kurz nach fünf bemerkt worden. Zu dem Zeitpunkt war es noch hell, Wanderer, Strandbesucher, irgendjemand hätte die Tat beobachtet. Nein«, sagte Kate entschieden. »Der Täter kann niemand sein, der zum Zeitpunkt von Odiles Verschwinden Dienst gehabt hat.«

»Dann gilt das Gleiche für Edward Linney«, sagte Walker. Kate nickte. Wäre Linney der Täter, hätte er anders reagiert, als sie die Zahlenkombination auf dem Bild mit den Sonnenblumen entdeckt hatte. So gut hatte der stellvertretende Heimleiter sich nicht im Griff, davon war Kate überzeugt.

»Was ist mit der Chefin?«, fragte Miller.

»Therese Morgan.« Kate blickte zu Walker. »Sie hatte an dem besagten Abend frei. Linney und Sarah haben sie angerufen, sie hat mit ihnen nach Odile gesucht. Aber ...« Sie stockte. »Sie waren nicht die ganze Zeit zusammen. Linney sagte mir, Therese Morgan sei zum Nature Reserve gefahren. Keine Zeugen.«

»Sie hatte frei«, sagte Walker. »Aber wäre es ungewöhnlich, wenn man die Chefin an ihrem freien Tag kurz im Büro antrifft?«

Kates Blick flog zu DeGaris. »Niemand würde sich etwas dabei denken«, antwortete sie. Für die Leitung gab es immer etwas zu tun. »Wahrscheinlich würden die Angestellten es nicht als Besonderheit registrieren.«

Der Chief nickte. »Ihr zwei fahrt ins Pflegeheim«, wies er Kate und Walker an. »Und um alle Eventualitäten abzudecken, statten Miller und ich Thomas Harwood einen Besuch ab.«

*

Garden Villa, St. Saviour

Fast schon automatisch wanderten Kates Hände zum Desinfektionsspender im Eingangsbereich der Garden Villa. Walker musterte die alte Dame im Flur, die viel zu warm angezogen in einem Wintermantel darauf zu warten schien, abgeholt zu werden. Auch heute würde Ricky nicht mehr kommen.

Mr Le Page schlurfte in Hose, Hemd und Hosenträgern an ihnen vorbei, schwer auf seinen Stock gestützt. Als er Kate erblickte, zog er den Bauch ein und rückte die Schultern gerade. Sie lächelte ihm zu, während er einen imaginären Hut lüpfte.

Kate ging voraus zu Therese Morgans Büro und öffnete ohne anzuklopfen mit einem Ruck die Tür. Erschrocken blickte die Heimleiterin von ihrem PC auf.

»Ist etwas passiert?«, fragte sie und straffte sich, als sie aufstand. Ihre Finger jedoch fuhren unwillkürlich zu ihren Blusenärmeln.

»Wir würden gern noch einmal mit Ihnen über den Samstag sprechen, an dem Odile Davies verschwunden ist.«

Sie nickte. Aber wirkte sie nicht mit einem Mal unsicher? Schluckte sie schwerer als nötig?

»Bitte setzen Sie sich doch. Kann ich Ihnen einen Kaffee anbieten?«

Walker und Kate schüttelten gleichzeitig den Kopf, und Therese Morgan schien ein wenig in sich zusammenzufallen. »Was möchten Sie wissen?«

Walker zupfte seine Bundfaltenhose zurecht, bevor er

sich ihr gegenübersetzte. »Wann genau sind Sie über Ms Davies' Verschwinden unterrichtet worden?«

Die Direktorin wunderte sich sichtlich über die Frage, die sie doch längst beantwortet hatte, erwiderte aber fügsam: »Gegen halb sechs. Zu dem Zeitpunkt hatten Sarah und Linney bereits das Haus abgesucht.«

Kate nickte und setzte sich ebenfalls. »Sie waren zu Hause, richtig?«

»Richtig.« Das Zögern vor ihrer Antwort dauerte nur eine Millisekunde, Kate bemerkte es dennoch. Auch ihrem Kollegen war es aufgefallen, der Zeigefinger seiner linken Hand, die auf der Armlehne des Stuhls lag, zuckte.

»Ms Morgan, haben Ms Gibbs und Mr Linney Sie auf Ihrem Festnetztelefon angerufen?«, fragte Kate.

Therese schüttelte den Kopf. »Als Notfallnummern sind nur Handys gespeichert.« Sie räusperte sich.

»Wenn wir Ihre Handyortung für den Nachmittag anfordern würden, Ms Morgan«, Walker beugte sich bedrohlich nach vorn, »welchen Standort würden wir angezeigt bekommen?«

In diesem Moment war Kate dankbar für seine forsche Verhörtechnik. Ob sie damit bei Richterin Perchard durchkommen würden, stand auf einem anderen Blatt. Aber hier ging es darum, Therese Morgan ein wenig Angst einzujagen. So viel, dass sie gestand.

»Ms Morgan«, begann Kate, doch mehr brauchte sie nicht zu sagen.

»Ich war hier«, brach es aus der Heimleiterin heraus. »Sie haben recht, ich war … hier. Aber ich schwöre Ihnen, es war nur kurz. Ich wollte nach einer Akte sehen, mehr nicht!«

»Warum haben Sie uns das nicht gleich gesagt?«

»Ich dachte …« Nervös knipste Therese Morgan mit ihren Nägeln. »Ich wollte nicht …«

»Welche Akte war das?«

Gehetzt blickte die Direktorin auf. Sie schluckte. »Ich weiß nicht, mehr, es ging alles so durcheinander an diesem Nachmittag. Der Anruf, Odile, ich kann mich nicht mehr erinnern.«

»Ms Morgan, Sie haben genug gelogen«, fuhr Walker scharf dazwischen.

»Es ging um Mr Darington«, sagte Therese hastig. »Er war mit der monatlichen Zahlung in Verzug, er hatte mich angerufen und …« Plötzlich leuchtete ihr Gesicht auf. »Ich war bei Mr Darington, als Odile verschwunden ist. Er saß in seinem Rollstuhl draußen im Garten, wir haben gesprochen.«

Als weder Kate noch Walker etwas entgegneten, bat sie: »Fragen Sie ihn. Fragen Sie Mr Darington.«

Mr Darington also. Bei dem Namen drängte sich Kate ein weiterer Verdacht auf: »Als Leiterin hatten Sie die Möglichkeit, Matthew zu kündigen. Niemand anders konnte das, nur Sie. Wissen Sie, was ich glaube? Ich glaube, Sie haben Ihre Position ausgenutzt. Sie hatten mitbekommen, dass Matthew Odiles Geschichten über ihren Verlobten und diesen sagenhaften Schatz ernst genommen hat. Sie haben mit ihm gesprochen, und als er Ihnen dann von seinem Nachbarn erzählte, der mit Odile in ihrer Jugendzeit bekannt gewesen war … Da haben Sie die Sache plötzlich auch ernst genommen.«

»Welcher Nachbar? Ich weiß nicht, wovon Sie sprechen!«, rief Therese Morgan außer sich.

»Sie mussten nur noch Matthew loswerden, das taten Sie mit der falschen Anschuldigung von Mr Darington. Wer hat ihm die blauen Flecke zugefügt? Waren Sie das?«

Die Heimleiterin starrte sie an, dann schüttelte sie verzweifelt den Kopf. »Fragen Sie Mr Darington«, sagte sie.

Plötzlich griff sie zum Telefon. »Warten Sie, ich lasse ihn holen.«

Kate warf einen schnellen Blick zu Walker, der gleichgültig mit den Schultern zuckte. Also ließ sie Therese gewähren. Es schadete nicht, noch einmal persönlich mit dem alten Mann zu sprechen – so gut das eben möglich war.

Sie hoffte, heute war einer seiner besseren Tage.

Es war Edward Linney, der den alten Mr Darington in seinem Rollstuhl ins Büro schob. Unschlüssig blieb er anschließend im Raum stehen. Therese Morgan blickte ihn an, als wäre er ihr Rettungsanker auf hoher See.

»Danke, Mr Linney, wir melden uns, wenn wir noch etwas brauchen«, entließ Kate den stellvertretenden Heimleiter jedoch und schloss die Tür hinter ihm. Dann ging sie vor Mr Darington leicht in die Knie, um auf Augenhöhe mit ihm reden zu können.

»Wir haben gerade von Ihnen gesprochen, Mr Darington«, sagte sie freundlich. »Erinnern Sie sich noch an den Samstag vor einer Woche?«

Der alte Mann starrte leer vor sich hin.

»Ms Morgan war mit Ihnen im Garten«, fuhr Kate etwas lauter fort. »Erinnern Sie sich?«

Plötzlich streifte ein Lächeln sein Gesicht. »Im Garten«, wiederholte er glücklich. »Wir waren im Garten.«

»Wissen Sie noch, an welchem Tag das war?«, fragte Kate. »War das am Samstag?«

Erneut erntete sie einen stummen Blick. Walker seufzte.

»Wann waren Sie im Garten, Mr Darington?«, probierte sie es erneut.

»Matthew mag das nicht«, murmelte der alte Mann. Den Garten? Matthew mochte den Garten nicht?

»Matthew hat Ihnen wehgetan, richtig?«

Jetzt nickte er schüchtern. Vorsichtig. Als hätte er Angst, Matthew würde jeden Augenblick auftauchen.

»Matthew wird Ihnen nie mehr wehtun«, sagte Kate sanft. »Er wird nicht wieder kommen.«

»Matthew kommt nicht mehr?« Plötzlich zeigte sich Angst in seinem Blick. Er wurde unruhig, sah zu Therese, die mit zusammengepressten Lippen dasaß.

»Mochten Sie Matthew?«, fragte Kate.

Doch der alte Mann hörte ihr nicht mehr zu, unruhig bewegte er sich in seinem Rollstuhl hin und her, schien aufstehen zu wollen, konnte es nicht. Irgendetwas brachte ihn offenbar durcheinander, regte ihn auf. »Matthew«, murmelte er vor sich hin, immer wieder: »Matthew.«

Kate drehte sich zu Walker, der hilflos mit den Schultern zuckte. Nein, so kamen sie nicht weiter.

»Ich denke, Ihr Alibi wird vor Gericht nicht standhalten«, informierte Walker Therese Morgan kurzerhand mitleidslos.

»Er hat doch gesagt, wir waren im Garten!«, rief die Direktorin.

»Er hat nicht einmal gewusst, von welchem Tag wir sprechen«, wies Walker sie auf das Offensichtliche hin.

Ob es der Schlaganfall war oder ebenfalls eine beginnende Demenz, Mr Darington war keine verlässliche Quelle. Kate blickte zu ihm, er murmelte weiter vor sich hin. Auf einmal verharrte er mitten in der Bewegung, eine Erkenntnis huschte über sein Gesicht, und er blieb still sitzen, als er sagte: »Andrew.«

»Ihr Sohn kommt heute sicher noch einmal vorbei«, sagte Kate, um ihn aufzumuntern. Bisher war kein Tag vergangen, an dem Kate ihn nicht im Pflegeheim gesehen hatte, der Mann kümmerte sich aufopferungsvoll um seinen Vater.

Wie es der Zufall wollte, war es genau Andrew Darington,

der im nächsten Moment die Bürotür aufriss. Und er war wütend.

»Ich bin der Betreuer meines Vaters«, bellte er. Dahin war der Charme, den er bei seinen bisherigen Begegnungen mit Kate an den Tag gelegt hatte. »Sie haben kein Recht, ihn ohne meine Anwesenheit zu befragen.«

»Mr Darington.« Walker richtete sich auf und trat ihm entgegen. »Wir haben Ihren Vater nur um eine kleine Auskunft bezüglich eines Treffens mit Ms Morgan gebeten.«

»Und Sie hätten mich dazu bitten müssen!«, blaffte Andrew Darington und fasste die Griffe des Rollstuhls.

»Wir sind schon fertig«, sagte Walker. »Sie können Ihren Vater gern mitnehmen.«

»Nein.« Jetzt stand auch Kate auf. Sie hatte während des Gesprächs zwischen Andrew Darington und Walker nur Augen für den alten Mr Darington gehabt, der seit der ersten Sekunde zusammengekauert in seinem Rollstuhl gesessen hatte, die Augen ängstlich aufgerissen.

»Matthew hat Ihnen wehgetan, richtig?«, fragte Kate noch einmal sanft.

Doch der alte Mann saß lediglich da, die Augen weit aufgerissen. Dann wanderte sein Blick plötzlich zu seinem Sohn, und mit einem Mal war Kate klar, wie alles zusammenhing.

Therese Morgan blickte wie gebannt auf ihren Bewohner. Andrew Darington stand perplex im Raum. Bis plötzlich Bewegung in ihn kam. Mit zwei Schritten war er an der Tür, dann im Flur. Ein Aufschrei, es polterte.

Walker sprintete los, Kate hinterher. Andrew Darington hastete um die Ecke, doch dann war seine Flucht auch schon zu Ende: Einer der Metallwagen für das Austeilen des Mittagessens stand bereit. Begleitet von einem lauten Scheppern ging Andrew Darington zu Boden.

Augenblicklich war Walker bei ihm, drehte ihm die

Hände auf den Rücken und tastete nach Daringtons Portemonnaie, das er Kate zuwarf. Sie öffnete die Geldbörse, suchte nach dem Personalausweis. »Matthew Andrew Darington«, las sie vor. »Ich glaube, wir sollten uns einmal unterhalten.«

*

Police Headquarter, St. Peter Port

Er hatte Geldsorgen. Sein Einkommen als Freiberufler war unstet, die Pflege seines Vaters so teuer, dass dessen kleine Rente bei Weitem nicht ausreichte. Als er Odile von ihrem ominösen Schatz hatte reden hören, war er gleich bereit, es zu glauben, *wollte* es glauben. Und als Matthew ihm eines Tages von seinem neuen Nachbarn berichtete, dessen Vater damals Odile gekannt hatte, da setzte er alles daran, diesen Schatz zu finden.

»Ich war so dicht dran«, sagte er. Sie hatten ihn aufs Revier gebracht. DeGaris war bei der Befragung dabei, Walker und Kate. Miller organisierte parallel die Hausdurchsuchung bei Andrew Darington.

»Ich habe mit Odile gesprochen. Habe sie zu den Klippen gebracht und … Ich wollte sie nicht töten!« Er blickte auf. Schweißtropfen standen an seinen Schläfen. »Das müssen Sie mir glauben. Ich habe sie nur ausfragen wollen. Weil sie manchmal von diesen Orten gesprochen hat. Ich dachte, vielleicht hilft das ihrem Gedächtnis auf die Sprünge. Doch sie hat nur das gesagt, was sie immer gesagt hat, von ihrem Verlobten, der zu ihr zurückkommt.« Seine Kiefer mahlten, als er sich die nächsten Sätze zurechtlegte. »Ich bin wütend geworden. Habe sie geschüttelt. Habe ihr gesagt, ihr Verlobter ist tot, er kommt nicht zurück. Und plötzlich …« Er machte eine Pause, in der er hörbar einatmete. »Mit einem Mal war sie ganz außer sich. Sie hat geschrien, immer wieder geschrien. ›William‹, hat sie gerufen. ›Hat William ihn umgebracht?‹, hat sie gefragt, immer wieder geschrien. Sie war irre, verrückter, als ich sie je gesehen habe.«

Sie hatte ihm Briefe geschrieben, lange noch, nachdem er gestorben war, hatte den ganzen Rest ihres Lebens daran festgehalten, dass er noch lebte. Und doch musste sie tief in ihrem Innern die Wahrheit gekannt haben. Kate blickte Andrew Darington an. »Und dann haben Sie sie gestoßen.«

»Ich wollte sie festhalten! Ich wollte sie festhalten, aber sie hat sich losgerissen. Und dann hat sie den Halt verloren. Es war ein Unfall.«

DeGaris stützte die Arme auf den Tisch und verschränkte die Hände. »Das mag sein. Aber Matthew Sallows war kein Unfall.«

»Nein.«

Rivers hatte die Medikamente identifiziert: ein Cocktail aus frei verkäuflichen Schlafmitteln und dem, was man Andrew Daringtons Vater gegen die Schmerzen verschrieben hatte.

Matthew Sallows war unbequem geworden. Er hatte von Odiles Tod erfahren, der Komplize, und plötzlich war ihm die Suche nach dem Schatz nicht mehr so wichtig gewesen.

»Er hat seinen Job geliebt«, sagte Kate leise. »Und seine Patienten lagen ihm am Herzen.« Niemals hätte er eine alte Frau seiner Geldgier geopfert. Und deshalb musste auch der Krankenpfleger sterben.

»Haben Sie den Einbruch bei David Rougier allein verübt?«, fragte Kate weiter. Sie hatte keinen Zweifel daran, dass sie das Bild, das David gestohlen worden war, bei Andrew Darington finden würden. Miller würde das auf telefonische Nachfrage später sicher bestätigen. »Dass David ein verurteilter Verbrecher war, war ein Wink des Schicksals. Sie hatten es einfach, seine Nachbarn gegen ihn aufzubringen.«

Andrew Darington lachte verächtlich. »Auch da hatte Matthew ein schlechtes Gewissen. Wollte wiedergutmachen, was passiert war, was die anderen Anwohner David antaten.«

Kate dachte an die Schlägerei, die Nicolas erwähnt hatte.

»Deshalb musste er sterben«, sagte Kate leise. Weil er eigentlich ein guter Mensch gewesen war. Ein junger Kerl, der von der Idee einer Schatzsuche begeistert gewesen, der eine ihm anvertraute Bewohnerin glücklich machen wollte und an einen skrupellosen Mittäter geraten war. Sie hatte keine Zweifel daran, dass die Fingerabdrücke, die man auf dem zweiten Glas in Matthews Spülmaschine gefunden hatte, zu jenen passten, die sie gerade eben genommen hatten.

Die einzige Frage, die sie nicht abschließend klären konnten, obwohl sie Andrew Darington mehrfach danach fragten, war, ob er seinen Vater absichtlich misshandelt hatte, um es auf Matthew schieben zu können, oder ob er die Nerven verloren hatte und, als man ihm von der Aussage seines Vaters »Matthew hat mir wehgetan« berichtete, die Gelegenheit nutzte, die Beschuldigungen gegen seinen Namensvetter nicht richtigzustellen.

Kate musste daran denken, was sie bei ihrem ersten Treffen zu Andrew Darington gesagt hatte: Er sei der letzte Mensch gewesen, der Odile Davies lebend gesehen hatte. Dass es so wörtlich zu nehmen war, hatte sie damals nicht ahnen können.

*

Sie hatte ihn angerufen. Wieder einmal sei er bei der Lösung eines Falls maßgeblich beteiligt gewesen, hatte sie gesagt, und ihn deshalb eingeladen, bei der Öffnung des Schließfachs dabei zu sein. Und Nicolas hatte das Angebot freudig angenommen.

Als er um die Ecke bog, stand die Polizei schon vor dem Eingang der Bank, vier Beamte waren es. Nicolas hatte jedoch nur Augen für Kate, die ihm strahlend entgegenblickte. Wie beim letzten Mal, als sie einen Fall gelöst hatte, zeigte sich die Entspannung in ihren Schultern, in ihrer gesamten Haltung: Sie wirkte freier und unbekümmert. Manchmal, wenn sie mitten in den Ermittlungen steckte, vermittelte sie den Eindruck, die Last dieser Welt zu tragen. Doch hier und heute, im Sonnenschein vor einem der vielen Finanzinstitute in St. Peter Port, wirkte sie losgelöst und glücklich.

Nicolas hätte sie küssen können.

Doch das musste warten.

»Na? Bereit für das Öffnen einer Schatztruhe, Jim Hawkins?«, neckte Kate ihn, als sie alle zusammen die Bank betraten.

Das Schließfach war größer, als Nicolas sich Schließfächer vorgestellt hatte. Aber wenn ihre Spekulationen stimmten, dann musste es das auch sein.

Er beobachtete angespannt, wie Kate die Zahlenkombination eingab. Das Schloss sprang auf, sie öffnete die Tür und gab den Blick auf den Inhalt des Tresors frei.

»Wow«, war das Einzige, was Nicolas bei dem Anblick ausrief, und die Kollegen stimmten ein.

*

»Hey, Isabella«, flüsterte Kate am nächsten Vormittag dem kleinen Bündel auf ihrem Arm zu. »Willkommen auf dieser Welt.« Sacht strich sie dem Neugeborenen über die weiche Wange. »Es wird hier manchmal hektisch zugehen, du wirst sicher auch einige Tränen vergießen, aber eines solltest du gleich schon wissen: Auf deine Mum und Aunt Kate kannst du dich verlassen.«

Das Baby gab kleine gurgelnde Geräusche von sich, und Kate betrachtete das winzig wirkende Geschöpf liebevoll. Die stolze Mama saß in ihrem Krankenbett, erschöpft, aber glücklich, und strahlte über das ganze Gesicht.

»Wie geht es dir?«, fragte Kate sie dennoch, auch wenn sie ihr jedes ihrer vielen Gefühle ansehen konnte.

»Fantastisch.« Laura kuschelte sich in die Kissen, als sie ihre Tochter wieder entgegennahm. »Und dir geht es auch wieder gut, hm? Was ist passiert? Fall gelöst?«

»Fall gelöst.« Kate nickte zufrieden.

Sie sah zu, wie Laura die kleine Isabella stillte, die noch ein wenig ermuntert werden musste. Patrick, Lauras Mann, war gerade mit Liam in der Cafeteria des Krankenhauses, um dem Erstgeborenen ein Eis zu kaufen.

»Und sonst?«, fragte Laura. »Dein Franzose?«

»Hm.« Kate zuckte mit den Schultern. »Ja, vielleicht ist er mein Franzose«, sagte sie lächelnd.

Trügerische Idylle mit Blick aufs Meer

Ellis Corbet
KALT LÄCHELT DIE SEE
Ein Guernsey-Krimi

416 Seiten
ISBN 978-3-404-18511-5

Die Nachricht von einem verlassenen Segelboot vor der Küste Guernseys ruft Detective Inspector Kate Langlois umgehend an Bord der »Aventura«. Die Hamons hatten es gechartert, jenes Ehepaar, das seit dem mysteriösen Verschwinden ihrer kleinen Tochter vor zwei Jahren täglich in der Presse war. Nun fehlt auch von den Eltern jede Spur. Ein Blutfleck an der Reling stammt nicht von ihnen, und als Kate die Ermittlungen aufnimmt, ist sie schon bald in einen weitreichenden Fall verstrickt, der sie quer über die Insel führt. Unterstützung leistet ihr der französische Archäologe Nicolas Arture, der eines Tages mit einem ungewöhnlichen Fund in der Polizeistation auftaucht ...

Lübbe

Die Community für alle, die Bücher lieben

Das Gefühl, wenn man ein Buch in einer einzigen Nacht verschlingt – teile es mit der Community

In der Lesejury kannst du

- ★ Bücher lesen und rezensieren, die noch nicht erschienen sind
- ★ Gemeinsam mit anderen buchbegeisterten Menschen in Leserunden diskutieren
- ★ Autoren persönlich kennenlernen
- ★ An exklusiven Gewinnspielen und Aktionen teilnehmen
- ★ Bonuspunkte sammeln und diese gegen tolle Prämien eintauschen

Jetzt kostenlos registrieren: www.lesejury.de

Folge uns auf Instagram & Facebook:
www.instagram.com/lesejury
www.facebook.com/lesejury